中国古典文学名著丛书

说唐三传

U0733926

[清] 无名氏 著

华夏出版社
HUAXIA PUBLISHING HOUSE

图书在版编目（CIP）数据

说唐三传／（清）无名氏著. —北京：华夏出版社，2013.01（2024.09重印）

（中国古典文学名著丛书）

ISBN 978 - 7 - 5080 - 6361 - 4

Ⅰ. ①说… Ⅱ. ①无… Ⅲ. ①章回小说 – 中国 – 清代 Ⅳ. ①I242.4

中国版本图书馆 CIP 数据核字（2011）第 083681 号

出版发行：华夏出版社

　　　　　（北京市东直门外香河园北里 4 号　邮编 100028）

经　　销：新华书店

印　　制：永清县晔盛亚胶印有限公司

版　　次：2013 年 01 月北京第 1 版

　　　　　2024 年 09 月北京第 2 次印刷

开　　本：670×970　1/16 开

印　　张：21.5

字　　数：323.9 千字

定　　价：42.00 元

前　言

　　《说唐三传》是清代长篇历史演义小说《说唐》和《说唐后传》的续书,俗称《薛丁山征西》,又名《征西说唐三传》,共十卷八十八回。书题"中都逸叟编次",作者不可考。

　　《说唐三传》以薛仁贵之子薛丁山征西为主线,故事梗概是这样的:

　　唐贞观年间,薛仁贵因征东有功,被封为平辽王。由于与皇叔李道宗结怨,薛仁贵被陷下狱。危急之际,西凉哈迷国犯境,徐茂公力荐薛仁贵挂帅征战,从而逃过此劫。薛仁贵征西,误中圈套,被困锁阳城,为苏宝同飞镖所伤。当他伤重昏迷、魂游地府之际,得知儿子薛丁山尚在人间,并知自己与儿子有一段难解死结。

　　唐太宗见出征不利,征召能人挂帅。薛丁山请缨,以无敌之势夺得帅印,与母亲及妹妹出发西征。途中遇窦家兄妹拦路,薛丁山为求脱身,假意答允窦仙童的婚约,并招揽旗下,同往解救父亲之危。薛丁山杀死苏宝同,救出了父亲薛仁贵。但薛仁贵却不满于薛丁山阵上招亲,于是将之锁入天牢,以示惩戒。

　　苏宝同的死讯传至哈迷国,群臣为之震惊,寒江关守将樊洪悲愤不绝。樊洪有女樊梨花,聪明机智,拜师学艺。临下山前,其师告知她与薛丁山有一段前世姻缘。樊梨花与薛丁山阵前交锋,一见钟情。樊梨花装败退走,薛丁山欲乘胜追击,被樊梨花所擒,薛丁山遂娶樊梨花为妻。在樊梨花相助下,薛丁山最终征西成功。

　　《说唐三传》属于《说唐》的续书系列。与《说唐》相比,发生了显著的变化:《说唐》的主人公是富有正义感的乱世英雄,而《说唐三传》写的是忠奸斗争,主人公都是肯为统治者效命的忠臣良将,思想倾向大不相同;从艺术角度来考察,《说唐三传》则多向壁虚构、平空杜撰,文笔不如《说唐》。抛开其认识价值、娱乐价值不论,单从文化学的角度来看,《说唐三传》颇有研究价值。《说唐三传》把神魔小说和英雄传奇结合起来,书中许多貌似怪诞的描写，都折射和反映了某种民俗信仰、民俗心理。若从民俗文化的角度来解读《说唐三传》，将会有许多意外的收获。

小说描写薛丁山与几位女子反反覆覆缠绕，爱恨交织，其间夹杂不少恩恩怨怨，情节紧凑。小说中樊梨花与薛丁山马上订亲，及薛丁山三休、三请樊梨花的故事，给读者留下了深刻的印象，故而在民间有很大的影响。戏曲中一些剧目即取材于此，如《马上缘》、《三休樊梨花》(或《三请樊梨花》)等，至今在舞台上盛演不衰。

此次再版，我们对原书中的笔误、缺漏和难解字词进行了更正、校勘和释义，对原书原来缺字的地方用□表示了出来，以方便读者阅读。由于时间仓促，水平有限，其中难免有所疏失，望专家和读者予以指正。

编　者
2011 年 4 月

目　录

第 一 回

李道宗设计害仁贵　传假旨星夜召回京

　　前言说到薛仁贵大小团圆，今不细述。且说程咬金进京复旨，君臣相会，朝见已毕，退出朝门，回到府中。裴氏夫人接着说："老相公辛苦了。"程咬金道："如今这个生意做着了，果然好钦差！落了有三万余金，再有个把做做便好。"老夫人道："有利不可再往。如今你年纪高大，将就些罢了。"吩咐备酒接风。程铁牛过来，拜见父亲。孙儿程千忠也来拜见祖父，他年纪止得十三岁。今日夫妻儿孙吃酒，是不必述。次日自有各公爷来相望，就是秦怀玉、罗通、段林等。徐茂公往河南赈济去了，尉迟恭在真定府铸铜佛，也不在。唯有魏丞相在朝，他是文官，不大来往，唯以程咬金是长辈，也来相见。坐满一殿，上前见礼，程咬金一一答礼。程铁牛出来相见，把平辽王之事说知。众公爷辞别起身，各归府中。又有周青等八个总兵官，一同到来问安。问起薛大哥消息，程咬金道："他有两个老婆，又有女儿，兴头不过，不必挂念。"周青对姜兴霸、李庆红、薛贤徒、王心鹤、王心溪、周文、周武说："如今在长安伴驾，不大十分有兴。薛大哥在山西镇守，要老柱国到驾前奏知，保我等往山西一同把守，岂不是弟兄时常相会，操演武艺，好不快活，胜似在京拘束。"程咬金道："都在老夫身上。"周青等叩谢而出。

　　次日五更上朝，天子驾坐金銮，文武朝见已毕，传旨："有事启奏，无事退班。"程咬金上殿俯伏，天子一见龙颜大悦，说："程王兄有何奏闻？"程咬金奏道："老臣并无别奏，单奏周青等总兵，愿与薛仁贵同守山西全省，还要封赠樊氏夫人、王茂生等。"传旨："依王兄所奏，卷帘退班。"龙袖一转，驾退回宫。文武散班，程咬金退出朝门。周青等闻知，不胜之喜，到衙门收拾领凭①。八个总兵官辞行起程，文武送行，离了长安，径到绛州，至王府与薛大哥相会。王茂生实授辕门都总管，柳氏原是护国夫人，樊氏

---

　　① 领凭——即凭证。

封定国夫人。王府备酒，弟兄畅饮，自有一番言语，不必细表。

次日薛仁贵传令，八位总兵官各处镇守，以下副总、参将、都司等官，都是总兵掌管。果然仁贵到任以来，四方盗贼平息，境内太平，年岁丰稔①，安乐做官，不必细述。

再说长安城中，有皇叔李道宗成清王在朝，晓得薛仁贵在山西镇守，朝廷时常赐东西，袍带、盔甲、名马等项，自不必细说。这日回到银銮殿中，想起那薛仁贵，朝廷如此隆重②，执掌兵权，镇守山西，手下又有八个总兵。我只生一女，名唤鸾凤，年方十七，是元妃所生，才貌双全。意欲招他为婿，使他退了前妻，难道他不从？但是张美人与他有仇，因他将张士贵子孙五人斩首，每每对我哭哭啼啼，要报冤仇。想那薛仁贵没过失算计他，不如且回宫中，将此事劝他。算计已定，退回宫中。来到安乐宫，张妃朝见，宫娥备办筵席，李道宗朝南坐着，下首张美人相伴，采女③敬酒。酒过数巡之后，已到二更，退回内宫，与张妃安寝。成清王与朝廷只差一等，也有内监、宫娥采女，东西两宫，殿前有指挥，一人之下，万人之尊，此话不表。

次日王爷起身梳洗，用过了早膳。张妃流泪说："父兄惨死，请千岁与贱妾复仇，杀得薛仁贵，方泄胸中之恨。"成清王道："孤家岂不知之，但仁贵朝廷十分隆重，朝廷大小爵王俱是他心腹。左丞相魏征、鲁国公程咬金在朝，圣上最听信。他无过失，难以寻他短处。倘然有反叛之心，孤家就好在圣上面前上本。如今一些响动无有，难以动手。今孤家倒有心事，我家郡主鸾凤未招佳婿，意欲招仁贵为婿，使他休了前妻。若然允了便罢，若然不允，说他欺骗亲王，强逼郡主，私进长安。此节事就好摆布他了。"张妃听得呆了，心想："这岂不让他因祸而得福了？只得含糊答应，待我与张仁商议，他足智多谋，又是我赠嫁，他屡屡要报老爷之仇，忿忿不平。"于是勉强对王爷道："千岁之言不差，也要从长计较。"王爷说："美人之言不差。"传旨令带了兵丁出长安打猎去了。

张妃忙宣张仁。那张仁黑磣磣一张糙脸，短颈束腮，犬眼鹰鼻，颔

---

① 丰稔(rěn)——庄稼成熟。

② 隆重——器重。

③ 采女——汉代宫女的一种，后用作宫女的通称。

下六撮胡须,其人刁恶多端,奸巧不过。随了张妃来到王府,成清王看他能事,凡事与他商议,言听计从。听得娘娘传宣,他头戴圆顶大帽,身穿紫绢摆开直身袍,粉底乌靴,来到宫中,口称:"娘娘,奴才叩见,不知呼唤奴才有何事干?"张妃道:"张仁,你悉知老爷、公子、姑爷都被薛贼陷害,夺了功劳。昏君听信,不念有功之臣,竟将我家满门屈杀,倒封薛贼做了王位,十分隆重。我想起来,此仇何日得报?今日千岁要把郡主招他为婿,如今想起来,此事怎样处?故此特地唤你到来,与我定下一计,须要摆布他才好。"张仁低头一想,说:"有了。郡主又不是娘娘所生,须要……如此如此,这般这般。"张妃听了大喜,命张仁出去,候大王回来听宣伺候。

再说王爷回归府中,张妃接着王爷,又说此事,说:"千岁须要与张仁商议,他极有高见。"王爷听了,忙唤张仁。张仁听唤,来到宫中,叩头已毕,立起身来,说:"大王呼唤奴才,有何吩咐?"王爷道:"孤家有一事与你商议,但不知你主见如何?"张仁道:"千岁有什么事,说与奴才知道。"王爷道:"孤家想将郡主招薛仁贵为婿,事在万难。"如此如此。张仁道:"这不难,千岁要招仁贵,他已有二位夫人,定然不顺。莫若假传一道旨意,骗他进长安。待奴才邀到王府,他顺从便罢,若不顺从,王爷将酒灌醉,五更上本,说他私进长安,闯入王府,有谋反之心,今已擒拿,候万岁发落。凭他认了什么罪,难道万岁叔父倒弄不倒仁贵不成?此计如何?"王爷听了大喜道:"张仁此计倒也绝了,公私两尽。若不成,王府宫中之事,外边也不晓得。倘不允,也报了张美人杀父之仇,摆宴饮酒。"张妃在旁极口称扬。这老头儿就该死,难道将女儿做成这勾当?当晚就在张妃宫中歇息,来朝与张仁做成旨意,差官往山西,此话不表。

再说薛仁贵在山西,太平无事,与二位夫人朝朝寒食,夜夜清明①,已经一载,四方宁静。这一日正坐银銮,忽探子报进,说:"圣旨下。"仁贵吩咐快开中门,忙摆香案,接进天使。天使当殿开读:"奉天承运皇帝诏曰:朕念卿救驾之功,思念之深。朕忽有小恙,召卿来京,君臣相见一面,作速来京。钦此。"仁贵谢恩道:"我皇万岁,万岁,万万岁。"一面香案供着圣

---

① 朝朝寒食,夜夜清明——指朝朝暮暮都像过节一样。形容生活豪华奢侈,寻欢作乐。

旨,一面相待天使,问:"圣恙如何?"天使道:"前日龙驾危险,如今天子幸好了,故此召平辽王进京,朝廷还有圣谕。"仁贵听了,吩咐总管王茂生:"武官各守汛地,文官不必相送。本藩连夜进京,二位夫人不必想念。君命召不俟驾而行①。"即同天使上了赛风驹,离了绛州,一路星日星夜竟往长安而来。不知吉凶祸福,且听下回分解。

---

① 君命句——意即君主有召,臣子不待车马驾好就先行。这是古代臣事君应尽的礼节。

第 二 回

郡主撞死翠云宫　程咬金保救薛礼

却再讲天使，原是张仁扮的，假传圣旨。仁贵见旨上说圣上有恙，故不敢耽搁，此乃仁贵一点忠心。不多日，来到长安，进了光大门，走近成清王府前，有一班指挥相迎，邀进了府中。仁贵不知是计，竟到银銮殿，同这假天使，朝见王爷，口称千岁。王爷见了大悦，吩咐内监办酒，邀入宫中。说："薛平辽在山西辛苦，朝廷想念，孤家无日不思。今日来京，特备水酒与平辽王接风。"仁贵道："承老千岁美意，但是臣未见天子，不敢从命。待见过万岁，然后领情。"王爷苦苦相留，仁贵只是不允。天使道："大王相留，平辽王不必推却。少不得下官原要与你同去复旨，今日天色已晚，明日五更朝驾，大王也要进朝。暂且相留，却是老大王美意。"仁贵听了他劝，信其实意，上前谢了大王，然后安席。大王主位，天使同仁贵坐了侧席，仁贵告礼坐下。席中笙箫盈耳，灯烛辉煌，珍馐百味。太监上前敬酒，天使又在旁相劝，杯杯满，盏盏干。仁贵吃的是药烧酒，不好落肚的；大王与假天使吃的是平常酒，酒壶有记认的，仁贵落了他们圈套。直饮到三更时，仁贵吃得大醉，不省人事，睡在地下。王爷传旨："一面撤去筵席，闲人赶出外面，然后将仁贵绑出。明日见驾就说仁贵私进长安，闯入王府，行刺亲王，此节事就可处死他了。"张妃道："这节事不稳，倘然朝廷问起，说怎么私进长安？他说奉旨钦召来京。天使是假的，圣旨也是假的，说闯入王府行刺亲王这节事，一发无影无踪。况且朝中鲁国公程咬金，圣上最亲密的。秦怀玉、罗通、尉迟宝林、宝庆又是他心腹。倘反坐起来，就当不起了。"王爷听了这话，目瞪口呆，忙说："坏了！坏了！如今怎么处？"张妃道："如今木已成舟，悔已迟了，想出一个妙计才好，还是张仁你去想来。"张仁原要王爷上当，说："果然娘娘虑得到。朝廷追究根由，奴才这狗命，虽万剐千刀情愿的，但是大王金枝玉叶，遭其一难，甚为可惜。"李道宗听了发抖说："依你便怎样？"张仁道："如今事不由己，只得如此如此。"大王无可奈何，将仁贵抬进翠云宫，放在郡主娘娘床上。郡主一看大怒，说："父王听信妖精，将丑事做在我身上。"大哭一场，一头撞死在房中，血流满地。家人忙报知千岁。张妃好不喜欢。李道宗凄然泪下，说："害了女儿，可恨薛礼这厮，我与他不共戴天！"忙乱了半夜，传殿前指挥，将仁贵发到廷尉司勘问。那廷尉司奉承王府，将仁贵百般拷打，昏迷不醒。乃用大刑，将锡罐盘在身上，用滚水浇进，其身犹如火烧，他只是不醒。正在那里审问，郡王们都晓得了。秦怀玉听报大惊说："反了！反了！从来没有这般刑法。若见了朝廷，自有国法，怎么私下用刑？"吩咐殿前侍卫，速到廷尉司将薛爷放了，不必用刑。侍卫奉了驸马爷之命，来到与廷尉司讲了。他惧怕驸马，只得放了仁贵，所以没有得到仁贵口供。

次日，太宗圣驾坐朝，文武百官朝参毕，班中闪出一位亲王。皇叔头戴闹龙冠，身穿黄袍，足下乌靴，执笏①当胸，上前哭奏道："陛下龙驾在上，老臣有事，冒奏天颜，罪该万死。"天子道："皇叔有何事启奏？"李道宗道："老臣只生一女，名唤鸾凤。不想薛仁贵昨日私进长安，闯入王府。老臣将酒待他，他强逼郡主为配，老臣回绝了他。不想他竟闯入翠云宫，将小女强逼。小女立志不从，他竟拿起台上端砚，当头就将小女打死。现今血流满地，尸首尚存。"说完亲手将本送上。天子听奏，龙颜大怒，又将本在龙案看过，暴跳如雷，说道："这逆贼，行此不法之事！擅敢私离禁地，私进长安，闯入王府，竟将御妹打死。寡人不斩这贼子，埋没了萧何法律！"天子怒发冲冠，喝叫指挥："将逆贼绑出法场枭首②，前来缴旨。"指挥领旨，竟到廷尉司，将仁贵绑缚牢拴拥进朝门。仁贵还是昏迷不醒。那些众臣子一见，哪里知道曲折之事，不知仁贵犯了何罪，皇上如此大怒，立刻要把他斩首。内中又有尉迟宝林兄弟等，好似天打一般，乱箭钻心。把皇上一看，又不敢保奏。程咬金见陛下大发雷霆，又不敢救他。只见仁贵推出午门，竟往法场去了，只得闪出班来，大喊"刀下留人"。午门前指挥回头一看，是鲁国公保救，只得站住了脚。程咬金连忙跪下，说道："陛下在上，仁贵犯了何事，龙颜如此大怒，要把他处斩？"皇上说："程王兄不知细故。"就将此事说明，"王兄你道该斩不该斩？"咬金道："万岁还要细问，

---

①　笏（hù）——古代君臣在朝廷上相见时手中拿的狭长板子，用玉、象牙、竹制成，上面可以记事。

②　枭（xiāo）首——古时的刑罚，把人头砍下，悬挂起来。

不可斩有功之臣。"众公爷又上前俯伏保救。皇上道："诸位王卿、御侄在此,都去问他,为何打死御妹。"秦怀玉等谢了恩,离了金阶,来到午门,见了仁贵问道："大哥,此事因何而起?"仁贵原是不知人事、满身打坏,低了头,被两旁指挥扯定,一句话也没有。众公爷也没法,只得复旨道："人是打坏的了。"皇上哈哈冷笑说："这个十恶不赦之罪,斩首有余,王兄还要保什么?"咬金看见皇上赦是一定不肯的,且保他下落天牢,另用计相救。又奏道："他跨海征东,有十大功劳,万岁可赦其一死。"万岁道："虽有功劳,封平辽王已报之矣,今日因奸打死御妹,朕切齿之恨,王兄且退班。"咬金没法,只得说："陛下,他在三江越虎城滩上救驾,又在长安救了殿下,百日内两头双救驾,功盖天下。念此功劳,将他暂监天牢,百日之后处斩。"皇上听了:"准奏,以后不可再奏,恼着寡人。若有人后来保奏,一同斩首。"传旨放绑、下落天牢。文武谢恩退班。驾退回宫。

成清王回府与张妃说知："圣上大怒,立刻处斩。因有程老头儿苦苦保救,如今下落天牢,百日之后枭首。"张妃听了流泪道："倘有百日之后,圣上回心,又有一番赦免,怎么处?只是不能报父兄之仇。"王爷说："美人不必悲伤,他害了我女儿,此恨难消。慢慢在圣上面前奏明,定将他处斩。"遂吩咐开丧,收拾女儿尸首。不知后事如何,且看下回分解。

第 三 回

薛仁贵受屈落天牢　众小儿痛打李道宗

再说仁贵下落天牢,才得苏醒,满身疼痛,对禁子①道:"这是哪里?"禁子说:"千岁你还不知。"就将如此长短一一说明。仁贵听了说:"昨晚我在王府饮酒,怎么因奸打死御妹?此事没有因头,分明中了奸王之计。若无程老千岁相救,我必有杀身之祸。我府中二位夫人怎得知道?恩哥恩嫂未得报知。李道宗如此害我,不知有何冤仇。罢!罢!唯命而已。"

不表仁贵在牢中受苦,再说那一班公爷都到程千岁府商议。咬金道:"侄儿们且回去,一面差人先到牢中探望,倘圣上回心就好相救了。"众公爷称是,都回府中。只有秦怀玉同了尉迟宝林进牢相望。禁子见了驸马即忙叩头,开了牢门,放进二位。外面跟随之人,不容进去。秦怀玉、尉迟宝林,见里面俱是披枷带锁的囚犯。又到了一处,原是干净一个房子。狱官出来跪接。二人吩咐:"你且回避,不要伺候。薛爷在哪儿?回禀在那里面。二人走进,一看仁贵身上刑具,实是伤心,叫声:"哥哥,为何受了这般苦楚?"仁贵抬头一看,见了二位,便大哭说道:"兄弟,愚兄有不白之冤,要与兄弟讲明。"立起身来见礼,拜谢救命之恩。二人说:"哥哥不必如此,你且讲来。"仁贵把天使钦召进京,王府相留饮酒,以后之事,并不晓得。秦怀玉道:"你中了奸王之计。张士贵之女与李道宗为妃,恨你杀了他父兄,他在奸王面前做成圈套。圣上有甚小恙,哪里有天使相召?他是将女儿逼死,陷害你强奸郡主,将砚打死。圣上龙颜大怒,竟无宽赦。程叔父保救一百天,倘圣上回心,我等保救出狱。"仁贵道:"二位哥哥,不消费心,君要臣死,不得不死。奸王将女儿污吾,圣上岂不大怒。吾若一死,赴到阴司,决不饶他。烦致谢程老柱国,我薛礼生不能补报,来生犬马相报。"秦怀玉说:"哥哥何出此言!"

再说那张仁,打听得驸马公爷在监相望,报知千岁。道宗听了大怒,

---

① 禁子——即狱卒。

忙差人到监中禁约,一面抱本上殿奏知。天子传旨:"差指挥到天牢,说薛仁贵是钦犯。若有人到监,统统与本犯一起治罪。"狱官接旨开读,秦尉二位无奈,只得出监回府。从此监牢紧闭,牢不通风。就是罗通等到来相望,也不能够了,只得差人暗暗送饭。王爷又晓得了,对张仁说:"如今怎么摆布他?"张仁说:"千岁,他同党甚多,哪里绝得米粮!若要绝的,只要大王亲驾守住牢门,不容人送饭。十天之外,绝了他的食,就饿死了。况且他斗米一餐,哪里挨得三天。愿王爷明日就去。"道宗听了大喜,张妃又在旁撺掇①。果然次日道宗带了家将,竟到监门守住,十分严密。禁子哪里用得情来,如此守了一天,次日又到临门把守严密,差人守住牢中,禁子不许进内送饭,候王爷查明,十分紧急。

秦怀玉闻知了十分着急,无计相救。怀玉正在着急,报说罗千岁等到来相望。怀玉接进殿前,有罗通、尉迟宝林、宝庆、段林、程铁牛等,坐满一殿。罗通开言说:"薛大哥此事,如今怎样相救?"宝林道:"如今绝食要饿死的,我们无计可施,特来与大哥商议。"程铁牛道:"我家老头儿也无主意。"怀玉说:"圣上十分不悦,皇叔做了对头,如今绝了食,要饿死了。待进了食,然后另寻别计,就好做了。如今奸王守卫监门,哪里容得进去!这便如何是好?"大家在殿上议论纷纷,不能一决。只见殿后走出一个小厮,年八九岁,满身丽华,面如满月,鼻若悬胆,还是光着头儿。来到殿前,对着众人说:"伯父叔叔,要救薛伯父,待侄儿救他,使他不能绝食。"怀玉听了大喝道:"小畜生还不进去,满殿伯叔,俱不能有计,要你出来胡说!"小厮他却不走,对着怀玉说:"爹爹不依,看你众人怎么救法。"笑了一声,走进去了。那罗通说:"此子何人?"怀玉道:"不瞒诸位兄弟说,小弟有两个孩子,一个名唤秦汉,年纪三岁时,在花园玩耍,被大风刮去,至今并无下落,公主十分苦楚。方是二小儿,名唤秦梦,才年八岁,公主爱惜如珍。小弟只有此子,方才出来无礼,兄弟们莫怪。"众人道:"原来是侄儿,年少如此高见,后来必成大器。"怀玉道:"不敢。"

再说秦梦出了后门,吩咐家将,请各府小将军,罗章、尉迟青山、程千忠、段仁等,都是八九岁,平日嬉游惯了的,有十多个,闻得秦梦相请,都到秦府后门,见了秦梦说:"二哥,今日呼唤吾等到来,向哪儿玩耍?"秦梦道:

---

①　撺掇——从旁鼓动,怂恿人做某事。

"兄弟们,吾有一事,要与你们同去。"将薛伯父如此长短,要去打那皇叔之事一说。小英雄听了高兴说:"快快吩咐家将,不必随从。"兴兴头头来到监门,果然道宗见了这般小厮说:"此是什么所在,擅敢来探!"吩咐手下打开。这班小英雄听见来捉,倒也乖巧,忙动手,见一个打一个,打得那些王府家将,头青脸肿,没命的跑了。剩得李道宗,被秦梦当胸一把扭住,面上巴掌乱打,胡须扯去一半,小拳头将皇叔满身打坏,跌倒在地,只叫饶命。秦梦道:"今日才认得秦小爷。"恐防打死了,弄出事来,说:"饶了你老狗头罢。"这道宗好像落汤鸡。又见罗章等将车轮轿伞都打得粉碎,说:"兄弟们去罢。"打得这模样回去各自回府。

再说那李道宗爬起身来,满身疼痛,胡须不见了一大半,黄冠蟒袍扯得粉碎,乌鞭劈断,忙唤家将。只见那些家丁一个个犹如杀败了的公鸡,强了头颈,俱喊疼痛。道宗骂道:"狗才!为何都躲过了?看见孤家被人打得这个模样,回去处死了你们!"家将道:"大王不看见么,小人们被他都打坏了,性命都不保。这般人年纪虽小,力大无穷,小人才动得手,被他一拳一脚,哪里当得起。"李道宗道:"如今不必讲了。为首的是秦怀玉之子,我明日上本奏他,如今轿伞都打碎了,就扶我回府去罢。"家将忙扶了王爷回府,与张仁商议,连夜修成本章,待五更上朝,奏明圣上。不知后事如何,且看下回分解。

第 四 回

薛仁贵天牢受苦　王茂生义重如山

再说秦梦回至后门，心生一计，将鼻子一拍，又将三角石头将头磕破，满面流血，大哭进房，见了公主哭倒在地。公主看见忙问："孩儿被何人打得这般？说与母知。"秦梦道："孩儿被李道宗打坏。"公主听了，柳眉倒立，信以为真，便吩咐摆驾。内侍、宫娥依旨。公主上了金銮，带着宫娥、宫监出了后门。进了后宰门，来到保身殿。见了长孙娘娘，朝拜已毕，皇后传旨平身。公主谢了恩，立起身来，金墩坐下。长孙娘娘说："公主女儿，又不宣召来到，必有缘故。"公主禀说："那皇叔十分无礼。外孙年少，偶然走到牢门，只见皇叔在那儿把守，竟唤家将把外孙打坏。特来奏明父王。女儿况且只生一子，念他祖父、父亲，要与孩儿出气。倘若死了，要李道宗偿命的。"唤秦梦过来，拜见娘娘。秦梦见了皇后大哭。娘娘看见外孙儿被打得头破血流，十分爱惜，说："孙儿不必如此悲泪，外祖母都晓得了。"正在那儿讲，忽报驾到，长孙娘娘与公主俯伏接驾。天子问道："御妻，为何皇儿也在这儿？"公主奏道："父王，孩儿被人打伤，特来奏知。"万岁道："皇儿乃朕的外孙，哪个敢打？"公主说："我儿过来，朝皇外祖。"秦梦年小伶俐，见了万岁，啼啼哭哭上前来奏说："孙儿出外游玩，偶然在监门经过，闻得薛伯父在监，看一看，只见成清王守住监门，要绝他的食。这也罢了，竟将孙儿毒打，要将吾拿去处死。亏了孙儿逃得回来，奏明皇外祖。"圣上看了，果然有伤。公主又奏道："他祖父秦叔宝东荡西除，打成唐朝世界，就是驸马也有一番功劳，望父皇做主。"万岁道："甥儿你总会生事，所以有这番缘故。"公主又奏道："父皇，看孙儿年纪才八岁，皇叔居尊上，难道小童打了老的不成？"长孙皇后又在旁边帮忙说："果然不差。八岁的小孩，难道倒打了皇叔？"圣上说："知道了。"一声传旨："退宫与皇儿解愁。"命左右置酒在宫宴饮。

再说贞观天子五更三点，景阳钟撞，龙凤鼓敲，珠帘高卷。底下文武朝见已毕，谢恩退班。只见班中闪出一位大臣，当殿跪下，奏道："臣成清王李道宗有本奏明。"万岁道:"奏来。"成清王奏道:"秦怀玉纵子秦梦将老臣毒打,胡须扯去大半,蟒袍扯碎,遍身打坏。还有行凶多人,要万岁究出处治。"圣上一看,果然皇叔胡子稀稀朗朗,面上俱是伤痕,蟒袍东挂一片,西挂一片。朝廷因昨日公主先已奏明,是晓得的,开言叫声:"皇叔,你在哪儿被秦梦打的? 秦梦年方八岁,倒来打你,毕竟在外多事。"李道宗道:"老臣不过在天牢门首经过,被他殴打,万望圣上详夺①。"朝廷道:"姑念你皇叔,不来罪②你。你守着监门,要绝仁贵的食,而朝廷自有国法,百日之内少不得偿御妹之命。本也不必看了,拿去!"竟丢了下来,天子龙袖一卷,驾退回宫,文武散班。只有李道宗满面羞惭,被秦梦打了,还被圣上道他不是,只得闷闷回去。

再说怀玉这一班在朝看见李道宗抱本上殿,只见他唇上胡须都不见了,满脸青肿,一双眼睛合了缝,奏出许多事来。众人都捏把汗,听得圣上不准,才放下心。一齐来到秦府,差人到监门打听,果然不差。就密密与禁子商议,暗暗送饭。这仁贵如今有命了,差人回复驸马,秦怀玉等欢喜,秦梦走出外面,来到殿上,见了这诸位,叫声:"伯父叔父,倘没我,薛伯父真要饿死。"秦怀玉道:"畜生! 几乎弄出事来,皇叔是打得的么? 倘打死了,为父的性命活不成了。"秦梦道:"孩儿打他不是致命处! 要打死他有什么难处。"罗通道:"果然侄儿主意不差。"秦梦道:"罗叔父说的极是,我去也。"就往里头去了。秦梦伤是外伤,头是自己砍伤的,停了一天就好了。再说银銮殿上,这班公卿称扬秦梦,商议要救仁贵,无计可施,只得各自回府,慢慢的与程伯父计较。

且讲仁贵进京时,家将跟随,见王府邀进。家将在外闻了这个消息,耽搁了数天,有程千岁保救,下落天牢中,连夜回到山西,报知王茂生,如此长短,一一说了。王茂生大惊,忙进后堂报与二位夫人听了,二位夫人昏倒在地。樊员外忙来相劝,扶起柳氏夫人。王茂生说:"二位夫人不必悲伤,如今我要赶到京中与奸王拼一拼。"换了青衣小帽,带了盘缠,吩咐妻子:"好生伺候二位夫人,防奸王又生别计,来拿家小。"员外道:"此刻不必费心,朝中大臣自有公论,决无有累家属。王官人放心。"茂生含泪

---

① 夺——定夺,做决定。
② 罪——怪罪、治罪,用作动词。

别了二位夫人,竟上长安,端正告御状不表。

再言八位总兵,晓得这个消息,也无可奈何,只俱暗差人来京打听。王茂生一路风惨雨凄,到了长安,进了这光大门。又走了数里,只见前面喝道之声,乃是程老千岁朝罢回来,乘了八人大轿,一路下来。看见王茂生乃认得的。命左右唤他到府中来。左右领命,上前唤王茂生先到府中。咬金回府,到后堂唤王茂生进来问道:"你来京做什么?"王茂生见了咬金叩头说道:"老千岁,我是一个小人,明日朝中告御状,就死也罢。况且我兄弟正人君子,不做这样污行。奸王听信张妃,将女儿陷害。圣上不明,反将有功之臣处斩,此理不明。明日与奸王拼命。"咬金说:"我都知道,朝中多少公侯,尚不能救他,御状切不可告。倘动了圣怒,你的性命难保,平辽王反要加罪了。且到监中望兄弟,待吾寻计相救就是了。"茂生听了,谢了千岁。如今是午饭时候,同了众将竟往天牢。禁子不肯放进茂生,茂生多将银子相送,然后进监,与仁贵相会,抱头大哭,言讲了半日。禁子催促起行,无奈回到程府。明日又到牢中送饭。天天如此,程咬金想:这一百日能有几天,倘然到了日期,焉能保救?吾一面修书二封,差人往汉阳府报知徐大哥,真定府报知老黑,待他二人到来,就好相救了。

不表差人望二处投递,却说英国公徐茂公在那儿救饥,一见来书,要去保救薛仁贵的事,他晓得阴阳,算定薛仁贵有三年牢狱之灾,早了救不得,忙回书付原人带回。差人接了回书,竟到长安。来到府中,咬金接了忙取回来打开一看,书上说:"朝中现有魏大哥同众兄弟还可相救,要我无用。"竟回绝了。咬金说:"坏了!坏了!"怀玉道:"老叔不必着忙,还有尉迟老叔到来,就可有救了。"又等了数天,尉迟恭不到,好生着急。为何尉迟恭不到?如今一百日相近,故此着急。汉阳府是旱路多,水路少,来得快。真定府是水路多,旱路少,来得慢。尉迟恭何日到来?救得成救不成,且看下回分解。

第 五 回

薛仁贵绑赴法场　尉迟恭鞭断归天

再讲尉迟恭奉旨在真定府铸铜佛，还未完工。看了咬金来书，十分震怒。忙将公事交与督工官，带了从人，不分星夜，竟往长安。来到府中，三位公子，同了黑白二位夫人接着。尉迟恭问起情由，宝林、宝庆就将事长事短说明。老千岁一闻此言大怒，说："哪有此事！圣上昏迷，忘了有功之臣。罢了！我明日进朝，先要扳倒奸王，必要救出仁贵。如不然有打王鞭在此。"等不到五更，三更就上朝了。二位爵主相随来到朝房，百官还未到。黄门官①听报虢②国公尉迟老千岁上朝来，吩咐开了午门。老千岁来到朝房坐定。不多一刻，百官都到了，上前参见。鲁国公程咬金、驸马秦怀玉并那殿下罗通一班小公爷都到了，上前参见。程千岁叫声："尉迟千岁，来得正好。仁贵受了奸王屈陷，吾保救监牢中一百天。如今限期将满，要你相救。"尉迟恭说："老千岁，某家特为此事，星夜赶回。吾今日上朝，少不得与圣上奏明，无有不赦之理。"那倒运的奸王也在朝房，听得此言，忙出来到尉迟恭面前，叫声："黑匹夫，薛贼犯了大罪，你在此胡言乱语。"尉迟恭一见李道宗，怒从心头起，恶向胆边生，喝声："奸王，唐朝哪有你这不争气的！自己亲生女儿，将奸情污她，羞也不羞？还有何颜立在朝房，还不回去。"李道宗听了这番羞辱，心中大怒，说："黑贼！你擅敢得罪亲王，罪该万死！少不得要凌剐你。"尉迟恭听了说："你剐我，我先挖你这双眼睛看看。"李道宗看见，就把袍袖一遮，把头一仰。尉迟恭两个指头要挖他眼睛，他袍袖长大，竟将他两个门牙捺落了，满口鲜血，疼痛不过，说："反了！反了！黑厮擅打亲王。打落门牙，与你一齐面君再说。"尉迟恭原是莽夫，见道宗满口流血，倒着了急。程咬金说："果然打亲王，老臣见的。大王快将牙齿给我做贼证，少不得上朝要见驾，老臣是个见

---

① 黄门官——官名。

② 虢(guó)。

证。"李道宗只道他好意，就忙将两个门牙交与咬金。咬金拿来，竟往朝门外抛了去，无影无踪。皇叔见了说："你们这班都是一党；将吾门牙抛哪儿去了？拿来还我！少不得面君。"咬金哈哈大笑道："大王你进朝门，年纪高大，性急了，跌落了门牙，与老黑什么相干？"尉迟恭看见程咬金丢了门牙，他就胆大了，说："你自己性急跌落门牙，不要来欺诈。"李道宗听了一发大怒说："打脱了我门牙，倒来说反话。"咬金对文武百官道："那大王方才进朝，自己跌落了这个门牙，你们都看见了么？"百官听了也不好说跌，也不好说不跌，只把头点点。咬金道："自己跌了下来，倒来诈人！"

　　只听净鞭①三声，驾坐早朝。文武朝见，三呼已毕，退班就位。只见鄂国公当殿见驾。圣上一见，龙颜大悦，说："朕久不见卿，想是完了工，前来缴旨么？"尉迟恭上前奏道："尚未完工。久不见龙颜，老臣前来，有表上奏朝廷。"下面成清王李道宗，见他要保救仁贵，倘圣上准了怎么处？只得也上金阶奏道："尉迟恭不奉圣旨，私进长安，在朝房擅打亲王，将老臣打落两个门牙，望万岁处置。"尉迟恭奏道："皇叔进朝房时跌下马来，撞落门牙，现有文武百官、鲁国公程咬金等都见的。"圣上听了半信半疑，宣鲁国公上殿。咬金走上金阶，跪下俯伏。圣上说："王兄，此事如何？"咬金奏道："皇叔进朝性急，年纪高大，在马上跌下来，偶然跌落门牙是真的。"万岁听了此言，低头一想，说："皇叔退班。"李道宗又吃了一番大亏，只得退在班中。朝廷细看了尉迟恭本章，说："尉迟王兄，薛仁贵因奸不从，打死御妹，朕甚可恨。曾降旨，若有保救者，与本犯同罪。王兄与朕患难相从，焉肯舍卿。"传旨："殿前指挥，速取牢中薛仁贵，午时三刻处斩，前来缴旨。"指挥奉旨，往牢中将仁贵绑缚停当，送往法场去了。王茂生一见大哭，到法场活祭。

　　再言尉迟恭听见本章不准，反将仁贵绑赴法场，吩咐左右抬鞭来。左右忙将鞭取过，尉迟恭接了忙上金阶说："圣上既不准老臣之言，为何又将仁贵立刻斩首？这鞭乃先皇所赐，有几行字在上，求万岁龙目亲看。"天子只做不听得，传旨退回宫。尉迟恭好不着急，难道为臣子的，拿起鞭来打君王不成？没有此理。尉迟恭没法可施，在万岁后面，一路随了，口中大叫说："万岁要赦薛仁贵的罪。"朝廷进了止禁门，将门闭上，要进里

———————————————

　　①　净鞭——帝王仪仗的一种，亦称"鸣鞭"。振之发声，使人肃静。

头不得了。尉迟恭没法可施，只得对着门上高叫："薛仁贵有十大功劳，征东血战十二载，海滩上又有救驾之功，万望万岁准老臣之言，放了薛仁贵，不然有功之臣心中不服。老臣冒奏天颜，伏乞圣恩宽赦。"忽内监传圣上有旨："薛仁贵犯了十恶，罪在不赦。老千岁不必苦奏，少不得明日早朝讲明此事。"尉迟恭听得此言，心中大怒，说："此鞭是先君所赐，上打昏君，下打奸臣。善求不如恶求，只得用强了。"叫道："昏君，听了奸臣，当真不赦？"内使说："圣旨已出，不能挽回。老千岁回府去罢。"尉迟恭见难以保救，"且待吾打进宫门，与昏君性命相拼，必要救仁贵性命。如不然，难在朝中见人。"拿起竹节钢鞭，对着止禁门一鞭，听得一声响，那鞭分为十八段。尉迟恭大惊说："不好了，当日师父有言说：鞭在人在，鞭亡人亡。"再看门上，写着"止禁门"，说道："宫中止禁门，任你什么大臣，不奉宣召，不准到这儿。倘无宣召到此，就要斩首。我倚仗着这条鞭。如今断了鞭，焉能得出去？也罢，性命难保了！"对着止禁门说："老臣苦苦来奏，万岁只是不准。念臣相随多年，效忠报国，如今就此拜别了。"向止禁门拜了二十四拜，立起身来，将头向着止禁门一撞，血流满地，竟死在门下。内宫圣上闻知，将止禁门开了。圣上一听说："王兄何苦如此？"心中十分苦楚，龙目滔滔下泪。传旨鲁国公程咬金、尉迟宝林兄弟。他三人原在外面打听，闻听传旨，急忙进宫，看见尉迟恭撞死，俱大哭。圣上说："御侄不必悲伤，就在止禁门首开丧，文武挂孝，以报王兄尉迟开国之功。"宝林兄弟谢恩。程咬金奏道："尉迟恭保薛仁贵，将性命来换。念他征东救驾之功，独马单鞭救王之功，望万岁将仁贵还禁监中，至来年秋后处斩。"朝廷听了，龙首一点，传旨："将薛仁贵仍下天牢。"圣旨一下，刽子手就放了绑。王茂生扶了薛仁贵，复进天牢。仁贵到监牢中，晓得尉迟恭身死，放声大哭，说："尉老啊，你今为了区区，将身惨死，吾好痛心。"茂生再三劝慰。不知后来如何，且看下回分解。

第　六　回

徐茂公回朝救仁贵　苏宝同遣使下番书

再说那宫中，朝廷亲自祭奠，文武百官、皇亲国戚都来祭奠。三日之后出殡，在朝文武俱来相送，一路素车白马。安葬已毕，兄弟谢了圣旨，复谢百官。朝廷降旨：封宝林荫袭父爵虢国公，宝庆封陈国公，尉迟号怀封平阳总兵。黑白二夫人见老相公身死大哭，蒙圣恩御祭御葬，又封了三位儿子，感念圣恩，在家守孝。

朝中无事，太平天下，不知不觉，又是一年了。到了秋后，万岁驾坐早朝，文武朝见已毕，圣上对程咬金说："如今没的说了。"咬金无可奈何，不能保救，下边秦、罗、尉迟等，好似雷打相同，都不敢出来保救，面面相觑。圣上即降旨："将仁贵绑出法场斩首，报来缴旨。"旨意已出，竟将仁贵绑缚去了。合当有救，却好徐茂公汉阳府救饥完工，前来缴旨。正见法场处决仁贵，茂公说："刀下留人！"指挥见了英国公徐千岁，怎敢动手。徐茂公来到殿上，俯伏金阶复旨。圣上看见徐茂公，龙心不胜之喜，说："先生在湖庆救饥，想是完毕了，百姓如何？"徐茂公奏说："湖庆汉阳府前年大荒，蒙万岁洪恩，救活了数百万百姓。今年麦熟，百姓就好活了。如今来复旨。老臣来朝，见法场处决薛平辽，已请刀下留人，欲求保薛仁贵。"万岁道："他犯了十恶不赦之罪，朕旨意今日一定要斩，先生你不必再管他。"徐茂公奏说："老臣亦奉旨要救薛仁贵。"万岁道："徐先生痴了，只有寡人的旨意，哪个做得朕的旨意？"徐茂公说："万岁三年前已降过旨意，老臣是奉旨的。"圣上说："先生一发荒唐了。三年之前，哪儿有什么旨意？"徐茂公说："万岁前年在东辽三江越虎城外打猎，老臣奏明要遇见应梦贤臣，但这人福浅，早见不得君主，还要得三年之后。望陛下不见他，过了三年，班师到京，见他尚未为晚。就是圣上金口玉言说，'早见朕三年，难道他还要折寿？'臣说：'寿倒也不折，只怕有三年牢狱之灾。'万岁说：'卿益发糊涂了，这牢狱之苦只有寡人做主，哪个监得他在牢！如今朕发心要见，虽然应梦贤臣，将来犯了十恶大罪,寡人只将功折罪,并不把他下在天牢。'老臣又奏道:'万岁金口玉言说在此的,后来薛仁贵有什么违条犯法之罪,求陛下要赦的。'蒙吾主金口说:'自然赦他。'故此,老臣今日是奉三年前万岁的旨意。"贞观天子听了,龙首点头说:"先生主意怎么样?"徐茂公说:"如今仍将薛仁贵发下天牢,明年秋后处决。"天子说:"依先生所奏。"传旨放绑,仍落牢中矣。万岁龙袖一卷,驾退入宫。

程咬金这一班公爷,今朝见要斩仁贵,恨不能保救。今见徐茂公上朝,欢喜不过,料是一定放的,不道又下天牢。众人不解,程咬金上前叫声:"二哥久违了。方才圣上倒有心赦宥,二哥为何又发天牢?"徐茂公说:"兄弟你不知,天数已定,他命中注定有三年牢狱之灾,就早出来也没路的。圣上终究疑心,另寻别事斩他。明年欢欢喜喜出来,岂不妙哉!"程咬金等大不悦,各自回府。

光阴似箭,日月如梭,不觉一年相近了。再讲西番哈迷国,有一元帅,是苏定方之孙、苏凤之子苏宝同,国王封他为扫唐灭寇大元帅,坐镇锁阳城,与陕西交界。他差使臣来到长安。此日万岁驾车早朝,有黄门官朝见。天子说:"宣进来。"使臣来到金阶,俯伏奏道:"番邦使臣杨魁叩见,愿天朝圣主万寿无疆。今有番表一道,献与龙目观看。"朝廷说:"什么表章?取上来。"杨魁把本一呈,接本官呈上龙案开拆,龙目一看,有数行字在上面写着:

　　扫唐灭寇苏元帅,三世冤冤要报仇。手下雄兵千百万,要灭唐朝尽九州。战书到日休害怕,不夺长安誓不休。若要我邦不兴兵,唐主称臣自低头。

唐太宗一见番表,不觉龙颜大怒,说道:"罢了!罢了!那些蝼蚁之禽,如此无礼。苏宝同无知小人,也来欺负寡人。过来,把使臣斩首午门,前来缴旨。"两旁一声答应,将使臣绑赴午门,一声炮响,斩了首级,上朝去缴旨。两班文武官不解其意,徐茂公出班说:"陛下龙驾在上,西番国王表章上说了些什么,万岁龙颜如此大怒?为何把使臣斩首?"太宗道:"徐先生,你拿表去看便知。"徐茂公上前,取过表章。一看,果然无礼。"天朝反惧番邦?今斩了来使,恐防有争战,不比扫北征东容易。"太宗说:"苏宝同何等样人,这般厉害?先生讲个明白。"徐茂公说:"苏宝同乃是苏定方子孙,苏凤逃入番邦,生下一男一女,男名宝同,国王招为驸马,女唤锦莲,纳为后妃。今宝同父已死,宝同有飞刀二十四把,一纵长虹三千里。手下有妖僧妖道,都是吹毛变虎之人,撒豆成兵之将。他镇守锁阳城,和陕西交界。他晓得杀了使臣,必然乘势出兵前来,怎生拒敌?不如先起兵征讨。”太宗说:“朕主意已定,谁人挂印征西?”连问数声,无人答应。太宗问徐茂公道:“先生,如今哪个为帅?”徐茂公说:“征西还是征东将。”圣上说:“先生又来了,征东是薛仁贵,难道又是他不成?”徐茂公说:“还是应梦贤臣。”圣上龙首一点,“如今用兵之际,待他立功赎罪。”传旨意一道,速往天牢赦出薛仁贵,封为天下都招讨、九州四郡兵马大将军、挂印征西大元帅。天使来到天牢开读,仁贵也不谢恩,也不受旨。天使回殿复旨。天子问道:“薛仁贵不肯受旨,情愿受死。怎么处?”徐茂公说:“他受三年苦处,心不甘服。要万岁赐他尚方宝剑①,倘若有文武不从,先斩后奏,必然肯受招的。”圣上依议,就将尚方宝剑交付与天使到了天牢开读。仁贵说:“只要成清王到牢中,同我到万岁驾前奏明冤情,三年受苦,三赴法场。如皇叔不到,臣愿受死。”天使只得又将此言奏明,圣上听了,宣皇叔成清王到。皇叔忙跪伏金阶奏道:“老臣不往牢中去了,他今掌了兵权生杀之柄,倘有羞辱,老臣性命难保了。望圣上恩宥。”天子想想也是。程咬金见圣上不决,只得上前说:“老臣前去宣仁贵,不怕他不受圣旨。”天子闻言说:“程王兄此去,必然薛仁贵前来。”程咬金接了圣旨,竟往天牢。开读已毕,仁贵谢了恩,对咬金说:“老柱国,你晓得晚生受奸王哄骗,三年受牢狱之苦,必要杀他祭旗,以泄此恨。”咬金说:“平辽公只都在老夫身上,包你祭旗。”仁贵说:“老柱国担当得么?”程咬金说:“担当得的。”二人出了监门,有左右请换了袍甲,上马竟入朝来。不比前番三次上法场,如今大不相同,兵将跟随,文武簇拥,昂昂然来到金阶俯伏,口称:“罪臣薛仁贵,蒙吾主不斩之恩,又封为元帅,愿吾主万岁、万岁、万万岁。”圣上道:“赐薛王兄平身。”当殿披挂征西大元帅,钦赐御酒三杯,仁贵谢恩。如今重做元帅,心中欢悦不过。底下武职官一个个上前恭见,仁贵说:“明日相见。”圣主赐宴金銮殿,众小公爷、驸马秦怀玉、罗

---

① 尚方宝剑——皇帝用的宝剑。有先斩后奏的权力。尚方,制作或储藏御用器物的官署。

通等陪。仁贵及各兄弟饮酒,庆贺今日相逢,欢喜不尽。饮至三更,各自回府。次日五更坐朝,天子命大元帅薛仁贵在教场之内,自团营总兵官及大小三军武职们等操演半个月,演好武艺,然后就此发兵。仁贵领陛下旨意,出了午门,来到元帅府,此话不表,未知后事究竟如何,且听下回分解。

第 七 回

唐天子御驾征西　薛仁贵重新拜帅

话说徐茂公在朝奏说："万岁，西番不比东辽，那些鞑囚一个个都是能人，厉害不过，必须要御驾亲征才好。"圣上说："先生，苏宝同这厮朕甚痛恨，必要活擒拿来碎剐，方称朕心，以泄此忿。不然朕不放心。"茂公说道："这个自然。"一面降旨意着户部①催促各路粮米，户部领旨。圣上把龙袖一转，驾退回宫。明日清晨，薛仁贵打发哥哥王茂生往山西绛州安慰二位夫人，并告知八位总兵，周青等操演三军，不日调用。此话不表。

再言仁贵打发王茂生回去，自家在教场中操演三军。圣上忙乱纷纷降许多旨意，专等薛仁贵演熟三军，就要选定吉日，兴兵前去征西。不想过了半月，仁贵上金殿奏："臣三军已操演得精熟的了，万岁几时发兵？"圣上说："徐先生已选定在明日起兵，小王兄回府筹备周密，明日就要发兵了。"仁贵领了旨意，退回帅府，另有一番忙碌。这如今各府公爷，都是当心办事。到了明日五更三点，驾登龙位，只有文官在二班了，武将都在教场内。有大元帅薛仁贵戎装上殿，当驾官堂前捧过帅印交与元帅。皇上御手亲赐三杯酒，仁贵饮了，谢恩退出午门，上了赛风驹，竟往教场来了。先有众公爷在那儿候接，都是戎装披挂，挂剑悬鞭。这一班公爷上前说："元帅在上，末将们在此候接。"薛仁贵说："诸位兄弟、将军，何劳远迎。随本帅上教场内来。"诸位国公、驸马秦怀玉等，同元帅来到教场中，只见团营总兵官，同游击、千把总、参将、百户、都司、守备等这一班武职们，都是金盔银铠，跪接元帅。仁贵吩咐站定教场两旁。教场中三军齐齐跪下，迎帅爷登了账，点明队伍，共起兵三十万。大队人马，秦怀玉为先锋，带一万人马，须过关斩将、遇水成桥。此去西番，不比东辽，这些鞑囚甚是骁勇，一到边关，停兵候本帅大兵到了，然后开兵打仗。若然私自开兵，本帅一到，就要问罪。秦怀玉得令，好不威风，头戴白银盔，身穿白银

---

① 户部——朝廷掌管财赋、户口的官署。

甲,内衬皂罗袍,腰挂昆仑剑,左悬弓,右插箭,手执提罗枪,跨上呼雷豹。尉迟兄弟为左右接应;段林护送粮草;程铁牛、段滕贤为保驾。

鲁国公程咬金、英国公徐茂公同了天子在金銮殿降旨:命左丞相魏徵料理国家之事;命殿下李治权掌朝纲。天子降旨已毕,然后同了鲁国公、英国公出了午门,上了日月骕骦马,一竟来到教场。有元帅薛仁贵接到御营,即刻杀牛羊祭了旗。元帅对程咬金说:"老柱国,晚生前日有言,要将李道宗祭旗,老柱国一力担当。如今皇叔不来,晚生承老千岁屡屡相救,不曾报得。今日论国法,要借重老先生一替了。"咬金听了大惊说:"借不得的,待我去拿来罢。"走出帅营,心中想道:"王爷怎么拿得?"拿了令箭一枝,传先锋秦怀玉。驸马说:"老叔父有何使命?"咬金说:"贤侄,如今不好了。李道宗不到,要将吾祭旗。你到王府,且不可拿他,若先拿他,定不出来,只说奉旨点了先锋,特来辞行。骗他来到银銮殿,叫人拿住。捉了他来,交与元帅,吾就没事了。"驸马依言,来到王府,叫人通报说:"驸马爷做了先锋,要去西征,特来辞行。"家将报进,对王爷说了,李道宗想道:"秦驸马乃朝廷爱婿,倒来辞行,难道不去见他?"命左右请附马进来。果然秦怀玉下马,来到银銮,李道宗出来相迎。秦怀玉一见李道宗大喜,命左右:"与我拿下!"王爷说:"为何前来拿我?"驸马说:"圣上在教场,命吾来请你去商议。"竟带了李道宗,出了王府,直往教场而来。那个倒运的张仁,看见王爷被带去,也跟到教场内来了。程咬金一见大喜说:"贤侄之功不小,救了老夫性命。"天子同元帅在演武厅,仁贵一见李道宗身边的张仁,就是假传圣旨的,命左右:"速拿李王爷身边长大汉子、大顶凉帽的人,给我拿来。"左右一声答应,忙将张仁拿上将台。薛元帅奏道:"假传圣旨,哄进长安,骗入王府,都是这人,望圣上必须究问。"天子道:"你叫什么名字,为何把元帅骗入长安?此节事情你从头讲来。说得不明,快取刀伺候。"张仁吓得魂不在身,口中说道:"没有此事,小人从来不认得元帅,冤枉的。"元帅奏说:"不用刑法,焉能得招?"天子传旨:"取箍头带上!"张仁一上脑箍,口中大叫说:"小人愿招。小人是张娘娘赠嫁,来到王府,蒙王爷另眼相待。后来太爷父子都被元帅斩首,娘娘十分怨恨,用计假传圣旨,将元帅召进,用酒灌醉,抬入郡主宫中。郡主畏羞,撞阶而死。求圣恩饶小人狗命。"天子听了,龙颜大怒,说:"有这等事!倒害了元帅三年受苦,朕悔无及。"命指挥斩首报来。一声答应,将张仁绑出法场斩首。又传旨将张妃白绫绞死。圣上再对薛仁贵说:"元帅如今屈事已清,张仁处斩,张妃绞死。但皇叔年纪老了,作事糊涂,倒害了御妹,如今又无世子,看朕之面,免其一死。"薛仁贵说:"只要万岁心下明白,晓得臣冤屈,也就罢了。"程咬金听得说:"不好,不好。仁贵做了王位,尚且被他算计,死中得活;想起来我乃是国公,也被他算计,就当不起了,必须斩草除根为妙。"忙上奏道:"皇叔不死,元帅征西恐不肯尽命去拿苏宝同。"皇上听得此言,心想:"朕深恨番邦,要活拿苏贼。如元帅不肯用心,如之奈何?"只得说:"王兄所言不差,但天子无有杀皇叔之理。"程咬金说:"这不难,如今诈将皇叔放入瓮中闷死。待今日起了兵,明日差人暗暗放他出来,岂不公私两全。"圣上说:"如今哪里得有一个大瓮来?"咬金说:"长安城中有一古寺叫玄明寺,大殿上有一口大钟,倒也宽大,将皇叔放在当中。"圣上就依议。程咬金谢了恩,带了李道宗,竟到玄明寺。看了那大殿上是汉铸的一口钟,倒在地下,钟架子是烂掉了。叫许多军士将钟抬起,请皇叔坐在当中。李道宗懊悔,不该听了张妃。如今是奉旨的,倘皇天有眼,等他去了,还有一条生路。只听天而已。军士看见皇叔坐定,将钟罩皇叔在内。咬金吩咐取干柴过来,放在钟边,四面烧起。军士果然拿火来烧,李道宗在内大叫:"程老头儿,这个使不得的!"凭你喊破喉咙,外面只做不听见。顿时烧死,竟来到教场复旨说:"皇叔恶贯满盈,忽天降大火,将殿宇烧坏,皇叔竟烧死在殿内。"天子听了,也无可奈何,命户部将玄明寺大殿修好。

再讲元帅祭了大旗,皇上御奠三杯。元帅祭旗已毕,吩咐放炮拔营,是弓上弦、刀出鞘。有文官同殿下李治,送父皇起程。传旨:"皇儿不必远送,文武各回衙署理事。"殿下谢了父皇,回转长安。那些人马,离了长安,竟望西凉进发,好不威声震耳。家家下闼①,户户闭门。正是:

太宗在位二十年,风调雨顺太平安。迷王麾下苏元帅,差来番使到中原。辱骂贞观天子帝,今日出兵往西行。剑戟刀枪寒森森,旗幡五色鬼神钦。金盔银铠霞光见,洁白龙驹是端飞。年老功臣多杀害,此番杀尽西番兵。

若要看征西如何,且看下回分解。

────────────

① 下闼(tà)——关门。

第 八 回
一路上旗开得胜　秦怀玉枪挑连度

　　再讲大唐人马,旌旗烈烈,号带飘扬,正往陕西大路而行。前去征西平番,不比扫北征东,所以御驾亲征。大队兵马行过了宁夏甘肃一带地方,出了玉门关,过了瀚海,一路都是沙漠之地,来到界牌关。界牌关外五百里是西凉国地方,人烟稀少。此处划有江界,若是大唐人马到来,必须要穿过宁夏,过了玉门关,然后到西鞑靼地方。前日贞观天子将杨魁斩了,随来的使命飞奔锁阳城,报与苏宝同,早已防备的了。各关守将日夜当心,差小番儿探马远远打听。

　　界牌关有一位镇守总兵,此人姓黑名连度,其人身长一丈,头大如斗,膀阔腰圆,一张朱砂脸,面短腮阔,眼如铜铃,腮下一连鬈红须,两臂有千斤之力。他上阵用一柄九连环大刀,重一百二十斤,其人厉害不过。他正在私衙与偏将们讲:"国舅批战书到中原,被大唐天子将使臣斩了。国舅知道大怒,要起人马取唐天下,要报父母之仇,早晚必有厮杀一番。"忽有小番见报进来了,说:"不好了,启平章爷,小番打听得南朝圣主,御驾亲征,带了大兵三十万,有平辽王薛仁贵为元帅,前部先锋驸马秦怀玉,左右先行有战将数员,底下合营总兵官,前来攻打界牌关。"黑连度听了大笑说:"方才在这里讲,国舅出兵欲取中原,谁知他们来送死。可打听明白了?"小番道:"在玉门关打听明白的。"问:"离关有多少路?"答:"头站先锋出玉门关,快到了。""速去打听!""是。"诸将连忙问道:"大老爷,南朝兵马到来,何以这等大笑呀?""诸位将军,国舅欲取中原花花世界,所以前日打战书与大唐君主。他反将使臣杀了。国舅大怒,奏知狼主。狼主怒甚,命国舅起兵,不料他倒出兵前来。亦算狼主洪福齐天,大唐天下该绝的了。仁贵为帅,他是火头军①,有什么本事?盖苏文堕其术中,他征东容易,看来如今征西颇难。我邦元帅厉害,乾坤一定是我狼主的了。"

――――――――――

　　①　火头军——近代小说戏曲中称军队中的炊事员,常用作戏谑的话。

众将道："何以见得？"连度道："今唐朝所靠仁贵本事，只道西番没有能人，所以御驾亲征，领兵前来征战。他远不晓得西番狼主驾前，都是英雄豪杰，何惧仁贵、秦怀玉？待唐兵到来，必然攻打界牌关。本镇出去活擒唐将，以献国舅，岂不是本镇之功！"诸将大喜，叫声："平章爷，这个关头全靠你。小将们回衙，操演人马，早晚必有一番厮杀。"不说这个花智、鲁达、不花等告别回衙，各自小心去料理。那黑连度吩咐把都总："关上多加火炮、灰瓶、石子、强弓、弩箭，若唐兵一到，即来报我，紧守关头为要紧。"

再说大唐先锋秦怀玉领了一万人马，从陕西、宁夏、甘肃一带地方出了玉门关。有军士报说："启上驸马爷，前面是界牌关了。"问："还有多少路？"说："离关十里。"吩咐放炮安营，说："军士们过来，打听大兵一到，速来报我。"领命前去。如今要说大唐天子统带大队人马，过了玉门关，一路西来，早有驸马秦怀玉相接，说："小将在此接候龙驾、帅爷。前面就是界牌关，不敢抗违帅爷将命，扎营在此。"薛仁贵说："驸马辛苦了，听了本帅之命，马到成功，西辽可定。"吩咐大小三军扎了营寨，忙进御营。天子说："薛爱卿，前日宣召八位总兵曾到否？"薛仁贵奏道："前蒙圣恩，闻报离了山西，早晚必到。"话未了，外面报进说："周青等八位总兵见驾。"天子大悦，吩咐宣进来。周青等跪下，奏说："周青同兄弟七人朝见。"天子说道："八位总兵在此保驾。"即谢了恩，立在旁边。传命拔营，进兵攻关。放炮三声，安下营齐进。

又说关里小番报进："启平章爷，唐兵已到关下了。"黑连度说："方才关外放炮之声，想必唐兵到了安营。若然有唐将讨战，前来报我。"番儿得命，在关上观望。再说唐营元帅问："哪一位将军出去讨战？"闪出先锋秦怀玉说："小将出去讨战。"元帅大喜说："西番鞑子，甚是厉害。第一关开头，须要取他之胜，才算得唐将英勇。"又令："驸马出去，必定成功。命尉迟宝林、宝庆兄弟二人为左右翼。若驸马胜了番将，你二人乘势抢关。""得令。"秦怀玉骑上呼雷豹，手执提罗枪，挂铜悬鞭，顶盔贯甲。一声炮响，大开营门。尉迟弟兄也结束①停当，随了秦怀玉，金鼓声响喇喇豁喇喇一直冲到关下。小番兵看见，好一个唐将，乱箭纷纷地射下来。秦

----

① 结束——装束。

怀玉扣住马说："关上的,快报与主将得知,唐朝天兵到了,天子御驾亲征,叫他早出关投降。"秦怀玉关下大叫,早有小番报进:"启平章爷,南朝蛮子在关外讨战。"黑连度听报,传令:"诸将大小三军,同本镇出关,杀那唐兵片甲不回。""得令!"黑连度脱了袍服,顶好盔,穿了甲,拿了刀,上马出了总府衙门,来到关上。往下一瞧,唔呀!好一个蛮子!但见他头顶闹龙银盔,身穿索子黄金甲,面如银盆,三绺长须飘扬脑后,左悬弓,右插箭。坐下呼雷豹,好不威风。远远有二员恶相的唐将在后面。黑连度吩咐把都儿,发炮开关。一个鞑子,往吊桥直冲下来。见他头顶双凤翅金盔,斗大红缨,面如红砂,狮子口,大鼻子,朱砂脸,一双怪眼,短短一面连鬓胡子;身上穿一领猩猩血染大红袍,外罩龙鳞红铜铠,左悬弓,右插箭,手执一柄九连环大刀,坐下一匹乌昏点子马,直奔阵前,把刀一起。秦怀玉提罗枪噶嘟一声架定,说道:"那守关将留下名来。"连度道:"唔,你要问本镇之名么?俺乃西凉国驾下红袍大力子、国舅大元帅苏麾下,加封镇守界牌关总兵大将军黑连度。你可晓得本镇的刀法厉害么?"秦怀玉说:"不晓得你无名之辈。今天兵已到,把你们一国蚂蚁要杀个尽尽绝绝,何在乎你这胡儿霸住界牌关,阻大兵去路。顺吾者生,挡路者死,快快献关,方免一死。若有一声不肯,那时死在秦爷枪头之上,悔之晚矣。"黑连度大怒,喝道:"你这狗蛮子,有多大本事,如此夸强么!俺不斩无名之将,通下名来,俺家好斩你。"秦先锋说:"你要问爷之名么?洗耳恭听!吾乃大唐驸马,大元帅薛麾下,加封护国公保驾大将军、前部先锋,姓秦名怀玉。难道不闻得秦驸马之名么?"黑连度哈哈大笑说:"原来就是秦琼之子,我也晓得中原有你之名,到西凉就不足奇。唐主尚要活捉,何况你这狗蛮子。"秦怀玉说:"休得多言,招秦爷枪罢。"枪一起,直往黑连度面门刺来。不知后事如何,且看下回分解。

第 九 回

界牌关驸马立功　金霞关尉迟逞能

　　黑连度把手中大刀噶喇叮当运转几刀,战到二十几个回合。怀玉这条提罗枪,神出鬼没,阴手接来阳手发,阳手接来阴手发,迎开些,挡开去,抬开去,返转刀来,左插花,右插花,苏秦背剑,月里穿梭,双龙入海,二凤穿花,左上右落,却砍个不住。他二人战到四十个回合并无高下,黑连度大喊一声:“诸将,快与我上前擒捉秦怀玉。”众将齐声赶到,花智、鲁逵、不花数十员将官,一齐上前,围住秦怀玉。唐将尉迟兄弟,二马冲到阵前,叫声:“驸马,休得着忙,兄弟来助战。”秦怀玉见二人来到,方得放心。黑连度提刀就砍宝林,宝林急架相迎,敌住黑连度。宝庆把数员番将尽皆杀散,番兵死了大半。单有黑连度一口大刀厉害,战住秦怀玉、尉迟宝林二人,见个雌雄,一场好杀,三将战到又四十冲锋①。黑连度刀法渐渐松下来,回头看那自家兵将多被宝庆杀死,好不慌张,却被秦怀玉一枪兜咽喉刺来,叫声:“呵呀!我命休矣!”要招架来不及了,只得把头偏一偏,肩膀上中了一枪,大叫一声带马就走。宝林纵一步,马上叫声:“哪里走!”提起竹节钢鞭,夹背心儿一击。黑连度大喊一声,口吐鲜血,马上坐立不稳,被秦怀玉兜心一枪,跌下马来;复一枪结果了性命。吩咐:“军士取了首级,快抢关哩!”喝叫得一声:“抢关!”秦怀玉一马先冲上了吊桥,宝林、宝庆兄弟二人,把枪一招说:“诸位将军,快抢吊桥!”有周青、薛贤徒、姜兴霸、李庆红、周文、周武、王心溪、王心鹤八位总兵官,上马提刀,抢过了吊桥。那些小番儿闭关不及,却被秦怀玉一枪一个,宝林兄弟同众将挥刀乱砍,斧劈的、枪挑的,杀死不计其数。杀进帅府,查盘钱粮国库。粮食丰盈,仓廒②充足。遂请关外大元帅同贞观天子、大小三军陆续进关。百姓香花灯烛,挂灯结彩,迎接天子。又将银钱粮草开清在簿,送上元帅。怀玉、宝林兄弟上前奏道:“小将们杀退了番奴,已得关了,钱粮开写明白,

---

　　① 冲锋——即回合。
　　② 仓廒(áo)——贮藏粮食等的仓库。

献上元帅。奏请缴令。"薛仁贵说:"三位贤弟取了界牌关,西辽丧胆,其功不小,果称英雄!"太宗大悦:"王儿、御侄,真乃将门之子,比秦王兄、尉迟王兄更狠。"传旨:"整办御筵,庆贺功劳。"一宵过了。明日清晨在关上打起大唐旗号,养马三日。如今发炮抬营,三军如猛虎,众将似天神,离了界牌关,一路往前。人马向金霞关进发,探马打听失了界牌关,飞报进关去了。行兵三日,地广人稀,青草不生。又行三日,来到关外,将人马扎住。后队大元帅人马已到,吩咐安营。放炮三声,安下营寨。

再说金霞关守将名唤忽尔迷,身长一丈,头如笆斗,面如蓝靛,发如朱砂,颔下黄须,力大无穷,镇守金霞关。这一日升堂,有小番报进:"界牌关被大唐打破,夺取关头,黑平章阵亡。现有败将把都儿在外。"忽尔迷闻说界牌关失了,大惊说:"快宣进来。"把都儿走进跪下说:"大老爷,不好了! 大唐兵将实为骁勇,界牌关打破,不日兵到金霞关了。"忽尔迷一听此言,吓的胆战心惊,说:"本镇知道,速去锁阳城报与苏元帅知道,早早救援。"吩咐:"关头上多加石子、灰瓶、炮石、弓弩、旗箭,小心保守。大唐兵将到来讨战,报与本镇。"

再说关外元帅升帐,聚齐众将两旁听令。尉迟宝林披挂上帐,说:"启元帅,界牌关驸马立了头功。如今金霞关,待小将出马取此关头,以立微功。"仁贵说:"好贤弟,此言真乃英雄,但要小心。"怀玉听了,说:"启知元帅,界牌多亏了二位贤弟助战,取这关头,今日还是我去,枪挑番将。"元帅说:"将令已出,驸马可去押阵接应。""得令!"尉迟宝林顶盔贯甲,挂剑悬鞭,提枪上马,带领军士冲出营门,来到关前大喝一声:"呔! 关上的,快报与关主知道,今南朝圣驾亲征,前来破番,要杀尽你这班胡儿。界牌关已破,早早出来受死。"一声大叫,关上小番听了,进来报道:"启爷,关外大唐人马已到,有将讨战。"忽尔迷闻报,忙取盔甲,上马提刀,披挂结束,打扮停当。带过马跨上雕鞍,提刀出府,来到关前,吩咐开关。轰隆一声炮响,大开关门,放下吊桥,一字摆开,豁喇喇一马冲出。宝林抬头一看,此将甚是凶恶。你看他怎生打扮? 头戴红缨亮铁盔,身披龙麟铁甲,面如蓝靛,发如朱砂,眼如铜铃,两耳招风,一脸黄须;坐下一骑红鬃马,大刀一挥光闪烁,枪刀双起响叮当,喝声似霹雳。宝林大叫道:"哪来的胡儿羯①狗,通下名来。"忽尔迷只说:"你要问魔家的名么? 俺

---

① 羯(jié)——我国古代民族,匈奴的一个别支。这里泛指胡人。

乃红毛大力子、苏元帅麾下,加封镇守金霞关大将军,忽尔迷便是。"宝林说:"看你这尽是西辽羯狗,今日天兵已到,不思迎接献关,反阻抗天兵去路,分明活得不耐烦了!"忽尔迷大怒,也不问姓名,提起刀来,向宝林头上劈将下来。宝林叫声:"来得好!"把枪噶啷一声,便一枭。忽尔迷即喊声"不好了",在马上一仰。宝林把手中枪紧一紧,一枪当心刺进来。忽尔迷避闪不及,枪中前心,将身一仰,跌下马去,复一枪刺死。吩咐诸将抢关,叫得一声:"抢关",一骑马先冲上去了。秦怀玉在那儿押阵,见宝林刺了番将,急把枪一招,说声:"诸将军快去抢关!"麾下尉迟宝庆、周青、王心溪、王心鹤、李庆红、姜兴霸,这六骑人马带三军将士从后赶来。宝林赶上吊桥,小番扯也来不及了,忙发狼牙箭如雨点,被宝林用枪拨开,从箭中赶近刺了几个小番,一拥赶上。诸将也过了吊桥,六骑人马杀进关中,鼓声如雷,叫杀喧天。这关内偏将、正将、牙将们顶盔贯甲,上马提刀,前来抵敌。宝林兄弟两条枪好不得,来一个,刺一个;来一对,挑一双。这番兵都被杀伤。周青使动铁剑,说:"胡狗儿,快来受死!"番兵逃走不得,尽被杀死。秦怀玉使动提罗枪,见番将好枪法,宝林上前启奏,说:"小将缴令。"元帅说:"贤弟,取此关头,其功不小。"天子说:"御侄,少年扫北本领远与秦驸马一样。"立即传旨在帅府设宴驾功,称赏恩犒。

　　次日清晨,把西辽旗号去了,换了大唐旗号。养马三日,放炮起行。三军司命,浩浩荡荡,行兵三日,往接天关进发。来到关外,人马扎住。后队六元帅人马已到,吩咐离关十里安营。有尉迟宝庆上前说道:"驸马与哥哥取了二关,今接天关,元帅且慢安营,待小将走马去取关,先开一阵。倘挑了番将,就此冲进关门,马到成功,岂不为美? 若不能取胜,安营未迟。"秦怀玉说:"此处番将厉害,我自去罢。"尉迟宝庆说:"驸马何轻视我。我枪法厉害,未曾与朝廷出力,此关定要让小将去破。"元帅说:"将军若果然要去,必须小心,待本帅与你押阵。靠着陛下洪福,将军胜了番将,本帅领人马冲进关中,也是你之功劳。""得令!"头盔贯甲,挂铜悬鞭,上了乌骓马。把马一催,来到关前,大喝一声:"守关的快报进去,说天兵到了,速速献关。若有半言阻抗,本将军要攻关了。"不知宝庆如何胜得番将,且看下回分解。

第 十 回

空城计君臣受困　宝同一困锁阳城

不讲外面宝庆攻关，且说小番报进来了："启总爷，大唐人马已到，有蛮子讨战。"总爷大惊道："中原人马几时到的？可曾安营么？""启上平章爷，才到。不曾扎营，走马端枪讨战。"总爷说道："连取二关，又要取接天关。"吩咐带马过来。结束停当，挂剑悬鞭，手执狼牙棒，带领众把都儿，一声炮响，大开关门，一马当先，冲过吊桥。宝庆抬头一看，原来是一员恶将，十分凶脸。怎生打扮？头戴一顶凤凰双龙亮铁盔，身穿锁子黄金甲，手执惯使狼牙棒，坐下一匹千里银驹马。好一位鞑子番将！直到阵前。宝庆大喝一声："呔！来的胡儿住马，可通下名来。"总爷把棒一起，噶喇架定说："你要问魔家名么？对你说：我乃镇守接天关总兵段九成便是。可晓得本将军利害么？还不速退，休来纳命。"宝庆便把枪直刺过来；段九成把棒一架，回手就是一棒，喝声"招打"！当头向顶梁上盖打将下来，好厉害！果然泰山一般。宝庆把枪往上一挡，噶喇一声响，架开在旁，回手一枪，正中咽喉，跌下马来，死于非命。小番儿见主将已死，晓得金霞关内杀得厉害，大喊一声，各自逃生，往锁阳城去了。元帅好不快意，领人马随宝庆杀进关去了，一卒皆无，一齐到总府驻扎。宝庆进帐缴令。勇力取关，朝廷大悦，说："其功非小，御侄英雄更胜父兄，果然是将门之子。"宝庆见朝廷赞他，好不快乐。即传令改换大唐旗号，盘查国库钱粮，养马三日。元帅与军师商议取锁阳城，此话不表。

再言锁阳城，乃西辽大地方，人烟稠密之处，周围百里，三关十门。元帅苏宝同镇守，帐下有雄兵十万，战将千员。他是苏定方之孙，苏凤之子，都是罗通扫北，将他父亲杀死，逃走了苏凤，投在西凉国招为驸马，其姊纳为皇后。苏宝同幼年投师在金凤山李道符仙长门下学法，练就九口飞刀，飞镖三柄，一纵长虹三千里，时时切齿要报祖父之仇。差官打战书到中原，不料唐主斩了差使，苏宝同闻报大怒，正欲兴兵夺取长安，不料唐主拜仁贵为帅，御驾亲征，又失了三关，告急文书飞报锁阳城。苏宝同大慌，忙请二位军师商议,你道这两个军师是哪一个? 是扫北野马川李道人,名唤铁板道人。用一尺长、半寸阔铁打成的铁板,共有十二块,块块有符。要与他交战,念动真言,掣在空中,打将下来,要打为灰泥。身长一丈,头如笆斗,眼似铜铃,尖嘴大鼻,颔下红胡根如铁线,惯用孤定剑。当年被尉迟恭杀败,在西凉投在苏宝同帐下,拜为军师。另一僧乃敖来国出身,名唤飞钹禅师,用两副金钹,与人交战,掣在空中,打将下来,头儿打得粉碎。自称西天活佛,身长不满四尺,阔倒有三尺,相貌不扬,似石敢当。这二位合得投机,都在元帅帐下。闻得元帅相请,二位来到帅府,见了宝同,主客坐定。铁板道人说:"不知帅爷唤吾二人到来何干?"宝同说:"二位军师有所不知,本帅欲取中原,报祖父之仇。不料唐主拜薛蛮子为帅,兴兵前来,征伐西凉。前日小番来报,已夺了三关,不日来攻锁阳城。吾与军师商议,今唐兵到来,必要一网而擒,拿住唐王活捉薛蛮子。然后反兵杀上长安,夺了中原国位,狼主为君,将罗家满门抄灭,方称吾心。不知二位军师有何妙计与本帅雪恨?"飞钹禅师与铁板道人道:"只要我二人略施小计,管教唐兵百万一网打尽,钱粮兵马尽归我邦,唐朝君臣尽将诛戮,直上长安,狼主身登龙位,帅爷十大功劳,可以报仇雪恨。"苏宝同一听此言,欢喜大悦,开言说:"二位军师有何妙计,早说与本帅知道。"铁板道人说:"一些①也不难。那薛仁贵遣将讨战,不必与他交战,现在元帅统领三军出城,退到寒江关,留此空城,这薛仁贵必赶进城来。只要一进城中,我们将百万雄兵把锁阳城团团围住,此时十门攻打,管教他外无救兵,内无粮草,插翅也难飞去,不出三月尽皆饥死。他若出城交战,帅爷弄起飞刀,吾二人相助,杀他片甲不留。能人亦难出营。然后慢慢攻打,岂不是拿唐皇如反掌矣。"元帅说:"军师计算甚高。"众将无不欢欣。传令大小儿郎官员等,尽搬到寒江关安营,把座城池调空。宝同同了二位军师、诸将,离却锁阳城,竟往寒江关居住。点齐数十万人马,暗中埋伏,专听合围城池,不许漏泄。

　　再说薛仁贵在接天关,传令发炮起行,夺取锁阳城。进兵几日,乃陆续都到了锁阳城。有探马报进,禀道:"启知元帅,前面就是锁阳城,但见城头上旌旗展荡,又无兵卒,大开城门,吊桥并不扯起,不知

---

　　① 一些——方言,"一点儿"的意思。

什么计策，故禀上元帅。"仁贵呼呼大笑道："诸位将军。你们莫轻视此关。料此苏宝同无能，大开关门，兵卒全无，内中有计。今日圣驾征讨，谅无大事。你们大家须要小心进关，看他使何诡计？"那徐茂公开言道："元帅，那苏宝同不出关门交战，竟带三军去了，留此空城，吾军兵马休要乱动，不可进关。不然又是征东三江越虎故事了。"程咬金叫声："军师非也，我们的秦驸马并尉迟二位将军，英雄无敌，连夺三关，不用吹灰之力，锁阳城之将难道不晓得么？决然是闻此威风，谅来不敢迎敌，所以弃城逃遁。就闻我老程之名，他亦胆战心惊，哪儿有什么计？分明怕我们，逃去了。"薛仁贵说道："老千岁之言不差，他这班都是犬羊之辈，何足惧哉？闻我大唐天兵一到，他便望风而走。此关又非建都之地，怕什么！且入锁阳城，然后进兵取西辽，吾皇洪福齐天，西辽必定该灭。"吩咐大小三军开进城去。元帅一令，都往关内而走。军师徐茂公屈指一算，圣上该有几年灾难，将官有此一劫，天机不可预泄。元帅命尉迟宝林四处查点明白，恐防暗算奸计。盘查钱粮，原是充足，竟有数年之粮，百姓安顿如故。军师传令，军士先运粮草进关，然后请圣上进城。元帅诸将远远出城迎接天子进入关中，身登银銮宝殿。众臣朝参已毕。大元帅传令，把三十万人马，扎住营头。把十门紧闭，商议取寒江关。

再言苏宝同暗点人马探听，今见唐王君臣已进城中，四面号炮一起，有百万番兵围绕十门，齐扎营盘，共有十层皮帐。旗幡五色，霞光浩荡。吓得城上唐军急忙报入帅府，奏上万岁道："不好了，城外有百万番兵，围住十门，密不透风。"吓得天子魂不在身，众大臣冷汗淋漓，分明上了空城之计。天子道："薛王兄，这便如何是好？中了他们诡计了。这个城池有什么坚固，若他们攻打进来，岂不是要丧命。快快拨佣人马出关，杀退辽兵，以见英雄。"仁贵说："陛下，且往城上去看虚实。若果然厉害，再出主意。"圣上说："有理。"同了军师、元帅、程咬金及众将上西城一看，围得重重，又杀气腾腾，枪刀威烈森森。唐主见了，心慌胆裂，诸大臣无不惊慌。忽听得三声炮响，营头一乱，都说大帅到了。这苏宝同又来围住西门，九门有能将九员，数百万雄兵，截住要路，凭你三头六臂，双翅能上腾云也难杀出辽营。如何是好，且看下回分解。

第 十 一 回

苏宝同大战唐将　秦怀玉还铜身亡

不表城上君臣害怕，单表苏宝同全身披挂，坐马持刀，号炮一声，来到西城，两旁骁将千员，随后旗幡招展，思量就要攻打城池。忽抬头一看，见龙凤旗底下坐着唐天子。怎么打扮？头戴嵌宝九龙珍珠冠，面如银盆，两道长眉，一双龙目，两耳垂肩，额下五绺花须长拖肚腹；身穿二龙戏水绛黄袍，腰围金镶碧玉带，下面城墙遮蔽看不明白，坐在九曲黄罗伞下，果然好福相。南有徐茂公，北有程咬金。还有一个头戴白银盔，身穿白陵显龙袍，三绺长须。苏宝同在城下高声大呼道："城上的可就是朝廷李世民么？可晓得在木阳城听信罗通，将我祖父杀死。吾祖有功于朝。吾伯苏林又被罗通斩了，吾父苏凤被打四十，奔入西辽，生我兄妹二人。正欲兴兵到长安，不料天网恢恢，疏而不漏，今日已中我邦暗计，汝等君臣休想活命。快把罗蛮子送下来，万事全休，放你君臣回去。若不放出，休想回去。"这声喝叫，吓得天子毛骨悚然。薛仁贵、秦怀玉奏道："万岁休要慌忙，待臣发兵出去，擒此苏贼。"圣上依言回帅府。

元帅来教场，聚集诸将，说："如今苏宝同在城下猖狂，本帅起兵到此，未曾亲战。他口口声声要拿罗通，此情可恨。待本帅开关与他交战，立斩番将，方消此恨。"闪过先锋秦怀玉说："元帅不可，待小将出去开兵。"元帅说："驸马出城，待尉迟兄弟与你押阵。""得令！"怀玉顶盔贯甲，准备停当，吩咐放炮开城。金鼓一声，大开城门，一马冲先，来至阵前。抬头一看，见一员番将，十分厉害。他头戴凤翼盔，斗大红缨满天栽，身穿青铜甲，内衬绿绫袍，绣金龙凤腰，左有宝雕弓，右插琅琊箭，坐下乌龙驹，四蹄蹬跑声如雷；左手提刀，右手抚三绺长须，果然是中原人物。苏宝同提刀一起，喝声："蛮子，少催坐马，通下名来。"秦怀玉说："我乃唐天子驸马，世袭护国公，大元帅薛仁贵帐下前部先锋秦怀玉便是。可知驸马爷枪法厉害么？还不速退,休来纳命①。"苏宝同哈哈大笑说:"原来就是秦琼之子,大唐有你的名,本帅只道三头六臂,原来是一个狗蛮子。不要走,看本帅的刀法罢!"把刀一刺。秦怀玉拈起提罗枪串一串,噶喇一声响挡住,说:"且慢了,我这条枪不刺无名之将,通名下来!"苏宝同说:"本帅乃西辽国王驾下之舅,加封天冠大元帅苏宝同便是。你君臣快投降吧。"秦怀玉说:"原来就是你这逆子,你的祖父、伯父受唐朝厚恩,你却不忠反叛了。休要走!"一个月内穿梭,一枪刺来。苏宝同手持大砍刀,噶喇一声挡过去。一连几枪,都被苏宝同架在一旁,哪里肯让一毫。连转几刀,前后扒架,好刀法,秦怀玉亦架上手。彼此一场大战,鼓声如雷,炮声惊天,二人战了五十回合,马交十个照面,杀个平手。宝同暗想:待我诈败下去,暗放飞刀伤他。虚晃一刀,带转马就走。秦怀玉哪肯放松,把提罗枪押住,不容他放出飞刀,大叫一声:"苏宝同,你乃堂堂汉子,不要暗器伤人,与你战几百合,分个胜负。"宝同兜起缰,又把手中刀一架,喝声:"秦蛮子,难道本帅怕你不成?暗器伤人,非为英雄。你是中原驸马;我是西辽国舅。你晓得我刀法;我尽知你的枪势。英雄遇好汉!你后面所背的是何兵器?且看得毫光直透,耀日争辉。"秦怀玉叫一声:"胡儿,你还不晓得么?此乃露骨昆仑铜。我父双铜,打成唐朝天下。灭十八路诸侯,归北征东,都是这两口宝铜。重百二十四斤,外裹赤金六斤,共百三十斤。你闻知也要丧胆,可晓得此利害么?还不投降,休来送死。"宝同道:"原来如此,我道是邪法,原来金妆铜放光。借我一观,未知肯否?"怀玉说:"苏宝同,你要看吗?也罢,吾付你去看。"怀玉十分好心,忙向腰间解下,把双铜拿在手中,叫一声:"苏宝同你拿去看。"宝同接在手中,仔细一看,连声称赞:"好铜!果然名不虚传。吾父也曾说起此铜曾挡李元霸双锤。"越看越好,说声:"秦蛮子,此铜送与我罢。"兜转就走。驸马看见,大叫:"无信义的胡儿!不过借你去看,你倒骗了去,难道不还我不成?"把呼雷豹一拍,追上来了。那苏宝同听见"无信义"三字,呼呼冷笑说:"秦怀玉,你好小器,本帅不过取笑,难道果然要你的不成,双铜在此还了你。"便把双铜抛在半空,叫声"秦怀玉收铜"!那时天数已定,怀玉合该丧命。那秦驸马抬头一看,双铜跌将下来,光光打在面门,大叫一声:"嘎

---

① 纳命——送命。

唷!"一跤跌下马来。苏宝同回马,正要取首级。尉迟弟兄正在那里掠阵,看见驸马落马,双马齐出,抢了尸首回来。可惜一双宝锏,失落沙场,被苏宝同得了。尉迟弟兄回城,吩咐军士紧闭城门,来见元帅。

元帅听知驸马还锏身亡,惊得魂不在身,大哭一声:"我那驸马啊!"众将劝住,忙报知天子说:"驸马与苏宝同大战,骗去宝锏,还锏身亡。"天子一听此言,哭倒龙床之上,叫声:"王儿,你为国身亡,十大功劳,麒麟阁上画影,五凤楼前标名①,必要活擒苏贼,以祭王儿。"龙目滔滔下泪。徐茂公开言说:"也是驸马命该绝数,望吾皇不必悲伤,有损龙体。"天子依言,传旨:"将驸马尸首御葬,文武戴孝三日,开丧祭奠。"秦梦闻知父亲阵亡,也大哭来见元帅,说:"吾父亲战死沙场,害在苏贼之手。侄儿愿做先锋,亲提人马,杀此苏贼。若不把冤仇相报,枉为人在世,望叔父早发兵马,让侄儿出城。若不杀此叛贼,侄儿情愿战死沙场,不回城来了。"仁贵听了说:"贤侄虽然猛勇,武艺精通,但年轻力小,不是苏贼对手。待吾另点别将,与你父报仇。"元帅传令:"点尉迟弟兄出城,杀那苏贼。""得令!"二将顶盔贯甲,提枪上马,一声炮响,开了城门,放下吊桥,来至阵前。宝同抬头一看,见来了二将,打扮甚奇,都是凶恶之相。面如锅底,扫帚眉,一部胡须,头戴乌金盔,双龙戏珠;身穿乌金甲,内衬玄色暗龙袍;左插弓,右插箭,腰间悬竹节钢鞭,手执乌缨枪,坐下乌龙驹。这尉迟弟兄冲将过来,宝同喝声:"呔!你这两个蛮子留下名来!"宝林说:"你要问某家之名么,吾乃大唐天子驾前虢国公,薛元帅麾下左右先行,尉迟宝林、宝庆弟兄便是。你前日将我邦秦驸马打死,今日奉元帅将令,特来取汝首级,与驸马报仇。好好下马受死,免爷爷动手。"苏宝同说:"前日秦蛮子何等利害,尚然被本帅打死。何在乎你这两个蛮子?你在中原有你的本事,今到西凉,没有你的名字,不要走,招刀罢!"把大砍刀往头上砍下来。宝林把手中乌龙枪一架,只听得噶啷叮当。宝庆把手中蛇矛枪来助。苏宝同这口刀挡住两条枪,全不在心上。这两条枪也是利害,上一枪禽鸟飞奔,下一枪山犬惊走;左一枪英雄死,右一枪大将亡。宝同这口刀也利害,逼住

---

① 麒麟句——麒麟阁为汉代阁名,在未央宫中,汉宣帝时曾绘十一功臣像于阁上。后以此表示卓越功勋和最高荣誉。五凤楼为古楼名,后比喻能文之人是选五凤楼手。

了两条枪,往头顶面、两肋、胸膛、心窝就砍。正是:三马冲锋各分高下,三人打仗各显输赢。大砍刀,刀光闪耀;两条枪,枪似蛟龙。他是个保西凉掌兵权第一元帅,怎惧你中原两个小蛮子?我乃扶唐室定社稷的二位大将,哪怕你番邦一个胡儿?炮响连天,惊得锦绣房中才子搁笔。响杀之声,吓得阁楼上佳人停针。宝林兄弟两条枪要挑倒灵天塔,苏宝同恨不能一刀劈破翠屏山。大砍刀如猛虎,乌龙枪似恶龙。这三将不如胜败如何,且听下回分解。

第 十 二 回

尉迟弟兄遇飞刀　宝同大战薛仁贵

前言不表,再说苏宝同这把刀,哪里挡得住两员大将的枪? 战了四十回合,实在来不得了。心想倘一时失错,被他伤了性命,不如先下手为强。他一手提刀在那里招架,一手掐定秘诀,背上有一个葫芦,他把葫芦盖揭开,口内念动真言,飞出两口柳叶飞刀,长有三寸,有蒜叶阔,伴有一丈青光耀眼。尉迟弟兄见了,还不知是什么东西,只听得一声响亮,犹如霹雳豁喇喇一响。那弟兄二人抬头一看,吓得魂不附体。只见两口飞刀,好似两条火龙一样。宝林、宝庆大叫一声:"我命休矣"! 忙把手中枪来挡,哪里挡得住。但听到喀嚓一声,往顶门上斩将下来! 二人只把头偏得一偏,左膀子斩掉了,又一刀右膀子也斩掉了,又一刀斩掉了首级。三军大战,来抢尸首,被他挠勾搭去,将头号令。

苏宝同大胜,来到关前大骂说:"快快献出罗通,万事全休。若然不放出来,本帅杀进城中,踏为平地。"探子报进城中:"启元帅不好! 尉迟二将被他飞刀斩死,又来讨战。请元帅爷定夺。"元帅一听此言,勃然大怒,说:"可惜二位将军死于飞刀之下。"吩咐:"抬戟备马,待本帅亲自出去,除此番贼。"闪出尉迟号怀放声大哭说:"二位哥哥死得惨啊!"轰隆一响,跌在地下,晕死过去了。吓得诸将魂儿不在,连忙扶起,大家流泪。仁贵泪如雨下,说:"贤弟,不必悲伤。待本帅与你二兄报仇。"号怀悠悠醒转,立起身来说:"我尉迟号怀今日不与二兄报仇,不要在阳间做人了。"吩咐备马。元帅等俱挡不住他。跨上雕鞍,把鞭一抽,豁喇喇豁喇喇,一马冲出城去。元帅点起三千铁骑,一同出城。轰隆三声大炮,号怀来到阵前大骂:"狗胡儿,杀我二兄,今来报仇。"不问因由,劈面就是一枪,说:"你把我二兄乱刀斩死,我与你势不两立。三爷挑你前心后透,方解我胸中之恨。招枪罢!"飕的一枪,劈面门挑进来。苏宝同呼呼冷笑,说道:"乳臭小儿,也来送死。可怜佛也糊涂。也罢!"把手中大刀,噶啷一声响,架在旁首,马上交锋,逞起英雄。闪背回来,宝同把刀一起,往着号怀头上砍将下来。号怀闪在一旁。二人在沙场上,战到三十回合,难胜号怀。苏宝同暗想:"唐朝来的将官,多是能人。这人年轻,本事倒高。不免诈败下去,用飞刀伤了他。"算计已定,兜转马,把刀虚晃一晃,叫声:"小蛮子,果然凶勇,本帅不是你对手。我去休得来追。"带转丝缰,往营前就走。号怀叫声:"胡儿哪里走"! 正待要追,只听得城外鸣金。号怀听得,"元帅要我回军。也罢! 不与二兄报仇,要这性命何用? 如今违令了。"把马一拍,随后追上来。宝同又将柳叶飞刀来伤号怀。号怀一见,魂飞魄散,大叫:"二位哥哥,兄弟不能与你报仇了。"说罢,放声大哭。合当有救,韦驮天尊①在云端,看见苏宝同飞刀要斩号怀,知他后来要与唐天子代主出家,佛门弟子不该死于飞刀之下。使佛力把降魔棒一指,即时飞刀不见了,依旧云开见日,苏宝同大惊说:"这飞刀哪里去了?"叫声:"狗蛮子,本帅的飞刀,被你一阵哭不知哭到哪里去了,还我的宝刀来!"尉迟号怀抬头一看,果然不见了飞刀,心中暗暗称奇,连自己也不信,开言叫一声:"胡儿,本将军自有神通,哪怕你飞刀,快快下马受死。"苏宝同说:"休得胡言,看宝贝!"只听得一声响亮,又是一口飞刀下来了。天尊又把降魔棒一指,飞刀又不见了。一连三起飞刀,弄得无影无踪。那苏宝同慌张,心中一想:"我九口飞刀,连失三口。如若再放,依然杳去,便怎么处? 没有了飞刀,怎报得杀父之仇? 倘有疏忽,前功尽弃。也罢! 如今且自回营,另寻妙计,杀退唐兵。"主意已定,传令鸣金收军,兜转丝缰,回马就走。尉迟号怀飞马追赶。只听得空中大叫一声说:"尉迟将军,你快快收兵,莫可恋战。若追赶苏宝同,性命难保。"尉迟号怀抬头一看,见空中有金甲尊神,手中提着降魔棒,立在云端。"嘎! 我晓得了,方才救我的是这尊神仙。"不免望空拜谢。只见天尊冉冉往西而去。尉迟号怀收兵进城,来见元帅缴令。贞观天子传旨:"将二位将军衣冠埋葬,必要剿灭西凉,方雪朕恨。"又说:"连失三员大将,叫寡人寸心不忍。"仁贵道:"龙心暂安,臣明日发兵出城,擒此番将。"天子说:"元帅出去,须得小心。征西凉全靠你,不要失着与他。""这个自然。"

不表君臣商议,再言次日探子报进说:"帅爷,苏宝同又在城外讨

---

① 韦驮天尊——佛教天神名。为南方增长天王的八大神将之一,佛教列之为护法神。

战。"薛元帅闻报大怒，连忙打扮，结束停当。八位总兵官及程铁牛、秦梦、段仁、王宗一、尉迟号怀等进帐说："元帅出城破贼，小将们愿同往。"仁贵说："诸位将军兄们，今日本帅第一遭出阵，有八位总兵在此，不劳诸位将军去得。"众将说："说哪里话来，元帅出阵，末将随去听用。"说："这个不消，在城中保驾。""是。"元帅上了赛风驹，发炮三声，城门大开，鼓噪如雷，二十四面大红蜈蚣旗左右一分，冲出城来。你道他怎生打扮？但见头戴一顶亮银盔，二翅冲霞双龙蟠顶；身穿一件银丝铠，鸳鸯护心镜，内衬暗龙袍；背插四杆白绫旗，左边悬下宝雕弓，右首插几支狼牙箭，腰挂打将白虎鞭，坐下一匹赛风驹，手执画杆方天戟，后面白旗大字"招讨元帅本姓薛"。那薛仁贵来到阵前，抬头一看，但见苏宝同怎生模样？他头戴一顶青铜盔，高挑雉鸡尾两边分，白面颔下微须；身穿一件青铜甲，砌就龙鳞五色，甲内衬一领柳绿蟒，绣成龙凤，二龙戏珠前后护心；背挂葫芦，暗藏飞刀，插箭杆旗四面，左边挂弓，右边挂箭，足踏虎头靴，踹上一骑白龙驹，手托大砍刀，后面扯一面大旗，上写"天寇大元帅苏"，果然来得威风。仁贵把马住说："呔！你这番将可就是苏宝同么？"说："然也。既晓得本帅大名，何不早早自刎，献首级过来。"仁贵呼呼冷笑，叫："苏贼！你乃一个无名小卒，擅敢伤我邦三员大将。本帅不来罪你，你又在关前耀武扬威。今日逢着本帅，要与三将报仇，难道不闻我这画杆方天戟利害？好在用你祭我戟，也不为奇。不如卸甲投唐，等我主将你慢慢斩首挖心，以祭驸马、二位尉迟爵主。若有半句不肯，本帅就要动手。"苏宝同大怒说："你口出大言，敢就是什么薛元帅薛仁贵么？""既晓得本帅之名，何不下马受缚。"苏宝同说："薛蛮子，你不晓得我与大唐不共戴天，杀父之仇，恨得切齿。我也晓得你的本事不丑，今日将你一刀斩为几段，快放马来。"把大砍刀双手往上一举，喝一声："薛仁贵，招我的刀罢！"把这一刀往仁贵顶梁上砍将下来。仁贵说声"来得好！"把画杆方天戟往刀上噶啷这一桌，刀反往自己头上绷转来了，说"嘎唷，果然名不虚传，好利害的薛蛮子。"豁喇冲锋过去，又转过战马来。苏宝同刀起，咔一声，往着仁贵又砍将下来。仁贵把戟桌在一旁，还转戟往着苏宝同前心刺将过来。这宝同说声"来得好！"把大砍刀往戟上噶啷这一抬，仁贵两臂震一震说："嘎唷！今遇这苏贼抬得住我戟，果然有些本事。"马打交锋过去，英雄闪背回来。仁贵又捣一戟过去，宝同又架在一边，二人大战沙场，不分胜负。正是棋

逢敌手,将遇良才。二人大战有四十回合。正是石将军遇了铁将军,不见
输赢,又战了十合,杀得宝同呼呼喘气,马仰人慌,刀法甚乱,汗流脊背,两
臂酸麻。"嗄唷!利害的薛蛮子。"招架不住,带战马就走。仁贵不舍,随
后追来。天子同了军师、程咬金在城上看见元帅得胜,天子大悦,对徐茂
公说:"军师,你看元帅得胜了。果然杀得苏贼大败。"吩咐三军擂鼓。听
得战鼓擂动,仁贵不得不追。但不知性命如何,且听下回分解。

第 十 三 回

苏宝同九口飞刀　薛仁贵沙场受苦

话说苏宝同回头看见薛仁贵追上来，心中大喜，把葫芦盖拿开，口中念动真言，飞出柳叶飞刀，青光万道，直往薛仁贵顶上落将下来。这仁贵抬头一看，知是飞刀，连忙把戟按在判官头上，抽起震天弓，拿起穿云箭，搭在弦上，往飞刀上"飕"的一箭，射将过去。只听得豁喇一声响，三寸飞刀化作青光，散在四面去了。吓得苏宝同魂不附体，"啊呀！你敢破我的法宝。"飕飕飕，一连发出五口飞刀，阵面上俱是紫青光。仁贵手忙脚乱。当年九天玄女娘娘①曾对他说："有一口飞刀射一支箭。"前年在魔天岭失了一支，现只存得四支。如今他连发五口飞刀，就有五支箭，也难齐射上。所以暗自着急说："啊呀！我命休矣！"无法可躲，只得一把拿起三支穿云箭，往青光中一撒，只听得括拉拉连响数声，青光飞刀尽皆不见。四条箭原在半空中不落下来，仁贵把手一招，四条箭落在手中，将来藏好。那边苏宝同见破了飞刀，魂不在身，"嘎唷，罢了，罢了。本帅受李道符大仙炼就之刀，你敢弄些邪术来破，与你势不两立！"只得把腰间飞镖祭起，雷鸣电闪，日色天光，不辨东西南北。仁贵抬头一看，见影影绰绰好似那怪蟒一般，飞奔前来，张牙舞爪，要来吃人。仁贵十分慌张，忙将手中画戟招定飞镖，招架十分沉重，犹如泰山一般打将下来，招架不住，兜转丝缰往城下逃来了。那飞镖好不利害，紧追紧赶，插翅腾云，也难躲避。追至吊桥边，打下来了。仁贵把头一偏，正打在左膀上。仁贵大叫一声，仰面一跤，跌下马来。周青等八员总兵看见元帅落马，一齐上前抢了主将，进入城中。苏宝同后面追来，这里发起狼牙，扯起吊桥。宝同看见箭发如雨，带了三军，只得回营。此话不表。

再言天子在城上看见仁贵落马，传旨鸣金收军，城上多加灰瓶、炮石、

---

① 九天玄女娘娘——古代神话中的女神，后为道教所信奉。《黄帝内传》说她为黄帝之师，曾助黄帝破蚩尤。

强弓、弩箭，紧守城门。军士将仁贵抬进帅府，安寝在床，连忙把衣甲卸下。哪晓仁贵昏迷不醒，只有一线气在胸中。周青、薛贤徒、周文、周武、姜兴霸、王心溪、王心鹤、李庆红等，急忙到殿前奏说此事。

天子大惊，同了徐茂公、程咬金前来看视。只见仁贵闭眼合口，面无血色，膀上伤痕，四周发紫。徐茂公说道："吾主有福，若是中了飞刀，尸首不能完全。此镖乃仙家之物，毒药炼成。凡人若遇此镖，性命不能保全。今天元帅受此毒镖，还算上天有靠，不至伤命。"天子说："先生又来了，见元帅这般疼痛，多凶少吉的了，还说什么'有靠'，岂非是荒唐之言。"龙目滔滔下泪。徐茂公说："陛下不必悲伤，臣昨夜观天象，主帅该当有血光之难，命是不绝的，少不得后来自有救星到临。目下凶星照耀，不能顷刻根除，只怕要三番死去，七次还魂，要等一年灾满，救星到了，自然病体脱险。此乃毒气追心，必须要割去皮肉，去此毒药，流出鲜血，方保无虞。"天子点头说："先生所见不差。"来对仁贵道："元帅，今日徐先生与你医治，你需要熬其痛苦，莫要高声大叫，有伤元神。"仁贵说："承万岁厚恩，虽死不辞。"又叫："先生，多谢你费心。"徐茂公说："不敢，元帅且自宽心。"吩咐军士把战衣脱落，面孔朝床里。八人扶住，一人动手，拿一把小刀，连忙将紫肉细细割去，有二寸深，不见鲜血，多是黑炭的肉。天子问道："为何不见血迹？"徐茂公说："此镖乃七般毒药炼成，一进皮肤，吃尽人血，变成紫黑。必须再割一层，叫痛而止，见血而住，方能有命。"天子道："先生，这叫元帅如何熬当得起？"军师道："万岁，不妨事，决无妨害。"天子听言，把头一点，吩咐军士用心服侍。回说："是。"细细割去三层皮肉，方才见鲜血流出来了。元帅大叫："好疼痛呀！"搔床搔席，好不伤心。八个军士扶不住了。徐茂公说："元帅且定了性儿，忍痛要紧。"那血不住放出来，仁贵悠悠晕去，又醒转来，对徐茂公说："先生，如今再熬不起了，负了万岁洪恩，杀身难报，如今要去了。"大喊一声，两足一蹬，呜呼哀哉。天子看见身死，大哭，对徐茂公说："啊呀！军师不好了，元帅气绝了呀！"徐茂公叫一声："万岁，不妨。他疼痛难熬，故尔死去，少不得醒转来的。"吩咐军校快将丹药敷好伤痕，不可惊动元帅。请万岁回宫，待他静养几日，少不得自能"还阳活命"。吩咐八位总兵小心看守。那周青等异姓骨肉，床前轮流服侍。天子无奈，同了军师回进宫中，心中忧闷。暂且不表。

另言薛仁贵阴魂渺渺出了锁阳城，身上却是轻快，跨上了赛风驹，手内执了方天戟，把马一拍，"待吾去杀此苏贼，报一镖之仇。"大叫："苏贼，快出来纳命！"高声大骂，横冲直撞。杀到前边，抬头一看，见一座高城池，上写着"阴阳界"。只见牛头马面①侍立两旁；往城中仔细一看，城内阴气惨惨，怨雾腾腾，心内一想："此是阴间地府世界，我要杀苏贼，如何到这里来？心中好不着急，回转去罢！"带转丝缰忙回旧路。只听得城中鼓声大震，冲出一彪人马，为首一将大叫："薛仁贵，你要往哪里去？还我命来。你当初征东，我在海中求你，你不肯放松，至我一命身亡。我在此等久，各处寻你再遇不着，不道今日狭路相逢，你休想回去，定要报仇了。"仁贵抬头一看，见此人青皮脸，却原来是东辽国盖苏文，说："我道是谁，原来是你。不要走！本帅要取你之命。"回转马来，开言叫声："盖苏文，你本事低微，自来送死，今日如何怨我？可晓得本帅利害么？"盖苏文听了大怒，把赤铜刀一起，说声"招刀罢！"劈面门砍来。那仁贵不慌不忙，把手中画戟噶啷一声架在旁首，圈得马来，把手中方天戟向前心刺将进来。盖苏文把铜刀一招，招架过去。两下交锋，有二十回合。正是青龙与白虎战在一处，杀在一堆，并不见输赢。一连战到百余回合，盖苏文有些招挡不住，刀渐渐松下来。仁贵戟法原高，紧紧的刺将过来。盖苏文说声："不好！"把赤铜刀往戟上噶啷啷啷一抬，这一抬险些跌下马来。仁贵抽出一条白虎鞭，喝声："招打罢！"三尺长鞭手中亮一亮，倒有三尺长白光。这青龙星见白虎鞭来得利害，说："不好了！"连忙躲闪。只见白光在背上晃得一晃，痛入前心，口喷鲜血，把赤铜刀拖落，二膝一催，豁喇喇，豁喇喇，往城中好走哩。仁贵喝道："往哪里走！"随后追赶，盖苏文进了城门，牛头马面将城门紧闭，军士一个也不见了。仁贵十分恼怒，开言说："城上的听着，将盖苏文放出来。若不放出，本帅要攻城哩。"一声大叫，牛头马面忙下城来，开了城门说："将军，我这里并不见什么盖苏文，不要在这里撒野。"仁贵大怒。一戟刺死了牛头马面，进了阴阳界内，必要寻盖苏文。哪里又寻得着？追下去有数里，远远听得吆喝之声，只得走向前边。抬头一看，见一所巍巍大殿，上边匾额上写三个大字"森罗殿"。仁贵心中一想：森罗殿是阎君所居，不要管它，只寻盖苏文便了。来到殿上，只见阎君正坐宝殿，判断人间善恶。那崔判官立在东首，下面都是夜叉，

---

①　牛头马面——佛教中指阴曹地府的鬼卒。

小鬼,牛头,马面。丹墀①之下,跪着许多人犯,披枷戴锁,着实惨伤。都是生前造孽,忤逆不孝,瞒天昧地,使用假银,奸盗邪淫,不公不法之徒,正在那里发落。这些人犯也有打的,夹的,只听得叫苦连天。仁贵在下面看见,暗想说:"生前原要做好人,死后免受地狱之苦。"见他发落已完,正要上前去要盖苏文。不知有盖苏文否,且看下回分解。

---

① 丹墀(chí)——古时宫殿前的石阶,以红色涂饰,故名。

第 十 四 回

薛仁贵魂游地府　孽镜台照出真形

诗曰：

> 梦魂追杀姓苏人，渺渺茫茫一路寻；
>
> 意马心猿忽见面，青龙白虎斗输赢。

闲话少讲，再言阎君天子发落已毕，抬头见了仁贵，说声：“将军哪里人？因何到此？乞道其详。”仁贵开言说：“阎君有所不知。本帅住在山西绛州龙门县，姓薛名礼，号仁贵。蒙贞观天子洪恩，跨海征东，救驾有功，封平辽王之职。今奉旨来征西凉，来到锁阳城，被逆贼苏宝同，二将飞刀伤我邦三员大将。圣上大怒，命本帅擒拿苏贼。不料又中飞镖，故此追杀苏贼。不想错走了路途，谁知遇盖苏文，方才与他大战。他力不能敌，败进阴阳界。我随后追来，无形无影无踪迹。故尔来到宝殿，相烦将仇人盖苏文还与本帅，也好复旨。”阎君听了开言说：“薛大人，你还不知。盖苏文乃青龙星，上天降下来的，该有这番杀戮。本大王这里阴阳簿上，没有他的名姓，不在阴司。虽然光降，多多得罪。”仁贵大怒说：“阎君，你好欺人。他亡故多年，转世投胎，你也不知么？说什么‘簿上无名’、‘不是阴司该管’这些胡言。快快放出，万事全休。若再藏头露尾，本帅就要动手了。”阎君说：“将军息怒。”吩咐判官：“取阴阳簿过来，付与薛大人看。”那崔判官领命，忙将簿子送与仁贵。

仁贵接了一看，从前到后，果然没有姓盖的名字。仁贵说：“方才与他大战，追了阴司，难道就不在这里？此话哄谁？”阎君说：“将军但知其一，不知其二。本大王这里铁面无情，判断人间善恶，岂能徇私将人藏过来骗大人？委实不是我管，不在阴司地面。大人请回。”仁贵说：“他既然簿上无名，要这簿子何用？将火烧掉了罢。”阎君听了，遍身香汗直透，上前夺住道：“这使不得。本大王奉玉帝敕旨，掌管阴阳簿子。一日一夜，万死万生，生前行善造恶，都在这簿子上。大人若是毁了它，人间善恶不能明白,上不能复旨天廷,下不能发放酆都①地狱罪犯。此事断然使不得。逆犯天条,罪该不赦。大人还要三思。"仁贵说:"既然不容我毁阴阳簿子,只要还我盖苏文,我就不毁了。"大王听了呼呼笑道:"大人你既然要看,这不难,随我到孽镜台前,一看就明白了。但是还有一说,只许远观,不宜近看。大人阳寿未终,还该与朝廷建功立业。倘复还阳世,此事不可泄漏天机。本大王其罪不小了。"仁贵说:"这个自然。"

大王出殿上马,同仁贵来到孽镜台前。转轮大王吩咐鬼卒:"把关门开了,请大人观看。"鬼卒领法旨,忙把关开了。二位同上楼中。开了南窗一看,又是一个天朝了。分明是中原世界,桃红柳绿,锦绣江山,好看不过。大王说:"大人,你看西边尊府可见么?"仁贵仔细一看,果然一些也不差。但见平辽王府里面,二位夫人愁容满面坐在那里。旁边薛金莲手内拿着一本兵书,在那里看视。仁贵看了这般情景,放声大哭:"我那二位夫人啊,你终日望我得胜班师,不想受许多折磨,如今死在阴司,你如何晓得? 如今再无团圆之日,也顾不得许多。也罢!"开言叫声:"老大王,但不知我圣上在哪里?"轮转王叫一声:"薛大人,难得你忠心耿耿,思念朝廷,不恋家乡,实为可敬。随我到这里来。"吩咐开了西窗,便叫:"大人往西一带沙漠之地,就是当今天子了。"仁贵抬头一看,果然就是锁阳城。但只见天子愁容满面,军师徐茂公、鲁国公程咬金不开口立在旁边。主帅营中寂静无声,只见牙床上睡着一人。仁贵大惊说:"阎君大人,本帅营中床上睡一死尸,这是什么人?"大王说:"难道你忘了本来面目,睡的死尸就是将军。""嗄! 原来就是我。这般说起来,我身已脱臭皮囊②,再不能回阳世了。我那圣上啊! 今生休想见面了。"泪流不止。阎君说:"大人且免愁烦,方才本大王说过阳寿未终,少不得送大人还归旧路。"那仁贵忽然醒悟,开言说:"适才冒犯天颜,多多得罪,受我薛礼一拜。"大王连忙扶起说:"何出此言? 大人不见责就好了,何必言谢。"仁贵满面惭愧,开言相求:"望老大王放吾还阳,还要保主征西,灭那苏贼。但不知秦驸马、尉迟二位将军,如今在哪里? 待吾会他一会,可使得么?"大王说:"这

---

① 酆(fēng)都——道教七十二福地之一,以"鬼国都城"闻名,道教传说乃"阴曹地府"所在,在今四川丰都县。

② 臭皮囊——佛教用语,指人的躯体。

不能。他天数已定，寿算已绝，如今已上天庭去了。本大王开东窗你看。"仁贵抬头一看，见楼台有数丈高，中间悬一面大镜子，上写着"孽镜台"三字，望着镜子里面看去，别有一番世界。龙楼凤阁，仙鹤仙鹿成群，内中也有牛头、马面、判官、小鬼许多在那里。看到半边好作怪，囚笼车内坐着一位将军，饿得来犹如骷髅，脚掩手扭，链条锁住。仁贵问道："老大人，此人犯的何罪，受此锁禁？"大王说："大人，你今朝到本大王这里要寻仇人，这就是他。今日仇人当面，还问我是何人？"仁贵道："这般说起来，这就是盖苏文了。他为何这般光景？我明明与他交战，何等威势，如今弄得这样形容。"大王说："大人，这交战的原非盖苏文。也是大人被苏宝同飞镖所伤，疼痛难熬，其魂出壳，梦游地府，转念那人，那人就来了，并非盖苏文真来索命。这是大人的记心。"仁贵道："呀！原来如此。"又叫一声："老大人，那盖苏文死后何罪，罚在囚笼里面受苦？"大王说："大人但知其一，不知其二。当初大人未遇之时，奉奸臣张士贵命探取地穴，金龙柱上用九根火链锁住，就是他了。蒙大人恻隐之心将他释放，来投阳世，他若改过自新，其罪也无了。不想他来到东辽国，逆天行事，好杀生灵，伤害百姓，致死数十万性命。虽蒙大人除掉了他，他的罪孽更重。虽是青龙下降，合当受此磨难。只要等他罪完孽满，方可上天复位。"仁贵点头想：生前作恶阴司记得明白，断断躲不过的，如今为人必要正直无私。开言又问说："老大人，但不知我后来结局如何，伏乞老大人指示。"大王说："你平生正直，三下天牢，不忘恩主，并无怨心。扶助紫薇圣主①，打成唐朝天下，并无罪孽。你何必心慌？"仁贵说："虽是如此，究竟后来如何？"大王说："既然如此，北窗一发开给你看，就明白了。"吩咐鬼卒开了北窗。

北窗鬼卒得令，连忙开了北窗。对仁贵说："一生结局都在里面。"仁贵抬头一看，全然不解。只见一座关头，写着"白虎关"。只见关中冲出一彪人马，为首一将，生得凶恶，身长丈二，青脸獠牙，赤发红须，眼如铜铃；坐下一匹金狮吼，手端铁方量，冲到阵前。前边来了一员大将，白盔白甲，手执方天画戟，与他交战。那时将军杀败，只见顶上现出一只吊睛白额虎，张牙舞爪，随着那将军一路追上来。旁边又赶出一员年少将军，浑

---

①　紫薇圣主——星宿名，后指帝王宫殿，故又借指帝王。这里说唐太宗即紫薇星下凡。

身结束,年纪只有十六七岁光景,坐下一匹腾云马,手执狼牙宝箭,搭上弦,只听得"嗖"的一声,弓弦响处,一箭正中猛虎。片刻不见猛虎,前面将军跌下马来。霎时飞沙走石,关前昏暗。少停一刻时候,天光明亮。只见仙童玉女,长幡宝盖,扶起那中箭的穿白的将军上了马,送上天庭,冉冉而去。定睛一看,只是影影绰绰,看不明白。又只见射箭的年少将军号啕大哭,前来追杀那恶将,却被这恶将杀得大败。只见一员女将,十分美貌,手舞双刀,接住恶将大战。不上十合,被双刀女将砍下马来。霎时又不见了。那仁贵看了全然不晓得是何缘故,忙问阎君说:"内中景界仓然不解,乞道其详。"大王说:"大人,此将名叫杨藩,有万夫不挡之勇,乃是上界披头五鬼星临凡。大人若遇此人,须要小心。"仁贵道:"老大人,关中赶出那一员青面獠牙、使铁方量的,想来就是杨藩了。"大王说:"然也。"不知后面还有何景象,再将下回看。

第 十 五 回
薛仁贵死去还魂　宝同二困锁阳城

　　闲话不提。仁贵又看到后边,忙问:"这一员将官是哪一个?"大王道:"后面将军,就是大人了。"仁贵道:"嘎!就是本帅。为什么泥丸宫①放出一只白虎来?主何吉凶?"大王道:"大人,这是你自己本命真魂出现。"仁贵说:"啊呀!这般说起来,本帅乃白虎星临凡了。""然也。"仁贵又问道:"老大人,那旁边那一员小将,我与他前世无仇,今生无冤,为何将本命星一箭射死?但不知他姓甚名谁?为何前来伤着本帅?"阎罗天子微微冷笑说:"大人,这小将就是你的令郎,名唤丁山。"仁贵道:"老大人,本帅没有儿子的,他是龙门射雁的小厮。嘎!原来是我的丁山儿,他为何伤我?"大王说:"你当初无故将他射死,今日他来还报。你无心害子,他有心救父。白虎现形,故而射死白虎,怪他不得。这叫一报须还一报。"仁贵道:"我儿已被我射死,尸首又被猛虎衔去,本帅亲眼见的,如何又得重生?又来助战?"大王说:"你令郎有神相救还阳,目下应该父子相逢,夫妻完聚。""嘎!原来如此。有这个缘故。我后死于亲人之手。"二位说毕,同下楼来。大王吩咐鬼卒:"送薛爷回阳间去,不可久留在此,恐忘归路。"仁贵拜谢。鬼卒同了仁贵离了森罗殿,来到前面。只见一个年老婆婆,手捧香茶,叫声:"吃了茶去。"仁贵听得,叫声:"婆婆,我不要吃。"大王叫一声:"大人,这个使不得。倘然复还阳世,泄漏天机,其罪不小了。请大人吃了这盏茶②。"仁贵吃了,作别大王,还回旧路。看看相近锁阳城,鬼卒叫声:"薛爷,小鬼送到此间,阴阳阻隔,要去了。"仁贵叫声:"慢去,还有话讲。"只听得大叫:"元帅苏醒转来了。"那周青等八位昼夜服侍,在此守候。听得元帅大叫,周青说:"好了,元帅醒过来了,快快报

---

　　① 泥丸宫——道家谓之上丹田,在顶门两眉间。
　　② 吃茶句——老婆婆即孟婆,传说人死后又托生还阳之前,喝了孟婆的迷魂汤,尽忘前生之事。

与万岁知道。"薛贤徒急忙来到银銮，奏说此事。朝廷大悦，同了茂公前来看视，叫声："元帅，你七日归阴，朕七日不曾安睡。今日元帅醒转，朕不胜之喜。要耐心将养为主。"传旨煎茶汤。仁贵只得翻转身来，说："臣该万死，蒙圣主如此隆重，杀身难报，只得在席上叩首了。"朝廷说："这倒不必，保养第一。"仁贵说："军师大人，这几天苏贼来攻城否？"茂公说："他失了九口飞刀，不来十分攻打。"仁贵对周青说："你等不要在这里服侍，自有军校承值。你带领人马十门紧守，多备灰瓶、炮石、强弓、弩箭，防他攻打以惊圣驾。"那八员总兵一声："得令！"都往城上紧守去了。又对徐茂公说："待本帅好些，然后开兵，不要点将出城，再送性命。"茂公说："这个自然，元帅且宽心。"仁贵说："请万岁回銮。"朝廷再三叮嘱，同了茂公自回宫不表。

另回言苏宝同为何不十分攻打？因前日与尉迟号怀交战，失去三把飞刀，又与薛仁贵开兵，又失去六把飞刀，如今一齐失了。剩得飞镖三柄，哪里敌得唐兵过？复要上仙山炼就飞刀，再来复仇，未为迟也。忙吩咐三军："把城门围住，不许放走一人，否则本帅回来军法处治。""得令！"那苏宝同又往仙山炼飞刀去了，我且慢表。

再言锁阳城中，徐茂公善知阴阳，晓得苏宝同上山炼飞刀去了，应该点将出战。为何不发兵？明晓得他营中飞钹和尚、铁板道人两个厉害不过，出去枉送性命，故尔不发兵。也是灾难未满，所以耽搁。他日日到帅府看视。仁贵用敷药敷好，只是日夜叫疼叫痛，也无法可治。不料耽搁有三个月，君臣议论纷纷，我且慢表。

如今要讲到西凉元帅苏宝同，他上仙山求李道符大仙，又炼了九口飞刀。别师下山，到狼主那里，又起雄兵十万，猛将千员，带领大队人马来到锁阳城。量城中薛仁贵不能就好，老少将官也无能冲端，竟胆大心宽，传令："与我把十门周围扎下营盘。""嗄！"一声号令，发炮三声，分兵四面围住，齐齐扎下帐房。前后有十层营盘，扎得密不通风，蛇钻不过马蹄，乌鸦飞不过枪尖。按下四方五色旗号，排开八卦营盘，每一门二员猛将把守。元帅同军师困守东城，恐唐将杀出东关，到中原讨救，所以绝住此门。今番二困锁阳城，比前番不同，更是利害。雄兵也强，猛将也勇，坚坚固固，凭你神仙手段，八臂哪叱也难迎敌。此一回要杀尽唐朝君臣，复夺三关，杀到长安，报仇泄恨。暂且不表。

　　城中贞观天子在银銮殿与大臣闲谈，着急仁贵病体不能全好。正在此刻，忽听城外三声炮响，朝廷大惊。一时飞报进来，上殿启奏："万岁爷，不好了。番兵元帅又带领雄兵数万，困住十门，营盘坚固，兵将甚众。请万岁爷定夺。"朝廷听得此报，吓得冷汗直淋。诸大臣目瞪口呆。徐茂公启奏道："既有番兵围绕十门，请万岁上城窥探光景如何，再图良策。""先生之言有理。"天子带了老将、各府公子，都上东城。往下一看，但见：

　　　　征云惨惨冲牛斗①，杀气重重漫十门；风吹旗转分五色，日照刀枪亮似银；銮铃马上叮当响，兵卒营前番语情；东门青似三春柳，西接旗幡白似银；南首兵丁如火焰，北边盔甲暗层层；中间戊己黄金色，谁想今番又围城。

果然围得凶勇！老将搔头摸耳，小英雄吐舌摇头。天子皱眉道："徐先生，你看番兵势头利害，如之奈何？薛元帅之病不知几时好，倘一时失利，被他攻破城池，便怎么处？"茂公说："陛下龙心且安。"遂令秦梦、尉迟号怀、段仁、段滕贤，各带二千人马，同周青等八员总兵保守十门，"务要小心。城垛内多加强弓硬弩，灰瓶石子，日夜当心守城。若遇苏宝同讨战，不许开兵，他有飞刀利害。若来十门攻打，只宜十城坚守。况城池坚固，决无大事。不要造次，胡乱四面开兵。一门失利，汝四人一齐斩首。""得令！"四人领命，各带人马，分十门用心紧守。朝廷同老将、军师退回银銮殿，叫声："先生，此事如何是好？"茂公道："陛下降一道旨意，到长安讨救兵来才好。"朝廷说："先生又来了。城中多少英雄，尚不能冲杀番兵。寡人殿前，哪一个有本事的独踹番营？"茂公道："有一员将官，他若肯去，番兵自退矣。"天子道："先生，哪一位王兄去得？"茂公笑道："陛下龙心明白，讨救者扫北征东里人也。臣算定阴阳，此去万无一失。他是一员福将，疾病都没有的。陛下只说没用，老臣自有办法，遣将不如激将。"天子点头，心中才晓得是程咬金。就叫："程王兄，军师保你能冲杀番营，前去讨救。未知可肯与朕效力否？"程咬金跪奏道："陛下，为臣子者正当效力，舍死以报国恩。但臣年迈八旬，不比壮年扫北征东，疾病多端。况且到长安，必从东门而出。苏宝同飞刀利害，臣若出去，有死无生，必为肉泥

---

　　① 冲牛斗——牛、斗皆为二十八宿之一。此指怒气冲天。

矣。徐二哥借刀杀人，臣不去的。"朝廷说："先生，当真程王兄年高老迈，怎能敌得过苏宝同？不如尉迟御侄去走一遭罢，他那条枪还可去得。况程王兄风中之烛，只好伴驾朝堂，安享富贵。若叫他出去，分明送他残生性命，反被番邦耻笑。军师，此事还要商议。"不知程咬金肯去不肯去，再看下回分解。

第 十 六 回

徐茂公激将求救　程咬金骗出番营

适才话言不表。再言徐茂公说："陛下，动也动不得他。臣算就阴阳，万岁洪福齐天，程兄弟乃一员福将。苏宝同虽有飞刀，邪法多端，只伤无福之人，有福的不能受伤。故尔保我程兄弟出去，万无一失。若说尉迟小将军，他本事虽高，怎避得番帅飞刀之患？况他二兄已丧，此去兵不能退，又折一员栋梁。程兄弟，当年扫北时也保你出去讨救，平安无事，得其功劳。向年在三江越虎城，也保你往摩天岭讨救，也太平无事，今日倒要推三阻四起来。"咬金道："这牛鼻子道人！前年扫北，左车轮本事，系用兵之法不精，营帐还扎得松，可以去得；向年征东，盖苏文认得我的，不放飞刀，还敌得过，所以去得。如今我年纪增添，苏宝同好不利害，营盘又坚固，更兼邪法伤人，我今就去，只不过死在番营，尽其臣节。只恐误了国家大事，我之罪也。"天子说："程王兄之言不差。他若出去，被苏宝同见笑，说城中没有能人大将，遣一个年老废物出城，岂不笑也笑死了。"程咬金一听此言，心中不忿，开言叫声："陛下，何视臣如草芥！当初黄忠老将年纪七十五岁，尚食斗米，能退曹兵百万。况臣未满八旬，尚有廉颇之勇，何谓无能？待臣出去。"天子道："既然王兄愿去，寡人有密旨一道，你带往长安开读。讨了救兵到来，退得番兵，皆王兄之大功也。"程咬金领旨一道，就在殿上装束起来。按按头盔，紧紧攀胸甲，辞了天子，手端大斧，开言说："徐二哥，你们上城来看。若然吾杀进番营，营头大乱，端得出番营。营头不乱，吾就死在番营了。另点别将去讨救。"茂公说："诸位将军，今日一别，不能再会了。"众公爷说："说到哪里话来，靠陛下洪福，神明保佑，老千岁此去，决不妨事。"程铁牛上前叫道："爹爹，你是风中之烛，不该领了旨意到长安去。"咬金说："我的儿，自古道：'食君之禄，与君分忧。'国家有难，情愿舍身而报国,生死皆由天命,就死不为寿夭①。况为父的受朝廷大恩,岂有不去之理?"程铁牛流泪说:"待孩儿保着爹爹前去,一同杀出番营,同到长安。"咬金摇摇手道:"这使不得,你伴驾要紧。倘一同出去,有甚三长两短,就不妙了。"父子二人大哭。诸臣见了,好不伤心。咬金辞王别驾,上了铁脚枣骝驹,也不带一兵一卒,出了午门,独骑同茂公来到东城。天子同公卿上马,都到城上观看。咬金又叫一声:"徐二哥,你念当初结拜之盟,要照管我儿的。"茂公说:"这个自然,不消吩咐。但愿你马到成功,回到长安,早讨救兵到来。愚兄在这里悬望。"咬金说:"二哥,我出了城门,冲杀番营,营不乱,你们把城门紧闭,吊桥高扯;若营中大乱,你们不可闭城,吊桥不可乱扯,防我逃进城来。"茂公说:"这不消兄弟吩咐。你且放胆前去,我自当心的。"铁牛看了不忍,君命所差,无可奈何,同茂公竟上城头观看。一边放炮开门,吊桥坠落。咬金一马当先,冲出城来,过了吊桥。茂公一声吩咐,城门紧闭,吊桥扯起了。

这程咬金回头一看,见城门已闭,吊桥扯起,心中慌张,叫声:"二哥,我怎样对你讲的?"茂公叫声:"程兄弟,放胆前去。我这里城门再不开的,休想进来,快回长安。我自下城去了。"咬金心中大恼,说:"罢了!罢了!这牛鼻子道人,我与你前世无冤,今世无仇,何苦要害我!"在吊桥边探头探脑,却被营前小番瞧见,都架弓矢喝道:"呔!城中来的将官,单人独骑,敢自来送命。看箭哩!"飕飕的乱发狼牙。程咬金好不着忙,向前又怕,退后无门,叫一声:"番儿,慢动手。借你口中言语,去报与番将得知。说我兴唐鲁国公程老千岁,有话要面讲。"小番听了忙报营中说:"启上帅爷得知,今有城中走出一名奸细,口称鲁国公程咬金,坐名要与元帅搭话。"苏宝同道:"那人带多少人马?用何兵器?""启上帅爷,那人并无兵马,单人独骑,手内端着一柄斧子,余外并无什么。"苏宝同吩咐带马来。军士带过马,宝同上了龙驹,来到营前,大喝一声说道:"老蛮子,你姓甚名谁?请本帅出来有何话说?"程咬金开言叫声:"胡儿!只为飞刀利害,主帅命我程老千岁到长安催取粮草,来杀你们。"苏宝同说:"原来就是程老蛮子,本帅也悉知。我也不杀你,你回去罢?"咬金叫一声:"胡儿,我中原还有上天入地英雄好汉,倘然一

---

① 寿夭——短命而夭亡。

到西凉，你们一个个性命就难保了。我老人家还有孙子，名叫程千忠，用十六个军士扛抬一柄板斧。若一到西凉，你们就难逃生路了。"叫一声："苏宝同！你若怕杀，宜快把我程爷爷这就杀了；你若是英雄好汉不怕杀，放我过去搬兵取运粮食。"苏宝同听了此言，心中一想：哪里有什么上天入地英雄好汉？哪里有十六个人扛抬的斧子？一概胡言。他分明粮草全无，运粮是真情了。我想这老头儿杀他也无益，不如放他去罢。倘有粮草到来，我就一鼓而擒，乘机攻破城池，将仇人杀尽，拿住唐王，搜寻御玺，呈与狼主，功劳无限。主意已定，叫一声："老南蛮，本帅也不怕你钻天好汉，也不怕你入地英雄，放你过去。"程咬金道："胡儿，你果然不怕死？"苏宝同说："老匹夫，你不要骂，俺不怕。放你过去。"程咬金叫一声："胡儿，你好奸诈啊！这会儿假意放我程爷爷过去，前边关口都被你番兵占去，你差兵到关津嘱咐，教他拿住我，将程爷爷一刀两段，岂不是上了你的当了？要杀，就在这里杀。"苏宝同道："嘎！你说哪里话来？本帅乃堂堂汉子，岂肯巧言令色 ①。我若不容你过去，一刀就砍你骡头下来。难道见钟不打，反去炼铜？决无他意。你不要介怀，放心过去罢。"程咬金道："胡儿，你程爷爷此去搬兵到来，杀你这班番兵。你也请吾一请，好叫我吩咐孙子程千忠，斧子磨快些，把你这班胡儿一刀一个，杀快些，少受些苦痛。"苏宝同说："军校们，那老蛮子噜噜哝哝讲些什么？"小番禀说："启爷，那蛮子要酒饭吃。"苏宝同道："老匹夫不知饿了几天了，本帅做个好事。"吩咐小番赏他些酒食。"得令！"军校连忙取出鱼肉好酒，送与咬金。咬金大悦，将来吃了，有些酒意，开言说："胡儿，快将令箭批文与吾，好到关前做个执照。"苏宝同听了，吩咐小番，将批文令箭与他前去。咬金接了令箭批文，出了营门，上了马，叫声"多扰"，打马加鞭往前，至一里之地放起流星，此话不表。

再讲唐王君臣在城头观看，稍停，只见远远流星放起。天子大悦，叫声："先生，你看营后流星放起，程王兄想来无害了。"茂公道："臣算定不妨碍的。"程铁牛听了不胜之喜。传旨回宫。此话也不表。

再言程咬金一路上倒也太平，到了关隘，有了执照令箭，俱皆放行。不一日，到了玉门关，是中原地方。闻知钦差多来远接。咬金不敢耽搁，

① 巧言令色——花言巧语，假装和善的样子。

救兵如救火,日夜兼行,不分昼夜,过了宁夏一带地方。一路上风惨惨,雨凄凄,行过了陕西,早来到长安。进了城门,不到自己府中,当日就到午门,驾已退殿回宫去了。有黄门官抬头一看,说:"啊呀!老千岁,随侍圣上龙驾前去征西平番,可是得胜班师了么?"咬金说:"非也。快些与我传驾临殿,今有陛下急旨到了。"黄门官听见有万岁急旨降来,不知什么事情,连忙传与执殿官。不知圣驾如何,且看后回,便知分解。

第 十 七 回

薛丁山受宝下山　柳夫人母子重逢

　　话说执殿官急忙鸣钟击鼓,内监报进宫中。殿下李治整好龙冠龙服,出宫升殿。宣进程咬金,俯伏尘埃:"启殿下千岁,老臣鲁国公程咬金见驾,愿殿下千岁,千千岁。"李治叫声:"王伯平身。取龙椅过来。"程咬金谢恩坐在旁首。殿下开言叫声:"王伯,我父王领兵前去平西,未知胜败如何? 今差王伯到来,未知降甚旨意?"程咬金说:"殿下千岁,万岁龙驾亲领人马,一路势如破竹,连夺三关,如入无人之境。不想入了他圈套,没过空城之计,进得锁阳城,被苏宝同调百万兵马将锁阳城团团围住,水泄不通,日日攻打。开兵驸马出阵,被他骗去昆仑铜,还铜身亡,死于马下。次日尉迟宝林、宝庆弟兄二人,被他飞刀所害,尸首不能完全。元帅亲领六师自出,又被飞镖所伤,众将救回,死过七日,然后还阳,至今未好。事在危急,有惊天子龙驾。所以单人独马,杀出番营,到此讨救。现有旨意一道,请千岁亲观。"李治殿下出龙位,跪接父王旨意,展开在龙案上,看了一遍说:"原来我父王围困锁阳城内,命我不要点朝中大将为帅,要出榜文,是有能人到来,领兵前来破番,方能得胜。"殿下对咬金说:"父王旨意上要出榜文,不知何意?"咬金说:"这是牛鼻子道人善晓阴阳,所以得知。"殿下说:"事不宜缓,救兵如救火。老王伯与我调齐三军,操演各将,一面张挂榜文。"咬金说:"老臣得知。"就此辞驾,出了午门,回到自己府中。裴氏太太早已亡故,孙儿千忠接见,他也是青脸獠牙,使一柄大斧,倒有八百余斤,两膀有千斤之力。咬金无暇细谈,自去料理。单有秦、尉迟二家公主闻此消息,苦恨不已,悲伤哭泣。但见随驾而去,不得随驾而回。设立灵座,殿下亲临吊唁,文武百官皆来祭奠。暂且不表。

　　另回言云梦山水帘洞王敖老祖,当年救了薛丁山,留在洞中,拜为师父,教习兵法,却已过了七年。晓得紫微星被困锁阳城,白虎星有难,目下应该父子团圆。不免唤徒弟下山,叫他前往西凉救驾,使他父子相逢,又能建功立业,有何不美。叫声:"徒弟过来,有话要对你说。"丁山听得师父呼唤,忙到蒲团前跪下,说:"师父有何吩咐?"王敖老祖叫声:"徒弟,你今灾难已满,应该离我仙山。今有西凉苏宝同作乱,唐天子有难锁阳城,汝父被飞镖所伤,我命你下山,前往锁阳城救驾,致使父子相会,平定西番回朝,其功不小。"丁山听言,叫声:"师父,弟子蒙师父相救,情愿在山中修道,学长生之法,不愿红尘中去走走。"说罢,泪流不止。老祖说:"徒弟,你命该享人间福禄,修道之中你无缘,根行浅薄。你此去巧遇良缘,有大功于国,以救汝父。你若不听我言,不忠不孝之罪人也,焉能修道得成?"丁山说:"师父,弟子本事低微,才疏学浅,武艺手段平常,如何到得西凉,杀退番邦人马?倘一失手,岂非败坏师父仙名?不能救驾,父子又不能会面,这便如之奈何?"老祖点头说:"是,果然不差。此去到西凉,关关有大将,寨寨有能人,焉能到得西凉?苏宝同又利害不过。嘎,有了。"吩咐仙童:"去取我十件宝贝出来,付与师兄。"仙童领法旨,取出递与丁山。老祖说:"此十桩宝贝,可能破得番邦,你要好好收藏,后有用处。"哪十件?太岁盔一件;索子天王甲,刀枪不进;一双利水云鞋,穿上会腾云驾雾;一把方天画戟;一柄昆仑剑;玄武鞭;朱雀袍;宝雕弓;三支穿云箭;牵出一匹驾雾腾云龙驹马。丁山受了十件宝贝,全身披挂。老祖说:"这十桩宝物,你拿到西边,就能平复西凉。天机不可泄漏,去罢!"丁山叫声:"师父,徒弟此去不知何日再见师父?"老祖说:"吾赠你偈言四句,日后富贵荣枯结局都在里头,你须要牢牢记着。偈曰:'一见杨藩冤孽根,红丝系足①是前生。两世投胎重出见,自家人害自家人。'"丁山说:"师父,不知吉凶,乞师父指引。"老祖说:"不须问我,后有应验。""是,谨依师父严训。"拜辞师父,离了仙洞,上了龙驹。老祖又叫:"徒弟转来,吾还有话讲。"丁山道:"不知师父还有何法旨?""汝父有难西凉,被苏宝同飞镖所伤。我赠你丹药,前去救父一命。""是,谨依师父法旨。"那时便把葫芦收好,叫一声:"师父,弟子此去往于何地?"老祖说:"汝往西南而行,往龙门县。汝父职受平辽王,镇守山西。你回去母子相逢,速往长安,收取榜文,西凉退贼。你功名富贵,在此一举了。"丁山一听此言,心中明白。将弓箭鞭挂在腰间,别了师父下山。

---

① 红丝系足——为月下老人主管男女婚姻的措施之一。唐人小说中言,红绳以系夫妻之足,此绳一系,即使世代之仇,贵贱之隔,天涯海角,终不可逃。

这匹龙驹好不快便，但听得风声，不消片时来到山西。看看相近龙门县，按落云头一看，早到平辽王府门首。说道"吾七个周年不在世间，但不知母亲妹子如何？"只见走出一个人名薛青，抬头一看，问起因由。丁山细说一遍。薛青叫一声："小主人，你自经龙门射雁身亡，夫人终朝痛苦。难得今日生还，使小人喜出望外，待小人进去通报夫人。"薛青来到中堂，双膝跪下说："主母，当年小主人未死，今日回来，特来禀知夫人，现在辕门外面。"夫人听得此言，心中大喜，吩咐薛青："快快出去请大爷进来。""是，晓得。"来到外面，同了世子来到中堂。见柳氏夫人坐在中堂，丁山叫一声："母亲，孩儿丁山拜见。"夫人抬头一看，"果然是我丁山孩儿。"抱头大哭："七年不见，今日相逢，孩儿细细说来。"丁山道："母亲，那日孩儿射雁，误被父亲射死。王敖师父差虎将孩儿衔去，救活性命，在山学道。今日师父命孩儿下山，付十桩宝贝。说圣驾被困锁阳城，父亲被飞镖所伤，无人往救。目下长安挂榜求贤，孩儿要往长安揭榜，领兵前往西凉救父要紧。故此先来拜见母亲，就要起程。"夫人听了大喜，说："难得仙师相救，七年恩养，又叫前去救父亲，这也难得。"金莲小姐在内闻知哥哥回来大喜，忙走到中堂，见了哥哥，满心喜悦。兄妹二人也有言语。回身拜见樊氏二娘，设团圆酒，与孩儿接风。

酒席之间，夫人下泪，说道："儿嗄，闻得西凉兵将凶狠，但不知你父亲死活存亡，叫做娘的哪里放心得下。"丁山听了，跪下说："母亲不必愁烦，待孩儿明日到长安揭榜，前去救父。母亲放心！"夫人说："孩儿，你要往长安，西凉去救父。也罢么，生死愿同一处，做娘的同你前去，免得牵肠挂肚。"金莲小姐上前说："哥哥，做妹子的有仙母教习仙法，炼就六丁六甲，金甲神将，武艺精通。凭他番兵百万，哪里在妹子心上。与哥哥一同前去救父。"丁山说："妹子果有本事，一同前去更妙。但不知家室田园王府托与何人？"夫人想一想说："王茂生伯伯夫妻今已去世，如今怎么处？嗄，有了，不免尽行托与樊氏二夫人便了。"母子兄妹三人讲了半夜，说起王茂生身故，丁山下泪，酒筵席散，各自归房。未到天明，各自抽身，将家事托与樊氏夫人。收拾完备，兄妹结束停当，同母亲离了山西。有官员相送，吩咐不必相送。放炮三声，竟往长安大路而行。

不一日到了长安，进城果见教场演兵马。来到午门，看见榜文大张。圣谕："有将领兵到西凉，救回圣驾，封万户侯，妻封一品夫人。"丁山大

悦,忙上前揭榜文。有守榜官看见,忙来见鲁国公程咬金。咬金听说,忙
上马来到榜前,见一年少将军揭了榜文,程咬金大喜,说:"昨日张挂,今
就有人揭榜。待我问他姓名,不知可有怎样本事退得番兵。"不知此人是
谁,且看下回分解。

第 十 八 回

薛丁山领兵救父　窦仙童擒捉丁山

适才话言不表。再言程咬金带年少将军来到自家府中,说:"小将军姓甚名谁? 有何本事来揭此榜文?"丁山说:"老千岁,我乃薛平辽王之子丁山,向年被师父救去练习兵法。师父命小将下山,往西凉救君父,同母亲妹子一同到此。望老千岁奏明殿下,领兵前去征番。"咬金听了大喜说:"你原来是平辽公之子,可喜。待吾二人一同去朝见殿下。"二人上马,来至午门。当驾官奏知,李治殿下升殿。程咬金同薛丁山来到金銮,朝见已毕。殿下问道:"卿家,何人揭此榜文?"程咬金说:"殿下洪福齐天。这小将军乃元帅之子薛丁山,前来揭榜领兵。"殿下说:"原来是薛卿,平身。卿家有何本领领此重任?"丁山奏说:"千岁在上,臣父蒙圣上洪恩,拜将征西,随驾番邦,不料被困锁阳城。闻千岁招贤纳士,臣遇仙师传授仙法,哪怕番兵百万、苏宝同厉害? 臣此去必要杀却苏贼,平定西凉。得胜班师,犹如反掌。"殿下抬头一看,果然相貌不凡,人才出众,必是大将之材,心中大悦。封丁山为二路元帅,就当殿挂印。殿下李治亲递三杯御酒,说:"薛卿领兵前去,一路旗开得胜,马到成功,救了父王龙驾,得胜回来,其功非小。"丁山谢了恩。这一头程咬金说:"殿下千岁,救兵如救火,殿下速降旨意,命各府爵主,明日教场点起大队人马,连日连夜往西凉救万岁龙驾要紧。"殿下说:"老王伯,这个自然要紧的。"就降旨意。如今各府公爷,回家整备盔甲;殿下回到宫中不表。

单讲薛丁山威威武武回到程府中,咬金设酒饯行,当夜之事不表。到了五更天,有各府公爷都是营妆披挂,结束齐整,到教场中听令。丁山头上戴顶闹龙束发太岁盔;身披一领索子天王甲;外罩暗龙白花朱雀袍;背插四面描金星龙旗;足穿利水云鞋,上节装成乌缎描凤象战靴;手端画杆方天戟;腰间挂下玄武鞭;左边悬下宝雕弓;右边袋衣插下三支穿云箭;坐下一匹驾雾腾云龙驹马。后面扯一面大纛旗①,书着"征西二路大元帅

---

① 纛(dào)旗——古代军队里的大旗。

薛"。丁山好不威风！来到教场，诸将上前打躬已毕，点清了三十万人马，薛丁山命尉迟青山先解粮前行；点罗通为前部先锋；后队点程千忠，逢山开路，遇水成桥。后面丁山祭过了旗，放炮三声，摆开队伍，众将保住了元帅。程咬金也是戎装甲胄，竟往西番大路而行。薛夫人、小姐也结束打扮，一同征进。尽戴乌金盔，都穿亮银甲。果然马不停蹄，出了陕西，过了宁夏，人马出了玉门关。

前面有座棋盘山，山势高峻。只听得山上一声锣响，罗通在马上说："前面高山必有草寇下来，尔等须要小心。"话声未绝，山上数千喽啰下山来了。冲出一个大王，年纪还少，仪貌堂堂，身长三尺，头戴高银盔，身穿熟铁甲，手执黄金棍。他是王禅老祖的徒弟，武艺高强。他在山上望去，见唐军中一员女将，生得齐整不过。好色之徒见了金莲，不觉神魂飘荡，妄想争来成亲。便拿了黄金棍，飞奔前来，挡住去路，大叫一声说："到我山前过，十个头，留九个。若是没有买路钱，走你娘的清秋路，快快留下买路钱来。若是不肯拿出来，你军中留下这少年女子，与我做压寨夫人。"罗通听了大怒："好大胆的狗强盗！天兵到此，你出此胡言乱语，"把枪一起，"招枪！"一枪往面门上挑将进来。窦一虎是步战的，把黄金棍往枪上噶唥这一枭，来得利害！罗通这条枪绷转来了，圈得战马来又是一枪，如今一虎棍抬不起了。纵跳如飞，枪来棍架，棍去枪迎，二将交锋三十余合。罗通本事高强，杀得窦一虎浑身是汗，险些被他刺着，把身子一伸，一扭不见了。罗通抬头一看，"啊呀！这也奇了，方才这子正要拿他，为何就不见了？"军卒看见说："强徒做戏法的，忽然不见。"罗通心中想到："未如追上山去捣其巢穴，除此草寇，好让客商往来。"算计已定，带领三千铁甲，杀上山来。

小姐正坐忠义堂，喽啰报上山来："启小姐，不好了。大王在山前打探，不远来了唐朝大队人马。大王要截住讨买路钱，那军中闪出一员先锋，十分凶勇，与大王交战有三十余合，大王大败，土遁走了。那唐兵追上山来了。"小姐大怒："嘎，有这等事。待吾自去拿他便了。"上了白花龙驹，带领三百女兵冲下山来，刚刚正迎着罗通。罗通看见一员女将冲下来，抬头一看："嘎唏，好绝色的女子！"你看她怎生打扮？但见她头上挽就螺蛳髻，狐尾倒照，雏鸡尾高挑，眉似柳叶两弯清，面如敷粉红杏色，一口银牙，两耳金环，十指尖尖如春笋，身穿索子黄金甲，八幅护腿龙裙，足下小小金莲,果然倾城倾国,好似月里嫦娥来下降。罗通见了,不禁呼呼大笑说:"你这女子,有何本领,口出狂言。快快随我到营中,送与元帅做个夫人。""喳!狗南蛮,你不知俺窦小姐的利害么?擅敢讨我便宜。不要走,招刀罢!"把刀一起,往罗通头上砍将过来。罗通把枪逼在一旁,还转枪来,一枪劈面门挑将进去。小姐把刀噶啷啷一声响架在旁首,马打交锋过去,英雄闪背回来。二人在山前战到二十回合,小姐那番虚晃一刀,带转马就走,叫一声:"狗南蛮,俺不杀你了,好走哩。"罗通不知她使计,拍马也追上来了。仙童回头一看,正中机谋,忙向怀中取出捆仙绳,抛在空中。罗通抬起头,只见一道亮光一烁,被他捆住,昏迷不醒,翻身一交,跌下马来,被喽啰拿上山去了。那窦仙童收了仙绳,又到阵前讨战。

有败残兵卒报进营中,说:"元帅不好了,山中有一女将,能使妖法,把先锋罗千岁用红绳生擒活捉上山去了。"丁山听报大怒,吩咐:"军校备马抬戟,待本帅亲自擒泼贼。"打扮完备,结束停当,跨上龙驹,手执画戟,带领三军,冲出来。来到阵前,大叫一声:"贱婢,你好好放我先锋出来,若不然,本帅要将巢穴端为平地了。"窦小姐见营中出来一将,甚是齐整,面如敷粉,唇如涂朱,两道秀眉,一双凤眼,好似潘安转世,犹如宋玉还魂①。窦小姐心中一想:"我生一十六年,从不见南朝有这等美貌郎君。我枉有这副花容,要配这样才郎不能够了。"她有心拿这丁山,喝道:"嗯!来的唐将少催坐骑,留下名来。"丁山道:"你要问本帅之名么,我乃唐王驾下二路元帅薛丁山便是。快快放罗千岁出来,好往锁阳城救君父。"小姐说:"郎君,奴家有言相告。""有话快说来。""奴家已非俗人,乃九龙山连环洞黄花圣母徒弟。蒙师传授仙法,武艺精通,虚度青春十六岁。父母双亡,只有哥哥窦一虎。他有地行之术。奴家窦仙童欲与将军成就匹配,同往西凉认救圣驾。不知将军意下若何?"丁山一听此言,心中大怒,说:"你这不识羞的贱人!我乃堂堂世子,岂肯与你草寇为婚!你这无廉无耻不顾羞惭的贱人!你不必多言,招本帅的戟罢。"一戟往小姐面门上刺将来。那小姐不慌不忙把双刀一起架在一边,马打交锋过去,走转来,那仙童忙举双刀砍将下来,丁山急架忙还。刀来戟架,戟去刀迎,杀在一堆,

---

①　潘安,宋玉——潘安,晋中牟人氏;宋玉,楚国辞赋家。潘、宋皆为古代美男子。

战在一处。一连二十个冲锋，战得小姐满面通红，两手酸麻，哪里是丁山敌手？只得把双刀抬定方天戟，叫声："郎君，且慢动手，看我的法宝。"往怀中取出捆仙绳，往空中一抛，照前一样，将丁山捆住，得胜回山。将丁山绑起，解进忠义堂。丁山方苏醒，见了仙童立而不跪，骂道："泼贱妖娆，你用妖法拿我天朝元帅。"仙童说："奴家怜你人才出众，饶你一死。今日依我山上成亲，我就劝我哥哥归顺大唐，同到西凉。你若执迷不悟，如今就要斩了。"丁山听说，大怒道："妖娆，你出言无礼，强逼成婚，要杀就杀，何必多言。"仙童听了吩咐喽啰："推出斩首报来。"喽啰得令，将丁山推出斩首。不知性命如何，且听下回分解。

第 十 九 回

薛丁山山寨成亲　窦一虎归唐平西

　　再言窦小姐令喽啰将丁山推出斩首,正要开刀,只听得叫一声:"刀下留人!"你道是哪一个? 就是程咬金。他在大营听得军士报进说:"帅爷与女将交战,不上三十回合,被她红绳线索把帅爷活捉上山去了。"咬金听了,吓得魂飞魄散,开口又问道:"怎么说?""他阵上女将要与帅爷成婚,帅爷不肯,被他拿去。"问道:"此女生得如何?"回道:"好一个绝色女将。"咬金忙对柳氏夫人说:"侄媳,令郎捉去,多凶少吉。不如待老夫为媒,对了亲,成了婚姻,好去西凉救驾。"金莲听见哥哥被捉,柳叶眉边生杀气,说:"老千岁,待我前去与兄报仇。"夫人说:"女孩儿不可。你哥哥尚然如此,何在于你。听老柱国之言,前去就亲,救驾要紧。"咬金听了,连忙上马,来到山林,大叫:"刀下留人!"喽啰抬头见一员年老将军,喝声:"呔! 你这老头儿何等之人,擅呼刀下留人?"咬金说:"你去报与女将知道,说我大唐天子驾前,吾唐鲁国公程老千岁,有话要对女将军面讲的。"喽啰听了,来到堂上说:"大王,有位大唐程千岁来见小姐。"仙童听了,心中暗喜,莫非此人来与我做媒,不可怠慢他。吩咐喽啰:"且慢开刀,请程千岁进来相见。""得令!"喽啰来到外面说:"唐将且慢开刀。请程千岁进去相见,见过之后定夺是非。"程咬金下了马来到殿上,窦仙童忙来迎接。接上银安殿,分宾主坐下,就开言道:"老将军到山寨来,有何话讲,乞道其详。"程咬金说:"小姐,老夫到此,非为别事,特来与小姐作伐①。就是平辽王世子,官封二路元帅,今日被捉的人,与小姐年纪仿佛,郎才女貌,休教错过这段良缘。"那小姐听了满面通红,开不得口,倒害羞起来了。那窦仙童今日阵上私自对亲,拿到殿上强逼成婚,为何见了媒人倒怕羞起来? 必有缘故。咬金看见小姐不言,开口说道:"小姐,此乃终身大事,不必害羞。老夫所说都是金玉之言,劝小姐允了罢。"那仙童听

---

　　① 作伐——做媒。

了，只得硬了头皮，叫声："老千岁，多蒙光降到来作伐。然婚姻大事，虽然父母去世，还有兄长。自古说长兄为父，烦请老将军问我哥哥允不允就是了。"咬金想道："这个丫头，倒会做作。方才阵上明明白白招亲，今推与哥哥做主，做得干干净净。"想了一会，开言说："小姐既要令兄做主，请来相见。"那窦一虎在地中听得明白，想道："吾有心要与他妹子成亲，不想自己妹子倒与他做亲。正是我要算计他人，不想被他人倒算计了去。也是天赐良缘。"在地中钻上来了。咬金一见稀奇，想道："好似周朝土行孙①，会地行之术，投了唐朝，也是我主洪福。"对一虎道："将军真是天神了，世上并无有二。"上前见礼，说起因由："与令妹作伐，对世子薛丁山。"窦一虎早知妹子心事，一口应承，将丁山放绑，请到银安殿，一同见礼。咬金说："元帅恭喜，老夫与你作伐，成其佳偶。"丁山说："老柱国，这个使不得。况且父亲在西凉，被伤锁阳城。更兼国难未安，如何私自对亲？不忠不孝之罪，实难从命。"程咬金说："贤侄孙，万事有我老人家在，这倒不妨。虽令尊不在，有你令堂做主，是一样的。就是老夫做主为媒，令尊决不来罪你，允了罢。"丁山心中一想，前日下山时，师父曾言，前途有良缘。况此女有法宝，前往西凉救驾有帮手。开言叫一声："承老柱国美意，晚生从命了。"咬金听了大喜道："今日正是黄道吉日，好与令妹完婚。"窦一虎道："领教。"吩咐喽啰下山，接取夫人到来，同观花烛；放了罗通，当夜成亲。银安殿上摆了筵席，款待唐朝众将。此话不表。

再言窦一虎分散金银，放火烧山，喽啰都归伏。放炮三声，离了棋盘山。一路下来，行了三天，到了界牌关，吩咐放炮安营。三声大炮定下营寨，我也不表。

那界牌关守将姓王名不超，官封一等侯。年九十八岁，身长一丈，面如银盆，五绺长须一根根好似银丝；斗米一餐，食肉一秤，使一根丈八蛇矛，重百二十斤，有万夫不挡之勇，四海闻名。那日正在关上操演兵马，说："前回，此关南蛮所破。如今魔家镇守，须要小心把握。"忽有小番来报："启平章爷，南朝差二路元帅薛丁山，领兵三十万，勇将千员，已到关前了。请爷定夺。"王不超一听此言，大怒道："可恶南蛮，这等无礼。都是我国元帅，放那老蛮子程咬金过去，被他勾兵取救。如今既有大队人马

---

① 土行孙——《封神演义》中人物，善地行之术。

到来,我若放他一个过去,也不为盖世英雄了。"吩咐备马抬枪,取披挂过来。结束停当,挂剑悬鞭,上马提枪,来到关前,吩咐放炮开关。一声大炮,开了关门,放下吊桥,带领三千人马,冲出关来。来到唐营,高声大叫说:"程老蛮子,俺元帅放你出关,取讨救兵来了。俺若今朝不杀你这程咬金,也不为好汉。哪怕你二路元帅薛蛮子,必要一网而擒。快快将程老蛮子放出会我。"营前大骂。有探子报入营中:"启上元帅爷,今有番将王不超提兵讨战,大骂程老千岁,坐名要元帅出战。"丁山闻报大怒说:"何物胡儿,敢如此无礼。左右取本帅披挂过来,待我亲手去拿他。"罗通上前说:"待小将出去擒来。"旁首走出一将,生来青面,四个獠牙露出,膀阔三尺,腰大十围,抢步上前说:"罗家叔叔,这功待小侄去取罢。"元帅抬头一看,原来是后队先锋程千忠。巴不得要在咬金面前讨好,说声:"贤弟出去,须要小心。""得令!"那程千忠上马,提了大斧,带领三军,一声炮响,开了营门,冲出营来。来到阵前,王不超一看说:"来将少催坐骑,通下名来,本将军好挑你下马。"程千忠一听此言,气得三尸神①直冒,七孔内生烟,大喝道:"休得夸口,只怕你闻我之名,就要惊死你。我乃吾唐鲁国公长孙,小将军官拜猛虎大将军,二路元帅帐下后队先锋程千忠便是。"王不超道:"嗄,原来你就是老蛮子程咬金的毛孙子,你来得正好。汝祖骗出关去,勾兵到此,将你万剐千刀,方消我恨。看枪罢!"推开马,兜面一枪。程千忠把大斧当头劈下,王不超把手中银枪这一枭,千忠在马上一晃,斧子倒绷转来了,叫声"不好!"斧子又起,王不超又架在一边。战到六七个回合,程千忠那是番将对手,把斧虚晃一晃,带转马,豁喇喇,豁喇喇,往营前走了。进入营中说:"元帅,西凉番将甚是利害,小将不能胜他,望元帅恕罪。"丁山说:"胜败兵家常事。谁将出去会他?"罗通上前说:"小将愿往。""须要小心。"带马抬枪,挂剑悬鞭上马,开了营门,冲出阵前。王不超抬头一看,来将不善,把手中枪架住,说:"方才那一员蛮子,不够老将几个回合,杀得他大败。你今来送死,快通名来。"罗通呼呼笑道:"你要问我么,我乃太宗天子御驾前越国公罗千岁的爵主干殿下、前部先锋罗通是也。"王不超听了道:"嗄,原来你就是什么扫北的罗通。

---

①　三尸神——道教名词,谓人躯体内有三虫,即三尸。一在脑中,一在腹中,一在足中。

本将军向闻你名,原有些手段,但是今日要与俺西凉老将王不超老子比武,只怕不是俺对手。劝你免来讨死罢。"罗通大怒道:"休得夸口,在我马前战二十回合之上,不斩你头下来,不为稀罕。"王不超呵呵笑道:"我的儿,口说无凭,看本事分高低。"不知胜败如何,且看下回分解。

第 二 十 回

勇罗通盘肠大战　锁阳城天子惊慌

适才话言不表。再讲罗通听得此言,开言说:"不必多言,招枪罢!"劈面一枪。王不超哪里肯惧你,把手中枪一架,二人交锋,各显本事,一来一往,一冲一撞,你拿我麒麟阁上标名胜,我拿你逍遥楼上显威名。两边战鼓如雷,马叫惊天。二人战到三十个回合,并不分胜败,杀得罗通汗流脊背,王不超的马呼呼喘气,把手中枪抬住说:"利害的罗蛮子。"罗通说:"老狗,你敢是怯战了么?""呔!谁怯战?今日本将军不取你命,誓不进关。"罗通说:"本爵主不挑你下马,也不回营。"吩咐两边擂鼓,鼓发如雷,两骑马又战起来。正是:八个马蹄分上下,四条膀子定输赢;枪来枪架叮当响,枪去枪迎嘣火星。二马相交,又战到五十回合,未定输赢。那王不超越老越有精神,这一条丈八蛇矛真个好枪,阴诈阳诈,虚诈实诈,点点梅花枪,纷纷乱刺。罗通这条枪也利害,使动八八六十四枪抵住。又战了二十回合,看看枪法要乱了。薛元帅在营前观见,"啊呀!不好了。罗将军枪法都乱了。"传令鸣金。只听到锣声一响,罗通抬起头听,被王不超一枪直刺过来,罗通大惊,"啊呀不好了!"把那身子一闪,可怜那枪尖往左肋一刺,好不厉害,登时透进铁甲,直入皮肤五寸深,肋骨伤断三根,五脏肝肠都带出来了,血流不止。主帅营前看见,吩咐大小三军快上前去相救。只见罗通飞马来到营前,叫一声:"主帅,不必惊慌,吩咐众将助鼓。罗通若不擒此老狗,死也不能瞑目。"说罢拔出腰刀,将旗角一幅割下,就将流出五脏肝肠包好,将来盘在腰间。扎来停当,带战马冲出阵前,开言大叫:"老狗,俺罗将军再来与你决一死战。"那王不超睁睛一看,吓得魂不附体,说道:"啊呀,好蛮子,你看肋中金枪把肚肠都带了出来,盘在腰间,还敢前来厮杀,真乃非凡人也。"倒看得浑呆。不想罗通来得恶,把手中长枪向前心一刺。那王不超大叫一声"不好了!"仰面一跤,跌下马来。罗通跳下马来,割了首级,上马加鞭来到营中,献其首级。一跤跌下马来,众将扶起。罗通大叫一声:"好痛呀!"一命归阴去了。元帅大哭,备棺成殁。其子罗章大哭拜谢。元帅差官护送长安去了。一面整兵抢关。罗章愿为前部先锋，当先杀入界牌关。众小番见主将已死，闭门不及，被这秦梦、罗章带领众将杀进关内，如入无人之境，得了界牌关。盘查钱粮，养马三日，放炮起程。

一路上来到金霞关，吩咐安营。三声大炮，扎下营寨。次日清晨，元帅升帐，聚齐众将，两旁听令。罗章披挂上前，叫声："元帅，小将新在元帅麾下，不曾立功。今日这座金霞关，将小将走马取关，以立微功，方可久得帐下听令。"丁山说："有其父必有其子。贤弟乃年少英雄，但要小心在意。""得令！"罗章接了令箭，上了马，提梅花枪，带领大小三军，杀到关前，大叫一声："哒！关上的，报与你主将知道，小爵主乃大唐越国公罗先锋是也。今界牌关已破，奉元帅将令来此打关。你若晓事，快快献关，饶汝一死。"小番报进来："启爷，关外大唐二路人马已到，有将讨战。"巴兜赤闻报大怒，说："呵呀呀！可恼，可恼。都是苏元帅不是，放程咬金出关，今勾兵到了。想这乳臭小儿，敢出大言，欺我太甚。不斩此夫，不算为西凉大将。小番取我披挂过来。"传令放炮开关。轰隆一声炮响，大开关门。罗章抬头一看，见此将甚是凶恶。你看他怎生打扮？他头戴红缨亮铁盔，一匹黑鬃马，手执大刀，冲出关来。来到阵前，罗章大叫："出来的胡儿通下名来。"巴兜赤说："你要问魔家之名么，魔乃红袍大力子苏大元帅加为镇守金霞关大将军，巴兜赤便是。"罗章说："什么巴兜赤！今日二路元帅已到，要往锁阳城杀那苏宝同。不思让路献关，反阻我去路，分明活得不耐烦了。"巴兜赤大怒，也不问名姓，提起刀来，"招魔家的刀！"往罗章领梁上劈下来。罗章叫声"来得好！"把枪噶嚣这一桌。巴兜赤喊声："不好！"在马上乱摇，这把刀倒绷转来了。嚣喇一声冲锋过去，兜转马来。罗章把手中枪紧一紧，喝声"去罢！"一枪当心挑进来。巴兜赤叫得一声"我命休矣！"躲闪不及，正中前心，仰面一跤，翻身滚下马来。罗章下马，取了首级，复上马吩咐诸将抢关。叫得一声"抢关"，一骑马先冲在吊桥上了。营前程千忠见罗章挑了番将，把大斧一起说："诸位将军，快抢吊桥。"有窦一虎等二十余将，上马提枪，端刀执戟，嚣喇喇，嚣喇喇，正抢过吊桥来了。那些番兵把都儿望关中一走，闭关也来不及了，却被罗章一枪一个好挑哩。众将也有把刀斩的，斧砍的，有时运逃了性命，没时运杀得精光，关中落得干干净净。查盘钱粮，关外请太夫人、元帅夫妻、小姐都到帅府。罗章上前缴令。丁山道："贤弟走马取关，其功不小。将西凉旗号去了，立起大唐旗号。"养马一日，放炮拔营，前往接天关进发。行兵三日，来到关外，放炮安营。一声炮响，扎下营盘。我且不表。

另回言接天关总兵黑成星闻报失了界牌关、金霞关，王不超、巴兜赤二员总兵阵亡，大兵已到接天关，忙与胡猎花、智不花等商议说："今两关已失，兵到接天关。想此关兵微将寡，不能抵敌。倘被他打破，兵民遭害，不如投降，免一城生灵之难。诸将以为何如？"两旁众将说："平章之言有理。况前年薛蛮子到来，番兵遭其大害。不如献关为上。"黑成星大喜，吩咐小番扯起投降旗，开了关门，百姓香花灯烛接二路元帅。探子报进营中，丁山大喜，传令不许惊动百姓，秋毫无犯，摆队伍进关。重赏黑成星，扯起大唐旗号。养马三日，招安番兵。次日发炮起行，竟往锁阳城进发。此话不表。

再讲大元帅苏宝同想："程老蛮子骗出番营，必定勾兵到来，粮草尽有。不如先打破城池，拿住唐王，然后杀那后面人马，岂非一举二得。"主意已定，传下令来，十座城门一共架起二十座火炮，各带兵五千，围绕护城河边，连珠火炮打得四处城楼摇动，震得天崩地裂。齐声喊杀，惊得荒山虎豹忙奔；锣鸣鼓响，半空中鸟鹊乱飞。城外杀气冲天，神仙鬼怪心惊。这个攻城不打紧，城中百姓，男女老少挈妻扶母，觅子寻爷，呼兄唤弟，哭声大振。街坊上纷纷大乱，众将慌张不过。朝廷在殿听得四处轰乱，毫无主张，诸大臣也心惊。茂公奏说："龙心暂安，虽然十座城门，六座俱在山上，量不妨事，只有四处要紧。纵然利害，有八员总兵，秦、尉迟、程、段等四将，在城上抵敌，料不能破，决无大事，请陛下宽心。望降旨差官。"唐天子依言，遂差使臣往四处招安百姓，使臣领旨，各处招安，略略哭声少些。天子说："先生，程王兄回国许久，应该救兵到了。"茂公说："依臣阴阳算起来，救兵不日将到。臣原说过的。"天子半信半疑，心惊肉跳。不知如何，下回分解。

第二十一回
薛丁山大破番营　苏宝同化虹逃走

　　前言不表。再讲薛丁山行兵相近锁阳城，远远望去，不见城池，都是旗号，炮声不绝，周围都是番兵番将，剑戟如林，营头扎得坚固，想是被困死在里面。此一番大战不比往常！元帅全身披挂，扎住帅营。丁山升帐，点窦一虎、副将王奎："领人马二万，挂白旗为号，前往锁阳城城西，离营一箭之地扎住营盘，听号炮一起，杀进番营。不得有违！""得令！"窦、王二将接了令箭，带领白旗兵马二万，竟往西城去了。又点程千忠、副将陆成："往南城冲杀，也听号炮，领兵踹入番营。""得令！"二人接了令箭，带领红旗兵马二万，离了帅营，往南城不表。又点尉迟青山、副将王云："你二人领兵二万，往城北停扎，听号炮冲杀番营。""得令！"二人接了令箭，带领黑旗人马二万，往北前进，不必表他。

　　再讲薛丁山点将，接了三处城门，传令拔寨起程。三声炮响，元帅上了马。程咬金、薛金莲、窦仙童执了兵器同了元帅，带领大队绣绿旗人马，往东城而来。丁山坐在马上往营前一看，但见一派绣绿旗飘荡。营前小番扣定弓箭，摆开阵势，长枪手密层层钳住。里面宝同闻小番报知，大唐救兵已到，复夺三关。心中大惊，点将出来。三声大炮，冲出营前，正迎着薛丁山人马。大喝道："程咬金，老匹夫！你果然勾兵到此，救应唐主。本帅恨不能把你万剐千刀，也还嫌轻。快快出来，吃我一刀。"程咬金大怒，一马冲出，叫道："苏宝同，你这胡儿，我程爷爷又不哄你，原说道勾兵取救前来杀你这班胡儿。你自装好汉，放我过去，与程爷爷什么相干？你如今反怨着我。今日天兵到来，你该下马受死，还要胡言乱语。"苏宝同听了大怒，把手中大砍刀劈面砍来。薛丁山把方天戟迎住说："苏贼，休得无礼，招本帅的戟罢！""飕"的一戟，分心就刺。苏宝同大刀扑面交还。二人战到十合，不分胜败。左右飞龙将军赵良生，猛虎将军金宇臣二骑马冲将出来，相助苏宝同，丁山左右薛金莲、窦仙童上前敌住交战。

　　按下东城交锋，另言南门。程千忠、陆成听得东城炮响，也起号炮，带领人马,杀入番营。程千忠舞动大斧,乱斩乱砍,杀了几名番将,蹿进营盘,砍倒帐房。陆成手中枪胜比蛟龙,杀进营盘,手起枪落,小番逃散不计其数。冲到第二座营盘,忽一声炮响,来了两员将官,大叫道:"唐将有多大本事,敢冲我南门,前来送死。"二人抬头一看,见二员番将,生得凶恶,开口说:"本爵主不斩无名之将,通下名来。"说:"我乃苏大元帅麾下,大将军孙德、徐仁便是。不必多言,放马过来。"孙德晃动乌银枪,往程千忠劈面便刺。程千忠把大斧噶啷一声,枭在旁首。陆成挺枪上前。那边徐仁持棍,坐下马一步纵上迎住。枪棍并举,大战番营,不分胜负。

按下南门之事,再言西门。窦一虎、王奎听得南门发了号炮,也起一声炮,带领二万人马冲进番营。里面炮响一声,闪出两员大将,乃是雄虎大将军葛天定,威武大将军杨方,喝声:"有何本事,擅敢破我西营。放马过来,待本将军一刀砍两个。"把大刀直取窦一虎。一虎把手中黄金棍敌住葛天定,来往交锋。一虎本来利害,忽在马前,忽在马后,将黄金棍乱打。葛天定将大刀砍下来,一扭不见了;又在马后钻将出来,打马屁股一棍,那马乱跑乱跳,几乎把葛天定跌下马来。杨方前来要救,只见王奎使动金背刀,手起刀落。

再言北门尉迟青山抡动竹节钢鞭,听得号炮一响,同了王云带领人马鞭枪,直杀进番营,挑倒帐房,番兵四路逃走。见二员番将冲出来,大叫:"唐将少来冲我北营。"尉迟青山说:"胡儿,本将军这条鞭不打无名之将,留下名来。"说:"要问我之名,洗耳恭听。我乃苏大元帅标下加封为雄虎大将军,姓赵名之。""我乃猛虎大将军李先便是。放马过来!"把坐下黑毛马一纵,大砍刀一举,直往尉迟青山劈面砍来。尉迟青山把手中钢鞭一迎,架在一边。冲锋过去,勒转马来,尉迟青山提起鞭来,照头打去。赵之大刀护身架住。二人大战,并无高下。王云摇枪来战,那边李先使动斧子迎住,尽力厮杀。一往一来,四手相争,雌雄未分。

不表四门混战,喊杀震耳,锣鸣鼓响,炮震连天,四散兵逃。又要说城中将官在城上见番营大乱,鼓炮不绝,杀声大震。茂公晓得救兵已到,奏知天子。天子龙颜大悦,众将放下惊慌。茂公当殿传令:"汝等快结束,整备马匹,带领队伍,好出城救应。两路夹攻,使番邦片甲不留。""得令!"点尉迟号怀、秦梦:"你二人领一万人马,开东门冲杀救应,共擒苏宝同。""得令!"二员将出了银銮殿,上马到教场,领兵一万往东门不表。

又点周青、薛贤徒："你二人带兵一万,往南门冲出,须要小心。""得令!"二员将出外上马,到教场领人马往南城进发不表。又点姜兴霸、李庆红："你二人带兵一万,往西门冲出,不得有违。""是!"二人上马提兵,领人马往西城进发不表。又点周文、周武："你二人带领人马一万,开北门接应。""得令!"领兵往北城而行。放炮一声,城门大开,吊桥放落,二马当先,冲到番营。手起一枪,番兵尽皆杀散。蹿进第二座营盘,一万军混杀,番兵势孤,不能抵敌,弃营逃走。二人直入,无人拦阻。见尉迟青山、王云大战二员番将,有二十回合,不分胜负。恼了周文、周武,纵马上前,喝声"去罢!"手起一枪,把赵之挑在地下,李先见唐将多了,心内一慌,兵器一松,被尉迟青山一鞭打下马来。四人大蹿番营,喊杀连天,番兵逃亡不计其数。北门已退,营盘多倒。

又要讲到西门开处,放下吊桥,冲出一标人马,蹿踏番营。那姜兴霸、李庆红各执一条枪,杀散小番,冲进营盘。只见窦一虎、王奎与敌大战数十合,不定输赢。姜兴霸把枪刺个落空所在,一枪将葛天定挑下马来。杨方被窦一虎一棍打死。四将杀得小番尸骸堆积,旗幡满地,皮帐践踏如泥。西城又得破了。又表周青、薛贤徒带兵冲出南门,杀进番营。见程千忠、陆成与番将战有三十个冲锋,未分胜负。恼了周青,纵马上前,手起一锏,把徐仁打死。孙德措手不及,被程千忠一斧砍死。这回乱杀番兵,大蹿番营,都抛盔弃甲四散而逃。各处尸首,马踏为泥。四下里哭声大震,寻路逃奔。唐朝人马,紧追厮杀。

又再讲到东门薛丁山与苏宝同大战。薛金莲将六个纸团一抛,都变做二丈四尺长的金甲神人。苏宝同兵将多被金甲神人将人乱砍。窦仙童祭起捆仙绳乱来拿人。苏宝同见势头不好,将葫芦盖揭开,放出柳叶飞刀,直奔丁山头上落将下来。那薛丁山头上戴的太岁盔,毫光一冲,飞刀散在四方不见。苏宝同一连放了八把飞刀,只听拼玲拍珰,又作为灰飞。又放起飞镖,丁山放下戟,左手取弓,右手拿穿云箭,搭在弦上,一箭往飞镖上射去,无影无形;将手一招,其箭落下,用手接住,放在袋内。苏宝同大惊,回马要走。丁山抽出玄武鞭,长有三尺,青光也有三尺,将鞭一起,苏宝同回头一看,见一道青光在背上一晃,叫声:"啊呀,不好了!"后心着鞭,口吐鲜血,大败而走。窦仙童叫声"哪里走!"祭起捆仙绳,将苏宝同捆住。苏宝同见仙绳来得利害。化道长虹而去。丁山见了,倒却心惊。程咬金说："此乃非凡人也,焉能擒得他着。"只见后面秦梦、尉迟号怀带了人马,杀上前来帮助。吩咐追杀番兵,追下去有三十里,杀得尸横遍野,血流成河,遗下刀枪戟剑旗幡粮草不计其数。程咬金传令鸣金收军。丁山说："老千岁为何就收兵?"咬金说："陛下久困在城,望之已久。待见过圣上,然后发兵竟取西凉,擒拿苏宝同,未为晚矣。"丁山说："老千岁之言有理。"聚齐三处人马,一同到锁阳城见驾。不知见了圣上有甚言语,下回分解。

第二十二回
唐天子君臣朝贺　薛仁贵父子重逢

前话不表。再言天子同徐茂公、程铁牛在城上观看,只见程咬金带了人马,飞奔来到城边。天子看见,知已杀退番兵,下落城头,回到银銮殿上,命程铁牛接进父亲。领旨上马,来到城外。后面大队人马,在城外扎营。城门大开,咬金同了二路元帅诸将来到殿上,朝见万岁。山呼已毕,天子开言说:"王兄到长安勾兵,二路元帅是谁?"咬金奏道:"殿下出榜招贤,不想挂榜一日,来了薛元帅之子名唤丁山,王敖老祖的徒弟,有十桩宝贝,武艺精通。殿下拜为二路元帅,领兵三十万,来救圣驾。"朝廷大悦,开言叫声:"王兄,阵上有二员女将,朕远观看,只见遣出一长大金甲神将,将番兵乱砍。又见一女将抛起红绳,有万道金光,将番兵捆住。又只见一子,在地中钻进钻出,手提黄金棍子,打死番将无数。此四人哪里降下来的,扶助寡人破番,克期①平服,不知是谁,奏与朕知道。"程咬金奏道:"使戟的乃薛世子;遣金甲神将的乃仁贵之女;用捆仙绳者,臣有罪不敢奏明。""卿有何罪? 但奏无妨。"咬金奏道:"薛丁山同护国夫人、妹子金莲一同来征西,路过棋盘山。山上有兄妹二人拦路。世子出战,被捆仙绳拿去要处斩。老臣看他兄妹手段高强,又有仙术,可救圣驾。又且女将才貌双全,与护国夫人商议,老臣为媒,成就婚姻。臣该万死,使双刀用仙绳者,二路元帅之妻窦仙童也。用黄金棍地行者,窦一虎也。"天子闻奏,龙心大悦,开言说:"王兄无罪有功,成其美事,又来扶助寡人,乃天赐良缘。不知还有何将一同前来?"咬金奏道:"有罗通为先锋,程千忠、尉迟青山某人等,一同征剿。但是越国公来到界牌关,遇守将王不超。他年九十八岁,勇猛难当。与他战了百合,误被刺其肋也,肝肠都带出来。罗通盘肠腰间,一枪刺死老将,他忍痛而回,死于营中,已送枢归乡。其子罗章愿代其父,领挂先锋,连破二关,来到这里。"天子闻听罗通已死,龙目滔

---

① 克期——严格限定期限。

滔下泪。茂公道:"龙心万安。罗通乃是大数①。""罗通有何大数?"茂公奏说:"万岁不记得那年扫北,罗通曾与屠炉公主立终身之誓,若忘了,死在八九十岁老番之手。今果应其言。"天子点头,传旨命程王兄速带丁山,往帅府父子团圆。诸将谢恩,领旨出朝。

咬金同了丁山母子来到帅府。有军士报进。仁贵卧病在床,一载有余,不能全好。军士说:"启元帅爷,程千岁要见。"仁贵听言,咕噜翻身,朝向外面,说:"程千岁取救兵到了么?""到了。""你说帅爷有病,不能远接,多多有罪。请千岁进来面谢。"军士听了,到外面说:"小将奉元帅之命,禀上老千岁,因元帅伤病疼痛,卧床不起,不能远接,多多有罪。请老千岁面会相谢。"咬金听了,同着丁山,进到里面,见了仁贵说:"我去了一载有余,你背上伤病如何还不能好,起身不得? 幸好我骗出番营,逃回长安,请得救兵,破了界牌关、金霞关、接天关,复夺三关,来到锁阳城,杀退番兵番将及苏宝同,方解此围,才得会你。"仁贵听了说:"多谢老千岁。不知朝中点谁为帅,本事高强,胜过于我,杀退苏宝同,进城救驾?"咬金呼呼大笑说:"平辽公,幸皇上洪福齐天,二路元帅不是别人,就是平辽公之子名唤丁山,领兵前来救驾。"仁贵听了说:"老千岁不要骗我。我儿丁山,被我神箭误伤性命,亡过多年了,哪里有什么儿子?"咬金道:"元帅你是不晓得的。幸亏王敖老祖救去,收为徒弟,在山学法,现奉旨宣来会你。你看此位是何人?"丁山走到床前,跪在地下说:"爹爹,孩儿未死,师父救活的。"仁贵却见稀罕,人死哪有复生之理? 不免问他说:"你果是我丁山儿子? 王敖老祖救活的么?"丁山纷纷下泪说:"爹爹,孩儿命中不该死,幸遇师父救活还魂,在山中学习七年。师父吩咐,速往西凉救君父。殿下封孩儿为二路元帅,杀退番邦人马,前来见父亲。"仁贵欢喜道:"这也难得。父子相逢,真真谢天谢地。儿啊,为父的膀中飞镖,伤痕深透,一载有余,疼痛异常。你既是王敖老祖徒弟,可有什么灵丹救为父的一命么?"丁山道:"我师曾言父有灾难,付我丹药一丸,敷在伤处,立刻就好。"仁贵听了说道:"儿啊,快将丹药来敷。"丁山连忙立起身子,身边取出小葫芦,倒出一粒仙丹,含在口中嚼碎,敷在伤病之处。倏然膀上发痒,流出毒水,方消一刻,伤病痊愈,绝无疼痛。仁贵好不欢喜,咕噜翻身立起,走下床

---

①　大数——旧谓气数、命运。也指寿限、死期。

来,说:"果然仙丹妙药。难得!难得!"身子伸一伸,腰背俱全好。丁山又说:"爹爹,母亲妹子都在辕门外,同孩儿起兵来的。望父亲接见,骨肉团圆,相逢见面。"仁贵听了,叫声:"孩儿,你母亲同来了?你可出去致意母亲,待为父大开辕门谢恩之后,然后进见便了。"丁山依言,忙到外面见了母亲说:"爹爹伤病已好,开门谢了圣恩,然后接见。"夫人听了欢喜不已。程咬金也就辞别回去。仁贵相谢送出,此话不表。

再讲元帅传令,吩咐开门。"得令!"忙到外面说:"元帅爷有令,大开辕门。"只听得三吹三打,三声炮响,元帅升帐,供好香案,二十四拜,叩谢圣恩。诸将打躬立在两旁。夫人,小姐,媳妇三乘大轿,抬进辕门,来到帐下出轿。仁贵出迎接夫人,吩咐掩门。来到后厅,夫妻见礼,金莲上前见父。叩拜已毕,仁贵不悦说:"夫人,下官奉旨征西,沙漠重地,乃承王命,不敢违逆,所以大战沙场,身中飞镖,几乎一命难逃。若非圣上洪福,焉能得活?你与女儿深闺弱质,不该同孩儿一齐到此,有伤千金之体,出乖露丑,甚为不便。"夫人道:"相公不知,妾与孩儿深知闺门女训,岂肯轻举妄动?只因在家闻报,说相公困在锁阳城,身中飞镖,伤人绝命。那时吓杀我母女二人。幸得孩儿仙师相救,学成仙法,先回到家中,说有灵丹妙药,能救父亲。奏明殿下,点兵起行。妾不舍孩儿远行,愿欲相随,况闻相公凶变,不知死活,故此来的。女儿也放心不下,随我一同起程。女儿虽是千金之体,兵书战策无所不晓,乃桃花圣母传授兵法,武艺精通,也来助战。杀散番兵,女儿也有功劳在内。"仁贵道:"夫人如今既来,也不必说了。但不知此位何人?"夫人说:"媳妇过来,拜见公公。"仙童听见忙来见礼。仁贵道:"何等之人,称为媳妇?请道其详。"夫人道:"相公,此女乃棋盘山夏明王窦建德之孙女也。当初七十二路烟尘反乱,未经归伏。与兄窦一虎屯兵数载,抢棋盘山招兵买马,十分骁勇。我孩儿奉命征西,到山下经过。那窦家兄妹下山讨战。我孩儿大怒,与他大战。谁知两下都有仙法,竟把我儿拿去,强逼成亲。我儿大骂,登时绑赴山前斩首。有军士报知,吓坏了我母女二人。程咬金千岁慌张,情愿为媒,两边说合成亲。他兄妹二人改邪归正,拔寨烧山,同归唐朝,扶助圣主。杀退番兵,也有一番大功。今日帐前听令,理当拜见。"仁贵听了大怒,说:"罢了!罢了!生这样逆子。我治家不整,焉能治国?做主将,管领三军就难了。"夫人看见仁贵大怒,说:"相公,今日骨肉团圆,为何发怒?"仁贵说:"夫人有所不知，我恨丁山这小畜生，既为二路元帅，领兵救应，虽被不服王化的草寇窦家兄妹捉去，理当杀身报国，如何逼令成亲？身为主帅非同小可，三军司命全在于你，应该请旨定夺。擅敢私自成亲，那畜生十恶不赦之罪难免。"吩咐军校："绑这畜生辕门斩首。"那军校们一声答应，将丁山绑起。不知性命如何，且听下回分解。

第二十三回

唐太宗驾回长安府　苏宝同三困锁阳城

前言不表。再讲柳氏夫人大哭说:"啊呀!相公啊!身为大将,不晓得父子至亲。前年征东回来,把孩儿射死。若非王敖老祖相救转,定做绝嗣之鬼。今日得见亲人,犹如枯木逢春。我不舍得孩儿,万里相随;况且救君救父之功劳极大。不料小过即要斩孩儿。劝相公不必如此,放了绑罢。"仁贵道:"夫人,那畜生日下年少,尚不把君父看在眼内,自行做主成婚。倘外夷知道他好色之徒,将美人计诱之,岂非我君父性命尽要被他断送了。军令已出,决不轻饶。夫人,不必啰唆,请退后厅将息①。刀斧手过来,推出斩首报来!"夫人大哭,叫声:"住手,相公啊,妾身做主的,央程老千岁为媒,三军皆知。非是孩儿贪其美色,自行做主,背逆君父。伏望相公看妾之面,饶了孩儿一死。"仁贵听了,全然不睬,喝令:"快斩讫报来!"军校正要将丁山推出,只见程咬金大怒,抢步上前,连叫:"刀下留人!"赶上帐来,开口叫道:"元帅,自古道虎狼尚且不食儿,为人反不如禽兽。小将军英雄无敌,勇冠三军。令媳窦小姐仙传兵法,才貌不凡。目下朝廷用武之际,虽小将军不遵教令成亲,此乃是老程之罪,不该请尊夫人做主,早成花烛。想将起来,与令郎毫无干涉。你若固执一己之见,必欲处斩,老程愿代一死。"将头颈伸出,叫道:"快斩老程!"仁贵听言说:"老柱国说哪里话来?只因我家小畜生,既蒙东宫②之命,拜为二路元帅,如何不知利害?倘遇敌人对阵,知他好色,便将美色诱而斩之,岂非我百万三军多被其害啊。老柱国,别样事情领教,此事断然不遵。明日到府负荆请罪。"咬金听说,真正急煞。忽报圣驾到了。仁贵出帐,俯伏奏道:"陛下何事降临?"天子开言说:"元帅军令甚严,闻得小将军犯过,幸有破贼救驾之功,可偿其前罪。况用武之时,请元帅宽罪。""谢恩。愿我皇上万

---

① 将息——休息,将养。
② 东宫——乃太子居住之处,后代指太子,这里即李治。

岁,万万岁。""赐卿平身。"驾退回宫。仁贵吩咐:"带畜生过来。方才恩旨赦其一死,死罪赦了,活罪难免。军校们把这畜生捆打四十铜锟。"两旁一声答应,正要将丁山捆打,只见咬金走过,将身扑上,大叫:"平辽公,休要打小将军,望乞饶恕。老程要叩头了。"仁贵连忙扶起说:"既是老千岁再三用情,免打。追还帅印,监禁三月,以赎前罪。窦仙童野合①之女,焉能算得我家媳妇? 打发兄妹自行归山。"窦家兄妹无奈何,只得收拾要行。仙童小姐纷纷下泪,上前拜别婆婆柳氏、姑娘金莲,婆媳姑嫂难舍难分。看见仁贵认真得紧,面铁青青,不好上前相劝,只得放手。兄妹二人正要到营门上马,咬金上前留住,再见元帅说:"啊呀! 那窦小姐与令郎成亲,怎么说不是你家媳妇? 叫她回去于理不通。况且他兄妹英雄无敌,令郎尚且被擒,如今打发她回去,难道她心中不恨,逼其反也。她霸踞棋盘山,兴兵杀上长安,其祸不小。纵然灭得西凉,岂不是反失中原。不该放虎归山,还该留她随阵调用。"仁贵一听,便醒悟说:"老千岁苦劝,只好权且相留,叫他兄妹二人军前效用便了。"咬金听了,来到营门说:"窦将军,窦小姐,我再三劝留,元帅如今依允了,快进营相见。"窦氏兄妹一听此言,来到帐前参见元帅。仁贵认了媳妇,一虎称为大舅。窦仙童随了婆婆进入后厅。一虎退出外边,安心效力,此话不表。

再讲贞观天子对茂公说:"寡人自离长安出兵以来,历有六载,幸喜杀退番将。寡人意欲起驾回朝,命元帅督令进兵,早灭叛贼,以雪朕恨。"茂公领旨,同文武退出朝门。传旨起驾,圣主还朝。众大臣多有思归之念,闻君要回,都喜之不胜,收拾行囊,候驾起行。又有旨下:一应文官同军师徐茂公保驾还朝,武将随元帅进兵伐叛。文武官领旨。唐王起驾,出了宫门,武臣送出锁阳城。天子又传旨:将阵亡诸将骸骨收殓,带回长安安葬。"谢恩"。不表天子回京,再表仁贵送出圣驾,回到帅府,传令诸将:"本帅奉旨重任,即日征西,尔等各要尽忠。灭得西凉,得胜班师,论功升赏,不得有违。""是,得令!"此言不表。

再讲苏宝同杀得大败,回转头来,不见追兵,忙鸣金收军。百万人马,点一点不见七十万,所剩者多是伤胸折臂之人,好兵不满二十万。大将二百员,只剩二十员。九口飞刀,三口飞镖,尽化灰飞。不如且回西凉,再整

---

①　野合——原指男女苟合,此指婚姻不合于礼法。

兵复仇。主意已定,往前而行。只见前面一支人马下来。苏宝同吓得魂不在身,说:"前有兵马,后有追兵,我命休矣。"相近不远,睁眼一看,原来是飞钹和尚与铁板道人领兵前来。一见苏宝同忙问道:"元帅,俺闻南蛮大破锁阳城,特来与元帅共议报仇之计。请问元帅为何带了兵马回转西凉,莫非惧怯大唐,让他了?"宝同双目流泪说:"军师不知。只恨自家不是,放出程咬金这老蛮子,欺他老迈没用。谁知他回朝勾兵前来,就是薛仁贵之子薛丁山为二路元帅。兵多将广,手下又有二员女将,十分凶勇。把我飞刀飞镖尽行灭去,被他里应外合,杀得我大败,夺去锁阳城。我欲回转西凉,奏过狼主,再整兵马,前来雪恨。"飞钹和尚、铁板道人两个听了呼呼大笑道:"元帅,你枉为主将管领三军。自古说得好,兵来将挡,水来土掩。长他人之志气,灭自己的威风。胜败兵家常事,如何今日就要收兵? 若还回往西凉,却不是笑煞唐朝兵将,道我西凉没有人物? 幸我等二人提兵到来,正好遇着元帅。如今再把军威重整,兴兵复打锁阳城,拿住薛蛮子父子碎尸万段,方出元帅之气。"苏宝同听了大喜,传令大小三军,共有精兵三十万,连夜星飞赶到锁阳城。三声号炮,又将锁阳城团团围住,水泄不通。营盘扎得坚固,鸟雀飞不过枪尖,蛇虫钻不过马蹄。好厉害! 此番三围锁阳城,果然凶勇。

有蓝旗报进营中,忙到辕门上击鼓。元帅升帐,叫中军官:"半夜三更,谁人击鼓?"中军道:"启帅爷,辕门外有探子飞报军情紧急,故此击鼓。""既如此,唤他进来。"中军领命,到外面说:"探子,帅爷唤你。""是"。探子随到帐下,禀道:"帅爷在上,探子叩头。"元帅说:"你有何紧急军情,半夜三更前来击鼓? 快快讲来。"探子道:"启帅爷,探子打听西凉苏宝同,前被二路元帅小将军杀得大败而逃,如今合了飞钹和尚、铁板道人两个军师,复领了三十万人马,方才二更时分,又把锁阳城团团围住。喝号摇铃,锣鸣鼓响,马嘶炮震,好不惊人。故此前来击鼓。"元帅听了大怒道:"杀不尽的番儿。我原想苏贼败去,必然再来猖獗。如今幸喜圣驾前日出城,已回朝去了。番儿啊,你如今休说三十万雄兵再围锁阳城,你就是三百万围住,俺薛元帅何足惧哉! 左右! 赏探子银牌,一面再去打听。""是。"探子谢赏,出府而去。

再讲元帅侧耳而听,果然炮响连天,鼓声震耳,人喊马嘶,有攻城之势。忙传令军士,紧守城门,城上多加灰瓶炮石,弓弩簇箭,小心保守,候明日开兵。军中得令。不表城中之事。

再言苏宝同二位军师次日抵关讨战。那飞钹和尚全身披挂,结束停当,带了三千罗汉兵,一声炮响,冲出营门,来到西城,大叫:"城上的,快报与薛蛮子知道,今有苏元帅标下,左军师飞钹和尚在此讨战。有本事的早早来会俺,不然攻打进城,你这一班蝼蚁,都要丧命哩。"一声大叫,惊动了守城军士,飞风报入帅府去了。不知交战胜败如何,且听下回分解。

第二十四回

飞钹僧连伤二将　窦一虎揭榜求婚

不表番营讨战，再言军士报入帅府："启元帅爷，城外番将讨战。"元帅说："哪位将军出去会他？""小将愿往。"元帅抬头一看，原来是龙镶将军王奎。元帅说："将军出去，须要小心。"王奎得令，出了帅府，上马来到教场，点了三千铁骑人马，来到城边，吩咐放炮开城。三声炮响，开了城门，放下吊桥，冲到阵前。抬头三看，见一员凶恶和尚，头戴一顶毗卢帽①，身披一件烈火袈裟，内穿熟铜甲，骑一匹金狮吼，手执混铁禅杖，纸灰脸。两边摆齐三千罗汉兵。王奎大叫一声："狗秃驴，休来纳命。快叫苏贼出来会我。"飞钹和尚听了大怒说："狗蛮子，休得多言，放马过来！"王奎说："少催坐骑。你敢是飞钹和尚么？"应道："然也。既知我名，焉敢与俺对敌？俺不斩无名之将，通下名来。"王奎说："你要问本将军之名，洗耳恭听。我乃大唐天子驾前龙镶将军，薛大元帅麾下王奎便是。"飞钹和尚听了，把马一拍，抢起铁禅杖，"招打罢！"劈头打将下来。王奎把手中大刀往上只一枭，架在旁首；冲锋过去，回转马来，把手中大刀还转一刀。和尚也架在一边。一来一往鹰转翅，一冲一撞凤翻身。刀来杖去叮当响，杖去刀来迸火星。二人战了有三十回合，和尚料不能胜，兜转马来就走。王奎哪里肯舍，把马一拍，追上来了。和尚回头一看，正中机谋。忙将禅杖放在判官头上，怀中取出飞钹祭起。王奎抬头一看，见一道光亮劈面打来，嘎，叫一声"不好，我命休矣！"躲闪不及，打得脑浆迸出，死于马下。三千铁骑上前来救，被罗汉兵杀得大败，回进城中，折了一千五百人马。紧闭城门，忙报进帅府："启元帅爷，不好了。王将军出阵被和尚打死了。"仁贵听了大怒，说："这妖僧伤我一员大将。"传令点陆成、王云过来。"你们带领三千人马出城，与我将妖僧斩首。"点马标带领人马去

掠阵,"若二将得胜,即前去砍杀番妖人马;倘有差错,鸣金收军。"马标得令。那二将出了帅府,全身披挂,结束停当,上马端兵器来到教场,点了人马。来到城旁,吩咐放炮开城。三声炮响,大开城门,放下吊桥,二将冲出。听得战鼓如雷,和尚抬头看见来了二员大将,金盔金甲,各使长枪,向和尚便刺。那飞钹和尚也不问姓名,把铁禅杖挡住。二下大战,竟挡得两条长枪如长蛇一般,嗖嗖不住,不在前心,就在两旁,和尚哪里挡得住,又将飞钹打将过来,可怜两员英雄,都丧在两扇飞钹之下。马标看见魂飞魄散,鸣金收军,紧闭城门,前来报与元帅知道。仁贵听报大怒道:"这妖僧如此骁勇,一刻之间连伤我三员大将,不知用何兵器,这等厉害?"马标禀道:"启元帅,他用飞钹祭起空中,有万道毫光,蔽人眼目。故此三将不曾提防,被他打死。"元帅又怒道:"马标你既为掠阵官,见有飞钹妖术,何不早说?报事不明,何为掠阵?左右将马标绑出枭首。""得令。"将马标推出辕门,一刀斩首,进营回禀:"元帅,献上首级。""将头号令。"元帅看看两旁诸将,都惧怕飞钹,不敢出头。单有窦一虎上前说:"小将愿往。"元帅说:"窦将军,闻你仙传地行之法,定能破得妖僧。与你令旗一面,步兵三千,作速出阵。"一虎得令,出了帅府。他不戴盔,不穿甲,头上扎就太保红巾,身穿绣云黑战袍,脚踏粉底乌靴,大红裤子,拿了黄金棍,带了三千步兵,开了城门,行至阵前。飞钹和尚抬头一看,见城中走出一队步兵,不见主将,心中倒也稀罕,就被窦一虎腿上打了两下,好不疼痛。往下一看,见一个矮子跳来跳去。和尚便将禅杖打下,他用棍子相迎。杀了几合,和尚在马上终是不便,倒被一虎往马屁股上一棍,打得那马乱跳,几乎将和尚跌下马来,忙打下飞钹。一虎看见,想来利害,身子一扭不见了。和尚四下一看不见一虎,一虎在地下叫道:"妖僧不必看,我在地中了。"和尚想道:"唐朝有此异人,怪不得元帅大败,怎能夺转锁阳城。"忙将两手拿了两扇飞钹,对地下说:"你这个矮子怕我,躲在地下,岂不要闷死了?少不得气闷不过,还要钻将出来。我把你活活打死,方雪此恨。"那一虎在地中听了和尚这般言语,他在地中呼呼大笑说:"呵呵呵,你要将飞钹打我,只怕还早哩。我会地中行走,不怕闷死。我今回营去也。"说罢,呼呼大笑,只听得笑声渐远。和尚气得满面通红。一虎行到城门首,钻将出来,鸣金收军,紧闭城门。

　　一虎回进帅府。元帅一见说道:"窦将军你回来了。方才出兵胜败如何?"一虎禀道:"元帅,那和尚用的是两扇飞钹,果然厉害。若无仙传地行之术,也要被他打死,做为肉酱了。"元帅听了,心中暗想:"那妖僧用飞钹如此利害,挡住在此,怎好进兵?"便开口说道:"窦将军且退,待本帅思一妙计,必要擒他。"传令城外高悬免战牌。"得令。"

不表窦一虎退出,再言和尚看见城上挂了免战牌,呼呼大笑回营。明日又来讨战,又见免战牌还挂了。那和尚百般大骂,至晚而回。一连三日,俱是如此。那薛元帅聚齐诸将说:"和尚如此利害,诸将有何计可退番兵?"尉迟青山上前说:"要破妖僧,必须释放世子丁山。他有仙传十件宝贝,王敖老祖弟子出阵可擒妖僧。"众将齐声说:"尉迟将军之言不差,必须小将军方可退得。"元帅说:"军令已出,不可挽回,诸位将军不必言他。"众将无可奈何,各自回营。看看又过了三日,元帅无计可施,传令挂榜营门,有人退得和尚,破得飞钹,奏闻圣上,官封万户候,锦袍一领,玉带一围,黄金千两,决不食言。榜文一挂,那窦一虎晓得挂榜,心中得意:"此番小姐稳稳到手了。"来到帐前说:"元帅,小将有计能破飞钹,要求元帅恩赏。"元帅大喜说:"窦将军你果有妙计,破得飞钹,本帅赏你锦袍一领,玉带一围,还要请旨封官。"一虎笑道:"小将也不要请旨封官,也不想锦袍玉带,只是有句话儿不好说。若元帅见允,小将便能破得飞钹。"元帅道:"将军,你俱不要,要本帅赏赐什么? 快快说来。"一虎带笑说:"小将也是明王之孙,当今天子之表侄。曾见令爱小姐尚未许婚,元帅将小姐许配我,我有妙计能破飞钹,然后进兵西征。未知元帅肯允否?"仁贵未听此言犹可,一听此言,心中大怒,想道:"夫人好没见识,不该带金莲女儿一同到此。被矮子看见,倒来求亲。开言说:"嗪①! 你这蠢物。本帅虎女,焉肯配你犬子? 也罢,你若破得飞钹,本帅另眼相看。若说起亲事,断断不能。"一虎道:"元帅既不肯将小姐许我,我焉能肯与元帅破飞钹?"元帅大怒说:"蠢物如此无礼,军校们绑出去,斩讫报来。"一虎道:"元帅不必发怒,小将自回棋盘山去了。"军校正要来拿,见一虎身子一扭不见了。元帅见了,无可奈何,心中暗想:目下正在用人之际,他若回去了,飞钹又不能破,兵又不好进。也罢,不如骗他破了飞钹,允不允由我。元帅开言对地下说道:"窦将军,我不杀你,你且出来。只要你破得飞钹,回朝

---

① 嗪(dōu)——早期白话文中用作怒斥声。

之日,将小女与你成亲便了。"一虎在地中听得元帅相许,从地下钻了出来说:"既蒙允诺,如今便称岳父了。"仁贵心中敢怒不敢言,只得说:"但不知你有何妙计能破妖僧飞钹?"一虎说:"元帅,待小将今晚三更时分,往番营盗收飞钹,杀了妖僧。明日元帅就好进兵了。""既是如此,命你今晚前去,依计而行便了。""是,得令!"不知一虎如何盗得飞钹,且听下回分解。

第二十五回

窦一虎盗钹受苦　秦汉奉命救师兄

前言不表。单讲窦一虎回归自己营中，结束停当，等至三更，钻入地中，竟往番营，此言不表。再讲苏宝同见飞钹和尚连日得胜，斩了唐朝三员大将，杀得他闭城不出，高悬免战牌。便安排筵宴，请飞钹和尚、铁板道人。大开营门，用长竿挂起飞钹庆贺，名为祭宝会。那窦一虎来到营门，将头探出，往上一望，却被和尚看见，对苏宝同说："元帅，方才说唐朝有一地行之将，今番来也。"宝同说："在哪里？"和尚说："在地中钻出来了。""怎么拿他？倘被他又去了，反为不美。"和尚说："不难"。忙用指地金刚法，使那地皮坚硬。一虎钻出头来了，和尚忙将飞钹抛去。一虎一见大惊，欲要钻下地，地皮坚硬不能去了，被钹一合，放在飞钹内面了，好不气闷。在钹内心中一想说："师父有言，日后有难，付我一粒丹药吃了，可免灾难。"如今在衣缝内面，忙取出来，吃在肚内，果然不气闷，又不饥渴，安心住在钹内，不表。再言苏宝同说："军师拿住矮子，何不将他斩首，放在钹内做甚？"和尚说："他是王禅老祖弟子，有仙法道术，斩他不得。放在钹内，凭他神仙道术，不消七日，化为浓血，不久自死。"苏宝同听了大喜，称赞军师之功，此话不表。

再讲仁贵见一虎往番营盗钹，候到天明不见回报，心中狐疑不定，"若盗不动也该回来了。他满口应承，欣然而去，想是被妖僧拿住也未可知。嗄，有了，不免点程千忠出去，到城上观看，若被斩首，决有号令。"主意已定，命程千忠："前往城上，看番营可有首级号令，速来回报。""是，得令！"那千忠出了帅府，上马来到城上，往番营观看，静悄悄不见什么首级号令出来。等了一回，不见动静，只得下城回到帅府缴令。元帅听了，心中好不烦闷。欲要差探子出城打听，忽城上军士报进："启元帅爷，城外有铁板道人讨战。"元帅对诸将说："前日有个和尚，今日又有个道士，想是多有左道旁门之人，今日不可与他交战。待等三日之后，商议开兵。"众将说："元帅之言有理。"传令城上高悬免战牌。那铁板道人看见了免战牌，大笑回营。此话不表。

再言双龙山莲花洞王禅老祖驾坐蒲团，忽心血来潮，屈指一算，说："不好了！大徒弟窦一虎有飞钹之难，幸有灵丹相救，七日灾难已满。不免唤二徒弟出来去救师兄。童儿唤秦汉出来。"那童儿领法旨，来到里面说："师兄，师父唤你。"那秦汉正在里面学习，听得师父呼唤，忙来到蒲团前，倒身下拜说："师父，唤弟子出来有何事干？"老祖说："徒弟，你师兄有飞钹之难，命你前去相救。况你业缘已满，我今与你两件宝贝，名曰钻天帽，入地鞋。你快往锁阳城，用灵符一道救取师兄窦一虎，就在薛元帅麾下，助他征伐西凉，夫妇团圆便了。"秦汉听了，叫声："师父，弟子本来面目，望乞师父训示。"老祖说："你原是大唐秦怀玉之子，金枝玉叶。你三岁时，在后园玩耍。我从云端经过，被你冲开足下红云，收留到此二十余载。今已缘满，下山去罢。"那秦汉也是矮子，头上挽起个空心丫髻，大红绒须两边披下，身穿绣绿袄子，手上带个黄金镯，赤了一双脚，好似红孩儿一样。听到师父如此言语，心中大悦，便叫声："师父，请问两般宝物有何用处？"老祖呵呵笑道："秦汉，你要问这两宝物有何用处？我对你讲，那钻天帽乃王母娘娘瑶池中真宝贝，戴在头上，便会腾云随风，可入天门，朝拜诸天日月星宿。那入地鞋，乃是南极仙翁宝贝，穿在足下能入地中，可到森罗宝殿，十殿阎君前来迎你。这两般宝物付与你去，可助大唐。还有一对狼牙棒，随身器械，灵符一道，一齐拿去。"秦汉欢喜不过，拿了狼牙棒，拜辞了师父，即便下山。心中起了凡心，戴了钻天帽，那宝物说也作怪，刚刚戴在头上，忽听得耳边豁喇喇一阵风，便将秦汉提在空中。秦汉哈哈大笑，按下云头，抬头一看，别有一番世界。见一座仙庄极其华丽，内面走出一个女子，生得十分美貌，天姿国色，见了秦汉，叫声："郎君，因何到此？"秦汉见了遍体酥麻，说："小娘子下问，我乃王禅老祖徒弟秦汉，奉师命往锁阳城去救大师兄窦一虎，在此经过，得遇小娘子，莫非我三生有幸了。愿求片刻之欢。"那女子半推半就，满面通红。秦汉欲火难禁，便问："小娘子尊姓？"女子说："我姓松，爹爹出外去了，并无人在家。"问道："小娘子青春多少？"回言："虚度一十八载，尚未曾适人①。"秦汉又说：

---

① 适人——出嫁。

"我乃秦驸马之子,公主所生。娘子不弃,愿为秦晋①。不知娘子意下若何?"女子道:"既有美意,恐辱尊躯。"秦汉色胆如天,将女子抱进房,解带宽衣。那秦汉赤了身子,抱着女子,正要求欢,只见一阵狂风。抬头一看,房子不见了,连那女子也不知去向,两手抱着一棵大松树。忽见师父来到,置身无地,两手又拿不开,口叫:"师父救我。"老祖说:"业障②! 业障! 你做的好事。还要怎么?"秦汉说:"师父,弟子以后再不敢了。望乞饶恕。"老祖说:"看天子之面,以后再不可起凡心。""是,再不敢了。"老祖将拂尘一拂,秦汉两手松了,"拜谢师父救弟子之恩。"老祖说:"去罢。"原来老祖试他之心,点化他的。

那秦汉辞了师父,戴上钻天帽,不消一个时辰,倏然③落下锁阳城。薛元帅正与众将商议,忽见一个矮子从天而降。大家都认作窦一虎,非但地行,如今七日不见,竟在天上也会走的? 元帅也觉骇然。只见那矮子上帐,见了元帅,长揖不跪。众将仔细一看,方知不是窦一虎,另有一个矮子,身材一样,身子阔些。元帅问道:"你是何处来的怪物? 却从天上下来。快将情由细细说来。"那个矮子嘻嘻笑道:"我乃秦叔宝嫡孙,秦怀玉之子,秦汉是也。三岁时被风刮去,王禅祖师收为徒弟,学道二十余年。今奉师父之命下山,一则救师兄窦一虎飞钹之难,二则相助元帅一臂之力,共征哈迷国。"元帅听了大笑说:"原来他也是王禅老祖徒弟,秦驸马之子,好笑祖师收的徒弟都是矮子。这倒稀罕。"说道:"秦将军,既蒙来助本帅,你师兄窦一虎去盗飞钹,今已七日,不见回营。既能相救,快去走一遭吧。"秦汉应道:"小将就去。"正要走出去,只见左班中走出秦梦,闻知哥哥到此,忙出来,"待我认认长兄。"兄弟两下一见,彼此相拜,各诉衷情。秦汉说:"兄弟,我往番营救出师兄,再来会你。"还戴上钻天帽,轻轻飞出锁阳城,下落番营,有黄昏时分。只见旌旗不动,枪刀如林,杀气腾腾,好不惊人。正在营前观看,只见前面一个巡军走来,被秦汉上前,将手中狼牙棒照头上一下,把巡军打死。脱了衣服,除了帽子,解了腰牌,看看上面有名字,那巡军名唤哈得强。"我就冒了他的名字,打听师兄消息。"

---

① 秦晋——春秋时,秦晋两国世为婚姻,故后称两姓联姻为"秦晋之好"。

② 业障——佛教徒指妨碍修行的罪恶。

③ 倏(shū)然——迅速,极快地。

正行之间，只见又来了一个小番，手里拿了一支令箭。秦汉问道："哥儿，你往哪里去？"番儿说："我奉活佛军师之命，因南蛮地行子前来偷盗飞钹，被元帅捉住，封合飞钹之内，今已七日，必成浓血。故此佛爷特将令箭一支，叫我到元帅营中，取飞钹内中矮子浓血，烧干祭钹。"秦汉听了，吓得大惊，"师兄性命休矣！如今有此机会，打死番儿，将他令箭到苏宝同处，骗了飞钹，救出师兄，再作理会。"走上前去，狼牙棒一起，把番儿打死，盗了令箭，来到营中。见了苏宝同，叫声元帅："小番奉佛爷之命，要取飞钹前去祭钹。"宝同看了令箭，不知真假，将飞钹付与秦汉。秦汉背上飞钹，戴上钻天帽，片刻飞到锁阳城。他在云中一想，不知师兄死活如何，待我叫他一声看："窦师兄。"一虎在钹中听得声音似秦汉师弟，一虎应到："师弟，你为何也在此，做什么？"秦汉说："不瞒师兄，师父在山上说你有飞钹之难，命我前来相救。我今连飞钹骗到城中，见元帅请功。"一虎听说，好不着急。前日在元帅面前夸口，要与他小姐金莲成亲，倒被妖僧将我合在钹内，七日已到，众将面前开看，有甚意思，反被元帅见笑。叫声："师弟，就在此地开了钹，我好出来。"秦汉说："你七日也过了，如今一刻也等不得。我奉师父之命必须要到元帅面前开的。"说罢，依然飞上。早到营前，按下云头，连忙传报。元帅闻报升帐，问道："秦将军可曾救得师兄么？"秦汉放下飞钹说："师兄现在钹内，请元帅开看。"元帅大喜，唤军校快快开钹。"得令！"忙将铁索解下，重有千斤，用尽力气，哪里开得。众将一看，这钹合笼犹如生成，没有缝的，果然难开。凭你刀砍斧劈，只是不动。元帅说："秦将军，这样如之奈何？"秦汉道："不难。师父说，金丹久炼、炼成至宝。有灵符一道帖上，其钹即开。"秦汉取符帖上，钹分两扇。一虎一个跟头跳出地下，双手遮脸，自觉羞杀。元帅同众将一见，大笑道："果然仙家妙用，窦将军暂且将息。"吩咐收免战牌，众将回府。

　　再讲番营和尚差小番取钹，不见回报。早有小番报说："启佛爷，不好了！方才差去的番儿被南蛮打死，骗了令箭。元帅不知真假，竟将飞钹与他。一霎时人都不见了。"和尚听了，吓得魂不附体，说："完了，我一生功夫，如今休矣！救去矮子，倒也罢了。我的飞钹，我全靠他，如今失去，怎么与唐兵交战？"铁板道人说："道兄失去飞钹，还有我铁板十二面，利害不过。师兄放心。"不知后事如何，且看下回分解。

第二十六回

监中放出小英雄　丁山大破铁板道

却说次日道人出阵，见去了免战牌。有兵士报进："启上元帅，城外道人讨战。"元帅道："今有道人讨战，谁去出阵？"秦汉走将出来说道："小将愿往。"元帅道："既然如此，与他步兵三千，出城破敌。"

秦汉接令出了帅府，来到校场，点起步兵三千，手持两条狼牙棒，来到城边放炮开城，炮声一响，开了城门，冲出城外，来到阵前。那道人抬头一看，原来又是一个矮子，哈哈大笑道："唐朝不用大将，俱用矮子……"

话言未了，只见秦汉走至面前，将双棒照道人腿上便打。道人在马上不便架迎，忙下了马，手执古定剑劈面砍来。一来一往，战了二十回合，道人不能取胜，忙抽出铁板来。秦汉抬头一看，见铁板打下，把入地鞋一登，不见了。道人看见心中大惊：原来唐营中多是异人，前日矮子有地行之术，今这矮子也会地行。必定仙传妙法，不如收兵再处。再言秦汉到了城边，也收兵进城，回到帅府交令。

次日，道人又来讨战。元帅问道："今日谁去？"秦汉应到："今日必要活捉妖道回营。"元帅道："既然如此，将军须小心的。"

秦汉得令，原带了三千步兵，出城来到阵前。道人见了笑道："小矮奴昨日被你逃去，今日又来，必要活捉，方见俺的手段。"秦汉道："休要夸口，吃我一棒！"举起狼牙棒，当头就是一下。道人持剑向上一迎"噶咯"一声响，架在一边。回转马来一剑，往面上砍来。秦汉将棒一晃，亦跳在一边，杀得道人浑身是汗。念动真言，忽然天昏地暗，无数青面獠牙鬼怪杀来。秦汉见了，幸有钻天帽戴在头上，如飞纵上云端。只听得霹雳一声，霎时鬼怪化作无影无形，依然云开见日。道人看了心内慌张：昨日钻到地下，今日又会上天，定是异人。正在心内想，秦汉亦料道人邪法多端，不能降服，向道人哈哈笑道："你不要想，我收兵去了。"一声鸣金，收兵进城。

道人亦收兵而回，千思万想，一夜未睡。次日又领兵讨战，探子入报。

元帅说："今道人又来讨战,谁去出阵?"两边走出八员总兵:周青、周文、周武、姜兴霸、王心溪、王心鹤、李庆红、李庆先,进营启禀元帅:"末将愿去阵前,杀此妖道。"元帅说："众人出去,须要小心。"就令窦一虎、秦汉为左右军押阵。"接令。"众人各领命出了帅府,持了兵器,出了城门,来至阵前。道人抬头一看,只见城中走出许多将官来,这八员将官,把道人团团围住,将他刀砍棍打。

道人把古定剑执在手中,竭力接架,这八员将,忽在马前,忽在马后,杀得道人招架不定,哪能还剑过去,心中一想,说："不好!寡不敌众,不可一时失错,有丧性命,不如先下手为强。"忙祭起铁板,众将见了魂飞魄散,叫声："不好了!"俱打中后心,跌下马来。冲出窦一虎、秦汉上前抵敌,底下步兵救了八将。

窦秦二将无心恋战,鸣金收兵。回进城中,报入帐内,元帅听了大惊,说："铁板如此利害,伤我八个兄弟,如何是好?"程咬金说："前年元帅中了飞镖一年之灾,幸而小将军到来救活。如今这八员总兵,命在旦夕。乞元帅监中放出小将军,要用他仙丹,救了这八员总兵方好。"

元帅听了此言有理,传令即到监中放出小将军,来到帅府,拜见父王。薛仁贵道："我儿前日灵丹有么?"丁山道："现还有。"薛仁贵道："既有,你将仙丹到后营去救八位将军。"丁山领命,到后营取出葫芦,倒出仙丹,口中嚼碎,敷在八将背上。只听一声"唔呀",俱立起身,道谢丁山。元帅闻知心中大悦,果然仙丹妙用。即唤丁山进后堂叩见母亲、再见妻、妹。吩咐后堂设宴,合家团圆。

再言铁板道人杀败了二将得胜,连伤八员大将。苏宝同说："军师今日阵上全胜,那南蛮必定惧怕。明日须要打破他城池,杀他个片甲不留,方称俺心。"道人说："这个自然。"当夜营中庆贺。

再言次日苏宝同领了大队人马,分作三路攻打:铁板道人领了二万人马,攻打东门;飞钹和尚领了人马,攻打南门;苏元帅领了大队人马,攻打北门,单留西门不攻。摇旗呐喊,鼓炮连天,架上云梯,三门攻打。

探子忙报元帅。元帅升帐,点窦一虎、秦汉二将,领了三千人马,出南门,听号炮一响,各自进兵。忙接令出了帅府,往教场点兵,出南门;又点丁山窦仙童夫妇,领了人马三千,出东门,忙接令,往教场领兵;元帅自领兵三千,同了女儿金莲出北门,其余众将守城。

飞钹和尚正攻打南门，只见一声炮响，三千步兵冲出阵来，一对矮将冲到城外。和尚一见大怒，把手中铁禅杖打来，窦一虎将黄金棍架住，喝道："妖僧！你的本事平常，如今飞钹没了，如何杀得我过！不如快快受死，免得出丑。"和尚大怒道："杀不了的小南蛮，前日被你诡计，骗去宝贝，今次决不饶你！招杖罢！"一禅杖当头打来，窦秦二将，奋勇争先，忙起棍棒相迎。杀了几个回合，和尚哪里战得过二将，带转马大败而走。二将在后追赶。

再言薛丁山夫妇，领兵至东门。只听号炮一声，东门大开，冲出阵来，正迎着铁板道人。道人一见窦仙童；好一个美貌佳人，不免先打死了少年将军，抢这女子过来，还俗成亲。算计已定，回马过来就走，薛丁山拍马追上去。铁板道人回头一见了追来，满心欢喜。忙将铁板祭起，当头打下，只见丁山头上一道红光射出，铁板见了红光，化为飞灰。道人一看，见打他不中，又祭一块起来，照前一样。连祭了十块铁板，一齐烧了无影无形。吓得道人魂不附体，无心恋战，带回马就走。薛丁山夫妻在后追赶。

再言元帅同了金莲小姐，杀出北门，正迎着苏宝同，两下大战，杀得大败。倒拖大砍刀回马，金莲小姐在后追赶。苏宝同忙取腰中飞剑打来，谁想薛金莲有六丁六甲护身神，见宝剑飞来，被六甲神收去。此时苏宝同急得汗流浃背，心中慌张，又见女将追上来了，只得回来又战。不到三十个回合，后面元帅杀上来了，苏宝同哪里杀得出重围。只听元帅高声传令："休要放走了！"金甲人上前来拿，苏宝同一看大惊，只得化道长虹而逃。三军追至三十里，杀得血流盈河，尸横遍野，喊叫之声连天。遗下刀枪剑戟旌旗，不计其数。元帅传令收兵。

妖僧妖道，大败而走，三路同归一处，点一点人马，三十万只剩了不足一万。都是折手坏脚之人，三人抱头大哭。一同商议，只得再往仙山去炼宝贝，若是此仇不报，枉做西邦元帅。和尚说："元帅之言有理。"

三人领了败兵，一路下来，相近寒江关，只见冲出一彪人马，回头一看，只见龙凤旗升起，上写着"征东皇后"。苏宝同一见大喜，原来是我姐姐苏锦莲。即行下马，进营中朝见千岁娘娘。朝见已毕。赐平身，说："贤弟你奉旨出师，因何还在这里？"苏宝同大哭道："前日兄弟即欲报祖父大仇，奏知狼主，起兵伐唐朝。不想第一阵被我设计，将唐朝君臣困住锁阳城，要把他粮绝饿死。谁想他雄兵似虎，猛将如龙，与他大战几阵，用飞刀杀他大将几十余员。那大唐元帅,幸得被我飞刀飞镖打伤他左臂,败回城中,闭城不出。怎晓得他粮草带得充足,困住城池一年有余,不想被程咬金骗出营中,竟回中原,取了救兵。这第二路元帅,就是薛蛮子之子,名唤丁山。他法术高强,本事利害,我的九口飞刀,三只飞镖,俱被他破化了。内应外合,杀得大败,我即化道长虹而走。撞着两位军师,飞钹和尚、铁板道人提兵到来,说起此事一同兴兵,三困锁阳城,交锋三个月,阵阵俱胜,城中出了两个矮子,法术精通,又被薛丁山出阵交兵,将飞钹铁板化作飞灰,又是大败而散。如今各人再往仙山去炼就法宝,再来复仇,不想会着姐姐千岁。"

苏锦莲听说前情,大怒说:"贤弟,你既要再上仙山,去炼宝贝,以复大仇。我奉狼主之命,领精兵四十万,战将数千员,前来助你。不想你杀得大败,损兵折将,有何面目回见国王。你将帅印交付与我,我要杀尽南蛮,与祖父报仇便了。"

苏宝同听了,心中大悦,知道姐姐仙传妙法,英雄无敌,有打将神鞭,利害不过。忙把帅印兵符上前交割,付给皇后,同那和尚道人拜别娘娘,各自上山炼宝去了。此话不表,未知苏锦莲可有本事破唐否,且看下回分解。

第二十七回

番后火鹊烧八将　薛元帅子媳团圆

却说苏锦莲皇后，传令放炮起行。炮响三声，大队人马，竟向锁阳城进发。不一日早到锁阳城，吩咐按下营盘，将锁阳城四面困得水泄不通，鸟飞不过枪尖，蛇钻不进人马，好不利害。

再言薛元帅大获全胜，三支人马，一同进城，所得粮草器械旌旗，不计其数。与众将商议起兵西征。这一日升帐，只听得炮声连天，探子报入营中，启上元帅："西凉国苏皇后，领兵四十万，要来报仇，又将城池围住了。请元帅定夺。"元帅听了大怒道："可恨苏宝同，将帅印交他姐姐番后，复领兵到来，又将城池困住，你这小小番后，有何本领，前来与本帅对敌？也罢，趁她安营未定，点兵出城，杀她片甲不回。"点周青等八员总兵出城，必要活捉番后。

周青等忙接令出帅府上马，各人结束停当，手执兵器往教场点了一万人马，来到城边，放炮开城。三声炮响，城门大开，那八家兄弟，都出城来到阵前。两边射住阵脚，营中鼓响如雷，抬头一看，只见苏锦莲带领了三千番婆，一声炮响，冲出营来，但见他头戴开龙金冠，狐狸尾倒挂，雉尾高挑，面如满月敷粉，妆成两道秀眉，一双凤目，小口樱桃，红唇内细细银牙。身穿一件黄金砌就鱼鳞甲，腰系八幅护腿绣龙白绫裙。小小金莲，踹定葵花镫，腾云马，手持打将神鞭。胜比昭君再世，犹如西子还魂。

那周青纵马上前喝道："胡妃狗后，本总兵看你无缚鸡之力，敢领兵到此与我祭剑么？"苏锦莲喝道："你这般狗蛮子，将我兄弟杀得大败，因此娘娘来取你这蛮子性命。"周青冷笑道："你的狗弟，尚且不胜，何况你一女流？贱婢放过马来！"

两边战鼓擂动，苏锦莲把鞭一指，喝道："照打罢。"这里八员将官一齐上前，将番后围住。苏锦莲看见将多，虚晃一鞭，勒回马败阵而走。八家兄弟，随后追来。苏锦莲把鞭一指，即忙取出身边葫芦，念动真言，放出无数火鹊，往八员总兵烧将来了，十分厉害。

周青等一见,魂飞魄散。都烧得焦头烂额,败进城中。一万兵被番后杀得大败,折了八千人马,上前哭诉。元帅看见,心内慌张,不想兄弟们遭番后火鹊烧伤,谁去出阵? 丁山上前说道:"孩儿出阵,擒此番后。"元帅道:"我儿出去,须要小心。"传命秦、窦二将同去掠阵。"得令!"

三人同出了帅府,领了人马,来至阵前。那苏锦莲抬头一看,只见薛丁山面如白玉,唇若涂朱;胜比宋玉,貌若潘安。不觉欲火难禁,浑身发痒。丁山喝声:"番婆! 不要呆呆看我,照戟罢。"一戟直往面门上刺将过来,那番后吃了一惊,忙一催坐马上来,放出火鹊。薛丁山说:"来得好!"左手挽弓,右手拔出穿云箭,照火鹊一射,只听得一声响,那些火鹊,无影无踪。

番后看见破了她的火鹊,十分大怒。忙祭起神鞭,薛丁山叫声不好,正中后心,口吐鲜血,大败而走。幸得身上穿天王甲,不致伤命,若是别将,便成肉饼矣。那番后叫声"哪里走!"把二膝一夹,紧紧追来,追过荒山有百里,看看追上。

薛丁山正然着急,只听山头上有虎啸之声,抬头一看,见一个打柴女子,生得奇形怪状,手持铁锤,在那里打虎。薛丁山叫一声:"姐姐,救我一救!"那女子往下一看,说道:"小将军你是哪一个,为何一人一骑,奔到此间,求救于我?"薛丁山说:"女将军,我是平辽王薛元帅之子。因奉圣旨征西,方才阵上被番后打中后心,我负痛而逃,她在后面追上来了。我中伤甚痛,不能抵敌,万望姐姐救我一救,没齿不忘大恩。"那女子嘻嘻笑道:"这个容易。请世子暂避树林之下,待她追来,我当敌住,杀她个有死无生。"

说罢,只见苏锦莲追上山来。薛丁山心慌,躲在林内。后面番后见了女子,问道:"方才有一少年将军,可曾到此?"女子说:"她在林内。"番后听了,连忙追入林中,不提防女子将死虎照番后头上打将下来,那番后措手不及,叫声"哎呀"! 跌下马来。被薛丁山上前,取了首级。忙来叩谢救命之恩:"请问姐姐,姓甚名谁? 回营告知父亲,前来相谢。"

那女子道:"奴家姓陈,名金定,祖贯中原人氏。父亲陈云,昔为隋朝总兵,奉旨借兵,流落西番乌龙山居住。樵柴为生,母亲毛氏,乃番邦之女。上无兄,下无弟,我今年一十七岁。只为生长西番,而又黑丑,混号母天蓬。舍下不远,还有言语相问。"

薛丁山道："多蒙姐姐盛情，但我有军令在身，不及细谈，我交令之后，再来叩谢。"陈金定见他执意要去，忙将丹药与他装好说："我明日望你到来，不可失信。"薛丁山说："晓得"。上马出了山林，走了半路，撞见秦、窦二将，三人大喜。同到城中，入帐交令。元帅问道："方才秦、窦二将说，你被番后金鞭打伤，吐血而走。番后拍马追赶，如何反得她首级，前来交令？"

薛丁山道："爹爹啊，孩儿被他打伤，落荒而走。被他追到山林，正在危急，幸有那打柴女子，暗起死虎将番后打死，救了孩儿。他父隋朝总兵，名唤陈云，流落西番。望父王送金帛，谢他救命之恩。"元帅道："既是我儿的大恩人，理当相谢。"问程咬金道："老千岁，他父前朝总兵，必然认得，就烦一行。"咬金应允。

次日同丁山带了金银缎匹，往乌龙山而来。陈云闻知，远远相迎，接入草堂，分宾主坐下，各通姓名。咬金说："昨蒙令嫒相救世子，今日元帅备礼，差老夫同世子前来叩谢救命之恩。"陈云说："老千岁，下官流落西番，数十余年，久闻中原已归大唐。每欲思归，恨无机遇。我家小女，乃武当圣母徒儿，前日有言，与世子有姻缘之分，不嫌小女丑陋，我就明日送到营中，与世子成亲。我老夫妇，情愿执鞭随镫，报效微劳，相助征西。承蒙礼物，作为聘仪，望乞周旋。"程咬金说："极是，老夫作伐。"就此告别，回到营中，说明因由，元帅依允。薛丁山说："爹爹，这使不得的。"元帅说："陈云既要将女儿送你成亲，理当应允，方不负救命之恩。况陈金定小姐，虽然貌丑，她乃武当圣母门下，法力无边，将她带在军中，定助一臂之力。我儿你明日须备下礼物车马，前往迎接她父母，来到帅府。为父的做主，与你成亲。"薛丁山不敢有违，即忙端正。

再说后营夫人小姐知道，心中喜悦。窦仙童闻知陈金定本事高强，亦是心中愿意，催促丁山："早些端正，想陈家父女，即要送来了。"话言未了，只听炮声连响，陈云夫妇亲领女儿到了。

薛元帅连忙接入帅府，安排筵宴，当夜成亲。陈金定敬重大娘，窦小姐感她救夫之恩，不分大小，姐妹相称。一夫二妻团圆，合营庆贺。

再言那番兵四十万人马，见主将已丧，又都被他杀得七零八落，四散而逃。不知后事如何，且看下回分解。

第二十八回

寒江关樊洪水战　樊梨花仙丹救兄

却说薛元帅杀死苏锦莲,薛丁山与陈金定成亲,此话不表。再说苏宝同逃去锁阳城,太平无事。左近依附州县,俱皆纳款投降,一面打本进朝,差薛贤徒镇守界牌关,点兵一万,文武数员,一同保守。周文镇守金霞关,周武镇守接天关,俱有兵马、文官同守。一路直到玉门关,俱归中原所管,百姓安堵如故。

这一日元帅升帐,商议西进。有陈云老将上帐说:"此去四百里,有寒江隔阻。对江有一座寒江关,关上老将姓樊,名洪。足智多谋,官封定国王,有两个儿子,长子樊龙,次子樊虎,皆有万夫不挡之勇,一同保守。他知我兵西进,必然防备。此去非船不能征进,必须造下大船,方好过江。"

元帅听了,叫声陈亲翁之言有理。就令程铁牛、尉迟号怀、王宗一、姜兴霸四将,带领军士四千,上山伐木督造战船。耽搁一月,船已造完。停留江口,候元帅起兵。薛仁贵在教场点起大兵三十万,命罗章为前部先锋,秦梦押后队,尉迟青山解运粮草,程千忠二运解粮官,周青催赶各路粮草,命王心溪、王心鹤二将留兵五万,镇守锁阳城,老将陈云为向导官。点齐众将,放炮三声,往教场祭旗。然后起行,一路三军司命浩浩荡荡,离了锁阳城。往西而进,不一日来到寒江渡口,放炮停行,驻扎营盘,候下船过江。

元帅到江口一看,果然白浪滔滔,又见大小战船无数。程铁牛等四将上前交令。薛元帅传令,向罗章、秦梦、窦一虎三将说:"本帅昔年跨海征东,进狮子口,箭射戴笠篷,鞭打独角兽,飞走金沙滩,也曾过河,何在这个小小江面!你们三位将军,须要并力同心,过了寒江,取了关头,就好西进,本帅自在后督阵。"三将听了,说声:"得令!"各执器械,下船去了。大小俱皆下船,一声炮响,开了战船,俱望江中而行。你看那船头上,旗旌布满,炮声连天,此话不表。

再言寒江关主将樊洪,正与二子及左右偏将在衙中言及关内苏宝同,要报祖父之仇,兴师东征,反失数座关头。苏娘娘阵亡,元帅不知去向,寒江以东,均属中原。今又造大小战船,要来取寒江关。别处还可,料想寒江难过。

有番儿报进:"启爷,不好了!中原薛蛮子领兵过江来了!"樊洪一听此言,吓得魂不附体,说:"有这等事,再去打听。"令二子,"带领水军十万下江,等待唐兵半渡之时,听号炮一发,当腰冲出,使他首尾不能相救,杀他片甲不回,我大兵在后接应。"二人得令,领兵下江。随后樊老将军,带领大小众将,纷纷下江。

再言唐朝大兵,行至半江中,忽听炮声连珠响,只见各港中驶出无数番船,船上番将俱是红扎巾,身上穿的水纳袄,手持长枪,摇旗呐喊,冲了出来,勇不可挡。竟把大小战船,冲做两处。后面元帅看见,即忙下令:"水战不比岸战,须要向前,不可退后。"众将得令。秦梦迎着樊龙,罗章接着樊虎,两下大战。后面老将樊洪,看见二子大战,划动兵船,冲上前来,被窦一虎接住厮杀。

秦梦与樊龙,战到三十余合,秦梦放下提罗枪,抽出银装铜,照樊龙肩膊上一下。樊龙负痛,拿不起大刀。番兵见主将受伤,急忙划转番船,大败而行。樊虎被罗章腿上一枪,那番船樊老将军看见二子大败,弃了窦一虎,也把战船划回。这里元帅见胜了番将大喜,传令擂鼓追赶。樊家父子连忙弃船登陆,竟望关中去了。剩下番船,逃走得快的,俱逃走了,逃不走的俱被杀死。传令收兵,一齐登岸,杀到关前,两边高山,中间一条关路。此关在半山之中,山上檑木炮石,打将下来,众将只得退回。元帅见此山难破,就令按下营盘,商议攻打。

再言樊洪老将,同二子败进关中,吩咐番儿,关头上多加灰瓶石子,强弓硬弩,檑木炮石。夫人接说道:"妾身久闻跨海征东薛仁贵,十分利害。水战被他取胜,二子又被他打伤,幸喜女儿前日回家,或有仙丹妙药,可以医治。"樊洪道:"我却忘了,昔年黎山老母①,收去八年,传授法术,有移山倒海之法,撒豆成兵之术。又赠他诛仙剑、打神鞭、混天棋盘、分身灵符、

———————————

① 黎山老母——道教传说中的女仙,常作为传道授艺的神仙出现。也作骊山老母。

乾坤圈,五遁俱全,谅来必有妙药的。"吩咐丫环:"请小姐出来。"丫环领命,到房内道:"小姐,老爷相请。"

那樊梨花听了,来到中堂,见了父母,说道:"呼唤孩儿,有何吩咐?"夫人道:"女儿啊,唐朝差薛仁贵领兵西征,直杀到寒江,倘此关有失,西番不能保全。故此你父同二位哥哥截住寒江,俱被他打伤,败阵而回。今你父闷闷不乐,特地唤你出来商议,不知你可有仙丹,相救了二位哥哥,然后杀退唐兵,解得你父烦闷?"

小姐听了,心中暗想:"记得师父吩咐说,我与大唐小将薛丁山有姻缘之分,故此命我下山完聚姻缘,一同征西。如今果然他兵来到寒江关,伤我兄长,也罢。"只得开言说:"父亲,既是二位哥哥受伤,女儿自有妙药医治,父亲不必多虑。"樊洪听了大喜,连忙唤进二子说:"你妹有仙丹救你。"小姐把丹药敷在他伤处,不消一刻,其伤即愈。弟兄二人大喜:"难得妹子来救我,其中必有奇谋,杀退唐兵。复回番邦,狼主必加封赠,我一门功劳不小。"小姐说:"这个何难!不是妹子夸口,且待妹子明日出阵,必要活捉唐将,以泄二兄之忿。"二兄听了,说:"既是妹子出阵,做哥哥的与你掠阵。"老将哈哈大笑道:"难得女儿志量高大,虽然你多仙法,出阵之时,须要小心。"樊梨花道:"这个自然,女儿有主意的,不用父亲叮嘱。"当晚不表,各归房内。

小姐回到房中,想姻缘该配薛世子,但不知他相貌才能如何。又闻得父母有言,将我许配白虎关总兵杨藩!打听得他生得丑陋不堪,面如青靛,目似铜铃,岂可配我!想我师父黎山老母,能知过去未来,许我薛丁山是夫主,谅来杨藩决不是我夫君。待我明日出阵,看看薛丁山,就晓得了!主意已定。

再言次日樊老将军升帐,樊梨花披挂上前领兵,樊龙、樊虎结束停当,各执兵器,同妹子出阵,点齐本部人马,来到关前。放炮三声关门大开,冲下山来,来到平阳之地,排齐队伍。樊梨花一马冲出,高声大叫,坐名要薛丁山出阵。探子报进营中说:"启上元帅,今有樊老将军之女樊梨花,带领了女兵,出关讨战。"元帅说:"昨日他父子兄弟这般骁勇,尚且大败,何况他的女儿,值得什么!"探子说:"元帅不要看轻樊梨花,他英雄无敌,仙法多端。他指名要小千岁出阵,不然要杀进营中来。"元帅听了,大怒说:"这番女好夸口!我偏不点孩儿出阵去,另点别将出阵。谁将出去,擒此番女?"

　　那窦一虎好色之徒,听说樊梨花美貌超群:"待我出阵活捉进营,元帅自然将来配我。"想罢,上帐说:"小将窦一虎愿出去会她。"一边又走出先锋罗章上前喊道:"元帅!待小将出阵,必要活捉番女。"

　　元帅道:"既然你二人愿去,一同出阵便了。"二人接令出阵,不知后事如何,且看下回分解。

第二十九回

神鞭打走陈金定　梨花用法捉丁山

却说罗、窦二将领兵到阵前。樊梨花一看，不是薛丁山。小姐骂道："南蛮果来与我对敌，免污我刀。快唤薛丁山出来，与我决一胜负！"

二将听了，说："好一个娇滴滴声音。"二人各执兵器，笑吟吟指定樊梨花说道："难道我们不是男子，你指名要小千岁出来？你若胜我二人手中兵器，便请小千岁会你；你若被捉，伴我二位一宿，方得称心快意。"小姐听了大怒骂道："匹夫，少要胡言！放马过来，斩为肉泥，方泄我恨。"遂举起双刀，往罗章面上砍来。罗章把枪架住，窦一虎将黄金棍向马头上打来。樊梨花不慌不忙，将刀一指，只见四面喊声大起。

二人抬头一看，俱是青面獠牙，长大汉子，金盔金甲，大刀阔斧砍来，吓得唐兵都逃散了。二将看来抵敌不住，鸣金收兵。报知元帅说："末将被番女用撒豆成兵之法，杀得大败而回。如今又在营前讨战，指名要小千岁出阵。"

元帅听了大怒道："这小贱人如此无礼，她有妖术，况且男不可与女敌。"便点窦仙童出阵迎敌，窦仙童全身披挂，手执双刀，跨上了马，带领了兵将，出营来到阵前。看见樊梨花果然美貌，我不及她。

樊小姐见一员女将出阵，身边藏许多宝贝，又生得俊俏，暗想道：善者不来，莫要失手。便开口喝道："来的女将少催坐骑，通下名来。"仙童说："我乃薛元帅之媳，小千岁之妻，窦仙童是也。你这无耻贱人，坐名要我夫君，可不羞死人么！"

樊梨花大怒，便把双刀砍来，窦仙童把双刀迎住。两下大战，正是棋逢敌手，将遇良才。战到四十回合，樊小姐料难取胜，忙祭起打神鞭，窦仙童一见，说"不好了！"闪避不及，一鞭正打中肩膊，负痛伏鞍逃入营中。

金定见了大怒，便上前讨令："待小将出去会她。"元帅说："须要小心。"陈金定领令，结束停当。上马提锤，冲出营门，来到阵前。樊梨花抬头一看，倒也稀奇：方才女将甚为齐整。今来此女，好似灶君夫人，面如黑漆,丑陋不堪。好笑唐朝元帅帐下,都用怪异之人。便喝道:"黑蛮休来送死了,快唤薛丁山出来,方是我的对手。"陈金定大怒道:"你这贱人,又非娼妇,如何指定要我丈夫出战?"樊梨花听了倒也好笑:难道这般丑陋,亦收为妻,正是瞎猫偷鸡死不放。便说:"你这黑脸,只好配挑柴运水火头军,怎可配小千岁?"金定听了大怒,便把五百斤的铁锤,当头打来。梨花将双刀迎住,一来一往,战了三十回合,不分胜负。樊梨花忙祭起斩仙剑,金定躲闪不及,正中左肩。大喊一声,败回营中。

元帅一见大怒道:"可恶番女,连伤我二将!"又令女儿金莲出阵,须要与二位嫂嫂出气。金莲接令,上马来到阵前。只见樊梨花千娇百媚,耀武扬威,不若说她投唐以便西进。主意已定,便道:"樊梨花,你既有如此本领,何不投降我国,择配才郎,夫荣妻贵,岂不美哉!"梨花看见薛金莲貌美,听她婉言,便问:"女将何名?方才所说,奴岂不知。但奉师命下山,要会薛丁山。若然胜我兵法,与他成为夫妇,故此指名要会他一面。谁知连战数将,俱不合我之意。"薛金莲微微笑道:"女将听了:我乃唐朝大元帅之女,薛丁山之妹,名唤金莲,随父西征到此。既然要会我哥哥,待我告知父亲。今天色已晚,明日出营会你。"说罢二人各自收兵。那薛金莲回营上帐,对父亲细说番女之事。

却说薛丁山回见二妻,说及此事。窦、陈同说:"今日这无耻番女,阵上将我二人打坏,幸有仙丹治好。口口声声要会你,定要和你成亲,明日阵上切不可从她,若然与她成了亲事,我二人决不肯干休。"薛丁山暗想到:未分黑白,先要吃醋。便说道:"二位夫人请自放心,卑人不是这样人。"

再说次日,薛金莲说:"樊梨花又来讨战。"元帅传令:"丁山出兵!""得令!"结束停当,挂剑悬鞭,跨上腾云马,手执方天戟,带领了兵将,放炮三声,出了营门,冲到阵前,樊梨花抬头一看:见一位少年将军出阵。但见他头戴太岁盔,身穿天王甲,坐下腾云马,手执方天戟,背插四枝小角旗,写了"二路元帅薛"。果然美如宋玉,貌若潘安,心中十分之喜:师父之言不谬。

再说薛丁山,看见樊梨花姿容,赞道:我夫人窦仙童虽然美貌,不及她一二。妹子金莲亦不能比她,虽然心中得意,家有二妻,此心休生。叫声:"番婆看戟!"刺将过来。梨花把手中刀架住说道:"你就是薛丁山么?奴奉师父之命下山,说与你有夙世良缘,应当配合。我父兄虽番将,你若肯从议婚姻,我当告知父母,一同归降西征,你意下如何?”

薛丁山听了骂道:“无耻贱人,只有男子求婚,何曾见女子自己说亲者。你羞也不羞?我薛丁山正大光明,唐朝大将,岂肯配你番邦淫乱之人,不必妄想。放马过来,与你决一死战。”

樊梨花被他羞辱,心中大怒,手持双刀,劈面砍来。薛丁山把方天戟架住,两下大战三十回合。樊梨花念动真言,顷刻之间,将高山遮住。薛丁山见前面昏暗,被樊小姐活捉过去,吩咐捆起,问道:“薛丁山,你今被擒,若肯联姻,饶你一死。”

薛丁山睁眼一看,身上被绑,料难脱身。待我骗他一骗,遂道:“既蒙见爱,回去告知父母,然后央媒说合。”樊梨花微微笑道:“世子这句话,果然真心许我?当赌个誓来,我才相信。”

薛丁山心中一想:那个女子倒也老成,不若权且赌一个无着落的咒,有何不可。便说:“若放我回营,背负了你,我就半天吊挂,没有存身之处。”樊梨花见他赌了咒,便解其缚,吩咐带过马来,放了薛丁山。薛丁山回马不及一箭之地,重又勒回马头,回过头来大骂樊梨花道:“你这不知羞耻的贱人,我方才中你诡计,被你擒住,岂肯与你联姻,不要想错了念头。快快放马过来,与你决一胜负。”梨花大骂薛丁山:“无信义之人,看我刀罢!”又战不数合,樊梨花念动真言,便见前面一座山。樊梨花诈败上山,薛丁山在后追赶。赶到半山,忽听霹雳一声,回头不见了樊梨花。周围并无去路,见四面都是高山遮住,心中好不着急。只听山顶松林之中,有一樵夫在那里砍柴。薛丁山大叫:“樵哥,救我一救!出得此山,重重相谢。”那樵夫听得山坑内有人叫唤,忙向下一望。见了薛丁山,笑嘻嘻说道:“小将军何故在此山凹内?”薛丁山道:“不瞒你说,我因追赶番邦之女,迷路到此。”樵夫听说便道:“小将军既要我救,待我丢下担绳,你系在腰间,扯你上来,就有路了。”薛丁山道:“樵哥既如此,快些丢下绳来,扯我上去。”那樵夫回身,便把担绳丢将下去,薛丁山将绳系在腰间,说道:“樵哥,我系好了,快快扯我上去。”那樵夫答应道:“晓得。”

不知可能救得上来,且看下回分解。

第 三 十 回

樊梨花移山倒海　三擒三放薛丁山

却说樵夫用力将绳扯动,扯到半山之间,将绳扣在松枝上,把薛丁山倒挂在虚空。薛丁山叫道:"樵哥快扯我上去,因何将我吊在空中?"樵夫大笑道:"小将军,你罚了无着落之咒,善于骗人,我也骗你一骗。只就是半天倒挂,没有存身之处了,我去了。"丁山想道:方才赌的咒如今应了,叫我怎处?

正慌急间,只见两个松鼠,走在松枝,将绳乱咬,咬断两股,将要落下来,吓得丁山魂不附体,叫道:"松鼠你也欺我,此绳断了,跌了下来,碎骨粉身,万无生理。"竟大哭起来。

只见山上有一女子,打扮犹如仙子一般。八个丫环跟随,说说笑笑,说道:"底下有一个人,吊在那里,将来要饿死了。"薛丁山在下听见,大声喊道:"山头上姐姐们救我一救!"小姐便叫丫环,"你去问他姓甚名谁,家住何处?"丫环奉命望下问道:"我家小姐问你名姓住居,说明因何吊此,好好救你上山来!"薛丁山说:"几位姐姐,我姓薛名丁山,乃唐朝二路元帅,征西到此,因被女将樊梨花诱我上山,迷失归路。樵夫作弄,把我绳系腰间,扯至半空,吊在松枝,如今绳将断了,万望姐姐们向小姐帮衬一声,开恩救我上山,万代鸿恩了!"丫环问明,回报小姐。小姐说:"你们再去问他,他要相救,须要依我言语,方肯救他。他若不允,便不相救了。"薛丁山只得满口答应。小姐说:"既是他肯依我言,扯他上来相见。"小姐回进园中百花厅上坐下。

再言丫环向下说道:"小将军好了,如今你有命了,待我们扯你上来。"便把担绳扯上,丁山来到山上,说"好了"。忙向腰中解下担绳,说:"姐姐们,方才你家姐姐哪里去了?待我谢一声,不知有何言语吩咐?好待本帅回营去。"丫环说:"前面这座花园,就是我家住宅。"薛丁山道:"请问姐姐们,你家小姐姓甚名谁,何等人家之女?"丫环道:"我家主人姓崔,官拜兵部尚书,单生这位小姐。"薛丁山道:"原来如此,望姐姐们领我进去。"

果然园中景致非常。过了石桥，来到百花厅上，只见小姐坐在湘妃椅上，薛丁山上前叩谢，小姐连忙还礼，宾主坐下，丫环进了香茗①。薛丁山道："承蒙小姐救我上来，不知有何见教？乞道其详。"小姐笑道："樊梨花是奴中表②，她是黎山老母徒弟，与将军有夙世姻缘，若不见弃，奴家为媒，结成秦晋，归顺唐朝。若还不从，休想回去。"薛丁山叫道："恩人，本帅已娶过拙荆③二人，此事断难从命的了。"那小姐听了大怒道："你这忘恩负义之人，我好意救你上来，这事又不肯依我吩咐。丫环把他绑了，关锁在此。"不由分说，竟上前来拿。忽听得一声霹雳，抬头一看，花园不见，花厅变作囚车，原在战场上。

樊梨花仗剑立在面前说："今次肯依允否？再不依允，我便斩你了。"薛丁山说："今放我回去说合。"小姐说："方才赌了咒，如今也立个誓来！"薛丁山道："若再为反悔，身投大海而死。"樊梨花见他赌咒，又不着落的，便卖弄手段，叫兵士打开囚车，放他回去。

薛丁山出了囚车上了马，便骂道："我被你这贱人两次羞辱，岂肯与你成亲，放马过来！"樊梨花原晓得他反悔，复又相战。不到十个回合，樊梨花念动真言，薛丁山面前昏暗，被那些军士将丁山活捉下马来绑住。薛丁山抬头一看，茫茫大海，口叫"救命"！只见海中来了一支大船，船上坐的一位太子，听见岸上喊救，叫船家救上船来。船家将薛丁山救上船来，太子说："你是何人？丢在大海滩上？"薛丁山就说同樊梨花如何交战，将自己姓名。细说一番。

太子说："今便怎么处？"薛丁山说："难得太子相救，伏望送我回国。"太子劝道："你原是唐朝大将，樊梨花既然招你成婚，应许了才是。不然将你一门杀尽，西辽又不能平，前功尽弃，不如从了她。"薛丁山说："太子你不晓得么，我乃王禅老祖徒弟，说有大难，必来相救，岂怕她神通广大，定然不从。"太子听了大怒道："你既不从，寡人亦不救了。"吩咐："取大石过来，把这个无义畜生，绑与石上，置之海中，自然必死。看师父救你不

---

① 香茗——香茶。
② 中表——同姑母、舅父、姨母的子女之间的亲戚关系。这里即表姊妹。
③ 拙荆——旧时谦称自己的妻子。

救。"后梢走出四个金刚大气力的人,就把薛丁山捆倒,放在大石之上,望海中噗咚一声。薛丁山自道必死,忽见太子没有了,大海全无,船亦没了,原在山旁边。坐马依然立着,单单身上捆住大石,不能够起来。

正在没法,只见樊梨花飞马过来,大叫一声:"薛丁山!你今次被擒,有何理说?"薛丁山道:"如今再不敢了,望乞小姐放我回去,立刻央媒说合便了。"樊梨花道:"你这薄情人,奴家一心待你,你反来背我,你两番的立誓,俱已报应,若要放你再赌咒来。"薛丁山道:"我此去负心,该死于刀剑之下!"樊梨花见他赌了重咒,谅来没有更变。亲解其缚,千言叮嘱说:"你回去即速央媒到来,我先去告知父母,劝令归唐,方能并力同心,平定西番。"

薛丁山应诺,拜别上马,回到营中。元帅说:"我儿,那樊梨花十分利害,你今日见阵,如何对付她?直到日落西山,方才回来见我。"薛丁山道:"爹爹呀,那樊梨花是黎山老母弟子,法术精通。要与孩儿结婚,孩儿已有二妻,抵死不从,他百般大骂,将孩儿三擒三放,作弄之言细说一遍,只得又许了亲事,立了千金重誓,才放孩儿回见爹爹之面。"复对元帅道:"若要与此女成婚,孩儿情愿与他决一死战,定必不从。"

再言窦仙童遂向陈金定道:"可喜冤家还有情义。"说罢,只见程咬金哈哈大笑道:"吾主洪福齐天,西番可平矣。"薛元帅道:"老柱国为何说此二句?"程咬金说:"元帅你不听见么,此女有移山倒海之术,撒豆成兵之能。而唐营诸将,非他敌手,他既然要与世子成亲,父子一齐投降,杀到西番,擒了番王。功劳岂不是元帅所得,吾皇洪福齐天么?"元帅听了大喜道:"就烦老柱国前往做媒。"程咬金道:"这个都在老夫身上。别样做不来,媒人做过两回,如今老在行了。"元帅道:"既然如此,烦驾明日就行。"程咬金说:"这个自然。"不知后事如何,且看下回分解。

第三十一回

樊梨花无心弑父　小妹子有意诛兄

话说樊梨花见薛丁山收兵进关,却自鸣金收兵进到关中,来到内衙,樊洪说:"女儿今日出兵,胜败如何?"樊梨花说:"爹爹,孩儿今日开兵,会着薛丁山,被女儿连败他数阵,得胜而回。"老将听了大喜,说:"幸得女儿法术精通,以泄吾忿,明日必要把薛丁山擒了。"小姐道:"爹爹呀,孩儿奉师父之命,说我与薛丁山有宿世姻缘。女儿犹恐薛丁山亦如杨藩之丑,今阵上见薛丁山才貌出众,武艺超群,是以孩儿不忍加害。恐负师父所嘱,故此把终身相许,放他回营,明日必来说合。万望爹爹垂允,归顺唐朝,不知爹爹意下如何?"

樊洪不听此言犹可,一听此言,圆睁怪眼,怒发冲冠,骂声:"无耻贱人,哪有此理! 婚姻自有父母做主,岂有女儿阵上招亲,不顾廉耻。你这贱人留你何用?"遂拔出腰间宝剑,往女儿头上砍来。樊梨花见父亲发怒,连忙躲避,不敢走近身前。小姐看来,势头不好,没法遮护,只得也拔出剑来招架。那老将一发大怒,连声大骂:"小贱人,你敢来弑父么? 吃我一剑!"正要砍将过去,谁想脚上穿的皮靴一滑,将身一闪,一交跌去,刚撞着小姐剑尖上,正中咽喉,"扑通"一声,跌倒在地,呜呼身亡。小姐见了,吓得魂不附体,忙抱住大哭道:"非是女儿有心弑父,事出无心,不想弄假成真。"早有人报知樊龙樊虎。兄弟闻知俱大怒,一同提了宝剑,赶进内衙,大骂道:"你这小贱人,为何弑了父亲,忤逆不孝? 饶你不得。吃我一刀!"小姐看见来得凶猛,也把宝剑架住,哭诉道:"二位哥哥,且休动手,容我一言。天理昭彰,岂敢乱伦弑逆。因父亲要杀小妹,妹子把剑架住逃走,刚是父亲一跤跌倒,撞着小妹剑尖而亡。两旁有家人共见,望乞哥哥饶恕错误之罪。"樊龙樊虎道:"父亲虽则错误,死在你手,饶你不得。"于是举刀乱砍。小姐无奈,把剑相迎。兄妹三人,在内衙混战。战到三十回合,樊龙措手不及,被樊梨花斩了。樊虎大嚷道:"反了! 反了!"叫声未绝,也被一剑砍死，这叫做有意诛兄，无心弑父。樊梨花暗想：杀死二兄，出于家门不幸；骨肉相残，迫于势不两立，如何是好？放声大哭。老夫人闻知，吓得魂飞天外，连忙走到，见了三个尸骸，好不痛心，遂大哭道："樊门不幸，生出这个不孝女儿，弑父杀兄，叫我如何了得？今日子死夫亡，靠着谁来！"叫一声："老将军与两个孩儿，枉是官高爵显，今日死在无名之地。"大哭一番，晕倒在地。小姐见了，上前来救，半晌方醒，遂劝慰道："母亲，父亲与哥哥既死，不能复生。有女儿在此，决不教母亲受苦。须要收殓父兄，免得薛丁山知道。不然，姻事就不成了。"吩咐家人备办三副棺木，顷刻收殓，停在西厅，吩咐男女家人不许声扬。夫人无可奈何，只得依允不表。

再言次日，小姐披挂，升坐帐中，传令三军说："只为父兄遭其不测，我今立意降唐，关头扯起降唐旗号，扯起降旗。"却好程咬金来到城外，见了投降旗号，心中大喜，吩咐报进。樊梨花母女闻知，出关迎接。接入府中，分宾主坐下。程咬金道："本藩奉元帅之令，特来与小姐作伐，配对世子丁山。为何令尊令兄……不见出来相会，却令老夫人、小姐来会我，甚不可解。"樊梨花犹恐母亲说出前情，遂接口道："不瞒老将军说，只为家父与二兄有病，不及接待，多多得罪，况且投唐一言既出，决无更改。只消元帅择一吉日完了姻，一同西进。"程咬金听了，叫声："夫人，既然投顺了，我回去相请元帅兵马进关。"夫人说："领教。"

程咬金辞别而出，来到营中，对元帅说了，元帅大喜。只有薛丁山不乐，因父亲做主，万不得已。传令大小三军进兵寒江关。"得令！"三军炮响，进了关门。夫人小姐接入，元帅、柳氏夫人看见樊梨花十分美貌，夫妻二人大喜。程咬金说："今日黄道吉日①，正好与世子成亲。"元帅说："老千岁之言有理。"当晚就与世子成亲，乐人送入洞房。

洞房花烛前，夫妻坐下，薛丁山问道："请问娘子，今日花烛之期，诸人俱在，为何你父兄不出来相见？"小姐回说："有病。"薛丁山道："我不信。必要讲个明白，方好做夫妻。不说得明白，就要去了。"小姐见他盘问，满面通红，心中想道："此事终是要明，况今既成花烛，不怕他再变更，

---

①　黄道吉日——旧时迷信星命之说，谓青龙、明堂、金匮、天德、玉堂、司命六辰为吉神。六辰值日之日，诸事皆宜，不避凶忌。

何不明言？遂将劝降反杀，误跌剑锋，二哥已骨肉相残，简单说了一遍。丁山听了此言大怒，骂声："贱人！你不忠不孝，岂有父兄杀得的么？留你必为后患，少不得我的性命也遭汝手。"遂拔出腰间宝剑说："要与你父兄报仇。"小姐道："我与你既成花烛，须并胆同心。奴家纵有差池之处，伏望君子宽恕。"丁山叱曰："要我饶恕，不能够了。"便一剑砍来。小姐也把宝剑迎住，说："官人啊，奴家因念夫妻之情，不忍动手，为何这般气恼？我劝你须忍耐些吧。"丁山不听，又复一剑砍来。小姐说："冤家啊，我让你砍了两剑，千求万求，你必要杀我么？"丁山道："这样不忠不孝的贱人，不杀你，留来何用？吃我一剑。"小姐大怒，连忙举起宝剑敌住。丫环见了，飞来报知元帅。元帅大惊，传令两位媳妇快去劝解。

仙童同金定奉命一齐来到房中，金定一把扯住丁山，往外就走。仙童拦住梨花，说道："妹妹，你与官人第一夜夫妻，为何就着起恼来？将来日后怎好过日子？做丈夫的也要忍耐，做妻子的也该小心。岂可磨刀相杀？我劝妹子忍耐，饶恕了他。"梨花道："姐姐呀，我正在此让他，谁想他越舞越真了。他道我弑父杀兄，必要杀我，把我连砍三剑。姐姐你气也不气？"仙童道："冤家原为这件事情发怒起来，真真可笑。与妹妹什么相干？怪不得你动气，待我去埋怨他，怕他不来赔罪？"梨花说："多谢姐姐。"仙童出了房去。

再言金定扯了丁山来见元帅，元帅骂道："畜生！你世务不知。樊小姐神通广大，营中谁是她对手？她奉师命与你联姻，归顺我邦，算我主洪福齐天。第一夜与她大恼，倘若急变，叫我如何是好？快快进房赔罪。若不依父言，军法处治。"丁山道："爹爹，不是孩儿不见机，只为这贱人弑父杀兄，有逆天大罪，容他不得。若恕了她，将来杀夫杀公，无所不为，都会做出来的。宁可急变，孩儿断然难容这贱人。"元帅听了，喝声："小畜生！你果然不进房去么？"丁山说："孩儿今番就逆了父命，断然不要这贱人。"元帅吩咐军士，将他捆打三十荆条，将他监禁南牢中不表。

再言元帅对程咬金说："烦老柱国相劝梨花，开导畜生。他若回心，自然完了百年大事。"咬金奉了元帅之命，来见梨花，说："小姐，你公公命我来劝你，万事看公婆之面。方才已将丁山打了三十，监禁牢中，少不得磨难不起，自然回心。劝小姐忍耐片时罢。"梨花听见，满眼流泪道："多谢老千岁劝我，焉敢不从？拜上公婆，我已立志守着薛门，再不三心两意，另抱琵琶。我也晓三从四德①,岂学俗女,请放心。"咬金听了说:"难得,难得。"别了梨花,回复了元帅,此话不表。再言小姐哭见母亲,说起此事,今日暂别,要往黎山去问明师父:"为甚姻缘如此阻隔?问个明白,方好回家。"夫人两泪不止,叫声:"女孩儿,你当初八岁时节去了,有二位长兄在此;如今去了,叫做娘的举目无亲,如何是好?"小姐说:"母亲放心,女儿此去不过几天,就回来的。"不知后日来与不来,且看下回分解。

---

① 三从四德——中国古代歧视和压迫妇女的封建礼教。三从指"未嫁从父,既嫁从夫,夫死从子",四德指"妇德,妇言、妇容、妇功",即要求妇女屈从男权,谨守所谓品德、辞令、仪态和手艺的"闺范"。

第三十二回

薛仁贵兵打青龙关　烈焰阵火烧薛丁山

话说樊梨花道姑打扮,骑了匹骡,来到黎山。见了师父,说:"蒙师父吩咐,与薛丁山有凤世姻缘。谁想他薄幸,屡屡休婚,不知有甚因由,望乞指明。"黎山老母道:"徒弟,我一向不曾对你说,你夫妻二人原来有个缘故。当日蟠桃会上,有九天诸宿群仙来赴会,玉帝驾前则有金童,因与玉女①戏耍,打碎琼瑶,玉女也失手打碎了菱花镜。玉帝大怒,欲将金童玉女问罪。有南极老人出班启奏说:'他二人戏耍,有思凡之心。望吾皇赦罪。降他二人下凡,结为夫妇,了此凤缘。'玉帝准奏,立刻降下凡尘。玉女走出灵霄宝殿,撞着披头五鬼星,见他生得貌丑,不免一笑。五鬼星只道玉女有意,妄起痴心,也走下凡来了,目下就是白虎关总兵杨藩,央媒错对了你。那金童看见玉女逢人便笑,那时大怒,说你下贱,开言便骂:'贱人!'玉女回头向金童一连三啐,一同下凡。金童乃是薛丁山,玉女就是你。故此有几番休弃,少不得日后夫妻自有完聚,不必忧心。将来仁贵兵到青龙关,有妖仙摆下烈焰阵,若还难破,赠你金钱,好请仙人。快快回去,倘有急难,前来见我。"梨花问明,拜别师父,就上马而回。母女相见,此话不表。

再言薛仁贵已得寒江关,养马五日,命李庆红镇守。起大兵离了寒江关,一路下来,兵到青龙关,传令十里安营。"得令!"放炮一声,扎下营盘,明日发兵不表。

再言青龙关总兵赵大鹏,一日升堂,小番报进:"启爷,不好了!大唐薛蛮子起兵前来,一路势如破竹,夺了许多关寨,寒江关以东尽属唐朝。我邦苏元帅大败,不知逃去哪里。今寒江关樊老将军,被女儿梨花弑了父兄,投降中国。不日兵到青龙关了。"赵大鹏听报,说:"有这等事,再去打听来!""得令!"大鹏想到:有我镇守此关,看薛蛮子过得否?传令众将:

---

① 金童玉女——道教称供仙人役使的童男童女。

"趁他未到关门,今夜领兵劫寨,杀他趁手不及,灭他锐气。"吩咐饱飧战饭,三更时分,杀到唐营。果然唐营不及防备,听得炮响连天,番兵拔开鹿角,杀进营中。元帅营中惊醒,连忙披挂上马,传令众将:"整备交战。"幸有众将尚未卸甲,各执兵器。你看满营火亮通红,各人上马厮杀,赵大鹏杀进营中,早有数员唐将迎了。大鹏看来难胜,祭起化血金钟,可怜数员偏将,遭其大难。那番恼了窦一虎,提起黄金棍,照马上打去。大鹏不能招架,又祭起金钟,罩将下来。一虎见金钟利害,将身一扭,往地下去了。秦汉见罩了一虎,则来相救,又被金钟罩来。秦汉看见不妙,借土遁而逃。一场大战,黑夜交兵,十分利害。杀到天明,大鹏得胜收兵。元帅点齐众将,折了兵马数千,偏将十员,幸得众将无事。秦汉、窦一虎逃回,共说金钟利害,元帅好不烦恼。

正言未了,探子报说:"赵大鹏又来讨战,望元帅定夺。"仁贵心中大怒,传令窦仙童、陈金定二将出阵。"得令!"两员女将结束停当,手执兵器,上马出营,冲出阵前。大鹏抬头一看,见来了两员女将,想是唐营男子被我昨夜杀尽,故点女将出来交战。不要管她,待我再把宝贝祭起,见一个,罩一个;见一双,杀一双。将她杀得尽绝便了。便说:"你两个女子,也来送死么?"窦、陈二女将看见大鹏面貌生得凶恶,亦非良善之辈,说道:"不必多言,看刀吧!"四柄刀如雪片砍来。那大鹏哪里招架得住,忙祭起化血金钟,当头罩来。二人看见,说:"不好了!"幸宝驹一纵如飞,败回营中。元帅见了,心中气闷。

大鹏又在营外讨战。众将都怕金钟利害,俱不敢出战。程咬金说:"元帅,世子丁山神通广大,老夫可保他破灭金钟。"元帅说:"老柱国力保,本帅从命。"传令箭一支,差旗军四人,速往寒江关牢中,放出小将军来。旗军得令,到寒江关去不表。再言元帅吩咐高挑免战牌。大鹏见了,呼呼大笑回关。次日丁山到了,大鹏又在营前讨战,就传令丁山出阵。丁山领命,全身披挂,带了宝贝,跨了宝驹,放炮出营,冲出阵前。大鹏抬头一看,见来了一员年少将军,喝声:"少催坐马,通下名来。"丁山道:"你问我爵主之名么? 洗耳恭听:我乃薛元帅世子,薛丁山便是。你可是赵大鹏么? 快快投降,免汝一死。"大鹏大怒:"这乳臭小子,休得夸口,吃我一刀。"一刀向丁山面上砍来。丁山把方天戟望刀一架,大鹏叫声:"小蛮子,好气力!"在马上乱晃,把这大刀直往自己头上反打转来，看来不是敌手，忙祭起金钟，谁想薛丁山身上穿着天王甲，头上带的太岁盔。有万丈毫光罩住，那金钟跌在地下，打得粉碎。赵大鹏见了，魂飞魄散。被薛丁山把画戟紧一紧，喝声"去吧！"一戟当心刺来。赵大鹏躲闪不及，正中了前心，仰面一跤，跌下马来。薛丁山下马，取了首级，吩咐诸将抢关。

元帅大队人马正要抢关，忽关上有一道人降下，乃蓬莱山朱顶仙。看见徒弟赵大鹏，被薛丁山所杀，欲来报仇，传令把灰瓶石子滚木火炮打下。元帅见有防备，鸣金收军，关外按下营盘，明日开兵取关，此话不表。

且说那朱顶仙连夜出关，摆下阵图，名曰"烈焰阵"，极其利害，四面杀气腾空。次日出阵，手中仗剑，指名"要薛丁山来会我，我要与徒弟报仇。"探子报入营中，薛丁山听了大怒，说："孩儿情愿出去，除此妖道。"元帅道："我儿出去，须要小心。"薛丁山领令，来到阵前，看见道人，红头绿眼，阔脸尖嘴，长颈短脚，看其人定是左道旁门之上，不如先下手为强。叫声："看戟！"道人把剑架住说："你不过王敖门下，焉敢伤我徒弟？你不要走，看剑！"薛丁山把戟架开，交战了三十回合，道人哪里敌得住，回马跑入阵中。薛丁山不舍，随后追来，元帅见了，即点窦一虎、秦汉并十员副将，兵马三千，一齐冲入阵中。那道士将背上一个红葫芦打开了盖，放出无数烈火，顷刻之间，满阵大火。兵马三千，偏将十员，俱皆烧死。窦一虎看来不好，把身子一扭，地行去了。秦汉满面烧坏，也借土循而回。只有薛丁山陷在阵中，幸得身上穿着朱雀袍，纵有烈火，不能上身。这是丁山灾星到了，此话不表。

再说秦、窦二将逃回，说明此事，元帅大惊。柳夫人、金莲小姐听了，俱皆大哭。窦、陈二人，听得丈夫陷在烈焰阵中，皆上前讨令往救。元帅道："这使不得。你们此去，性命难保。不如请程千岁，往寒江关请三媳妇到来，他有移山倒海之术，可能破灭烈火，方救得孩儿；那时不怕他不肯成亲。"夫人道："相公之言有理，待妾身修书去请便了。"书中极写情切，元帅接来一看，说："夫人真好才学。"连忙封好，送与程千岁。程咬金奉命上马，飞奔到寒江关，将书付与樊小姐。樊小姐一看，知薛丁山陷在阵中。婆婆书中致意许多不安，我若不去救，便违公婆之命了，只得出来相见。程咬金见小姐道妆打扮，手拿拂尘，俨然修仙学道的人，便上前施礼，宾主坐下。程咬金道："书中之意，想已尽知，相请去破烈焰阵要紧，快请上马。"小姐说："老千岁你还不知,只恨奴家听从师命,立心要嫁此人,谁想花烛之夜,便即弃我。我自怨薄命,情愿出家学道,俗家之事,再不管了。烦老千岁回去,多多拜上元帅夫人,说我如今不染红尘,是方外①的人了,方外之事可也不知。"不知樊梨花肯去否,且听下回分解。

———————

①　方外——世外,即超然于世俗礼教之外。

第三十三回

樊梨花登坛点将　谢应登破烈焰阵

前言不表。再言程咬金说道："小姐，虽是薛丁山无情无义，须念公婆面上，休得记恨，要做宽宏大量之人。破了阵图，好待元帅进兵。小姐十大功劳，我都晓得，快些去吧。"那小姐十分做作。程咬金在旁苦苦相劝。

小姐只得允往。遂别了母亲，上了马，夜宿晓行，相近青龙关。程咬金报进，柳氏夫人同两位夫人，并金莲小姐，迎接樊梨花入营中。樊梨花对元帅、夫人禀道："元帅、夫人，自从被令郎休弃之后，我已出家修道。今蒙夫人书召，并劳老千岁远行，我只得勉强前来面辞，伏望元帅、夫人不见怪，我出家人不管俗事了。"元帅夫人流泪道："媳妇呀，这畜生虽则薄幸，当以国家为重。但是这畜生，今陷在妖道阵中不知死活，若能救得出来，自然夫妻团圆。"程咬金道："长话不如短说。请小姐出兵打阵要紧。"小姐道："既然如此，待奴同二位姐姐去救世子，看一看，然后开兵打阵。"元帅说："小姐见识甚高，赛过张良，胜如诸葛。"命女儿金莲，同了三位姐姐一同去看。

四人领命，全身披挂。樊梨花仍是道妆打扮。各跨上马，带了数千精兵，向番营东西南一看，对窦仙童、陈金定道："那个妖道，果然仙机奥妙。今观此阵，非同小可，不识仙机，难破此阵。"金莲小姐问道："此阵何名？怎生破得，如何救得哥哥？"樊梨花道："此乃周朝十绝阵中第九阵，名'烈焰阵'。凡人若到阵中，立刻化为灰尘。幸得世子乃王敖老祖门下，身上有许多宝贝，不为大害。若要破此阵图，贫道权掌帅印，好号令众将，召请仙人，破此恶阵。"薛金莲道："既能破此阵，待我禀知父亲，权交兵符将印，嫂嫂掌管，救出哥哥，自然赔罪，重谐花烛。"樊梨花见说，好不欢然，说道："姑娘安慰我心极好，但不知你兄心中如何。我们且回营中，打点破阵便了。"于是姑嫂带马回营。

且说番儿报知道人，说："有四员女将到来看阵。"朱顶仙听了，仗剑上马,赶出关来,大叫道:"好大胆的蛮婆,偷看我阵。不要走,看剑!"飞马赶来。四人住了马,樊梨花喝声:"妖道!慢来,看我法宝。"背上拔出诛仙剑,祭在空中。道人抬头一看,说声:"不好!"逃回阵中。樊梨花笑道:"你也晓得宝贝利害,逃回去了。明日破阵,取你狗命未迟。"遂收了宝剑,四人回到营中,见到元帅夫人,问起阵中如何,金莲禀道:"爹娘,樊梨花深识仙机,熟谙阵图。他说是十绝阵中之第九阵,名曰'烈焰阵'。凡人必死,幸兄有法宝护身,烈火不能侵害。要破此阵,必须全付帅印,嫂嫂代管,发兵请仙破阵,救兄出阵。爹爹意下如何?"元帅喜道:"请媳来破阵,自然悉听主张。"于是传令大小三军,明日三媳点将开兵便了。樊梨花说:"多谢元帅。"同了姑嫂三人,一齐回营去了。

次日,众将披挂完备,都在帐前候令。樊梨花顶盔贯甲,升坐帐中。只见元帅手捧兵符将印,在帐前等候。樊梨花连忙下阶赔罪,说:"元帅在上,我贫道今日代为发兵破阵,妄僭①威仪,先容告罪。"说罢,即便下礼。夫人连忙扶起,说:"今日全仗你出兵破阵,何消多礼。"樊梨花只得升帐,元帅送上兵符将印,樊梨花接下,放在案前。诸将上前打拱,说:"甲胄在身,不能全礼,望乞恕罪。"樊梨花道:"不敢。列位将军,请立两旁。贫道权掌帅印,各宜肃静,听候发令,不遵者立行枭首。"众将齐声答应:"是。"樊梨花道:"秦将军听令。"秦汉听了,连忙上帐,说:"有何将令?"樊梨花说:"你有钻天帽,把手过来,待贫道书五雷符一道,飞上当空,上管天门,不得有违。""得令!"秦汉戴了钻天帽,飞在云端等候。又说:"窦将军过来,听令。"窦一虎听了,走上帐前,说:"帅爷有何将令?"樊梨花道:"窦将军伸手过来,待贫道书符一道,你有地行之术,下管地府,倘朱顶仙到来,不可放走。""得令!"窦一虎走下帐来,把身子一扭,往地下去了。又点窦仙童说:"与你青龙旗一面,守住东方,不得有违。""得令!"窦仙童即镇守东方去了。又点:"薛金莲过来,听令。"薛金莲走上帐中说:"有何将令?"樊梨花说:"姑娘,与你红旗一面,守住南方。""得令!"薛金莲上马提兵往南方不表。又点:"陈金定听令。"陈金定连忙走上说:"主帅有何将令?"樊梨花说:"姐姐,与你白虎旗一面,镇守西方,不得有违。""得令!"陈金定上马提兵,往西方不表。又点:"先锋罗章过来

---

① 僭(jiàn)——超越本分,地位在下的冒用地位在上的名义等。

听令。"罗章连忙走上前,说:"元帅有何将令?"樊梨花说:"罗将军,与你黑旗一面,带领本部人马,守住北方,不得有违。""得令!"罗章带兵上马,往北方去守,这也不表。

　　且说樊梨花自己即叫麾下人马小校,拿了黄龙旗,向中道而进。只见阵中烈火腾空,四面通红。樊梨花难进阵中,想起师父赠的金钱,何不祝告?请了上仙,好进此阵。口中念道:"金钱一个,祖仙传下,特请仙人,消灭烈火,焚香报告,虔诚感求。"念毕,摆下金钱,忽见一朵红云,落下来一位仙人,手执宝剑,头戴一顶逍遥巾,白面,五绺长须,布衣道服。樊梨花见了,连忙稽首①道:"大仙留名。"答道:"小仙乃蓬莱山散仙谢应登,前来助你,破此阵图。"樊梨花道:"既蒙大仙下降,快请入阵,消灭烈火,速擒妖道。"大仙听了,解下背上葫芦,揭开水晶盖,放出雪白一道亮光,变成四条白龙,张牙舞爪。顿见满天乌云,落了倾盆大雨,立刻将烈火泼灭。朱顶仙见破他法,大怒冲天。出来抬头一看,见谢应登在云端里,吓得魂不附体。大仙喝道:"孽畜,哪里走?吃我一剑!"朱顶仙臂生两翼,往东方逃遁。只见东方撞着青龙旗罩住,上有灵符,不能逃出。又见窦仙童手舞双刀,忙来敌住。朱顶仙无心恋战,向西方走,又被白虎旗守住,陈金定提起铁锤来打。只得逃往北方,又见黑星旗下,罗先锋飞马杀来。又往南方而逃,却撞着红云旗守住,薛金莲小姐手舞双刀杀出。朱顶仙无法可逃,难以脱身,说:"不好了,我乃逍遥自在神仙,为了徒弟,走入是非门。你看四面八方守住,叫我往哪里走?也罢,不如借土遁而去罢。"那窦一虎却在地下看见,开手放出一声霹雳,把黄金棍打来。朱顶仙见了大惊,只得飞身往天上而去。秦汉见了,把手一放,虚空一个霹雳,打将下来。朱顶仙半空跌下,秦汉也落下尘埃,手提琅琊棒,正要打去,只见一个道人喝道:"秦汉小侄孙,且慢动手。他是南极老人坐骑,逃身下凡,不可伤他性命。"秦汉大怒道:"我与你素不相识,讨人便宜,叫我侄孙。"举起琅琊棒打来。这个大仙把剑架住,只见樊梨花,带同三员女将,一齐到来,说道:"秦将军,休得无礼。此乃上界大仙谢应登便是。"秦汉回说道:"他讨我便宜,叫我侄孙,故此气恼。"大仙笑道:"你祖父秦琼,与我是八拜之交,故叫你侄孙。"秦汉道:"原来如此,多多有罪。"便倒身下拜。"请问叔

---

①　稽(qǐ)首——古时的一种礼节,跪下,拱手至地,头也至地。

祖,此道何物变成? 现了真形看看。"大仙便念动真言,喝声:"孽畜,还不快现原形。"朱顶仙无奈,就地一滚,变成仙鹤,大仙道:"樊梨花,你夫身陷阵中,我收回四海龙神,你进去救出丈夫。我将这坐骑送还南极老人。"只见道人跨上鹤背,腾空而去。众将骇然,只得望空拜谢。然后一同入阵,只见火光尽灭。又见薛丁山如醉如痴,醒将转来,一见妻子妹子,放声大哭道:"莫不是梦中相会么?"不知后事如何,且看下回分解。

第三十四回

穿云箭射伤灵塔　薛丁山休弃梨花

话说薛金莲,见兄长如梦初醒,便道:"吾兄性命,幸亏樊氏嫂嫂救了,胜如重生再造。今且回营,再备花烛,夫妻和谐,休得异心了。"薛丁山见了樊梨花,拍马出阵,并无言语。樊梨花见他仍如此,不觉眼中泪落。遂收兵回营,缴回元帅印。乘便进了青龙关,杀得番兵无影无踪,遂扯起大唐旗号,查点仓库钱粮,一面差人回朝报捷。

再说薛丁山回见父亲,元帅道:"今亏樊小姐破阵相救,趁此良辰吉日,整备花烛,与你成亲。以后夫妻和合,不得再逆父命。"薛丁山连说:"不可。樊梨花既为唐将,应与朝廷出力,何恩于我?况她是不忠不孝之人,孩儿断不与那人为婚,望爹爹恕罪。"元帅大怒道:"畜生!樊小姐真心为你,你偏偏不从。若不依从,重责不饶。"薛丁山道:"孩儿情愿受责,亲事断不敢从。"元帅见他执意不肯,大怒。吩咐:"将畜生吊起,捆打三十。"军士只得将薛丁山吊起。众将上前讨饶,遂劝世子道:"小将军不须执意。一则是违逆父命,难逃不孝之名,枉受痛楚;二则樊小姐有救命之恩,遵了元帅之命,岂不是恩孝两全,小将军如何不三思?"薛丁山只是不依。元帅见众将劝他不听,吩咐重打三十皮鞭,上了刑具,下落监牢。樊梨花忍不住泪落,上帐禀道:"元帅、夫人,不必着恼,贫道就此告别了。万望元帅、夫人保重。"夫人流泪道:"这畜生无情无义,还看我公婆之面,耐心等候。就是破阵夺关的功劳,待奏过圣上,自然封赠。且慢慢降服畜生回心,定然团圆有日,决不使你独守。须听我言,随着公公西进为是。"窦仙童、陈金定也流泪劝道:"妹妹你是有志气的人,心上明白的。虽是冤家情义太薄,还有我公婆爱惜之心。但得早灭西番,奏凯回朝,圣上做主,他敢不从么!"薛金莲劝道:"嫂嫂且自宽心。虽今未成花烛,亦是薛门媳妇,况我们三人,还求嫂嫂教习兵法,一路谈心西进,不可回去。"樊梨花说:"婆婆、姊姊、姑娘留我,我岂不知,也不怨冤家薄幸,只怨自己命苦。母亲年老,无人侍奉,故要辞别，日后自有会期。"元帅看来留她不住，只得准备香车送行。于是姑嫂三人送出关前，挥泪而别。

且说元帅养马三日，留姜兴霸领兵镇守青龙关，放炮起行，罗先锋开路。过了多少风沙之地，方到朱雀关。吩咐放炮安营，大兵一到，然后开兵。不数日，后队大兵到了，罗章接进营中。

次日元帅升帐，众将站立，元帅问陈云道："老将军久住西番，此关主将利害如何？"陈云答道："那朱雀关守将姓邹，名来泰，生得红面青须，蛾眉凤眼，犹如我邦镇守铜旗关东方王一般，用宣花月斧，有万夫不挡之勇。更有异人传授一件宝贝，名曰伤灵塔，每层内有火龙两条，七层共有火龙十四条。张牙舞爪，口吐烈火，上阵时十分利害，须要防备。"罗章听了笑道："老将军休长他人志气，灭自己的威风。前日烈焰阵尚且破了，何况这个宝塔？待小将先取此关。"元帅说："先锋出去，须要小心。""得令！"带了本部人马出了营门。来到关前，一声大叫。只见关门大开，冲出一队人马，一字排开。罗章看见一个红面番将，头扎红巾，身穿龙鳞甲，手执宣花月斧，骑下一匹骦马，把蜈蚣旗分开，来到阵前。看见罗章年少英雄，全不在意，喝道："看爷爷的斧！"把斧往面上砍过来，罗章把枪一枭，宣花斧几乎拿不住，在马上乱摇，叫声："小蛮子，好气力！"回转马来，又把斧一起，罗章又架在一旁。不几合，邹来泰实受不得了，带转马便走。罗章喝声："红脸贼，哪里走？"把马一拍，随后赶来。邹来泰回头一看，见他追来，忙祭起宝贝，喝声："唐将慢逞威风，看我宝贝下来了。"罗章看见宝贝来得厉害，十四条火龙喷出火来，唐兵尽皆烧破了。罗章烧得心慌，被番兵团团围住，不能脱身。元帅在帐中正与诸将商议，忽探子报道："罗先锋出阵，被番将祭起宝塔围住，十分危急。望元帅快发兵往救。"元帅大惊，即令："窦一虎、秦汉，领兵马前去救应！""得令！"一声炮声，杀到关前。只见番兵围住罗章，二人奋勇，提起棒棍，杀散番兵，冲入阵中。邹来泰忙来抵敌，罗章见救兵已到，拍马杀来，邹来泰看见不对，又祭起火龙塔。二将见势头不好，各借地行而走。罗章吓怕过的，预先逃走。元帅在旗门下看见大惊道："前日遇了烈焰阵，如今又有火龙伤兵，传命鸣金收军，再议破火龙塔。"邹来泰打得胜鼓回关，此话不表。

再言元帅传命，营中多加强弓弩箭，提防番人劫寨。对程咬金说：

"征西多难,关关多有异人。怎能破得火龙宝塔?"程咬金道:"待我再保世子出来,好破此塔。"元帅依言。程咬金上了马,不日来到青龙关,监中放出世子。咬金说出此事,"故此召你前去破火龙塔。"薛丁山听了道:"救兵如救火。"遂同了老将军,马不停蹄,来到朱雀关。忙入帐中,拜见父亲。元帅道:"有劳老千岁鞍马奔驰。"程咬金道:"皆为朝廷出力,何言多劳。"元帅见了世子说:"你这逆子,三番二次逆父之命,一见了你,心中不喜。但是番将宝塔利害,若能破得,将功折罪,好进关门。"薛丁山说:"爹爹放心,都在孩儿身上。"带了人马,冲出关前,大叫道:"杀不尽的狗鞑鞑! 今世子在此,快出关受死。"关外大骂,关内小番报进。邹来泰一闻此言,心中大怒。结束停当,上马提斧,一声炮响,大开关门,冲出阵前,正迎着薛丁山。不上数合,又祭起伤灵宝塔。薛丁山抬头一看,说:"这些小技,何足为害。"向袋中取箭,壶中取弓,搭上穿云箭,望塔上一箭,火龙塔被箭射中了,跌在地下,打得粉碎。邹来泰见了,吓得魂不附体。被薛丁山一戟刺于马上,枭了首级。正要抢关,忽听得云端里面高声大叫说:"薛丁山! 你这畜生,休要进关,吃我一鞭!"即腾空降下。薛丁山一看,见是一个凶恶道人,生得奇形怪状,像老龙精一般。头上挽起空心髻,面如噀①血,两道板刷眉毛,眼如铜铃,两个獠牙,一部胡须;穿着仙鹤道服,手执双鞭,背上系着两个葫芦,来到面前,叫道:"薛蛮子,我扭头祖师,与你同道教之门。如何伤我徒弟? 特来与他报仇,吃我一鞭!"举起双鞭,照薛丁山打来。薛丁山忙将画戟迎住,大战三十回合。道人祭起双鞭,好似一对蛟龙舞下来了。薛丁山看见不好,带转马大败回营。见了元帅,说知此事。元帅说:"到了一关,就有妖人阻兵,皆是左道旁门之士,神通广大。"遂传令三军,暂且安营,扎好营寨,明日交　战不表。

且说扭头祖师,见薛丁山败阵逃去,也不追赶,连夜摆成阵图,四面布列旗幡,摆得停当,回进关中。番兵送上酒肴,道人吃不合意,就道:"小番,向日我祖师在龙渊山,吃惯活猪活羊。你们快去取来我吃。"番儿连忙抬过猪羊来摆好,道人大喜。把刀向猪羊心中割开,将口吸了热血,然后割肉来吃,不多一回,吃得干干净净。说道:"饱了。取一大缸水来我

---

① 噀(xùn)——喷。

用。"小番听了想道:不知要水何用? 只得依他。登时取了一缸清水,放在面前。只见道人和衣睡在缸内,呼呼睡熟。番儿见了好笑起来,从来不见有这么睡法,且自由他,只要退得唐兵,就好了。不知明日事体如何,且看下回分解。

第三十五回

薛丁山身陷洪水阵　程咬金三请樊梨花

适才话言不表。再言次日天明,大唐元帅同了诸将,走出营门上马,来到阵前。只见旗幡插满,杀气冲天,不知此阵何名。正在观看,阵中一个道人,手舞双鞭杀出,高声叫道:"薛仁贵!我闻你起初跨海征东,名闻天下。若能破得此阵,我教国王归顺唐朝。若是不能破我此阵,杀你片甲不回。"薛仁贵听了此言,气得三尸神直冒,七窍内生烟,心中大怒,问道:"谁将出去,杀此妖道?"闪过世子说道:"孩儿愿去见阵。"元帅道:"须要小心。"薛丁山应声:"得令!"冲出旗门,迎住道人厮杀。不上十个回合,道人便走入阵,薛丁山也追入阵。元帅看见,恐防薛丁山有失,命秦、窦二将出去助战。二将得令,连忙也杀入阵中。三人围住道人厮杀,杀得道人手忙脚乱,即忙解出葫芦,倒出洪水。顷刻平地水深几丈,大小三军,一齐淹在水中。

秦、窦二将看来不好,借土遁而回,报知元帅。夫人、小姐、窦仙童、陈金定大哭说:"此番性命休矣。"薛金莲道:"皆因哥哥不合,若得樊氏嫂嫂在此,决无今日之祸。"元帅听了,踌躇一番,遂向咬金道:"今日敌人如此猖獗,纵淹死这畜生,不足为惜,但三军不能西进,莫若烦老柱国再到寒江关一走。"程咬金道:"昔者破烈焰阵时,老夫去请她,她已不肯来。我许了她夫妻和合,今却依旧不从,看她恨恨之声而去,此番恐决不来。"元帅道:"事在危急,全在老柱国鼎力善言,前去请她到来方好。"程咬金说:"非是老夫惮劳①,特②恐劳而无功耳。今元帅吩咐,只得老了面皮,再走一遭。"

遂别了元帅,跨上了马,加鞭上马而行,过了青龙关,不一日到了寒江关。心中想道:"今番去请樊小姐,谅不肯来。只便怎么处?不免哄她一

---

① 惮(dàn)劳——怕出力。
② 特——只是。

哄，说今薛世子回心转意，特请小姐，前去做亲。她听得此言，或者肯来，也未可知。算计停当，进了关门，来到辕门，说道："门军，你去通报一声，说程老千岁要见。"那管门的认得程咬金，不敢怠慢，便笑嘻嘻问道："老千岁，薛元帅进兵到哪里了？"程咬金道："大军已到朱雀关，今世子回心，情愿与你家小姐完婚。我特来相请，烦你快快通报。"门军听了欢喜，连忙报知夫人小姐。夫人说："女儿昨夜灯光报喜，今朝喜鹊临门，果然你丈夫回心转意了，故遣千岁前来相请。"小姐道："无情无义的人，岂肯回心。今日老将军复来，决然大兵阻住，不能进兵，又遣老将军到来，必然请我去破阵。"夫人道："不要管他做亲不做亲，承他远来，岂有不见之理。且请他进来相会，听他说话，就知明白了。"小姐道："谨依母命。"出来接进程咬金，分宾主坐定。夫人道："承蒙老千岁到舍，有何见教？"

程咬金听了，叫声："夫人，老夫前来道喜。如今薛世子愿与令爱再成花烛，奉元帅之命，央我媒人到此，速请小姐前去完姻。"夫人听了，回头看看小姐，说道："做娘的说得不错了，如今难得贤婿回心转意，快快准备，同了老千岁前往。愿你夫妻和顺，做娘的有靠了。"小姐叫声："母亲，你不知这薛丁山冤家，要他回心，万不能够。今老千岁到来，决为番兵阻住关门，前来求救。"程咬金听来，心内钦服，赞道："见识胜于男子，我哪里及得她来。"只得开言大笑道："小姐你不信么？难道老夫是个骗子？请收拾前去，自然夫妻百年和谐，方信我老夫是个好人。我从来不会说谎，若然此番不成花烛，我也再不上你门了。"程交金再三用情，小姐只是不依。程咬金道："若小姐不肯前往，叫我如何回复，见你公公？"夫人看见老程这般言语，叫声："女儿，须看老千岁之面才好，今番走一遭，若然依旧无情无义，以后再请你不动了。快些端正，万事吉利为主。"小姐见母亲这般说，顺水推舟，说道："老千岁，奴家本不欲去的，因是再三央求，只得前去。若还依旧，后来休想见我。老千岁请先回去，我领兵随后就来。"程咬金想到："今番被骗肯了，应许我提兵前来。"便道："既蒙小姐见允，老夫奉命先行，望乞速领人马，快些来罢。"小姐道："这个自然。"程咬金拜别，母女送出厅堂。程咬金上马回去不表。

却说樊梨花脱去了道服，戎装打扮，结束停当，带了女兵，拜别母亲，硬着头皮，跨上金鞍，出了关门。一路行来，忽见天边一群鸿雁飞来，小姐对天暗祝道："此去果然夫妻完聚，便射中第一只雁。"左手扳弓，右手搭箭,搭上弦,刚好射中第一只鸿雁。两边女将看见,连声喝彩,拾了鸿雁送上。小姐心中暗喜,遂道:"苍天,苍天,既是天从人愿,巴不得早到军前,好与良人配合,不负当初一片痴心。若从大路去,要行二十天。闻得人说,另有一条小路,只消十余日,就到朱雀关。拣近些走的好。"吩咐军士,由小路进去。

军士说:"若从小路,必从玉翠山八角殿经过。但是那座山中有一彪人马,不服王化的占住。若在他山前经过,必然要来寻事,反要耽搁,不如还从大路上去了。"小姐说:"不必多言,竟从小路走罢。"军士不敢违令,打从小路而行。正行之间,只见山上一声炮响,冲出一队强人,为首一个少年将军,喝声:"留下买路钱。"樊梨花一见大怒,出马大喝一声:"我的乖儿子,你若杀我不过,须要认我为母。"小将应声道:"娇娇,你果有手段,我拜你为母。若输了我,你要做我的妻子。"

小姐也不回话,将手中刀乱砍。小将将手中枪相迎,怎当得她有仙传,杀得大败而走。小姐伸手活擒过马来,吩咐绑了。传令上山,八角殿上坐定,登时推过,小姐说道:"我的儿子,方才有言。如今被擒,应该拜我为母。"小将说:"既蒙不杀之恩,愿拜为母亲。"命放了绑,小将忙跪下,拜了四拜,叫声:"母亲,孩儿有言,请问母亲,家住何方? 姓甚名谁? 爹爹还是何人,因何独自行兵到此? 要往何方? 请道其详。"樊梨花说道:"孩儿你要问我姓名么? 我父亲樊洪封王,镇守寒江关。我两个哥哥俱封做总兵。只为唐朝薛仁贵,奉旨征西,从寒江关经过,世子求亲,我父兄不允,在厅前要杀,你娘故此无心弑父,有意诛兄,相召世子成亲,归顺唐朝。你父薄幸,将姻退了,大闹销金帐。因此夫妻反目,回转寒江。前番请我去破烈焰阵,今者请我去成亲,故此打从小路而来,得你拜认为母。但不知你姓甚名谁? 因何流落到此,说与为娘知道。"

小将说:"母亲,孩儿乃大唐薛举四代玄孙,名唤应龙。当初祖父领兵伐西戎,与番将刘必大之女雨花娘子成亲,后来归宁母亲,就在玉翠山居住,地名刘家庄。传流到我,我因父母双亡,自恃骁勇,占住八角殿,打劫为生,今年一十四岁。积草屯粮,招兵买马,处处闻名。久慕娘亲武艺高强,孩儿要习学,今日相逢,正是三生之幸也。今娘亲既要往军中,与父完婚,孩儿情愿同行。"

樊梨花道:"原来我儿姓薛,又是大唐人氏,既肯同去,甚妙。着你做个先锋,就此起程先往。"应龙道:"母亲在此半日,后殿已备酒筵,请用三杯,然后起程。"樊梨花听了,说声:"有理。"应龙接进到后殿,樊梨花坐下,应龙下面相陪。传令三军,多加犒赏。酒至数巡,吩咐拔寨起程。离了玉翠山,一路前往,非止一日,来到唐营。探子报知,元帅夫妻喜之不胜,说:"程千岁尚未回来,三媳因何先到?"忙令金莲姑嫂三人,出营迎接。樊梨花一见,下马就叫:"姑娘,姐姐,何劳远迎?"金莲说:"嫂嫂说哪里话来。"四人挽手同进,命:"应龙小将同我进去,拜见祖父、婆婆。"应龙领命,一齐进去。不知进来,说出甚话。且看下回分解。

第三十六回
薛金莲劝兄认嫂　闹花烛丁山大怒

　　适才话言不表。再言元帅、夫人见了梨花大喜，开口叫声："三媳，你一向都好？"梨花上前拜见。元帅说："不消多礼。"梨花道："我儿过来，拜见了祖父、祖母。"应龙听了，上前拜见，回身又拜见了仙童、金定、金莲，金莲满心疑惑，叫声："嫂嫂，哪里寻来这位侄儿？"梨花说："姑娘，你不知。程老千岁到来请你，说冤家回心，到营中完姻。母亲听了，叫我还俗，不要出家。换了盔甲，奉母之命，领兵前来。大路又远，小路近些，故此先从小路行来。到玉翠山，遇着了他，两个交战，被我擒了，拜认为母。他是唐朝薛举玄孙，名叫应龙，今年一十四岁，随我到此，一同征西，要拜见父亲，但不知冤家今在何处？准于何日成亲？我待见他一面，还要问他是真回心，假回心，还要问个明白。"金莲道："嫂嫂，我哥哥陷在阵中，程老千岁请你来破阵的。"就将此事细细说明。梨花听了，痴呆不言不语。元帅夫人看见梨花不开口，就叫："媳妇，你是宽宏大量之人，看我夫妻面上，救了畜生，公婆做主，不怕他不依。"

　　正在里面说话，只见探子报进："启元帅爷，妖道又在阵前叫骂。"元帅听了大怒，说："可恶这妖道欺人不过。"又对梨花道："媳妇儿，你不听见探子报说，妖道十分无礼，明日仍望媳妇，救了畜生，破了番阵，自然成姻，做公婆的决不哄你。"梨花见了，开口说道："公公大人，媳妇既与令郎订为终身，我不负他，宁可他负我。况且公婆待我如此，令郎既然有难，自然媳妇相救。且待看了阵图，再行计较。"即忙同了三位女将，探看番阵。来到阵前，往里一看，只见白水滔天。梨花叫声："姑娘、姐姐，此阵名曰'洪水阵'，并无兵马在内，借来北海之水，凡人进去，性命莫保。幸亏冤家身上穿了天王甲，不妨事的，容易可破，请自放心。"姑嫂三人听了，称赞梨花法力高强。看完番阵，回转营中。妖道有勇无谋，不出阵追赶。金莲对父亲说明。

　　次日众将披挂，候梨花发令，元帅亲自捧帅印交与梨花。梨花升帐，先点窦仙童、陈金定、薛金莲："你三个人各带铁骑三千,分为三路打阵,休要放走妖道。如违军法处治。"三人得令,各人上马出营。又点窦一虎、秦汉二将听令,二将走上帐前说:"主帅有何将令?"梨花说:"与你各人五雷符一道,打东西二门,不许放走妖道,不得有违将令。"二将带了精兵出营而去。又点小将薛应龙:"与你水晶图一轴,冲入阵中,若洪水冲到,就把此图张挂,自然立刻消灭,须要小心。"应龙得令,收拾上马,提枪出营,直往番阵。梨花点将已完,走下将台,骑上宝驹,手执双刀,带领女兵,竟上番营。

再言仙童、金定、金莲三员女将,分兵三路,杀进阵中。只见一道寒光冲出,白浪滔天,滚到面前。三人先有避水诀,立住旗下,不能进阵。又见道人从空中飞下,见了三员女将,心中欢喜:"待我擒他回去作乐,有何不可?"忙提起双鞭来战,哪里抵得过三员女将?就把葫芦盖揭开,飞出一队火鸦,竟奔前来。三员女将见了,带转马头就走。妖道随后追赶,应龙小将提枪迎来,大喝道:"妖道!休得追赶,我来也。"挺枪接住。道人回身走入阵中,应龙赶进,只见白水滔天,就把水晶画儿挂起。忽见万丈水势,顷刻俱平。道人见了,说:"敢来破我洪水么?"又把火鸦放出,迎面飞来。应龙吓得魂不附体,带转马正要走,却值梨花手舞双刀杀进来。看见火鸦利害,祭起乾坤圈,火鸦立刻跌在地下。那扭头祖师,这两个葫芦,一个藏北海之水,一个藏南山之火,名为水火葫芦,不想今日俱为梨花所破。道人大怒,来战梨花,应龙接住。又被窦一虎、秦汉东西杀来。道人杀得有路无门,正要土遁,被樊梨花举起打仙鞭,打中肩骨,叫一声:"啊呀!"跌倒在地,现出原形,乃是一条孽龙,摆尾摇头,钻入地中。一虎见了,一扭也入地中,提起黄金棍打来,孽龙即疼痛难当,俯伏于地,被樊梨花斩为两段。

那些番兵见道人已死,逃入关中。梨花把五雷符焚化,霹雳一声,丁山阵中惊醒。抬头一看,不见了大水,只见妻妹俱在面前。元帅大兵已到,闻得妖道乃孽龙变化,亏了三媳斩死,除却一害。传令三军抢关,那番兵百姓,开了关门,香花灯烛,接入关中。

元帅来到总兵府,梨花交还帅印。诸将都说樊小姐英雄,法力高强。元帅谢了樊花,丁山上前见父。元帅说:"你被妖人水困阵中,若非贤媳救你,只怕你性命不保。这样大恩,杀身难报,快过去跪下请罪恩人。"丁山听了不开口，走过三位女将，金莲小姐为头，仙童、金定在后。那时不由丁山做主，竟扯到梨花面前，说道："三嫂嫂，如今哥哥来赔罪，要你宽恕他，不要记他薄幸。快些下礼！"仙童、金定一齐说道："冤家，快快跪下去请罪。"那丁山被姑嫂三人捉住，又见爹娘有不悦之色，勉强跪下，梨花见了，不记前恨，也慌忙跪下，一同拜见。然后丁山又拜了诸位。元帅见了大喜，只等大媒一到，完其花烛，此话不表。再言丁山此夜先到仙童房内安歇，喜见仙童已有重身①。仙童说："若非樊妹二次破阵，谁人救你，你须完其花烛，顺礼方好。"丁山领命，次日又到金定房内，说起身怀六甲②，丁山大喜道："难得二妻有孕，须要保重。"也有一番吩咐，此话不表。第三日，程老千岁到了，见了元帅。元帅细说梨花之事，已经破阵进关："虽然三媳法力高强，还是老柱国智量高超，骗她到此，不然谁人破阵斩妖。小姐不记前恨，畜生也心愿情服。只等老千岁到，择日成亲。"程咬金听了，满心大悦说："非老夫之力也，此乃万岁洪福。今樊小姐夫妻和合，那怕番兵百万，西番指日可平。趁今日乃黄道吉日，就此完姻。"元帅听了老将之言，吩咐准备，今夜完姻。丁山不敢违父之命，换了吉服，金花双插紫金冠，穿大红袍。小姐带了凤冠霞帔③，大红吉服。鼓乐喧天，待诏④谒礼，请出新人一对，同完花烛。参拜天地，夫妻交拜，然后拜见了公婆，又与姑嫂见礼，谢了大媒。欢天喜地，自不必说。

再言应龙上前叫声："爹爹，孩儿拜见。"丁山一看，只见应龙面如满月，眉清目秀，相貌堂堂，身材雄壮，心中疑惑，说："住了！我薛丁山与你年纪相仿，哪有这样大儿子，你是哪里来的野种，擅敢冒认我为父？快快说来，若有支吾，立刻斩首。"应龙说："爹爹息怒，容孩儿说明。前日母亲在玉翠山经过，我要讨她买路钱，不料被她擒住，拜认为母，学习兵法。今宵父母团圆，孩儿应该见礼。"丁山听了一想，他前番见我俊秀，就把父兄杀死，招我为夫，是一个爱风流的贱婢。目下见我几次将她休弃，她又另结私情，与应龙假称母子，前来骗我。今宵虽成花烛，且幸尚未同床，不如

---

① 重（chóng）身——身中有身，即怀孕。
② 身怀六甲——古代妇女怀孕称身怀六甲。
③ 帔（pèi）。
④ 待诏——唐宋时待命供奉内廷的人。

休了这贱人,杀了应龙搭识私情。想罢,开言说:"你这小畜生,我薛丁山官居极品,拜将封侯,焉可认你无名野种,坏我名目? 左右,绑这小畜生,辕门斩首!"两边军校一齐答应,竟将应龙捆绑。梨花见了,说道:"官人,今日吉期,如何好端端把孩儿斩起来? 他无过犯,杀之无名,还要三思。"丁山道:"贱人! 还说没过犯? 我问你,他年纪与你差不多,假称母子,我这样臭名,哪里当得起? 还要在我面前讨饶,这样无耻贱人,快快回去罢了,休被人谈论。"梨花听他抢白一场,怨气冲天,晕倒在地。姑嫂三人,连忙扶起,丁山吩咐将应龙斩讫回报。不知后事如何,且看下回分解。

第三十七回

樊梨花怨命修行　玄武关刁爷出战

再说丁山将薛应龙令军校正要推出,元帅喝道:"畜生,今日才与樊小姐和好,怎么又起了风波? 真正禽兽不如,要你何用?"吩咐:"放了应龙,快把这畜生绑出枭首。"众将得令,放了小将,将丁山绑出帐前。许多官将,面面相觑,不敢相劝;姑嫂急得无法;老夫人看见仁贵大怒之下,暗暗垂泪;程咬金看见,说:"刀下留人! 待我去见元帅。"气吼吼走上,见了元帅,说道:"世子与樊小姐,前世有甚冤仇,今生夫妇不得团圆? 还望元帅念父子之情,天伦为重,再饶一死。"元帅道:"老柱国,这小畜生几次三番休妻,本帅心尚不安。如今又把她休弃,反羞辱她,教我也无颜见三媳。还不斩此畜生,更待何时? 左右与我速斩报来。"吓得咬金无法,只得跪下道:"令郎乃皇家柱石,望乞刀下留人。看老夫之面,饶恕了他。若是元帅不依,我撞死在阶下。"元帅看见,忙扶起道:"老千岁,这样畜生,待他死了罢,何苦救他。看老千岁面上,死罪饶了,活罪难免。"吩咐放了捆绑,重打四十,下落监牢。

再言应龙连夜带了本部人马,仍上玉翠山去了。再言梨花小姐,气得昏沉,亏了姑嫂三人,扶进内营,悠悠复醒,放声大哭说:"姑娘啊,薄情无义犹可,反把污秽之言陷害于我,哪里当得起,怎好做人? 不如撞死朱雀关下,表我清白之心。"仙童、金定劝说:"公公将冤家捆打四十棍子,仍发下监,也为贤妹出气了。况且令堂老夫人,独守寒江,后来单靠贤妹,你若有差池,令堂所靠何人? 须自做主要紧。"梨花只是痛哭,金莲小姐叫声:"嫂嫂,哥哥虽是无情无义,还要看我们面上。我哥哥乱道之言,只当放屁,不要睬他。"老夫人过来,叫了声:"媳妇,你是大贤大德之人,有志气的,宽心为主。"梨花见众人苦苦劝住,哭说道:"婆婆、姐姐、姑娘啊! 多承你们再三劝我,我想前生孽大,今生夫星不透,命中所招。三番花烛,三次休弃;反被众将谈论,留为话柄。从今以后,再不愿与冤家成亲。如今回家,剃了青丝,身入空门,无挂无碍,了却终身。落得个僧衣僧帽,修来身之事。"说罢大哭，拜别就要登程。柳夫人听了，咽住喉咙，不能出声，姑嫂三人哭个不了。金莲带哭说道："嫂嫂，谅你不肯同住。既决意要去，唯万不可落发。"梨花大哭道："姑娘，我恩怨俱绝，必要落发，独守孤灯，以了终身。凭你们怎样劝我，我心如铁石，决难从命。"姑嫂三人，见他执意，一齐跪下道："求贤嫂再发慈悲，留了青丝。丁山虽有不是，还要看我姑嫂三人情面，定然要奏过君王，封赠忠义有功之人，少不得奉旨成亲。"梨花见三人义重，也大哭跪下，说："姐姐、姑娘请起，不要折杀奴家。"仙童、金定说："要求妹妹应许，回去不落发，我们才起来。"金莲说："嫂嫂要答应一声，头发万落不得。只要应允，我们才放心起来；若是不从，即跪倒在此，不放你登程，愿听嫂嫂发放了我三人。"梨花说："姐姐、姑娘，我今立意落发为尼。既蒙你们情义，怜我苦命之人，只得权且忍耐，带发修行，从你三位之情便了，快快请起。"金莲说："嫂嫂只是口头之言，不过宽我们的意思，不是真心实意依从的。"又叫一声，"嫂嫂，非是不信，只是难舍你有恩有义，必要爹爹奏明圣上，表你功劳第一。倘你回去落了发，后来皇封诰赠，怎能当得？岂不是欺君之罪难当？必要立下誓来，方好信你。不然，不起来了。"梨花无可奈何。又见老夫人悲伤，叫声："我的媳妇儿，你若不立下誓，做婆婆的也要跪下来了。"梨花听了，带泪说道："婆婆，这个媳妇受当不起，待我对天立誓，安了婆婆之心。"说道："我樊梨花回家带发修行。若负了诸亲，世守孤灯。"姑嫂见她立誓，一同拜毕。梨花又拜别公公，元帅说："畜生无礼，望贤媳回家，休记恨于他，宽心忍耐。"梨花说："多谢公公。"即忙传小将军。女兵说："小将军昨夜就去了。"梨花听了大怒："这小畜生，不服王化。虽然继父不仁，被祖父放还，理当静候，怎么就去了？倒也安静。"领了女兵，打从大路上回去。此话不表。

再言元帅传令，命周青带领兵马镇守朱雀关，起兵上路，往西而进。山路崎岖，难以行兵，亏了先锋罗章，逢山开路，遇水搭桥。在路行了十余日，早到了玄武关，传令放炮停行。一声炮响，扎下营盘，候大兵一到，即便开兵。不一日，元帅大兵人马到了，罗章接进营中，商议打关，此话不表。

再讲玄武关总兵，姓刁名应祥，妻亡过，只生一女，名唤月娥，年方十八，尚未成亲，文武双全。幼时拜金刀圣母为师，传授兵法。用双刀一对，又有摄魂铃一个。上阵之时，将此铃一摇，其人魂魄摄落，不杀自死。后来金刀圣母去了，金铃付与女徒，镇守关门。这日刁爷与女儿说："大唐起兵前来，一路势如破竹，夺了多少关塞，如何是好？"正谈论间，忽有小番报道："启爷，不好了。唐兵破了朱雀关，已到关前了。请爷早为定夺。"刁爷听了大怒，说："有这等事，再去打听。"小番得令出去。刁爷立刻传令，吩咐大小三军："明日与唐兵交战，须要三更造饭，五更披甲，天明出战，违令者立刻斩首。"众将得令，当夜不表。

再言次日天明，总兵升帐，点齐队伍，一声炮响，开了关门，冲出阵前。抬头一看，唐营扎得坚固，旗分五色，号带飘扬。传令："先锋番将红里逵，出马讨战！"红将军得令，手执大刀，飞奔营前，一声大叫："快叫唐将有本事的出营会吾。"有探子报入营中，那元帅正要打关，忽尉迟青山解粮来到，参见元帅。听探子报说："启帅爷，玄武关总兵令先锋红里逵来讨战。"元帅说："谁将出去会他？"闪出尉迟青山说："小将初到，未曾立功，愿去见阵。"元帅见他骁勇，又是将门之子，心中得意，说："将军出去，须要小心。""得令！"出营上马，提鞭冲到阵前。红里逵抬头一看：见营中出来一位将军，但见他头戴乌金盔，身穿黑铁甲，骑下乌龙马，黑脸无须，手执钢鞭，冲到面前。红里逵喝声："来将少催坐马，通下名来。"尉迟青山一见番将红里逵，红面青须，身穿红铜甲，座下红昏马，手执大钢刀。说道："你要问我之名么？我乃镇国公尉迟宝林长子爵主，大元帅薛解粮官，尉迟青山便是。我不斩无名之将，快通名来。"红里逵说："我乃玄武关总兵官刁帐下前部先锋红里逵是也。你原来是尉迟蛮子之孙，中原有你之名，今到西番，轮你不着。"放马过来，拍马一催，提起大刀，劈面砍来。那青山把手中鞭往刀上只一挥，刀往自己头上打将来了。里逵叫声："不好！"回马就走，却被青山喝声："哪里走！"抢起竹节钢鞭，往红里逵背后上一鞭，里逵叫声："我命休矣！"躲闪不及，正中后背，口吐鲜血，伏鞍而走。刁应祥在旗门下看见，大怒，抢动手中降魔棍，拍马飞奔，来到阵前，喝道："休得无礼，我今来也。"只一声大叫，犹如半天中起个巨雷。不知交战胜负如何，且看下回分解。

第三十八回

刁月娥铃拿唐将　师兄弟偷入香房

再言尉迟青山看见刁总兵出阵,抬头一看,但见他头戴凤翅金盔,上有大红缨,穿着龙鳞金甲,手执降魔棍,骑下一匹花骢马,面如银盆,三绺长须,威风凛凛。一马冲到,护过了红里逵,尉迟青山把棍一起,照面打来。青山把钢鞭按住,两下大战,战到五十回合。

元帅在旗门下同众将观见总兵本事高强,添起精神,尉迟青山鞭法散乱,只有招架之功,没有还兵之力,命罗章出去助战。先锋听了,把马一拍,冲将出来,叫声:"兄弟,为兄的来取番将之首。"尉迟青山见了罗章,才得放心。刁应祥提棍就打罗章,罗章急架相迎,双战应祥。应祥原来得利害,抵住两家爵主见个雌雄,好杀。但见那阵面上杀气腾腾,不分南北;沙场上征云滚滚,莫辨东西。他是玄武关总兵一员大将,怎惧你中原两个小南蛮;我邦乃扶唐定鼎爵主两个英雄,哪怕你番邦一个狗才子。番邦人马纷纷乱,顷刻沙场变血湖。虽见三将杀到四十回合后,刁应祥不能取胜,被罗章一枪刺过来,正中左臂,带转马就走。月娥见父被伤,忙出阵接住。

罗、尉二将,看见月娥好齐整:但见她头戴金凤冠,双翅尾高挑,分为左右,穿一件龙鳞软甲,胸前挂一个金铃,足下穿着小蛮靴,坐下一匹玉狮驹,手舞双刀。果然生得倾城倾国、闭月羞花之貌,看得呆了。刁月娥叫道:"蛮子,不得无礼。看刀!"罗章听了,道:"好一个娇滴滴声音,待我活擒她过营。"把手中枪向前抵住,战不到十合,月娥胸前解下金铃,对罗章一摇。罗章马上就坐不住了,倒撞下马。刁月娥正要上前取首级,被窦一虎抢上抵住,罗章得尉迟青山救回。一虎看见月娥花容,遍体酥麻,虚将棍子来打。月娥定睛往地下一看,原来是个矮子,心中倒也好笑。这样人儿也来交战? 忙将金铃摇动。只见一虎滚倒在地,被番兵捆住,拿进关中。小姐也不来讨战,打得胜鼓回关。总兵见了一虎,说:"此贼拿来做甚? 斩讫报来。"此铃有一时三刻动,一虎醒转来,见满身捆着了,倒也好笑。见军士解绑，要斩他。他说："不劳用心，我去也。"身子一扭，不见了。报知总兵，总兵父女听报，大惊说："唐朝有此样异人，所以夺了许多地方。如今怎么了得？且待明日开兵，拿了矮将，不要放下地斩他，他有地行之术，提在空中斩他，怕他又去了不成？"

不表关内之事，再言元帅见青山救回罗章，众将一看，见他面如死灰，四肢不动。元帅大惊说："尉迟将军，方才怎么战法？罗先锋昏迷不醒人事，窦将军又被拿去，不知死活存亡，如此奈何？"青山说："小将方才见西番女将与先锋交战，胸前取下了金铃，连摇几摇，罗哥哥就跌下马，窦将军接住，小将即回。"秦汉听了，说："小将昔日在山中学法之时，听得师父说：金刀圣母有个金铃，名曰'摄魂铃'，对人几摇，魂灵摄去，要一时三刻方还魂，莫非女将这个金铃就是摄魂铃，也未可知。"元帅听了，心中不悦，传令收军。罗章才得醒转，一虎也得回营，细言其事，此话不表。

再言次日，女将又在阵前讨战。秦汉好色之徒，听了一虎之言，上帐请令，愿去会她。元帅依言。秦汉提了狼牙棒出营，赶到阵前，见了女将，笑嘻嘻说道："小姐，你生得齐整，我秦将军爱你不过，随了我去做个夫人罢。"月娥听了大怒，仔细一看，不是昨日矮子，今日又有一个，不要与他开口。就把铃儿对他几摇，秦汉翻身栽倒，被番兵捉住。小姐得胜进关，刁总兵左臂未好，见小姐捉了矮将，抬头一看，不是昨日的，说："拿去砍了！"秦汉才得还魂，只见刀来斩他，他有钻天帽，腾空而去。刁家父女一见，吓得胆战心惊："如何唐营二个矮子，一个钻天，一个入地？大唐有此异人辅助，所以势如破竹，来到这里。我主误听苏宝同，起兵惹出祸来。幸亏我家有金铃宝贝，若无此宝，玄武关焉能保守？"一面打发番兵往朝中求救，一面准备迎敌，此话不表。

再言元帅在营，对众将说道："连日出阵不利，秦将军又被拿去，此关如何得进？"秦汉回营，说起铃儿利害："我若没有钻天帽，性命休矣。"程咬金说："这个不难了，只消你二人今夜盗了金铃，就不怕她了。"元帅听了有理。命秦、窦二将："你们二人三更时分，盗金铃来，其功不小。"二将听了，满心欢喜。候到三更，一个上天，一个入地潜进关中。秦汉飞在云端之内，心中想到，我想这番女，花容月貌，师父前日说道："姻缘该配此女。今宵不如先到房中，做个偷香窃玉，眠她一夜，就死也甘心。"算计已定,轻轻落下地来,躲在黑暗之中,专等夜深,闯进卧房。不表秦汉呆心妄想,再言刁家父女,连日得胜,商议军情。只见庭前一阵大风,吹落残灯,月娥屈指一算,对父说:"今夜不要安睡,恐有刺客进营盗铃。"总兵说:"女儿之言有理,交战全赖此铃,倘被盗去,有些不妙。"小姐说:"父亲放心,女儿自有奇谋。吾父防他行刺,须要甲兵护身才好。"刁总兵传令,点了五百番兵,弓上弦,刀出鞘,明盔亮甲,灯球火把,照得如同白日,齐齐排列内堂之下,此话不表。

再言一虎到黄昏时候,在地下听得父女之言,说金铃挂在床上,竟往房中探出头来一看,见香房清雅,桌上红烛光明,果见天花板下挂着金铃,连忙取下,挂着衣内。小姐恐怕行刺,同在内营,卧房无人。一虎想到:这样好床,不如睡在床上,天明回去。

不表一虎睡在床上,再言秦汉,挨到三更时分,摸到小姐房中,为何孤灯一盏,静悄悄并无使女? 走到床前,只听得鼻息之声,说:"妙啊,原来小姐日间交战辛苦,早已睡了。且与她快活一番。"揭开绣帐,叫声"小姐,我来倍伴你。"一虎梦中惊醒,见说小姐,连忙抢住道:"小姐你来了么?"秦汉见不是小姐,原来是师兄;一虎一见是秦汉,二人满面羞惭。一虎道:"金铃我盗在此了,回去罢。"秦汉说:"师弟不要哄我。"一虎说:"谁来哄你?"取金铃一看,秦汉欢喜。一个钻天,一个入地,出了关门,来至营中,天色明了。二将上前交令,此话不表。

再言刁家父女,一夜未睡,守到天明。忽侍女来报:床上不见金铃。总兵听了大惊,连忙问道:"女儿金铃失去,如何是好?"小姐笑道:"父亲,昨夜大风一起,孩儿就晓得这两个矮子,要盗金铃,将真的藏过,假的就放在床上。父亲昨夜问我真铃,不敢说出,恐怕他听见,却把假铃盗去。"刁爷听了,说:"女儿,你志气胜过男儿,为父的不及你了。"

再言秦窦二将,缴令已毕,细说其事。元帅大喜道:"今你二人功劳第一,昨夜辛苦了,回营安歇。"二将正要回身,有探子报说:"女将又来讨战,指明要盗金铃之人。"元帅即传令,命秦汉、窦一虎二人忙出营会她。二将得令,一同出营,来到阵前,笑嘻嘻把住棍棒。月娥大骂道:"昨夜偷盗金铃,就是你二人? 看你贼头贼脑,不是好人。今日捉你回去,碎尸万段,以泄我恨。"秦汉、一虎笑道:"我的活宝,你如今没有出手货,只怕难捉我,倒不如随了我罢。"月娥听了大怒,舞动双刀,杀将过来,二将连忙接住,一场大战。战了数合,月娥又把金铃一摇,二将见了金铃,钻天入地去了,月娥又来讨战,众将惧怕金铃,不敢出战,元帅传令,高挂免战牌。月娥见了,大笑回关。不知后来如何,且看下回分解。

第三十九回
仙翁查看姻缘簿　迷魂沙乱刁月娥

适才话言不表，再言二将地中逃回，来到营前见了元帅，说："小将弟兄二人，昨夜用尽心机，盗得铃儿，原来是假的，倒被她算计了。今日见阵交兵，几乎落了圈套，亏得地行，不致伤命。被她阻住兵马，焉得征西。"元帅道："这便如何处置？"秦汉道："小将下山之时，师父说我该与番女有姻缘之分。今见刁月娥容貌如花，不觉动了眷恋之心。她金铃利害，小将若回山中，去见师父，问个明白，再来军前效用。"元帅道："秦将军既要前去，限你三日就回。"秦汉大喜退去，戴上钻天帽，腾空而去。一虎在旁听见，想道："我在棋盘山，遇见薛小姐也有了心，后来要盗钹，元帅曾把小姐许我，反被飞钹合住。亏师父救了，我自觉无颜，不好说起，我想师弟此去不远，待我向前，叫他替我问问师父，不知姻缘到底如何。"算计已定，出营地行而去，却被一山挡路。将头伸了出来一看，原来是一座大山，你看松柏成径，翠竹成林，飞崖峭壁，瀑布泉声，好一派山景。一虎心中一想："我方才性急，往地下行来，不知到了什么地方，竟有这样去处，不是神仙所居，就是得道洞府。"一虎正在自言自语，只听得空中叫一声："师兄，你为何也在这里？"一虎见了大喜，说："师弟我对你说。"秦汉落地，一虎叫声："师弟，你为婚姻要往山中问明师父。愚兄也为婚姻，特地追寻你，幸得此间相遇。要拜烦你，千祈代问师父，不知我与薛小姐姻缘若何？代我问一声看。"秦汉说："晓得了。"

正要回身，只见一个白发老翁，打从山曲内走出，手抱竹杖上前，问道："你二人在此做什么？"二人一看老翁，童颜鹤发，仙风道骨，知他不是凡人。即忙叉手向前，深深一礼，说道："我二人乃王禅老祖门下弟子，因奉师父之命，相助大唐薛元帅麾下征西，只为姻缘大事，要去求见师父问明，所以走此经过。还要请问老翁尊姓大名？"老翁笑道："我乃月下老人①，在此乾坤山修炼长生，已得神仙不老之丹。蒙上帝命我掌管人间男女婚姻。你二人既为姻事访师，今日有缘，待我与你取姻缘簿子查查看。"二人听了大喜，便道："仙翁，既有姻缘簿在此处，快快与我二人查一查看。"仙翁道："你们随我进洞，到三生石②上查看便了。"

二人听了，同了仙翁来到洞前，上面写着"乾坤洞"三字。进了洞中，面前有一石板，写着"三生石"三字。仙翁说："你们在此等候，我取簿子来看。"二人应诺，仙翁取出簿子，放在三生石上，揭开一看：上写着："窦一虎该配薛金莲，秦汉该配刁月娥，乃宿世姻缘。"看完，仙翁向二人说道："你二个矮子，倒有这等大造化。如今不必耽搁，快去求师父做主为妙。"二人听了，拜谢老人，出了洞门分手。

一虎大悦回营。秦汉即向前行，不觉来到山中，进洞见师父。王禅老祖心早明白，说道："徒弟，你此来莫非为玄武关刁月娥摄魂铃之事么？"秦汉说："正为如此，故来见师父。"又将遇着老人之言说明，"弟子念念不忘，请师父与弟子做主，成就婚姻。"老祖说："那刁月娥虽是与你有缘，应该配合。她是竹隐山金刀圣母徒弟，我与你同到竹隐山，求她做主，完就夫妻，好请元帅西下。"秦汉听了大喜，同了师父出门，驾起祥云，片时来到。仙童报进，圣母闻知，出洞接入。问说："承蒙光降，有何见教？望道友说个明白。"老祖说道："贫道无事不敢亲造。只为令徒刁月娥，她把金铃挡住玄武关，元帅不能征西，要道友将金铃收回，并来作伐。"就叫秦汉过来，拜见师父。秦汉拜完，圣母说："此位何人？"老祖说："就是顽徒秦汉，他与月娥有姻缘之分，过来相求。"圣母听了，抬头一看，见他身短体小，面貌不扬，怎好配我徒弟？开言说道："收取金铃容易，若说亲事难成。"王禅老祖言道："道友，贫道也只为小徒容貌丑陋，难配月娥，故来相恳，周全成人之美，我小徒感恩不尽。"圣母暗想："若不允，道友面上不好意思；若允了，刁家父女不肯。"

正在踌躇，有仙女报道说："外面有一个三只眼金面孔道人求见。"圣

---

① 月下老人——传说中为主管天下男女婚姻之神，后代称媒人。
② 三生石——三生即前生、今生、来生。后世诗文常把三生石作为因缘前定的故事。

母听了,连忙出来,迎接进洞,认得是氤氲使者①。老母见了大喜,上前相见,分宾主坐下,圣母说:"使者此来为何?"使者说:"蒙月下老人指引,说唐将窦一虎,与薛金莲有宿世姻缘,秦汉与刁月娥为夫妻。恐他二位美人不嫁丑汉,违逆天命,故此特往乾元山,借了迷魂沙、变俏符两件宝贝,特来见道友,撮合成亲,完一宗公案。"王禅老祖听了暗喜。圣母听了暗想:他奉了玉帝旨意,配合人间夫妇,逆不得天命。开言叫声:"道友,既蒙借得迷魂沙,此时可付与秦汉拿去。待他迷了她,自然允从亲事,贫道再来撮合便了。"秦汉接了迷魂沙,依计而行。又与变俏符一道,道:"先对师兄说明,唐营成亲。"氤氲使者见他允从,辞别回复老人,王禅老祖也作别回山。

再说秦汉先到唐营,一虎在那里等。见了秦汉,问事体若何,秦汉细细说明,交付变俏符。飞到月娥营中,其时正打初更,将身钻在纱窗之外,只见月娥卸下妆来,内衬桃红紧身,外罩淡黑背心,下着湘江水浪裙。看她格外齐整,坐定身躯,手托香腮,昏沉睡着,秦汉就胆大了。喜得房中侍女尽皆安睡。就将迷魂沙身边取出,轻轻弹在月娥身上,只见月娥着了迷魂沙,乱了心,似梦非梦,说道:"好笑,我家爹爹误我青春,我一向过了,今夜好不耐烦,欲火禁不住。"只见来了一位郎君,面如傅粉,唇若涂朱,却好十六七岁,走近前来,含情带笑,说:"小姐,我乃王禅老祖徒弟秦汉,与你有宿世姻缘。今夜前来会你,望小姐不要推却,成就好事。"小姐被迷魂沙乱了心,并无主意,半推半就,被秦汉抱入床中,解带宽衣,落了许多好处。那迷魂沙一时三刻要醒的,睡到天明,吓得月娥魂不在身。身边一摸,睡着一个男子,被他双手搂住,说:"不好了,被他放肆了!"只得起身,立刻穿好衣服,大呼小叫,又羞又愧。惊动了刁爷,赶进房中,说:"女儿,奸细在哪里?"小姐含羞带泪,并不开口。

秦汉在床上大笑道:"老丈人,你家女婿在床上。昨夜已经成亲,伏望岳父不要发怒,待我穿了衣服,好来拜见。"那刁总兵大怒,揭开纱帐一看,说:"不好了!你是唐营矮将,赤条条睡在床上,分明女儿被你污了,教我怎好为人?"气冲牛斗,七窍生烟,将他一拧,传令:"捉得奸细在此,绑起来,推出辕门,碎剐凌迟示众。"诸将得令,如狼似虎,将秦汉绑着,正

_____

① 氤氲使者——传说也为主管人间男女婚姻之神。

要开刀，只见云端内来一仙女，身骑仙鹤，飞下月台说："刀下留人！"总兵认得是金刀圣母，忙出位迎接，见过了礼，立刻命小姐出来。小姐闻知，出外拜见师父。圣母说："刁将军，令爱与唐将秦汉，乃宿世姻缘，应当配合。恐月娥嫌其貌丑，有违天命，连师父也不便，故烦氤氲使者，借取乾元山迷魂沙一撮，前来迷乱月娥，实非秦汉之罪，伏乞将军放他。他是王禅弟子，祖父秦琼，封护国公；父亲秦怀玉，当今驸马，三世公侯，不为辱了令爱。看我面上，何不投唐，不失封侯之位。"小姐听了，身子已被所污，钝口无言。刁总兵见女儿从顺，又有金刀圣母来劝，无可奈何，只得允了。命放下秦汉。穿了衣裳上帐，拜见圣母，又拜见刁家父女。众将暗笑，好块天鹅肉，倒被这矮子先占食了。不知后事如何，且看下回分解。

第 四 十 回

刁月娥失身秦汉　窦一虎变俏完姻

再言刁总兵对秦汉说道："你这小畜生，如此无礼。不看金刀圣母之面，立斩汝首。如今归唐，你去说与薛元帅知道，快整备花烛，今晚亲送小女过来完姻。"

秦汉领命出关，回营见了元帅，说明此事，仁贵大悦。吩咐备花烛，等她投降唐营。正在忙碌，忽报桃花圣母来到。金莲小姐连忙出来，迎进圣母。父女营中相见，分宾主坐下，细说前来作伐："令爱该配窦一虎，元帅当初应允，谁人不知，谁人不晓，今日是团圆之夜，与令爱完姻。"元帅听了，心中不悦；金莲小姐闷闷不乐。圣母见他父女不开口，明知嫌一虎身矮，便说："这一虎回去，吃了仙丹，能会变化。如不信，唤他出来一看，就明白了。"元帅爷只得传令，唤一虎上前参见。一虎明知圣母说亲，把变俏符贴在胸前，将身一摇，变了七尺以上，身材美貌郎君。元帅父女看见说："果然仙家妙术，真能变化。"况是建德之后，又有地行仙术，年前已经许过，只得允了。小姐见父亲允了，含笑应从。元帅说："既蒙仙母作伐，下官就备花烛成亲便了。"一虎遂上前拜谢。桃花圣母辞别。是夜刁总兵送女来到营门归顺，元帅十分优待。两员矮将，当晚成亲，一虎仍变小了。金莲自知前生之事，况且月娥十分美貌，相配了秦汉，与我命一般的。月娥心内也这般想：金莲也肯配着矮子，同病相怜。此夜洞房花烛，万种风光，真说不尽。

再言元帅次日升帐，传命拔寨进关，养马三日，商议征西。刁总兵说："元帅西进，左近下官手下有一十七路营寨。不消一月，先平了十七营寨，然后西进。不然，唯恐他在后面，挡住粮道，为害不小。"元帅道："刁将军之言有理。"命一虎、秦汉、尉迟号怀、尉迟青山、程铁牛、程千忠、罗章等分兵十七路，同了刁总兵一路招安，不从者打破营寨。不消一月，杀得西番营寨，番将番兵逃的逃，降的降，杀的杀。秦汉、刁总兵等得胜回营，此话不表。

再言西番败残兵将,逃入西番,朝见哈迷赤国王,奏明此事,说:"西番被大唐人马杀进,夺去了万里地方,许多关寨。今刁应祥献了玄武关,将女许配敌国,又夺了十七寨。大兵已进西番来了,请旨定夺。"番王听奏,大惊失色,跌倒龙床之下,班中闪出一员大将,头戴金貂,身穿貂裘服,足下乌靴,出班奏道:"臣西云王黑里达,启奏狼主:自古道,兵来将挡,水来土掩。大唐薛仁贵虽然英雄,只怕难敌我邦杨藩。他十分骁勇,镇守白虎关,决能恢复。请狼主再发雄兵,前往白虎关相助。"哈迷王回嗔作喜,说:"王叔之言有理!孤家传旨,即日发兵,往白虎关助战。"众臣朝散。

不表番王之事,再言大唐元帅,平了十七寨,命新降总兵刁应祥:"领兵谨守十七寨,莫被番兵侵夺。"应祥得令,督令精兵,各守关寨,自仍镇守玄武关。元帅领大队人马,离了关头,滔滔一路前行。到了琅箎寨,传令扎营。次日正要打寨,只见寨门大开,番兵献册投降。元帅兵马进琅箎寨,停留寨中。是夜窦仙童生下一子,元帅、夫人大悦,取名薛勇。过三朝出寨,又往前行。行了三月,来到豹尾寨,寨中番兵早已逃去。大兵进了豹尾寨,安下营盘。军中陈金定也产下一子,元帅喜之不胜,对夫人说:"前日孙儿,下官留下名字,今日夫人取名。"夫人笑道:"大孙取名薛勇,二孙取名薛猛。"元帅大喜。传令三朝之后,拔寨前行。命秦汉、窦一虎带领本部精兵,攻打白虎关。

二将领令出寨。在关前叫骂,说:"快报与关主知道,早出来会我!若不献关,我爷打进关中,叫你一关蝼蚁一个不留。"早有番儿报进关中去了。那守关主将姓杨名藩,生得眉浓眼大,面如铁锅,有万夫不挡之勇。这日正在私衙,与左右偏将议论薛仁贵之事,忽有小番报进,说:"平章爷不好了!大唐兵将实为凶勇,一路势如破竹,兵马已到关前了。有将来讨战,请平章爷定夺。"杨藩听了大怒,吩咐备马,取甲抬刀。左右听了,取过盔甲。那杨藩头戴虎头盔,身穿锁子黄金甲,坐下一匹乌驹马,手执金背大砍刀,领了兵将,来到关门。传令放炮一声,关门大开,落下吊桥,冲出阵来。秦、窦二将敌住交锋五十余合,你看:二将是步战的,跳来跳去。杨藩在马上愈觉用力,愈不能胜他,忙向袋中取出棋子,喝了一声:"照打!"二将抬头一看,正中面旁,负痛而逃,败进营中。元帅见了大怒,点偏将十二员出阵,又被金棋子打破,头青鼻肿,大败而回。

元帅说:"不知何物,那杨藩敢败我十四将。"带领秦汉、罗章,亲自出阵。三人冲到阵前,敌住杨藩。杨藩大怒说:"来者何人？通下名来,好取汝之首级。"元帅听了大怒道:"杀不尽的番奴,敢出大言,只怕闻我之名,吓破你的胆,我乃征西大元帅薛便是。"杨藩说:"这老匹夫就是仁贵么？"元帅说:"既知我名,何不早早献城！"杨藩说:"你家儿子夺我妻,杀我岳父、二舅,今日相见,正好报仇。放马过来！"元帅大怒。把手中画戟迎面刺来,秦汉、罗章见主将动手,两条枪蛟龙一般挑来。这里杨藩焉能抵得住,倒拖大刀,败下阵来。元帅后面追赶,杨藩取出金棋子打来。元帅大惊,泥丸宫现出原形,是一只吊睛白额虎,抓住棋子,落下尘埃,才放下胆,举手中戟,喝声:"哪里走！"拍马追赶。杨藩带转马,把手中刀迎住方天戟,说道:"薛蛮子,你头上白虎哪里来的？"元帅答道:"大唐名将,故有神虎相助。你金棋子都打完了,不能伤我。快快下马投降,免汝一死。"杨藩看来战他不过,把身子一摇,现出三头六臂,青面獠牙,举手中大刀,劈面砍来。元帅看见说:"原来是一个怪物,不要与他战。"即忙左手拈弓,右手拨出穿云箭,搭上弦,"飕"的一声,一箭射去。只听杨藩叫声:"不好了！"射中左边头上,几乎落马,负痛而逃。元帅也不追赶,鸣金收军。

杨藩败进关门,扯起吊桥,进了帅府。心中想到:果然薛仁贵骁勇,又有神虎来助。不如今晚往观星台一看,就明白了。候到天晚,走上星台,四面观看星象,只见唐营白虎星高照。原来薛仁贵白虎星临凡,故此今日阵上现出白虎,把我金棋子抓落。此处有一座白虎山,正犯他性命。不免明日出兵诈败,诱上山中。把撒豆成兵之术,伤他性命便了。算计已定,下观星台。

再言次日杨藩全身披挂,出关讨战,探子报知元帅。元帅大怒,立刻传令,分兵四路出营,排下一个阵图,名为"一字长蛇阵"。元帅喝道:"昨日逃去,今日决个雌雄。"说罢,把手中方天画戟一紧,刺将过来。杨藩把大刀往戟上架住,冲锋过去,回转马头,把大刀往面上砍来,仁贵把戟架住旁首。两下交锋,战有三十余合。元帅把戟梢一指,四支兵马围将过来,把杨藩困在垓心。传令:"不许放走,必要活擒。"杨藩看来没法,望西而逃。正逢着罗章,喝声:"哪里走？"把枪劈面刺来,杨藩叫声:"不好！"将金棋子打来,正中罗章面旁。手中枪一松,被杨藩杀出重围,落荒而走。元帅传令众将,快追番将。追上二十里,程咬金说:"元帅,穷寇莫追,放他去吧。"元帅道:"老千岁,那番奴被本帅用长蛇阵围住,要活捉他。他仗金棋子利害,打中先锋,冲阵而逃。不进关中,决无逃处。此时不擒,更待何时。大小三军,与我追上前去。"众将得令,一齐追杀上去。不知如何,且看下回分解。

第四十一回

白虎关杨藩妖法　薛仁贵中箭归天

方才话言不表,且说仁贵看看追到山林地面,探子报道:"杨藩逃上高山去了。"元帅道:"既然如此,一同追上山去。"元帅当先追上山。程咬金心中疑惑,喊道:"啊呀,不好了! 众将且慢进去,不要中了番奴之计。"命秦梦快追,请元帅回兵。秦梦答应,飞马追赶。再言元帅追上高山,抬头不见了杨藩,前有山石挡路,传令回兵。元帅正要退兵,忽听得四野鬼叫之声。抬头一看,只见杨藩立于高阜①之上,手执葫芦,放出红豆无数,往空中一撒,变成千百万的鬼兵,都生得青面獠牙,其形可怕,手执钢刀,把山头围住,只听得鬼哭神号之声。元帅大怒,喝道:"番奴! 你把妖术惑我军心,你不要走,吃我一戟。"追到山阜上面。这杨藩一见,哈哈笑道:"薛蛮子,今番中俺之计,性命难保。"元帅听了,一戟刺去,只见杨藩身子一摇,就不见了,原来杨藩借土遁而回。元帅不觉心惊胆怯,吩咐亲随军兵,且退回去。哪知四下阴兵布满,并无出路,只得再往前山。远看一座庙堂,走到庙前,元帅下马,抬头一看,上写着"白虎山神之庙"。不免进去,来到神前,撮土焚香,祝告一番,立起身来,上马前去。只见鬼卒比前番更多,元帅毫无主意,仰天长叹曰:"老天,老天! 我薛仁贵英雄无敌,再不想今日中了番奴之计,被困在此,且待天明再处。"

再言窦一虎,天晚不见元帅回营,只得领兵前来,到山下程老将军扎营之处。程老将军看见窦一虎来到,说:"你家岳父不听我言,追赶杨藩,被他诱上高山,用阴兵围住。我军欲要相救,杀不上去。秦梦杀上几次空回,如何是好?"一虎听了大怒,说:"老千岁,独有我窦一虎不怕阴兵,待我上山相救岳父。"说罢领兵杀上。鬼兵挡住,只见磨盘大的石头打下来,吓得三军不敢前进,只好回来。见了程咬金说:"老千岁,阴兵果然利害。待小将去见岳母,再来相救。"就领三军回转,禀知岳母。夫人听了,

① 阜——土山。

吓得魂飞魄散。金莲小姐胆战心惊，叫声："母亲，爹爹兵困白虎山，此祸不小，女儿夜梦不祥。不如差秦汉释放哥哥前来，必能相救，不然爹爹性命难保。"

夫人听了，传令秦汉，往朱雀关放出丁山救父。秦汉领命，即戴上钻天帽，不消片时，来到关中监牢，放出薛丁山，细说一番。丁山听了大怒，说："番奴如此无礼，困住爹爹，我不去救，谁人去救？"即同秦汉登程。秦汉钻天而回，丁山借了土遁，来到营中，拜见母亲，相见妻房妹子，方知生下两个孩儿。夫人说："你父被困山林，快去相救。"丁山说："谨依母命。"连夜造饭，天明披甲，出营上马，一支兵马飞出，杀到白虎山。见秦梦双战一员番将，丁山大喝一声："我来也！"把马一拍，冲入阵中。秦梦一看，原来是世子，满心欢喜。番将一见来将大怒，提刀挡住，大喝道："来将通下名来。"丁山道："我乃征西二路元帅薛世子是也。番奴，本帅不斩无名之将，快通名来，我好记账。"杨藩听说丁山二字，心中大怒："我白虎关杨藩便是。你这畜生，强夺人妻，罪不容诛。把你碎尸万段，才泄我恨。"举起大刀砍来了。丁山忙把画戟接住，山前大战。战鼓齐鸣，喊杀连天。战到三十余合，杨藩不能取胜，又把金棋子打将过来。丁山身上穿的乃是天王甲，金棋子不能近身，一道金光冲出，杨藩双眼散乱，被丁山提起神鞭，亮一亮正中后背。杨藩叫声："不好了！"口吐鲜血，伏鞍而逃，飞奔进帐。

丁山一心救父，不来追赶。同了程老将军、窦一虎、秦梦、秦汉领兵杀上。五将只见飞沙走石，鬼兵来挡住去路，磨盘大石打将下来，众将魂不附体。丁山心中一想，我闻妖法有撒豆成兵之术，用猪羊狗血，将喷筒冲去，必然消灭。立刻传令三军："速取羊狗血来①，军前听用。"军士得令。军士取到狗血喷筒等物，将狗血灌满，往山上喷去，鬼兵鬼将，影踪全无。乱了一日，天色晚了。再言元帅困在山头一日一夜，腹中饥饿，不能行走。立望救兵，心中昏闷，看见天色已晚，坐在拜台上，蒙眬睡去。泥丸宫透出原形，是一只白虎，往山林奔出，正逢丁山领兵前来。五将杀上山来，只见林中奔出一只吊睛白虎，众人一惊。丁山一见，忙左手取弓，右手搭箭，一声响，正中虎头。那白虎大吼一声，回进庙中。众人赶到庙前，下马一看，说："啊呀！不好了！白虎不见，倒射死元帅了。"

————————

①　速取句——汉·应劭《风俗通义》中载，古时以狗血除不祥。

丁山抱住父尸大哭。咬金说:"你父是白虎星转世,现了原形,被你射死。朝廷知道,其罪不小。"一虎流泪,连忙回报进营,禀岳母细述此事。夫人与小姐一听此言,魂飞魄散,哭倒在地。仙童、金定闻之,吓得魂不附体,连忙走到,叫醒婆婆、姑娘说:"此事如何是好?"婆媳四人,骑马哭上高山。来到庙中,见丁山抱着父尸,在拜台上大哭。夫人、小姐也来抱住,放声大哭,叫声:"老将军,你盖世英雄,死在西番地面,我和你今日分别,叫我好不伤心。被畜生箭射误伤,真不孝之子,弑父之罪难免。"老夫人哭丈夫,骂丁山。小姐叫一声:"父亲,望你早平西番,回家享荣华。再不料番国未平,父亲先丧。恨哥哥不孝,救父反来杀父。"仙童、金定,也是痛哭道:"冤家你不孝,误射死公公,难免凌迟①之罪。"丁山哭道:"母亲、妹子、二位妻房,不是我薛丁山忤逆不孝,有心杀父,只为父亲梦现真形,变成白虎。我哪里知道,以致一箭射去,误伤其命,罪不容诛。且请母亲备棺,收回父亲尸首,然后奏明圣上,把孩儿以正国法便了。"夫人哭住,传命衣衾棺椁,取到山头,收殓元帅。停在白虎庙中,设其灵位,供在正殿。众将齐来祭奠,人人挂白,个个举哀,按下不表。

再说王敖老祖,晓得是前世冤孽。借了土遁,来到山林,丁山接见,拜见师父。老祖说:"当初薛元帅射死丁山,亏贫道救活。今日元帅也被其射死,无人可救,一报还一报。元帅是白虎星下降,故现白虎。此关名白虎关,又有白虎山,活该命绝。今日丁山弑父,罪犯逆天,宝贝合当取来还我。你自将功赎罪,命或有救。"丁山听了师父之言,不敢不遵,只得将宝贝拿出,交还师父。王敖老祖收了宝贝,驾云而去。咬金看见元帅收殓完毕,于是辞别夫人、众将,备马径往长安,此话不表。

再言杨藩败入关中,紧守一月,想道:"为何不来打关?"有番儿报进,说:"平章爷,唐营不知为何皆穿白,莫非主将身亡,不来攻打。"杨藩听了大喜。晚上星台一观,果然白虎将星移位,想道莫非被鬼杀了,也未可知,待我唤鬼兵来问便了。口中念动真言,不料鬼兵被狗血冲杀,其法不应。欲要出兵交战,又怕神鞭利害,前日鞭伤,还未曾好,只得回到衙中。次日,忽报有青脸道人要见。杨藩接了进来,原来是师父,上前拜见。道人说:"葫芦内鬼兵,被薛丁山狗血喷坏,无用的了。我如今有一件宝贝在

---

① 凌迟——先分割犯人的肢体,再割断咽喉。古代一种残酷的死刑。

此,但是未曾炼好。教你方法:闭关一年,可用仙丹活火神炉烧炼,名曰'飞龙镖',上阵能伤大将。汝当依法修炼,丹成之后,用之不穷。我因国舅苏宝同相求,众道友演说金光阵,不得功夫,即要回去。"将飞龙镖丹药付与杨藩,立刻驾云而去。杨藩往北拜谢,传令紧守关门,多加灰瓶、炮石、弩箭,以防攻打,却自修炼飞龙镖。不知后事如何,且看下回分解。

第四十二回

唐太宗世民归天　唐高宗御驾征西

方才话言不表,再言长安城中,贞观天子在宫中,想起元帅薛仁贵父子征西,屡有捷报,夺了许多关寨,唯处处有异人挡住,不能一旦平复,望他得胜班师,君臣相会,朕才放心。天子思想,身倚龙床,蒙眬睡去。

梦中出了王宫,只见文武上前接驾,天子一看,原来是秦叔宝、尉迟恭、罗成、马三保等,都说道:“陛下乃紫薇星君降世,今将复位。臣等文武两班,合当随侍。况左相星、右相星、白虎星,俱已复归原位。请陛下登殿设朝。”天子听了文武之言,随了秦叔宝等,来到云霞之内,只见一座宝殿。秦叔宝、尉迟恭奏道:“此乃陛下北极紫薇殿。”言之未了,只见左相星、右相星、白虎星俯伏朝门接驾。太宗天子传旨:“平身。”三人谢恩。天子龙目一看,原来是左相魏征,右相军师徐茂公,白虎星是征西元帅薛仁贵接驾。太宗进了宝殿,诸臣朝贺,分立两班,天子叫声:“薛王兄,朕命你征伐西番,未曾班师,为何也在这里?”仁贵上前俯伏奏道:“求主恕罪,臣兵到白虎关前,乃大数难逃。另差别将领兵,去平哈迷国。谢恩万岁万万岁!”太宗听说“大数难逃”四字,不觉大惊。忽听景阳钟声,惊醒了天子。睁开龙目一看,不见了两班文武,原来睡在龙床之上。想起梦中之言,难道寡人天命要绝了?梦中之事,不可深信。只听得五更三点,驾临早朝。

文武朝见已毕,天子说:“众卿有事启奏,无事退班。”降旨未了,班中闪出一位大臣,红袍金带,足蹬乌靴,头戴乌纱帽,执笏当中奏道:“臣钦天监①监正李云开,有事启奏陛下:臣昨夜司天台夜观星象,见西方一星,其大如斗,坠于番地,应在白虎位下。随后见北极垣中,二小一大,三颗明星落地,主朝中大臣归位。”太宗听奏,一发心惊。又有黄门官捧本进朝,俯伏金阶呈上。天官接了,放在龙案之上。天子龙目观看,原来是左相魏

---

① 钦天监(jiàn)——官署名,掌管观察天象,推管节气历法。

征、军师徐茂公，均已亡故，其子上本。天子见了两本，龙目中滔滔泪下，说道："他二臣有许多功劳，正好享福，为何一齐归天？朕心好不伤感。"传旨内监，钦赐御祭御葬，王太监领旨前去。黄门官奏道："臣启陛下，今有鲁国公程咬金，由西番回国，入朝见驾。现在午门，未蒙宣召，不敢擅入。"天子想起三更之梦，魏征徐勋已应了，老将回朝，薛元帅肯定性命难保。传旨上殿。

　　咬金俯伏金阶二十四拜，天子说："程王兄平身。""谢万岁！"宣上金殿，赐坐问道："程王兄，西番归国，可知薛元帅何日班师？"咬金听了，眼中泪下，奏道："征西薛仁贵，兵打白虎关，被番将杨藩使妖法，用阴兵围住白虎山。其子丁山兴兵救父，同老臣一齐上山，谁想山前见一白虎，丁山放箭射死。啊呀！万岁，原来白虎就是元帅真形。箭伤白虎，庙中元帅身亡。望主速定丁山之罪；虽是无心，其罪不小。"

　　天子听说仁贵被射死，哭倒在龙床之上，道："寡人亏你征东十大功劳，西番未平，良将先丧，叫寡人好不痛心也。如何是好？"哭得心伤，口吐鲜血。吓得两班文武内侍，飞报太子李治。李治惊得魂不在身，来到龙庭，扶住父王。传旨退班回宫，交三更之后，太宗驾崩。

　　传旨：先将哀诏颁行。各官穿白开表三日，二十七日行孝，然后新君登位，是为高宗皇帝。文武尽穿大红吉服，分立两旁。只听得东边打起龙凤鼓，西边打起景阳钟，奏乐之声。前面三十二位太监，一声吆喝，新君临殿；后拥二十四名宫娥彩女，随侍龙驾。两把龙凤宫扇分开，来到龙案，身登宝位，珠帘放下。只见底下文武朝见，山呼已毕。李治大喜，说："诸卿平身。"众臣谢恩起身，分立两班。传旨改元年号，唐高宗皇帝，国号永徽。天子先颁喜诏，通行天下，立王氏娘娘为正宫，立李显太子为东宫。这忙非只一日，天子就把龙袍一转，驾退回宫，珠帘高卷，群臣各散。

　　次日天子临朝，传旨百官，俱加一级；天下罪犯人等，已结与未结的，尽皆恩赦，内有十恶不赦；钦赐功臣，筵宴已毕。就召魏旭见驾，山呼万岁。天子开言道："魏征乃先王辅弼，朕不负功臣之子，封卿大夫左丞相之职，恩赐蟒袍纱帽。"魏旭封了左丞相，驾前谢恩。宣徐梁见驾，徐梁上殿朝见。天子道："卿之父与国运筹，以致一统江山，其功不小。封卿袭父军师之职，恩赐锦袍玉带。""谢恩。"徐梁领旨谢恩。文武恩封已毕，对咬金说："老王伯，元帅身丧西番，进退两难。朕今同王伯御驾征西，征讨叛逆。"传旨命东宫同魏旭监国,咬金为前队,兵马出了长安。一路滔滔,晓行夜宿,非止一日,出了玉门关,来到金霞关。一路上俱有文武迎送,百姓香花灯烛,好不热闹。不觉来到寒江关,不表。

再言樊梨花母女,孤孤凄凄,苦度衙中。梨花早已晓得仁贵身死,程老将军出关经过,想明日御驾亲来征讨,丁山难逃弒父之罪。待我做成御状告他,我善晓阴阳,丁山不该命绝,惩治他一番,叫他情愿心服。将弒父休妻两大罪写明,扮做村庄妇人,告他一状便了。

次日辰牌时候,只见旌旗曜日,前队藤牌兵,后队短刀兵,步兵都带弓箭,马兵手执长枪。四队雄兵过去,全副銮驾。两班文武,都骑高马。队队分开:文官紫袍金带,武官金甲金盔。羽林军①拥护着天子,朝廷身骑龙驹,马前许多太监。程千岁随了天子,看看相近关前,樊夫人同梨花抢出叫屈。天子听得,便问两边军士:"关前何人叫屈,即速捉来。"军士领旨,将二人捉住,来到驾前。手执御状,俯伏在地,口称冤屈。天子想:"此是西番外国之女,有甚冤枉,前来叫屈?如今要把西番化服,理当准状。"传旨:"取状纸过来。"太监领旨,就把状纸送上。天子龙目一看,说:"西番有村女告状。"阅过一遍,便将状纸交咬金说道:"老王伯必知其情。"咬金接来一看,奏道:"樊梨花不但有才,而且有智,真是国家柱石。他献关招亲,果然丁山不是。老臣为媒,他三次休弃,目睹其情,望吾主准状究明。"天子听了,龙颜大怒,传旨:"宣樊家母女见驾。"夫人、小姐领旨,驾前朝见。天子说:"赐卿平身。"龙目一看,果然樊梨花容貌超群,忙开金口道:"你母女情节,程王伯一一奏明,朕已深悉其情,准你状纸,泄恨便了。"樊梨花同母谢恩已毕。朝廷进关,一直西行。

樊家母女回转衙门,夫人说:"儿啊,难得大唐天子,准了状纸,又亏程老千岁在旁,代我母女说明冤屈。此番圣驾到了白虎关,定把丁山问罪,令他请罪。你可放心,夫妻得以完聚。"小姐听了,叫声:"母亲,冤家把我三次休弃,要报他三次仇,磨难他一番,方泄昔日仇恨。"老夫人说:"女儿,你们后生家,偏有许多委屈。据我做娘的看起来,还要三思。"小姐说:"母亲,若不将他磨难一番,焉肯服我?"夫人说:"女儿之言有理。"此话不表。

----

① 羽林军——皇帝的警卫军。

再言天子行到白虎关前,薛夫人率领众将来接驾,自陈一本,本上不过说射死因由,求主判断。天子看了,吩咐将丁山绑了来见驾。军士领旨,将丁山绑住,俯伏阶前,天子见丁山,心中大怒,传旨:"午时三刻,碎剐凌迟。"军士领旨,专等午时三刻开刀,此时把丁山魂灵吓散。不知生死如何,且看下回分解。

第四十三回

樊梨花诰封极品　薛丁山拜上寒江

　　适才所言，将薛丁山绑上法场，专等午时三刻开刀。这边有仙童、金定各抱一子，营前活祭，抱头大哭，各诉前情。丁山哭道："二位妻啊，我薛丁山前世做了昧心事，罚我今生颠颠倒倒。事出无心弑父，凌迟之罪难逃。我死之后，你们须要孝顺婆婆，抚养孩儿，长大成人，与祖父争气。"二妻哭道："樊家妹妹二次救你，你倒三次休弃，所以有这样大祸。"丁山说："二位妻啊！我今悔之已晚，不要埋怨我了。"二妻将一杯酒送上，说："你吃一杯，以尽夫妻之情。"丁山含泪饮了。金莲也来祭兄，同了窦一虎营前活祭，也有一番言语。众将文武，见龙颜大怒，不敢驾前保奏，呆呆相视。内中闪出程咬金，俯伏驾前奏道："老臣想西番未平，逆谋未除，倘斩丁山，苏宝同复起兵来，谁能敌之？丁山虽是不孝，罪不容诛。目下用人之际，臣保他将功折罪。若破番兵，非寒江关樊梨花不可，此人足智多谋，更有仙术。伏望吾王权赦丁山死罪，贬为庶人①。令他步行，青衣小帽②，到寒江关请樊梨花出兵到来，万事皆休。若不能请到，再行治罪。望乞圣裁。"天子听奏，说："老王伯所见不差。""是，领旨。"正当午时，合家老幼啼哭活祭，只见老将走出来，恐是催斩，吓得众人魂消胆震。刀斧手正要动手，老将连叫："刀下留人。奉朝廷旨意，权赦丁山，贬为庶人。青衣小帽，不许骑马，步到寒江关，请到樊小姐出兵，赦汝的死罪。刀斧手放绑。"丁山山呼万岁，谢了皇恩，合家老小欢喜，都来拜谢，说："若无老千岁保奏，丁山则性命不保。"

　　丁山死中得活，更换了青衣小帽，别了众人。一路步行，直往寒江关。

　　再言程咬金复旨，将情细奏："梨花二次功绩，愿王封赠他，重起威风。"天子准奏，御笔封赠，旨下：樊梨花有功于国，封威宁侯大将军之职，

---

　　①　庶(shù)人——平民百姓。

　　②　青衣小帽——古时地位低下者所穿戴的服装。

钦赐凤冠一顶,蟒袍一领,玉带一条。打发天使飞马前去,天使领旨而去。

再言寒江关樊梨花,善知阴阳,早已知道,等候诏至。这日有探子报进,说:"圣旨到,快设香案。"天使开读已毕,樊梨花在香案前谢恩。方知官封侯爵,满心大悦。送出天使回转,众将俱来恭贺。重起威风,日日教场操演,以备西征。

不表樊梨花之事,再言丁山在路,渴饮饥餐,凄风冷雨,艰苦异常。走得脚酸腿疼,叫声:"天啊! 我薛丁山命好苦。樊梨花这贱人,犯了许多恶迹,誓不与她成亲,把她三次休弃。她怀恨在心,此去请她,谅必不从。虽然怪我,已经奉旨请她,不敢违旨。"算计已定,不一日早到关前。身上穿了青衣小帽,无颜问人,伸伸缩缩。看天色要晚,说不得丑媳妇,总要见公婆之面。只得含着羞耻,把头上罗帕一整,身上布衫一理:"我官职虽然削去,官体犹存。"摇摇摆摆,进了关门,大模大样,叫道:"门官,与我通报夫人、小姐,说薛世子要见。"那门官听得,走过去一看,说:"你是什么人,在此大呼小叫。"丁山说:"我是薛世子,要见夫人、小姐。"门官说:"你云薛世子,如今在哪里? 吾好去报。"丁山说:"在下便是。"门官说:"啐!放你娘的屁! 薛世子同元帅前来征西,好不威风。看你这人狗头狗脑,假冒来的。禀了中军,打你半死才好,与我走你娘的路。"丁山听了,满面羞惭。也怪不得门官,世情看冷暖,人面逐高低。只得忙赔笑脸上前说道:"门官,我真是薛世子,假不来的。因犯罪,朝廷削去官职,除了兵权,贬为庶人,前来求见。"门官说:"你原就是薛世子,犯法削职,令人快活。你可为忘恩负义之人,小姐救你两次性命,你三次休她。今来求见,有何话说?"丁山叫声:"大哥,不瞒你说,只为我犯了剐罪,亏得程千岁保奏,奉旨前来,请樊小姐破番邦,将功折罪。相烦与我通报一声。"

门官听了"奉旨"二字,不敢耽搁,禀知外中军。中军连忙传令,里面走出女中军,问道:"何人传声?"外中军说:"薛世子奉旨前来,请千岁爷出兵。故此传报。"女中军道:"且站着,待我通报。"进内衙禀知樊梨花。梨花听了,恨声不绝道:"你传话对他说,千岁亲奉圣旨,官封侯爵,永镇寒江,要操演人马,不得功夫接见。既然圣旨要我出兵,拿凭据来看。"女中军领命,出了私衙,叫一声:"外中军过来,千岁说:'既然如此,可有凭据?'"外中军、门官说了,丁山听见呆了,前日性急,不曾奏过。凭据全无,如何请得动她? 今番空回,性命难保。只得硬了头皮,又要开言。只听三声炮响,就封了门。门军说:"薛世子,封门了,外面去,有话明日再禀。"丁山听了,只得回饭店安宿一宵,夜中想起樊梨花,当日十分爱我,故此弑父杀兄,献关招亲。待我明日细告前情,她必然怜念,决是去的。思想一夜不表。

次日天未明,丁山早早抽身,梳洗已毕,穿好衣服,来到辕门。只见大小三军,明盔亮甲,排齐队伍,伺候辕门。只听得三吹三打,三声炮响,大开辕门。内中传令:大小三军起马,往教场操演。那外面答应如雷,人人上马,一队一队,向前而行。后面许多执事,半朝銮驾,前呼后拥,樊梨花坐了花鬃马,头戴御赐凤冠,身穿蟒袍,腰束玉带,足登小乌靴,威风凛凛。丁山不敢上前去禀,掩掩缩缩,满面无颜。却被小姐看见,说:"中军官过来,问那青衣小帽是什么人,闯我道子,莫非奸细?与我绑入教场究问。"八人牌官,一齐答应,将丁山捆绑,带往教场。

梨花来到教场,三声炮响,大小三军分立两旁,一齐跪下。小姐下了马,升了演武厅,坐在金交椅。众将打躬,分立两旁。樊梨花传令带奸细过来。牌官答应,即将丁山放在案前。丁山吓得魂不附体,爬起身来,立而不跪。梨花大怒,喝道:"你这奸细,见本侯倔强不跪!"丁山说:"男儿膝下有黄金,怎肯低头拜妇人?我奉旨前来,你反面无情,不认得我么?"梨花说:"原来你就是忘恩负义的畜生!既说奉旨前来,圣旨在哪里?好设香案开读。"丁山无言可答。梨花说:"一派胡言。女兵们把这畜生打皮鞭一百。"两旁女兵一齐动手,将丁山吊在旗杆之上,皮鞭抽打,打得丁山叫苦连天,说道:"小姐饶命,虽是我忘恩负义,须看我父母之面,饶了我薄情之人。从今以后,再不敢了。"小姐铁面不睬。丁山打了五十,死去魂还,吩咐住手,旗杆放落丁山。小姐说:"旗牌官①来,你将薛世子背负回家,调养好了着他回去见圣上,说千岁爷不奉诏书,断不出兵。"旗牌领命,背世子回到家中。丁山疼痛难当,恨恨之声不绝:"今日把我毒打,全没夫妻之情。嘎!我不仁,她不义,冤冤相报。我寻死罢了,又丢不下我母亲。"哭个不了。旗牌说:"世子,我劝你且免愁烦,不要悲痛。方才千岁爷叫我打发你回去,讨了圣旨,方许起兵。看你遍身打破,如何行走?且在舍下,调养好了再回去。"每日吃了些红花酒,大鱼大肉将养。

---

① 旗牌官——担任传递号令之职的官吏。

　　丁山身子好了，拜谢旗牌，作别起程。一路思想，心中好不苦楚。怎生见得圣上说？也罢，少不得一死，硬了头皮，一路回来，晓行夜宿，不日到了白虎关，营前俯伏。值殿军官启奏，天子宣召进营。丁山俯伏驾前奏道："臣薛丁山，前往寒江关相请樊梨花出兵。他道我假称圣旨，并无凭据，将臣痛打五十皮鞭，不肯出兵。前来复旨，望王赦罪。"天子听奏，龙颜大怒，道："朕前吩咐，若请不到樊氏，以正国法。"传旨："推出营前斩首。"御林侍卫遂将丁山绑了，推出营前。吓坏两旁文武，闪出军师徐梁，奏道："世子薛丁山，英雄无敌。国法该斩，臣保他七步一拜，拜到寒江，求得樊梨花回心，前来见驾出兵，以赎前罪。伏乞圣裁。"天子准奏，传旨放了丁山，丁山遂进营谢恩，出营又谢了徐梁。徐梁道："贤弟，我和你同是功臣之后，为国求贤，何谢之有？我在驾前保奏你七步一拜，拜上寒江关，恳求樊小姐出兵，圣上方赦你死罪。若请不到，其罪难免。"丁山流泪道："徐恩兄啊，可恨樊梨花，必要圣旨为凭。若无诏书，只怕求恳不动。"徐梁说："贤弟这件情由，怪你自己不是，不该三次休弃，怪不得她作难。圣上旨意，无非要你拜樊小姐回心，岂有圣旨与你？依我的主见，照七步一拜拜去，樊梨花起了怜念之心，前来见驾，也未可知。"徐梁说罢，别了回去。丁山好不沉闷，不敢回去见母，备了一只香几案，七步一拜。一路想起，好不伤心，拜得腰酸足痛，饥餐渴饮，吃了多少辛苦。

　　不表薛丁山路上之事，再言梨花打了丁山，旗牌调养好了，放了他，心中早已算定，差人打听。这一日，探子禀了小姐。小姐说："你到白虎关打听世子消息如何？"探子立起身，将此事细说明白。小姐说："如此，再去打听。"探子领命，小姐打发探子出去，心中不胜欢喜："想你前次休弃我，我今日三次难你。"遂即来到后堂。夫人说："我问你，丁山打了皮鞭回去，差人回来，说唐王把他什么样了？"梨花将差人之言说了一遍。夫人大喜："难得唐王与你出气。他七步一拜，前来请你，你须念公婆之情，依他恳求出兵便了。"小姐听了，把手一摇，叫声："母亲，冤家做得薄情，使我怀恨在心，还要弄他颠颠倒倒，才好心服。"不知弄出什么事来，且看下回分解。

第四十四回

难丁山梨花佯死　薛丁山拜活梨花

适才话言不表，再言梨花叫声："母亲，孩儿有起死回生之术，戏弄他一番。"夫人说："人死焉有回生之理？"梨花道："母亲，孩儿学庄子仙术，待孩儿诈死，传令三军，俱穿白衣，备俱棺木，将儿成殓。正堂可设具灵座，人人大哭，个个悲伤，候冤家到来，母亲还要假哭，痛骂他一番，埋怨他忘恩负义，好叫他心服情愿。"夫人听了，深信女儿变化，满口允承。小姐登时诈病，三日之后死了。三军闻知，均皆痛哭，挂白开丧，件件端正。此话不表。

再言薛丁山吃尽千辛万苦，登山涉水，七步一拜，拜得脚跟肿痛。若还不拜，其罪非轻。打起精神，一路拜来。看看将到辕门，只见辕门挂白，心中大惊："不知死了谁人？不免闯进去，问个明白。"手执香凳，那军士认得的，开言叫声："大哥，那千岁衙门死了哪一个？挂白在此？"门军听了，双眼流泪，叫声："世子，不幸千岁得了急病，三朝亡故了。"丁山听了，吃惊非小，跌倒在地，半晌方醒，叫声："天啊，我薛丁山何等命苦。吃辛受苦，拜到这里，只求小姐回心出兵，不料小姐急病而亡，怎好回复圣上？也罢，小姐虽然身死了，待我拜到灵前，诉明心迹，回去死也甘心。"门军听说，报知夫人，夫人吩咐开门。丁山哭拜进堂，见了小姐灵座，放声大哭，叫声："妻啊，我原自己不是，二次救我，三番休你，所以有此大祸。虽然小姐身死，怎好回旨，不知可有遗言么？"夫人在内听见，走出厅来，带泪骂道："无义畜生！害她身亡，还要在此假哭。与我打出去罢！"一班女将手执皮鞭，打将来了。丁山一见他们打来，转身就走，女将闭上内堂门了。丁山即啼啼哭哭，又被夫人数落一番，不敢讨遗表，只得再回白虎关。一路上许多苦楚，不表。

再言小姐重又开棺，对夫人道："孩儿诈死，难这冤家。只恐朝廷知道，有欺君之罪。不如先上表章，陈情说明，差人先去奏闻，朝廷决不加罪"。夫人道："我儿之言有理，赛过男子，神机妙算。快修表章。"小姐将表章写得情词恳切，甚是分明。内衙拜本，差人连夜起程，不分日夜，赶到白虎关下马，走入内衙，接本天官奏上。皇上见了樊氏奏表，龙心大悦，想西番有这等才女，要三难丁山。朕今用人之际，焉有不准，对程咬金称赞梨花能干。此话不表。

再言丁山一路辛苦，回到御营，哭诉天子。天子假意大怒："朕差你去请樊梨花，说没有凭据，不肯出兵。今次又着你拜上寒江关，为何说梨花身死？明明一派胡言。既然病死，没有遗表？只是怪你三番休她，难你忘恩负义。前日徐军师保奏，若请不到梨花，立行斩首，你还有何说？"传旨："将欺君杀父之罪，乱箭射死。"御林军一声领旨，将丁山绑在旗杆之上，专等行刑旨下。丁山吓得魂飞天外，魄散九霄。惊动了薛老夫人，同了两个媳妇、金莲小姐，看见丁山吊在旗杆之上，四十名弓箭手，扣弓搭箭，等候时辰到。夫人叫声："亲儿，你犯上逆天大罪。两次有人保奏，今番性命难保，叫为娘好不痛心也。你不该三弃梨花，冤仇不解。她今权在手，自然要报仇。指望养儿防老，谁知反送你终。"说罢大哭，姑嫂三人见了，犹如乱箭穿心，营前大哭。程咬金在旁暗笑，连忙御前保奏道："愿吾王准老臣之奏，再赦丁山，三步一拜，拜到寒江关，拜活樊小姐，方免其罪。此番若再请不到，老臣与他同罪。"天子闻言说："老王伯保奏当准。"程咬金谢王万岁，传旨立刻放绑。军士领旨，放了丁山。丁山又死中得活，进营面谢君恩，奏道："臣谢不斩之罪，望王付恩诏，使臣好拜上寒江，拜得他还魂，好领兵西进。"天子准奏，传旨：程老将军赍①诏前行。丁山谢恩退出，辞别众将，如今三步一拜，一发难过。程咬金道："世子，老夫马上行得快。你步行，况且又要拜，是慢的了。你先动身，待老夫稍停一二日赶来正好。"丁山道："多谢老千岁。"依然营前拜起。

再言樊梨花正在府中，差官回来说明此事。梨花大悦道："三难冤家也不怕他不死心塌地，自然惧怕我，要他叩头拜回灵魂。"不表私衙之事。再言丁山三步一拜，正是六月炎天，拜得汗流如雨，看看又到寒江。只见后面来了一支人马，相近前来，抬头一看，原来恰是程老千岁奉诏到此。薛丁山上前拜见，咬金道："亏你后生家有此精神，三步一拜，拜得到此。

① 赍(jī)——带着，抱着。

若是我老人家,一拜也不能的。待老夫开读诏书,你慢慢前来,哭活樊小姐便好。"说了这二句,飞马即去。丁山听了,满腹疑心,想道:"方才老千岁之言有因,难道小姐不曾死?我丁山仍有性命。"一路疑疑惑惑拜去。再言咬金到了关前,探子报进,说圣旨到了。老夫人冠带出来迎接,说明此事。且待负义丁山拜活,然后开读,咬金听说,言之有理,就在公馆住下。

再言丁山三步一拜,来到辕门,开言叫声:"门军,快与我通报夫人。"夫人吩咐开门。丁山拜进内衙,对了灵座,双膝跪下,哀哀啼哭,诉说情由,皆认自己不是:"望小姐前仇莫记,与你夫妻和好,以后再不敢得罪你。你阴魂必然晓得,早早还魂,同去朝见天子,救我一命。倘若再有差池,灵前立刻丧命。"说罢大哭,叩头不止。小姐棺中听得,只是不睬,丫环使女,见世子这般悲伤,尽皆下泪,看小姐怎样还魂。听得鼓打一更,丁山依然哭拜,但见灵幡肃静,并无人声。俄而二更,丁山哭叫不止。鼓打三更,已交半夜,丫环侍女,俱皆睡去,独留世子在此,起来拜倒,哭得疲倦,就在拜垫之上,蒙眬睡去。只见一阵阴风,鬼哭神号,丁山惊醒,立起身来道:"小姐,你阴魂出现了么?待我到灵帏里面相会。"只见众侍女沉沉睡去,见了棺木,将身抱住,叫声:"小姐,你阴魂来会我,我在此等你还魂。"忽见棺材盖悠悠揪起来了。丁山本来胆大,把棺盖揭开,只见樊梨花坐起来了,大叫一声:"我好恨!"开眼一看,见了丁山,恨恨之声不绝。丁山大哭,忙扶起小姐,跨出棺材。那侍女丫环惊醒,看见了小姐,大家欢喜。忙请夫人,夫人假作啼哭,叫声:"女儿,难得你还魂,叫娘好不欢喜。"丁山大悦,轻轻跪落,说:"恭喜小姐还魂了。"小姐全然不理。夫人说:"女儿,丁山虽然忘恩负义,幸亏朝廷伸你仇恨。如今消却前仇了吧!"小姐听了夫人之言,说道:"既是母亲吩咐,孩儿从命便了。"只见丁山跪在地下,小姐大喝道:"负心人!若不念圣上求贤之心,把你这个冤家,万剐千刀,方泄我恨。快起来,通报公馆,明日宣读圣旨,就此起兵。"丁山大悦,叩谢立起身来,却好天明。

夫人吩咐,去了灵位,以便迎接圣旨。丁山走出,报与老将军知道:"那樊小姐被我拜活了,请前去开诏。"咬金听了哈哈大笑,说道:"贤侄,你信服我么?你要真心诚意,自然拜活。"丁山道:"多谢老千岁。"同老将军来到官厅,梨花接旨,开读诏书谢恩,然后与咬金相见,说:"老千岁,前日玉翠山薛应龙,不服王化的草寇,被我用计擒他,认为世子,后因急变,又返上山中去了。今起兵西征,正在用人之计,我同老将起兵复旨,着丁山领兵一千,前去收服薛应龙,同来见驾。"程咬金说:"小姐之言有理。"丁山不敢违令,领兵往玉翠山而行。不知后事如何,且看下回分解。

第四十五回

樊梨花登台拜帅　薛丁山奉旨完姻

闲话不表,再说梨花来别夫人。夫人流泪道:"儿呀,你要记着白虎关守将杨藩,他父杨虎,与你父亲相好,将你自幼来配他。后闻他貌丑,虽央求媒妁,而为娘做主,终不允承。今日匹配薛世子,杨藩必不甘休,他若有左道旁门之术,此去大要小心。"梨花道:"谨依母命。"遂叩别了夫人,同老将军点齐大兵,出了寒江关,往白虎关进发。

再言丁山到了玉翠山,放炮鸣金,惊动了山中哨巡哨,报进寨中,启道:"大王,不好了!有官兵杀进来了。"应龙听了大怒。结束披挂上马,带领喽啰,杀下山来。大喝道:"哪里来的官军,敢来送死么?"丁山听了,把马一拍,提枪喝道:"应龙!为父在此,招你入军,同往征西。"应龙猛听此言,满心猜疑。遂道:"休讨便宜,我家继父薛世子,官封二路元帅,正是堂堂将帅,领百万雄兵,好不威风凛凛。你是何等人,敢来假冒,讨我便宜,吃我一枪,放马过来。"将长矛挺起来了。丁山把戟架住,喝道:"休得无礼!为父便是薛丁山。因在白虎关射虎,误伤你祖,朝廷遂将为父官职削去,重用你樊氏母亲,封侯挂帅,统兵征西,罚我在帐前效用,今令我前来招你,一同征西,快随为父回营交令。"应龙听了,即忙倒戈下马,跪在地下,叫声:"父亲,孩儿见父打扮不同,望爹爹恕罪。"丁山喜道:"快随为父前去。"应龙禀说:"孩儿前被爹爹绑出了辕门,惧怕而回。今后不敢去了。"丁山说:"前事休提,今日不必惧怕。快随我去交令。"应龙听了大悦。立刻传令,带了喽啰,同了丁山,离了玉翠山,一路下来。

再言程咬金同樊梨花,入营朝见天子。谢了恩,山呼已毕,加封梨花,谢恩退出。进营拜见了夫人,夫人遂将前情细述,梨花也诉明因由。仙童等姑嫂三人,前来礼拜,叙了阔别之情。薛勇、薛猛兄弟也来拜见,梨花大喜。各赠黄金手镯,二人拜领。遂备酒筵欢叙。

再言丁山同了应龙,不一日来到营中,朝见天子,复旨谢恩。然后回到营内,见过母亲,一门尽皆欢喜。次日程咬金奉旨到营,合家见旨,皆跪下恭听宣读。诏曰："梨花英雄无敌，智勇兼全，恩封征西大元帅、威宁侯。薛丁山暂赦前罪，封帅府参将，帐前听用，就此完姻。"圣旨读罢，"谢恩。"请过圣旨，排香案供奉。咬金说："今奉旨完姻，大媒为主，趁今黄道吉日，当晚成亲。"梨花欢容满面。丁山暗想：薛应龙与他年纪仿佛，又且相貌齐整。想这贱人隔了二年，不要与他苟合。待我今晚成亲之后，看他完全不完全，就明白了。此夜成了亲，归到营房，解衣宽带上了床上，将梨花两腿扳开，举起王英枪直闯辕门而入。梨花说："冤家，你惯战沙场的好汉，奴家未经破身的英雄，要缓缓而战。"丁山不应答，一枪直入。梨花大叫一声："痛杀我也！"丁山拔出枪来，将白绫绢拭好，拿来一看，多见元红，始悔前番我不是错怪她了吗？丁山回嗔作喜道："小姐怕痛，免了罢。"梨花说："冤家今来试我，我岂不知。但得无疑我是败柳残花的，就罢了，快些睡罢！"丁山仍然上床，骑在身上大弄起来。梨花咬定牙根，痛死也不作声。此事已毕，丁山转言奉承梨花，稍释前恨，一夜欢娱不表。

次日，咬金对丁山道："此后小心，听候元帅呼喊，切勿倔强。"丁山道："这个自然。"再言梨花戎装上殿，当驾前挂了帅印，御手亲赐三杯御酒。梨花谢了恩，退出御营，来到将台。只见总兵官、游击、千把总、参将、参谋、都司、守备，济济一堂。这般武职，都是顶盔贯甲，一齐跪下，请帅爷登帐，梨花吩咐站立两旁。秦梦、罗章、尉迟号怀一班公爷俱到帐前，说："元帅在上，末将甲胄在身，不能全礼，就此打躬。"梨花说："列位王侯请了。本帅蒙圣恩拜为征西元帅，请众将各宜凛遵，听我号令。一不许奸淫放火，二不许纵兵掳掠，三不许畏刀避箭，违令者军法治罪。"当即点罗章为前部先锋，领兵一万去到白虎关；命秦汉、窦一虎领兵为左右翼，一同前去；后军点了丁山，又点小将应龙，为军前护卫；点尉迟号怀为头运解粮，二运点秦梦，三运点尉迟青山。诸将一声得令，出营上马，都是金盔金甲，领兵而行。梨花下了将台，令月娥、金莲、仙童、金定四员女将，领了大队人马，放炮起程。朝廷旨下，遂命程铁牛、程千忠父子二人，将薛元帅灵柩，同夫人护送至界牌关安顿，候平定西番，班师回朝归葬。二将领旨，到营中告知薛老夫人。夫人流泪谢恩。一同到白虎山山神庙内，将仁贵棺柩，移往界牌关。

再言罗章先锋，同秦、窦二将来到关前，一声大叫，说："快报与关主知道，早早出来会我。"小番报进，那关主杨藩，炼宝已成，伤痕平复，正要出关破敌。番儿报道："启上平章爷,不好了！唐王拜樊梨花为帅,有将在关外讨战。"杨藩听了大怒道："可恨这贱人,弑父弑兄,献关降敌,弃旧迎新,另嫁敌国,倒来攻关。"传命抬刀备马,杨藩披甲停当,上马提刀,带领三军,来到关前,吩咐放炮开关。一声炮响,关门大开,放下吊桥,冲到阵前。看见罗章头戴紫金冠,身穿白银甲,外罩白罗袍,坐下小白龙驹,手执梅花枪,面如冠玉,双尾高挑。见了杨藩,喝声："丑鬼！快下马受死,免得小爷爷动手。"杨藩听了大怒道："你乃无名小卒,快叫梨花贱人前来会我。"罗章听了,说："休要多言,看枪！"一枪直刺过来。杨藩把手中刀往枪上一架,冲锋过去,回转一刀,望罗章头上砍来。罗章把枪往刀上一抬,二人战了二十余合。杨藩见不能取胜,忙祭起飞镖,罗章抬头一看,见红光一道,直往面门上冲来,躲避不及,一镖正中肩膀上,坐不住马,仰面一跤,跌下马来。杨藩正待来取首级,被秦、窦二将抵住,有军士救回。梨花看见,忙取灵丹敷好,不一日痊愈。那杨藩见了二将,喝声："杀不尽的矮子,你今又来交战。"秦汉道："今番来取你性命。"棍棒交加,杀得杨藩招架不住,又祭起飞镖,二将看来不好,一个钻天,一个入地,逃走了。

杨藩收了飞镖,匹马杀到营前,大叫道："背夫另嫁的樊梨花,快快出来,与原配丈夫答话。"探子报进,恼了丁山、应龙父子,二人上帐,禀说："元帅,末将愿出去活擒杨藩。"梨花说："番将杨藩,指名要我出去,你父子二人与我掠阵,我当亲自出去会他。"随急披甲上马,手执双刀,冲出营来。杨藩抬头一看,见冲出一员女将。但见头戴金凤冠,雉尾高挑,面如西子,貌若昭君,有闭月羞花之貌,胜如月殿嫦娥,身穿锁子黄金甲,外罩绣龙袍,足穿小缎靴,坐下腾云马,手执双刀。两旁四员女将,后面大旗上,写着"大元帅樊"。杨藩见了大怒,恨不得一刀两段。及见了梨花容貌,倒觉满口流涎,说："好一块羊肉,却被薛蛮子夺去,今日必要活擒他回关,成就姻缘,方雪我恨。"

不知擒得来擒不来,且看下回分解。

第四十六回

梨花大破白虎关　应龙飞马斩杨藩

　　杨藩看见樊梨花,便道:"我乃白虎关总兵杨藩。吾父杨虎,与你父同朝之臣,将你许配与我,十有余载,因两地远隔,未曾花烛。你我今已长成,正要央媒完娶,因国舅苏宝同,惹得唐兵西进,两下相争,蹉跎至今。你怎么弃了前夫,另嫁敌国?西番虽是夷虏之地,你也晓得读孔孟之书,会达周公①之礼,一女何能匹二夫?纲常廉耻,休得乖乱,莫若随我回关,狼主决不治你弑父杀兄之罪,你去想一想。"樊梨花满面通红,喝道:"丑鬼,对亲有何凭据?休得胡言!放马过来。"杨藩耐了性子道:"梨花你与我交战,旁观不雅。我是男子汉,倒惧内不成?见你花容月貌,不忍加害,劝你复还原配,免得懊悔。"梨花说:"不要多言,放马过来,吃我一刀。"举起双刀,劈面砍来,杨藩将大刀架住,骂道:"贱人,不识抬举!我好意劝你,你反生恶心,既不罪你弑父杀兄,又来背夫乱性,真是红颜薄幸,妇人最毒。今日不斩你这贱人,誓不收兵。"忙隔开双刀,将大刀当头就砍来。梨花架在旁首,回转马来,将双刀如雪片舞来。杨藩急架相迎,两人大战,一来一往,战到三十余合,杨藩抵敌不住,带转马就走。梨花拍马追来,杨藩回头一看,见梨花追赶,忙祭起飞龙镖。梨花一看,见一道红光,直射下来,忙取出乾坤帕,往上一迎,只见万道毫光,把飞镖收去。大喝:"丑鬼,还有尽数放来。"杨藩又祭起十二支飞镖,在空中飞舞,烈火腾腾,直奔梨花。梨花又将乾坤帕抛起,顷刻万道毫光,把十二支金飞镖,化为乌有。杨藩叫声:"不好!"可惜炼就一年功夫,一日尽灭了。忙将身子一摇,现出三头六臂,身高数丈,手端六件兵器,复使阴兵杀上,只见鬼哭神号,都是蓬头赤脚,青面獠牙怪鬼,杀奔前来。梨花笑道:"这些小技,可骗别人,我不惧你。"把手一指,数万鬼兵,反杀回本阵。杨藩一惊不小,番兵如飞而逃。杨藩见破

---

　　①　周公——西周初年政治家。姬姓,周武王之弟,名旦。曾助武王灭商。相传他曾制礼作乐,建立典章制度。

了他法,带转马头就走,梨花祭起斩妖剑,将杨藩左手指头,斩了下来。杨藩大叫一声,负痛而走,收了法术,退入关中,将关门紧闭。敷好伤痕,打点明日出战,此话不表。再言梨花手下,月娥、金莲、仙童、金定四员女将,杀得番兵七零八落,得胜回营。众将上帐称贺不表。

　　次日天明,探子报进:"杨藩又在营前讨战,大骂元帅。"元帅闻报大怒,率领众将出营,来到阵前,喝道:"昨日饶你一死,今日又来讨战,只怕性命难逃。放马过来。"杨藩也不答话,抢动大刀砍来。梨花拍马相迎。战至三十合,又不能取胜,回马大败,梨花在后追赶。杨藩祭起金棋子,亮光万道打来。梨花向身边取出金棋盘祭起,也有万道金光,棋子落在盘内,犹如铸就一般。杨藩哪里晓得,又把金棋子打来,仍然收去。一连发了三十六个金棋子,都在盘上贴定,拿移不动。梨花收完了棋子,重又杀出,说道:"你的棋子都被收了,还有什么宝贝?再放出来。"杨藩听了,魂飞天外,叹道:"把我两件宝贝,俱皆收去,今如何是好?"又把身子一摇,现出三头六臂,阴兵依旧杀来。梨花将一个葫芦揭开盖子,放出无数火鸦,把阴兵杀得无影无形。杨藩叫苦连天,正要逃走,梨花祭起飞刀,将杨藩右手指头砍下来,一连几刀,连臂膀也砍下来。杨藩跌下马来,痛倒在地,梨花双刀正要斩他,忽听后面鼓声如雷,回头看见丁山督阵,擂鼓助战,暗思:杨藩虽未成亲,幼时却被爹爹误许姻事。见了丁山,心中倒觉不忍,意欲释放。早被薛应龙赶上,手起刀落,将杨藩杀死。头上一道黑气冲出,直奔梨花,梨花一阵头晕,跌下马来。四员女将,直冲出去,救回营中。只见元帅面上失色,众将上前问安。你道为何?这是杨藩阴魂在樊梨花腹中投胎,后来生下薛刚,薛刚闯祸,害薛世满门三百余口在武则天手内。此是后话不表。梨花传令抢关,众将得令,一齐向前,杀奔关来。番兵见无主将,闭关不出,俱往沙江关去了。番民香花灯烛,出迎元帅,元帅人马进了关,接了圣驾,在帅府驻扎,百官朝贺,出榜安民。遂传令招抚,所管地方官,尽皆投降。停留半月,薛王别驾,起了大队兵马,离了白虎关,望西进发。

　　有一个多月,尽是黄沙扑面,好不辛苦,不觉来到沙江渡口。有探子报说:"沙江有百里之遥,并无船只,请元帅定夺。"梨花闻报,遂传令扎下营盘,不许乱动。便令秦汉:"飞过沙江,劝番民放船过来,渡我兵过江,好打头关。"秦汉领令,戴了钻天帽,片刻飞过沙江,落下地来。只见那番民凑集,买卖生意,与中国一样。那些船上插了红旗,十只一队,共有四百余号,停泊江口。秦汉一想:我奉将令前来诱骗,用怎样办法,如何说得他们过去? 正在踌躇,忽见一队番官,手拿令箭,说与众船道:"大老爷吩咐,大唐兵马已到江边,船只不许私开。违令者斩。"众船得令。秦汉心生一计:扮做番军。见番兵皆喂马料,三个成群,四个一队,或斗牌,或闹酒,营房内不见一人。遂将一付衣帽穿好,到一酒店门首,问道:"店家,将爷可在这里吃酒么?"店家说:"拿令箭的官儿,在楼上吃酒,寻他请进去。"

秦汉听了,来到里面。走上楼中,只见番官吃得半醉,衣帽脱在旁边,那番官见了秦汉说:"你是哪个帐下来的?"秦汉哄说:"我是大老爷手下的长随,奉将令扮作小军,探听军情。爷是哪一处的?"巴都儿官番官说:"我是大老爷的亲随,不认得你呀?"秦汉说:"小可是新充的,不曾拜会。我和你同饮三杯,叙个相识,小可做东。"番官道:"说哪里话,自然俺家做东。"二人畅饮。秦汉说:"巴都哥,这支令箭,做何公干的?"番官道:"你还不知?"秦汉道:"小可新到,所以不知。"番官说:"我关主将是白虎关杨藩的父亲。因樊梨花降唐,打破了白虎关,将小将杨藩杀死,主将要与儿子报仇,差人往白狼山请红毛道人,并黑脸仙长。因二位仙友,神通广大,早晚必到。犹恐唐兵渡江,差我往各船去吩咐,不许开渡。"秦汉说:"原来如此。巴都爷请用酒。"番官竟吃得大醉,伏在桌上睡了。

秦汉即换了他的衣服,拿了令箭,走下楼来,对店家说:"有一锭银子在此,你收着。我有伙伴醉在楼上,我有公干去了。"酒家见了银子,说:"请便。"秦汉出了店门,来到江边,对众船军说:"大老爷有意降唐,吩咐四百号江船,连夜渡载唐兵过江,违令者斩。"众船军都说:"稀奇! 一日之间,两样吩咐。早上说不许开船,如今又要连夜过江。"秦汉说:"你们休管闲事,快些开船。"众船军依令,立刻开船,扯起风帆,滔滔去了。秦汉大喜,脱了衣帽,撇下令箭,飞过江来。此话不表。

再言番官醒来,立起身来,不见了衣帽、令箭,忙下楼问了酒家。酒家说:"方才那一位爷,留下一锭银子在此。穿了衣服,到江边去了。"番官听说,魂不附体。说:"不好了,中了唐人奸计了!"说罢急忙赶到江边一看,大惊失色,说道:"该死了,船一只都没有了。为何衣帽令箭在江滩上? 幸喜无人拿去。"忙穿好衣帽,手执令箭进关,蒙混交令。不知后事如何,且看下回分解。

第四十七回

梨花破关除二怪　秦汉借旗收双徒

　　却说沙江关主将杨虎,深恨樊梨花不忠不孝,杀子之仇尤深。又闻兵临江边,恨不得活擒梨花,取出心肝,以祭吾儿,方消此恨。忽报红毛道人,黑脸仙长请到了。杨虎大悦,出关迎接,接进官厅见礼,分宾主坐下。二位仙师说:"今蒙见召,有何话讲?"杨虎长叹道:"奈因小弟单生一子,被恶媳梨花所杀。特请道友来此,共擒此贼人,与儿报仇,方泄我恨。"二人听了,恨道:"不消道友烦心,要报此仇,有何难处,都在我二人身上。"杨虎大喜,设筵相待。

　　秦汉见各船俱已渡江,飞向营中缴令,细说此事。梨花大喜,即令三军连夜准备,候江船一到,即要开船。众将得令,各预备停当。将及半夜,船只已到江边,一字排开。元帅传令,趁此明月,即速下船。众将得令,一齐下船,来到西岸。令先锋罗章打关,金鼓连天,炮声不绝。番儿报进,杨虎大惊,说:"这事奇怪,我已传令江船,不许过江,唐兵从何而来?"传令番官处斩,即出关迎敌。二位道人说:"且免出兵,待贫道先上关去,略施小计,杀他片甲不回。"杨虎说:"既然道友有计,相烦立刻开兵。"那道人来到关前,披发仗剑,扬尘舞蹈不表。

　　且说罗章杀到关下,只见一阵狂风,飞沙走石,天昏地暗。吓得罗章胆丧魂消,三军自相践踏。见两个道人,骑了白鹤,落将下来,大喝道:"唐将休走,吃我一剑!"罗章招架不住,拍马而逃。两个道人在后追赶。后军飞报元帅,元帅大怒,率领四员女将,向前放过罗章。上前迎住,念动真言,喝散飞沙走石。道人大怒,喝道:"你是何人,敢破我术?吃我一剑。"梨花看见两道人:一个面如茄子,红须红发;一个面如黑漆,青发青须,眼睛也是青的,仗剑杀来。月娥飞马过来迎住,仙童忙来助战,杀得二道汗流浃背。金莲、金定也上前围住,两个道人哪里招架得住,大败而走。四人在后追赶。那红毛道人,现出一条火龙,用烈火烧来,烧得四人败阵逃回。梨花看见,把手一指,有万丈水冲出,将烈火浇灭,火龙大败要逃。

梨花喝道："往哪里走!"拍马追来,黑脸仙长抢出,说:"休伤我道友。"仗剑拦住。梨花手舞双刀来战,杀得他尿屎直流,摇身一变,现出四手八脚,一只螃蟹,口中喷出涎沫,顷刻大雾连天。梨花倒吃一惊,拍马如飞,回转营中。

黑脸道人收了法术,与红毛道人一同进关。杨虎迎住,说:"有劳二位道友,今日出阵,胜负如何?"红毛道人说:"樊梨花果然神通广大,我将烈火烧她,她将倒海之术浇灭。幸道友用雾迷她,不然,怎得收兵。"老将听了,叹口气道:"久闻樊氏利害,不能报仇,势不两立。"即令家中护送夫人回国。家将领命,遂与夫人流泪而别。杨虎全身披挂,同了二位道人,放炮出关,赶到唐营大骂,梨花倒觉羞惭。应龙上前说:"母亲,老匹夫如此无礼! 辱骂母亲,孩儿出去,斩此匹夫。"梨花说:"我儿出去,须要小心。"

应龙得令,上马提枪,冲出阵前,喝道:"老匹夫,你骂哪一个? 吃我一枪。"杨虎把大刀迎住,一场大战。秦汉、窦一虎二将,见应龙枪法散乱,拍马来迎。两个道人敌住,祭起火球,打中秦汉面门,仰身跌倒。道人仗剑要砍,被一虎救回。复出阵来,道人又祭起火球,一虎地行走了。梨花出阵,对杨虎说道:"老将军,天命归唐。征西一路,各处关头,降者降,死者死,劝你归顺天朝,免得生灵涂炭。"杨虎骂道:"小贱人,恨不得把你千刀万剐! 反来说我投降,吃我一刀。"把大刀往面门砍来。梨花双刀来迎,战了三十余合。旁边恼了金定,提起五百斤大锤,照杨虎头上一锤,打得脑浆迸出,死于马下。两个道人赶出,怒道:"伤我道友。"仗剑砍来。二员女将迎住,红毛道人祭起火球,被梨花乾坤帕收去。道人现出原形,乃是一条火龙,大火球烧来,那金定回身逃走。梨花念动真言,顷刻大水冲到,四海龙王将火龙围住,不能脱逃,被梨花飞刀斩为两段。半段飞入中原,半段飞入西番,后为混世魔王。那黑脸道人见了,骂道:"贱人,连伤我两道友,与你势不两立!"仗剑砍来。梨花又放飞刀,道人慌了,口吐雾沫,将天遮瞒,伸手不见五指。梨花无法,退兵十里,渐见天日。众将逃回缴令。梨花道:"大雾迷天,怎得抢关?"月娥道:"我师父有五灵旗,能破雾沫,差将前去借得旗来,可除妖道。"梨花大喜,即令秦汉往金刀圣母,求取五灵旗。

秦汉得令,戴上钻天帽,如飞而去。经过一高山,见有两员小将,各带兵马,旗分红白,在山上大战。秦汉飞下说:"二位将军不必相斗,有话问你。这样年少英雄,不去干功立业,野战何益?"二将住手问道:"你从空飞下,是神,还是鬼怪? 说个明白。"秦汉道:"我不是神仙,不是鬼怪,乃是王禅老祖弟子,姓秦名汉。随驾征西,路阻沙江关,有妖道喷雾迷人。奉大唐元帅将令,往金刀圣母借旗,从此经过。今见二位英雄,何不随我同去征西,建功立业。岂不为美!"二人听了,下马便拜,说:"我姓刘名仁,他姓刘名瑞,均是大汉之后,伐匈奴到此。此间有东西二山,各人把守。他要占我东山,故此相斗。天幸相遇,愿拜为师。"秦汉大喜,收为徒弟,说:"待我借了旗回来,同你去见唐王便了。"二将依言,各自回山,收拾人马等候。

　　秦汉仍飞上云头,片时来到竹隐山仙人洞,只见洞中走出两位仙姑,手提花篮。秦汉上前说:"烦二位仙姑通报圣母,说王禅老祖弟子秦汉,要见圣母。"仙姑听了,说:"原来是刁家妹子之夫秦汉,请说明来意,方可通报。"秦汉说:"因奉樊元帅将令,为蟹雾迷阻沙江关,不能进关。我家月娥,说圣母有五灵旗,能灭雾沫,特来求取。除了妖道,即当奉还。"仙姑听了,说道:"稍等,待我前去禀知师父。"入洞中来蒲团前说:"师父,外面有王禅老祖徒弟,奉樊元帅令,来借五灵旗,去破雾沫。现在洞外伺候。"圣母道:"命他进来。"仙姑出来,遂引秦汉来到蒲团之下,见了圣母,跪下说:"弟子秦汉拜见。愿师父圣寿无疆。"圣母道:"你之来意,我已深知。"取出五灵旗付与秦汉,说:"要破雾沫,将旗一展,他性命难逃。"

　　秦汉拜谢出洞,飞上云端,望着高山飞下。刘仁刘瑞接着,秦汉说:"我先去缴令,你们随后就来。"秦汉飞向营中,说知前事。元帅大喜,传令打关。黑脸道人仍喷出雾来,元帅将旗一展,只听得霹雳一声,雾散云开。众将一看,忽有簸箕大一只死蟹。元帅大喜,吩咐抢关,那番兵倒戈投降。元帅进了关,一面上本报捷,一面出榜安民,又望空拜谢圣母,招降安抚番兵,停留半月。

　　有探子报道:"关外有二员小将,领部卒一千,说是秦将军新收的徒弟,要来投见。未奉军令,不敢放入。"元帅道:"命他进来。"刘仁、刘瑞进了帅府,参见元帅。元帅见二人一表人物,心中大喜,遂对秦汉说:"他二人是你新收的徒弟,带领本部人马,到你营中学习,立功之日,奏王加封。"秦汉得令,同二人一起拜谢。众将称贺不表。

次日二人拜见了刁月娥,于是二人尽心学习兵法,刘仁后来与天竺国公主银杏成亲;刘瑞与真童国公主金桃完婚,此是后话。这一本是秦汉收徒弟团圆,欲知樊梨花征西后事如何,且看下回分解。

第四十八回

凤凰山番将挡路　薛应龙神女成亲

话说樊元帅得了沙江关，秦汉收了刘仁、刘瑞为徒，养马三日，查明国库钱粮，起兵西进。仍点罗章为先锋，秦、窦二将为左右翼，大兵五十万，放炮三声，离了沙江关，望西进发。一路上旌旗浩荡，兵将威风，行来尽是沙漠之地。走了半个多月，来到凤凰山。山上有一关寨挡住，传令扎下营盘。一声炮响，营盘扎得坚固。令罗章明日到关讨战，众将得令，放炮停当。此话不表。

且说凤凰山守将，乃是国王御弟，姓乌名利黑。身高一丈，红脸黄发，眼如铜铃，两臂有千斤之力，用两支竹节钢鞭。得异人传授，随身有一件宝贝，名曰"追魂伞"。闻知西番失了许多地方，番儿报说："唐朝人马已到山下。"忙同众将至山下，将唐营一看，果然扎得坚固，号令严明。对众将说："果然樊梨花名不虚传，深通兵法。趁她兵马初到，兵将劳顿，攻其无备，今夜劫她营寨，挫其锐气。"诸将说："千岁神机妙算，我等候令。"乌利黑大喜，回身升帐，点左右先锋蛮子海、蛮子牙："你二人带领兵马一万，下山埋伏山林，听号炮一响，率兵杀入唐营。我有兵接应。"二人得令，领兵下山去了。自己全身披挂，骑上红鬃马，率领铁骑，下了凤凰山，偃旗息鼓而来。

再言梨花在营中，同众将赏月，忽听一阵风来，将灯吹灭，元帅大惊。丁山道："这阵大风，须防今夜番兵劫寨。"元帅点头说是，传令众将，休得卸甲离鞍，调遣众将，营外埋伏，留下空营。众将得令，各自去了。且说乌利黑率领众兵，三更时候，炮声一响，杀入唐营，不见一人，只有空营，大叫："中计！"传令将前军作后军急退，唐兵听得炮响，各路杀来。应龙正迎着蛮子牙，罗章正迎着蛮子海。二人心急慌忙，枪法散乱，被应龙、罗章刺死，一万人马杀死大半。丁山冲入中营，正遇着乌利黑，枪鞭并举，两人大战。又来了应龙罗章二人敌住，乌利黑全然不惧，又见四面八方齐杀来，看来难敌，虚晃双鞭，杀开血路而走。应龙喝道："番奴往哪里走？"随后追来,追到凤凰山谷中,却不见了乌利黑。回头又见乱石塞断路口,心中大惊,东奔西走,无路可通。守到天明,再回营去。

再言乌利黑入了山谷之内,却自收拾残兵回凤凰山去。唐兵杀上山来,矢石如雨打下,梨花鸣金收军,计点军士,不见了应龙,即令明早去寻。次日探子报进:"乌利黑在营前讨战!"元帅问道:"哪位将军出去,擒此番奴。"早有罗章应道:"小将愿往。"元帅道:"先锋出去,须要小心。"罗章上马提枪,冲出阵前。见了乌利黑,大喝道:"番狗昨日败去,今日又来送死,快快下马受缚,免吾动手。"乌利黑大怒说:"唐蛮子休得夸口,放马过来。"一鞭直向罗章打来。罗章把枪架住,两下大战一场,战到一百余合,不分胜负。

元帅令秦、窦二将出阵助战,要活捉番将。二将得令出战,喊道:"罗先锋,我二人来活捉这厮,回营请令。"乌利黑听说大怒,奋舞双鞭,敌住三般兵器,又战了数合,不能取胜。虚晃一鞭,冲开阵脚,大败而走。秦窦二人不舍,飞赶说道:"红脸番贼慢逃,吃我一棍。"那乌利黑回头一看,见二将追来,心中大喜。背上取出一柄宝伞,撑将起来,一摇,二将都跌倒在地,番将抢出绑好,乌利黑打得胜鼓回山。罗章欲要来救,见宝伞利害,不敢向前,只得收兵回营,禀知元帅。元帅惊道:"吾知此伞利害,不敢向前,但他怎样拿人?"罗章说:"小将三人大战,番将诈败而走。窦、秦二将追去,他将一柄宝伞,撑开一摇,只见花花绿绿,二将顷刻跌倒,被他捉去。小将想来,必是'追魂伞',不敢去救,特来报知。"元帅道:"尚未夺得此山,反失二员大将。想秦、窦二将,俱有法术,必致无害。但本元帅不知应龙下落,如之奈何?"吩咐紧闭营门,众将得令,坚闭营门。

且说秦、窦二将,被追魂伞摄去魂魄,一时三刻,才醒转来。见番将高坐将台,小番报道:"启上大王,昨夜唐营小将,困于东山,他骁勇无比,几次扳藤上树,幸是山高岭峻,不得上来。请千岁爷定夺,如何处置?"乌利黑道:"不妨,待过了五七日,他自然饿死,何消处置。但将捉来二将,推来见我。"小番将二将推来台前,立而不跪。乌利黑喝道:"你两个矮子,既被擒来,为何不跪?还是愿降,还是愿死?快快说来。"二将厉声道:"我二人乃唐朝大将,岂肯降你这番奴?要杀就杀,不必多言。"乌利黑大怒,喝令:"推出砍了!"小番将二人推出,正要下刀。只见窦一虎往地中去,秦汉往上一纵上天去了。小番看见,尽皆呆了,忙来报知大王,大王大惊道："怪不得唐兵利害,军中有此异将,所以西番失了许多地方。今日逃去,明日又来,立即斩了,方除此害。"

再言二将一个钻天,一个入地,逃回营中交令。元帅正在纳闷,忽听二将回营。心中大喜,说："已知二位将军神术,不知怎样逃回。"奏、窦二将,遂一一说明。"小将军也有消息,昨日已饿了一天,快定计救他性命。"元帅说："既有消息,烦窦将军准备干粮,前去救他。烦秦将军去盗'追魂伞',好破他的兵。进了凤凰山,其功不小。"秦汉道："这个何难,也曾盗过飞钹,盗过摄魂铃,料这柄伞又有何难? 管叫手到拿来。"元帅说:"须要小心。"二将领命,分头而去。

再言凤凰山谷中,有一仙女,与薛应龙有七宿姻缘之分,见应龙被困凤凰山谷中,想他前生乃芦花河水神,在王母面前调戏于我,贬下凡尘。遂化成园林一所,等候应龙。应龙在山谷中,困饿一日,听得山头笑话之声。抬头一看,见一班仙女,在山上玩耍,叫道:"姐姐们,救我一救。"梅香道:"你是何人? 何故在此?"应龙道:"我乃大唐小将薛应龙,被乌利黑困住在此。如今乞救一命。"使女回禀与仙女。仙女道:"你去对他说,我家公主乃乌利黑之妹,立愿要嫁唐将,你若肯从,救你上来。若不允从,饿死在谷内。"梅香领命转达,应龙即满口应承。遂即放下红绫索,救起应龙。来到亭前,见小姐有倾城之色,又许他招亲,称心满意了,忙上前见礼,说:"小将薛应龙征西到此,困入谷中,承小姐相救。又蒙许以婚姻,小将不才,敢不从命。"小姐微笑道:"我自愿要招中国人物,今日天喜相逢,三生之幸,伏祈勿却。"应龙道:"即蒙美意,何敢不从,趁此良辰,共应花烛。"于是二人就此成亲。真是郎才女貌,春宵一刻,千金难买,此话不表。

再言一虎,奉了将令,地行到谷中,伸头一望,并无音信。找到晚来,一轮明月当空,四处呼唤,不见人声。心中想到:莫非不在此间,抑或有变? 睡他一觉,等待明日再寻便了。

再言秦汉飞到番营,听得乌利黑吩咐众将,严守关寨,遂把宝伞系在背上,不脱衣甲,和衣睡了,鼻息如雷。秦汉见帐中灯烛辉煌,幸无人声,遂飞身下来,悄悄潜入帐中,见防护军皆在地下打息,乌利黑隐几而卧,心中大悦。见伞在背上,要动手,谁想伞上铃响起来,乌利黑惊醒了,叫声:"不好了,有贼盗伞了!"喊声未绝,防护众军围上。秦汉措手不及,被乌利黑擒住。要知秦汉性命如何,且看下回分解。

第四十九回

月娥摇动摄魂铃　梨花灵符破宝伞

却说秦汉盗伞，摇动铃响，被乌利黑捉住，众将将他绑了。乌利黑道："这矮子有钻天之术，将他锁在旗杆上，不怕他连旗杆一齐拔出。"众将得令，将秦汉吊在旗杆上，等到天明。次日到营前骂道："不中用的蛮子，怎么使矮子来盗我宝伞，被我拿住，吊在旗杆上，待拿齐众蛮，然后开刀。若有能人会我，快些出来。"刁月娥听见丈夫被捉，忙上帐讨令，愿出营会他。元帅说："须要小心。"月娥得令，全身披挂，手舞双刀，骑上青鬃马，冲出阵前。抬头一看，见乌利黑面貌凶恶，遂大喝道："番奴休得无礼，快快还我丈夫，万事全休。若有半字不肯，将你凤凰山踏为平地。"乌利黑见刁月娥十分美貌，笑道："好一位佳人，为何配了矮子？"叫声："娇娇！你丈夫吊在旗杆之上，不若嫁了我罢。"月娥大怒，手舞双刀，劈面砍来，乌利黑说："好一个不中抬举的妇人。夫人不要做，倒要跟这丑汉。"将双鞭迎住双刀，一场大战。元帅放心不下，令仙童、金莲二人掠阵。那秦汉在旗杆上，口中念动真言，铁锁即开，遂拍手哈哈大笑道："番奴我去也。"看守番卒，吓得魂不附体。乌利黑看见，鞭法大乱，虚晃一鞭，败下阵来。月娥心中想道：先下手为强，遂取金铃在手。乌利黑也撑开宝伞在手，说："休得追来，宝贝来也。"月娥说："我也有宝贝在此。"两人各自摇动，各人俱跌下马来。仙童飞马直冲，救了月娥，那边番将也救了乌利黑，各自回营。元帅听了十分烦恼，说："这伞如此利害，摄去月娥灵魂，怎生是好？"

正在此言，一虎回营，说："昨宵备带干粮，到谷中寻觅小将军，遍处不见，特来回令。"元帅不悦道："窦将军，此事如何是好？"秦汉回营上帐："元帅不必忧愁，月娥娘子不久就醒转来的。待末将再去盗他宝伞，破之甚易。小将军自有下落。"元帅听了喜道："秦将军若盗得伞来，破了凤凰山，寻到孩儿，其功不小。"说毕，月娥醒将过来，遂摆筵压惊。

当夜三更时分，秦汉仍到番营，乌利黑伏几而卧，伞依旧背在身上。心中想到："若要解伞，铃又要响起来，怎能盗得到手？不如将衣襟扯下一幅撕碎,塞了铃口。"轻轻解下伞来,取在手中,喜之不胜。心中想道:"若盗了就去,非为好汉。来的明,去的白,叫醒他好去。"把手向桌一拍,喊道:"番奴,有刺客来了。"说罢腾空去了。乌利黑忽惊醒,叫道:"有贼!"众将俱来防护。乌利黑把双眼拭开,说道:"你们可曾见有刺客么?"众将道:"小将等环立在此,未见有刺客。"乌利黑道:"方才梦中听桌子一响,叫道'刺客来了!'如何你们不见?"众将听说,忙往帐外一看,听得云端里笑道:"我是秦将军,要刺番奴,今晚且取此伞,明日来取你首级。"说完去了。吓得众将魂不在身,将言回复乌利黑,说:"不是刺客,就是昨夜那盗伞的矮子。他说明日来取大王首级,岂不是祸事么?"乌利黑听了,果不见了背上宝伞,笑道:"幸我有先见之明,将真伞调换。若盗了真伞去,凤凰山就难保了,须要防他明日再来行刺。"众将乱到天明。次日饱餐战饭,率领众三军下山,杀至唐营,指名道:"矮将出来会我。"秦汉忙上帐讨令道:"他伞已没了,今还来送死,待小将擒来。"元帅应允,秦汉来至阵前,喝道:"番奴,你宝伞已失,敢来送死么?"乌利黑道:"盗伞贼不必多言,吃我一鞭。"秦汉将狼牙棒迎住,两下大战。月娥见丈夫出阵,讨令助战,秦汉夫妻与乌利黑大战三十回合。月娥知他宝伞已失,放开胆量忙取金铃在手,正欲摇动,只见乌利黑又有宝伞撑开,各人摇动,三人俱跌下马来。众将抢上,救回月娥夫妻。番兵救了主帅回山。梨花听了大惊道:"原来昨夜盗来的伞,乃是假的。他有此妖术,大兵焉能西进。"说毕,秦汉夫妻醒转,上帐禀说:"要破此伞,待小将去见师父。"元帅依允。

秦汉戴上钻天帽,飞上云端,不一时,早到了仙山洞。王禅老祖驾坐蒲团,早知此事,命童子出洞,"唤师兄进来见我。"道童奉命出来,果见秦汉,说道:"师兄,师父昨已晓得,唤你进去。"秦汉听了大喜。同进洞府,来至蒲团前,倒身下拜。拜毕,王禅老祖说:"徒弟,你此来何为?"秦汉将"追魂伞"利害,乌利黑兵阻凤凰山,不能西进之事说了,"弟子奉元帅将令,特来叩求师父破伞之计。"老祖道:"此伞易破。我有灵符十二道,你拿去,上阵之时,放在盔内,此伞立破矣。"秦汉大喜,接了灵符,别了师父,出了洞口,飞上云端。不多一会,来到唐营帐下,禀知元帅,说明此事,元帅大悦,传令三军:"准备叫战,秦汉、一虎二人速去讨战,我自有兵接应。"二将得令带领兵马出营去了。又点先锋罗章、秦梦、丁山、刘仁、刘瑞,点女将金莲、月娥、仙童、金定,头上皆带灵符,梨花亲率大兵直杀至山下。乌利黑正与秦、窦二人交战,看见四面八方,团团围住。元帅传令,休放他走了。乌利黑杀得走投无路,又将宝伞摇动,见唐将全然不觉,越添精神,乌利黑大惊,杀开血路而逃,被梨花祭起飞刀,红光一闪,斩为两段。番兵见主将已死,皆下马投降。元帅遂上山,出榜安民,盘查各库,又令秦、窦二将:"再往谷中去,寻觅小将军。"二人得令。

　　再言薛应龙与小姐在花园成亲,不觉七日,已了夙愿。遂备饯行酒席,叫道:"郎君,奴非番邦之女,我乃此山仙女。只因与你有七宿仙缘,但天机不可泄露。愿郎君莫负奴心,你母亲已将乌利黑杀了,占了凤凰山,命秦、窦二将前来寻你,须保重向前西进。"应龙听了,双眼流泪,叫声:"贤妻,我和你恩爱夫妻,不想今日就要离别。望妻渡我成仙,一同去吧。"小姐道:"郎君,天命难违。"不能同去,二人执手依依,叫声:"郎君,非是奴心肠硬,你不必留恋,快快去罢。"应龙只得带泪拜别,那小姐送出园门,忽然一阵狂风,飞沙走石,少停风息,不见了花园并神女,却在荒山之中。应龙想到,这也稀奇,难道我学了刘晨、阮肇①,误入天台,得遇仙姑,结了姻缘?他说我母亲已斩了乌利黑,差人寻找我。待我拭干眼泪,好去会他。恰好秦汉来了,叫声:"小将军,你一向躲在哪里?再寻不着。"应龙说明此事,二人大喜。秦汉笑道:"师兄,想为人在世,相貌要生得齐整。我和你前世未修,做了矮子,要对亲,就吃了许多辛苦,央亲眷,托朋友,方能成亲。你看这小将军,生得一表非凡,神女也动起火来。不费半点功夫,就做了亲。"一虎叫声:"师弟,闲话不必说了。快去同小将军去见元帅,好起兵西进。"应龙道:"此言不差。"三人一路上飞步而行,来到山上,进营拜见母亲。梨花大喜,叫声:"我儿,你在谷中,为娘差人寻你,因何今日才回?"应龙就将前事细说一遍,梨花说:"仙缘巧遇,甚为奇事,不必挂怀。待征西平定之日,另觅一个美貌媳妇配你。"应龙说:"多谢母亲。"元帅差官修捷书申报天子,一面传令拔营西进。放炮起程,离了凤凰山,一路上望西前进。不知后事如何,且看下回分解。

---

①　刘晨、阮肇——相传东汉永平年间,剡县人刘晨、阮肇入天台山采药,遇二女子,邀至家,留半年,其地气候草木常如春时,迨还乡,子孙已历七世。后诗文遂用刘阮指成仙而去的人。

第 五 十 回

捆仙绳阵前收服　救龟蛇二将腾空

却说樊元帅离了凤凰山，率领大兵往西而来，来到麒麟山，遂传令扎下营盘，明日开兵。放炮一声，齐齐扎下。且说麒麟山守将苏文通，乃苏宝同族弟。闻小番报道，凤凰山已失，唐兵到此，忙令："山上多加灰瓶、石子，小心保守。若有人来讨战，速即报我。"众将得令不表。

次日樊元帅升帐，点齐兵将，说："今日哪一位将军去讨战？"早有一虎应道："小将愿去取关。"元帅说："将军此去，须要小心。"一虎得令。遂率同部兵出营，上山讨战，喊道："山上番狗，快报与主将知道，说大唐兵马来至，快快献关。若言不肯，打进关来，鸡犬不留。"骂声不绝，早有番奴报入帅府禀道："国舅爷，不好了！关外唐将讨战，骂不绝口。"文通听了大怒。吩咐备马抬斧，立刻披甲上马，放炮开关，带领兵卒，亲下山来，冲到阵前。一虎见来的番将，生得尖嘴鬼脸，青面黑须，眼如铜铃，声如破锣，头带虎头盔，身穿黑金甲，手执宣花斧，坐下花斑豹。拍马前来，竟不答话，将斧往一虎面上砍来，一虎将棍抵住，战有三十余合，忙取出一柄扇子，名曰"羽翎扇"，照一虎头上一扇，一虎叫声"热杀我也！"往下一钻去了。一连几扇，连地皮都扇热红起来了。一虎地中走了数十步，始无热气。回到营中，上帐禀知元帅，说："此扇利害，幸亏小将去探阵，被他一扇，我就逃回地中，尚且几乎热死。若别人去，恐化为飞灰，元帅能除此扇才好。"梨花听说："谅众将不能除此火扇，待我亲出以水破之。"传令众将，一同出阵。文通看见，连声喝彩："好一个美貌佳人！"叫一声："女将军，留下名来。"梨花喝道："本帅乃大唐征西大元帅威宁侯樊。"文通喝道："反贼！你果然名不虚传。你枉有这般美貌，何不送进国王做个妃子，岂不富贵。反降敌人，今日须听我言，早早改邪归正。"梨花听了大怒，喝声："匹夫，休得胡言，放马过来。"将双刀砍去，文通气力不加，架不住了，忙向身边取出羽翎扇扇起，顷刻烈火焚来。梨花念动真言，忽然北海水护了唐营，文通看见面前都是大水，吓得魂不在身，拍马便走。被梨花祭起飞刀，斩为两段。

梨花收了羽翎扇，退了北海水，点齐人马，正要上山破寨，只见山头上飞下一个道人，身穿八卦衣，绿豆眼，尖嘴青脸，手执一把宝剑，大怒道："梨花小贱人，我和你皆是道家弟子，怎敢连伤我两个徒弟，今日替他报仇。"梨花笑道："我何曾认得你两个徒弟？你是何方妖物？敢出此言。"道人道："我乃八卦道人，当初在武当山，你师父黎山老母也曾见过。我家徒弟，就是凤凰山乌利黑及苏文通，俱被你斩了，全不念道中情面。快偿他们命来。"梨花道："他二人自取灭亡，与本帅无干。况天命归唐，仍执迷不悟，连你狗命难逃。"道人大怒。仗剑砍来，梨花用刀架住，两下交锋，剑去刀迎，刀来剑架。战到数十合，道人虚晃一剑，把口一张，飞出无数火鸦，迎面飞来，梨花将北海水浇灭。道人见破火鸦，就在水里杀来，滔滔大水，全然不惧，仍仗剑奔来。梨花道："这妖物却有本事。"忙祭起飞刀，道人慌了，借水遁而走。

梨花收了法术，鸣金收军。众将接进，俱皆赞服。梨花道："正要上山破寨，被妖道阻住。他虽借水遁逃去，决然要来。明日姐姐用捆仙绳捉他。"仙童得令。次日道人又来讨战。仙童匹马出迎，并不答话，一场交战，到数合，道人口喷出火鸦。仙童取出金瓶，倒出金龙无数，破了火鸦，诈败而走。道人不知是计，在后追来。仙童祭起捆仙绳，将道人捆了。军士不敢怠慢，上前拿住，解回营中。元帅大喜道："不要被他遁去。"遂用仙符镇压。吊在旗杆之上，道人现了原形，却是武当山龟将，逃在此间，阻住西进。元帅说："待破了关寨，送还武当山，候教主发落。"正言间，探子报进说："又有一道人，口称长寿大仙，与八卦仙好友。闻知吊在旗杆上，特来报仇，在营前大骂。"元帅说："既如此，应龙孩儿出去擒他。"应龙得令，上马提戟，冲出阵前，大叫："妖道，快来会我。"那道人仗剑来迎，二人战有十个回合，道人把口一张，吐出数条火龙，直奔应龙。应龙吓得魂不附体，大败而走。小军报知元帅，元帅令仙童去救应龙。仙童得令，上马出营，正遇应龙，应龙叫："母亲救我！"仙童说："不妨事。"放过了应龙，仙童笑道："些许小技，在我面前弄巧。"随把小金瓶倒出数条水龙，浇灭火龙；祭起捆仙绳，又将道人捆住，解回营中。元帅吩咐："也吊在旗杆上。"长寿大仙现了原形，乃系一条大蛇，盘在龟背之上。梨花见了好笑，说："西番多用这般人。"捷书飞报唐王，一面传令抢关。

军士忽报进说，外面有一黑脸道人，要见元帅。梨花吩咐请进，道人走进营中,梨花起身相迎,问道:"仙友何处洞府?那座名山?乞道其详。"道人道:"贫道乃北极真君座下张大帝便是。"梨花听了,倒身下拜,迎入帐中上坐,说:"大帝此来为何?"道人说:"因龟蛇二将私逃下山,今被元帅擒住,特来讨个人情,放了他们。"元帅听了,顷刻令军士放下,解去捆仙绳,二物复变人形,上前拜见大帝。大帝说:"你两个孽障。私逃下山,吊在这里吃苦。吾不来救你,不知吊到几时,快过来拜谢元帅。"梨花也来赔礼毕,便向大帝说:"本帅到西番,不知还有险处吗?乞明指示。"大帝说:"有两句诗赠你,你谨记着,后有应验:

诗曰:

　　此去芦花有险惊,金光阵上产麒麟。

梨花听了,拜谢大帝。大帝出了营门,带了龟蛇二将,驾云而去,竟往北方不表。却说元帅吩咐三军抢关,番军投顺。得了麒麟山,养马三日,查明府库钱粮,传令起兵西进。出了关门,往西进发。行了数月,来到芦花河,有关挡路,传令扎营不表。

再言苏宝同,向日被二路元帅薛丁山杀得大败,同了铁板道人、飞钹禅师,一起逃走。飞钹禅师炼了十六面金飞钹,铁板道人炼了二十四面铁板。三人怀恨,想要报仇,到各处名山,请了许多道友,禀知国王:差人往鞑靼国,借兵十万;金萱王叔领兵,波斯国差大将宝树起兵十万;乌孙国差驸马洛阳起兵十万;鬼空国差山桃起兵十万;彭虚国差红榴起兵十万;天竺国公主银杏起兵十万;真童国公主金桃起兵十万;苏碌国太子名扶桑,起兵十万,前来助战。八国共来兵八十万,连本国兵五十万,共一百三十万,皆在关外驻扎。宝同迎八将进关,设筵接风。次日升帐,传齐八位将军听令道:"深恨唐将夺了我国许多地方,十去其八。今欲摆下一个金光阵,复回西番,杀他片甲不回,方消此恨。闻唐兵已到芦花河,烦将军等各带本部兵马,按乾、坎、艮、震、巽、离、坤、兑①八方镇守。闻鼓者进,闻金者退,不得有违。"八将齐声:"得令!"各带本部兵,按八门镇守去了。有诗为证。诗曰:

　　一百卅万雄兵到,那怕唐朝会用兵。

未知破阵如何,且看下回自有分解。

---

① 乾、坎、艮(gèn)、震、巽(xùn)、离、坤、兑——即八卦。

第五十一回

苏宝同布金光阵　樊元帅连抢关寨

却说苏宝同，又请得五位大仙到帐，说："烦李大仙师领青旗一面，镇守东方甲乙木，必要活擒唐将，不可放走。"李若虚仙师接了令，向东方镇守去了。宝同又请仙师赵通明，付红旗一面，镇守南方丙丁火，摆阵活捉唐将，休得放走。赵仙师领命，接旗往南方去了。又请周去命仙师，付白旗一面，镇守西方庚辛金，挡住唐兵，周仙师领兵向西方去了。又请钱龙宾仙师，付黑旗一面，镇守北方壬癸水。休要放走唐将。钱仙师接了黑旗，往北方而去。又请仙师文光斗，付黄旗一面，往镇中央戊己土。唐将到此，一鼓而擒。文仙师接令去了。

苏宝同分派毕，对二位军师说："想梨花虽英雄无敌，只怕难破此金光阵也。"铁板道人、飞钹仙师二人笑道："国舅演此八门金光阵，更有我们一十六面飞钹，二十四面铁板，安挂在阵门上，梨花纵有本事，若进我阵，顷刻将她打为肉泥，定叫唐兵片甲不回。西番一带，仍归原主。趁势杀到中原，夺他花花世界，何难之有？"宝同听了此言大喜。差人打战书到唐营，明日开兵。关内设筵款待二位军师，此言不表。

再言梨花扎营在芦花关外二十里，商议打关。正与诸将计议，忽见番儿打进战书，说："金光阵摆完，明日交兵。"元帅见了批允，打发小番回去。与仙童说："我昔日在师父门下时，听得诸仙讲论阵法，说金光阵灵妙莫测，任凭天仙也解破不来。今宝同请了诸仙，摆了此阵。又借各国雄兵，若要破阵交战，须要计议为主。"仙童笑道："主帅放心，我主洪福齐天。征西以来，势如破竹，何况什么金光阵。先打破关头，然后破阵，更兼许多法术之将，何惧番兵百万？况苏宝同败兵之将，何足道哉！"

次日点秦、窦二将打关，二将领命，带了人马出营，来到关前大骂。早有小番报进："启上元帅，有矮子前来攻关，口中大骂。"宝同听了大怒。对二位军师说："昨已约来破金光阵，今反先来攻关。"铁板道人说："他既先来攻关，我们出去对一阵如何？"宝同大喜。遂同二位军师，一起上马。

放炮开关,到了阵前,见秦、窦二人耀武扬威,铁板道人遂对飞钹禅师道:"我们曾受他气,如今须要着实防备。"飞钹禅师说:"师兄所见甚是,我们先下手为强,不要上他们的当。"

说罢冲将过来,秦窦二将看见,叫道:"师兄,这和尚道士,不正是在锁阳城用飞钹铁板败阵逃去的吗?" 虎道:"一些也不差。今日仇人相见,分外眼明,我和你先下手为强。"秦汉道:"是极。"将棍棒抵住僧道,喝道:"屡败之将,今日又来送死!"僧道听了大怒,将刀砍来。四人关前大战,战有数十合,道人祭起铁板打下,一虎身子一扭,往地中去了。和尚祭起飞钹,秦汉往天上去了。僧道各收回宝贝,杀至唐营。早有探子报知元帅,梨花忙点了金定、仙童、金莲、月娥四员女将,说:"你们出战,须防铁板飞钹,小心为主。"四员女将领令出营,正撞着僧道,两边接住,六人大战。杀得僧道满身冷汗,抵敌不住,兜转丝缰,大败而走。金莲、金定不敢追赶,勒马督阵。仙童、月娥二人拍马追来,叫声:"妖僧妖道,往哪里走!快快下马受缚。"僧道闻言大怒,回头见她二人追来,放下胆量,转马接住交战,战有数合。仙童想:他飞钹厉害,我哥哥尚被他擒住,不如先下手捉住此僧。遂虚晃双刀,回马诈败而走,和尚叫声:"往哪里走?"随后追来,仙童祭起捆仙绳,和尚见了,叫声:"不好!"化道红光去了,仙童吃了一惊,收了捆仙绳。

再言月娥与道人大战,道人看见和尚逃去,无心恋战。正欲逃走,被月娥摇摄魂铃,那道人跌下马来,被唐兵捆住。鸣金收军,进营禀见。元帅大喜,吩咐:"将妖道推过来。"喝道:"你为何出家之人,又不守清规,修炼妖法,前来助战?今日被擒,有何话说?"道人被摄去魂魄,似死一般。元帅大怒,令刀斧手:"推出辕门,斩讫报来。"左右将道人推出,正要开刀,谁知妖道还魂,定睛一看,始知被人拿住,又见刀斧手将刀砍下,他就借了土遁逃走。刀斧手正要砍下,不见了道人,大惊,禀知元帅。元帅听了惊道:"他也知遁法。有此左道旁门之术,焉能夺得此关,破得金光阵?"秦、窦二将回营禀道:"元帅不必心焦。我二人今夜进关,里应外合,得了此关,就好破金光阵了。"元帅回嗔作喜,说:"二位将军仙术高强,今夜前去,须要小心,见机行事。事成回来报我,我起兵接应。"

二将得令出营,守到晚来,饱餐夜饭,全身结束,一个上天,一个入地,不到片刻,进了关门。一虎地中钻将出来,秦汉云端走下,说道:"师兄,我们探听军情,怎得两件番衣、腰牌,方可出入。"一虎道:"不难,待我黑夜时分,只可钻入营中,先盗了衣服腰牌,然后行事。"一虎地行进营,只见四个番军,提了灯火,敲锣击柝①,走近前来。一虎地中听见四人说道:"哥哥,我想国舅爷,今夜往芦花河演阵去了。只有两位军师在内,今日战败回来,已安息了。叫我们小心巡察关门,莫使唐人窥探。中军等皆不敢睡,须要把锣敲得响亮,闹他一夜便了。"一虎听得明白,心中暗想:等巡军去远了,钻出来。寻秦汉不见,又入地中去了。那秦汉飞到关前,想要盗取番衣,奈他防备甚严,遂提脚缓步,见有二个军士睡倒,心中甚喜。待我剥他衣服,解下腰牌;寻着师兄行事。遂轻轻动手剥下番衣,解下腰牌,上写道"金龙"、"金虎"两个名字。心中大喜。拿了衣服腰牌,营前不见一虎。又往营后来寻,遇见一虎。也将四个巡军之言,对秦汉说明了。秦汉道:"说的是,虽然妖僧妖道睡熟,守关军士甚严,我们焉能成事。"秦汉道:"待我回去报知元帅,连夜起兵打关。那时我穿了番衣,开了关门,接他进来,反手而得。"一虎说:"好计,快些去报。我在此打听候你。"

秦汉飞回营中,报知前项之事。"元帅可作速起兵打关。"梨花一听大喜。遂令秦汉仍到番营,会了一虎。此时正打三更,看守番军,多已睡熟。秦、窦二将欢喜,遂杂在守关兵队内安睡,番军无数,哪里来查究?

再言梨花点了丁山、应龙,带领人马,偃旗息鼓,悄地而进,前去打关。二人得令,领兵前行。元帅同了四员女将及刘仁、刘瑞,随后而来。却到四更时分,前军已到关前。一虎遂对秦汉说,关外大兵谅皆已到,可趁番人睡熟,先烧他粮草,然后开关,便能成功。于是将引火之物,置诸粮草里面,烧将起来。关外唐兵见了,喊杀连天。攻打关门,番将梦中惊醒,昏头搭脑,不辨东南西北。喊声"不好了!"但见火光四起,多去救火。却被秦、窦二将,斩关落锁,放进丁山父子,一拥而进。二将乱砍乱杀,番军弃了芦花关,僧道梦中惊醒,但见四下火光冲天,好不慌张,带了宝贝,前后皆火,只得土遁而走。烧死番军无数。

元帅兵马进关,救灭了火。只道僧道烧死,满心欢喜。次日安民。再言宝同在金光阵中,听报关内火起,大惊,走到阵外一看,叫声:"不好!"即刻领兵来救,正值二位军师逃来。不知去救火否,且看下回分解。

---

①　柝(tuò)——打更用的梆子。

第五十二回

薛应龙劫阵丧命　二刘将公主招亲

　　却说苏宝同见二位军师,狼狈而至,惊问:"何故如此?"僧道说:"因昨日我们出战,被唐营女将杀败逃回,多吃了几杯酒,正在睡熟。不想被他放火烧营,打进关中,望乞恕罪。"宝同道:"何干二位军师之事,多是本帅不曾预先算定,故有此变。反累二位军师受惊,今关寨已失,谅难破此金光阵及过得芦花河哩!仍烦二位军师,严守阵门,务必杀尽唐兵,方消此恨。"那些败残番兵逃走,分拨添守。

　　再言樊元帅在关中,打捷书报与唐王。一面同众将出城,往番阵一看,见他摆得十分厉害。旌旗招展,剑戟重重,焰焰红光冲天,必有宝贝在内。主帅说:"日间不好去看,待晚上去看便了。"仙童说:"言之有理。"进入城内,直到帅府。等到黄昏,带了四员女将,悄悄出了城门,来到番阵前。其夜月暗星稀,五人偷看,只见灯球照耀,四面八方,杀气腾腾。八个阵门,俱有红光万道,令人可畏。正在此看阵,只听得阵内喊声道:"阵外有马铃声,莫非有奸细?快出去捉来。"五员女将听得分明,遂道:"我五人在此,倘他阵内杀出,如何抵敌?不如回关去吧。"遂勒转马头,回关去了。阵内番将杀出,五人早已回关,元帅回到关中,众将俱来问看阵如何?元帅说:"不知宝同何处学来,摆得这金光阵,十分厉害。内分八门,按乾、坎、艮、震、巽、离、坤、兑,五方分青、黄、黑、白、红,分为五营。各有番兵把守。阵中红光现出,必有宝贝在内,若探此阵,须要前去请我师父,方可破得。但我掌帅印,不能亲去,谁去走一遭?"丁山上帐说:"这金光阵,我师父王敖老祖也晓得。夫人身为元帅,不必擅离军伍。差别将去,黎山老母决不肯来。不如小将前往师父处,问个明白。"梨花道:"相公能去更好,须要取十件宝贝来。那怕苏宝同三十二把飞刀、和尚飞钹、道士铁板。"丁山得令,带了梨花手书,星夜前往云梦山不表。

　　再言应龙见母亲这般说,心中不服。管他什么金光阵?不如瞒了母亲,私去打阵,乘其无备,杀入阵内,破了他阵,是我大功。待至黄昏时候,与刘仁、刘瑞说知同去。二刘将说:"这个使不得,想元帅神机莫测,尚未敢去破。况我等凡胎肉质,且未奉将令,倘有不测,如何是好?"应龙变色道:"你二人果是小子之见,有我在此怕甚将令?你们胆小,我为前驱,你们为后应。"二人不敢违拗,只得答应。是夜天色昏暗,悄悄来到阵前。应龙抬头一看,见阵内扯起三十二盏红灯,照得旌旗闪烁,剑煌戟辉,毫光万道,直透天门。心中欲待退兵,又恐刘家兄弟耻笑,只得硬了头皮,传令手下军士发喊,打入"离"门,哪辨东西南北。只听得一声炮响,一员番将杀出来,生得红脸獠牙,手执狼牙棒,大喝道:"乳臭小儿,敢来打阵。"应龙竟不答话,将手中画戟刺来,战未数合,四面番将围来。喊杀连天,应龙手下兵士,杀得七零八落。四面番将,似铁桶一般。后面刘家兄弟,杀入"坎"门。冲出二员女将;金桃、银杏二位公主。四马交兵,杀无数合。后面杀出五位大仙,身穿绯①衣,坐骑白鹤,飞扑前来,好不厉害。刘家兄弟心慌,回马要逃。被绊马索绊住,跌下马来。二员女将抢将过来,活捉回营。五位仙人乘胜杀来,应龙无心恋战,要走无路。被道人铁板打下马来,可怜身为肉酱。那应龙阴魂不散,飘飘荡荡,到凤凰山与神女成亲,复归神位。此是后话不表。

　　再言刘仁、刘瑞被两个公主活捉回营。银杏私谓金桃曰:"我们生长番邦,未曾婚配才郎。今擒来二员小将,这般才貌,且兼有勇,何不劝他归降,许以婚姻如何?"金桃笑应曰:"妹也有此意,难得姊妹同心。"吩咐将捉来二将,解至中营发落。小番得令,将二人推来,二人立而不跪。两公主假意喝道:"你两个蛮子,死在我手,还有何言?还不下跪吗!"二将怒道:"我堂堂男子,焉肯跪你,要杀就杀,何必多言。"两公主又道:"你两个孩子,倒有烈性胆量,我有话对你说,我二人意欲归附唐朝,奈无人引入,今幸二位将军到此,愿订终身之好。如若不肯,难逃性命,请二位将军三思而行。"二人听了,抬头一看,见两位公主都是绝色,开口说道:"若肯归唐,有话说来,无有不允。"两位公主说:"二位将军,我姐妹二人因生在番邦,难逢佳偶。见你大唐人物,今不顾羞耻,亲自将言对你说,欲要今宵完其花烛,一起降唐,拜见圣上。郎君意下如

---

　　①　绯(fēi)——红色。

何?"刘氏兄弟听了,满心欢喜,说道:"既承二位公主不杀之恩,焉得不从?但成了亲,就要归唐。"二人说:"这个自然。"于是银杏向刘仁,金桃向刘瑞,亲释其缚。刘仁见番女声姣貌美,遂对刘瑞说道:"她们既肯降唐,亦不妨许配。"刘瑞曰:"今正用人之际,从之以图后举。"遂对两公主曰:"你等真心降唐,万事俱允,若图赚婚,万死不从。"两公主皆满口应承道:"决不荒唐,以图配合。郎君且请放心。"于是四人玉手相携,一同坐下。吩咐小番:"准备花烛成亲。"刘仁配了银杏,刘瑞配了金桃。四人拜过天地,当夜各自成亲。

再说樊元帅心中烦闷,一夜未睡。忽听番营喊杀连天,金鼓齐鸣。连忙披挂上帐,众将齐立。独不见应龙并刘仁、刘瑞,梨花心内大惊,料此三人私自出兵,凶多吉少。正要起兵去救。忽见探子来营报道:"方才三更时分,小将军同刘家二位将军分为前后,打进番阵。小将军被铁板打为肉酱,全军皆没。刘家二位将军,被二员女将用绊马索活捉回营,未知生死。特来告知元帅。"梨花听了流泪道:"孩儿未受皇恩,身丧黄泉,反累刘家兄弟,叫娘能不痛心?"大哭起来,众将劝道:"小将军既死,不能复生。但刘家兄弟死活未定,元帅不必伤怀。况敌军当前,保重为主。"一虎又对秦汉说:"你两个徒弟,虽被擒住,决不丧命,少不得打听个着落。何必烦躁?"元帅听了说:"承众将相劝,秦将军也不必忧愁,但候世子取宝贝回来破阵,刘家兄弟就有消息了。"众将俱言说得是。

再言丁山离了关门,上了腾云马,不多日到了云梦山水帘洞,正值王敖老祖驾坐蒲团,有童子报进说:"师父,丁山师兄在外,有事来求见。"老祖已知其意,说:"令他进来。"童子领命,唤进丁山。丁山叩见师尊。老祖说:"你与樊梨花夫妇和谐,领兵西进。来此何为?"丁山跪下说:"师父,弟子同梨花西进,得了多少关头。来到芦花关,苏宝同摆下金光阵,十分厉害。我妻难破,有求救书呈上。"老祖看了,大笑道:"那飞刀铁板飞钹,虽然厉害,但天意归唐。何用假宝,金光阵内,按五方三才八门,要遇青龙黄道吉日,东南从生门杀入,你妻怀中自有宝贝,此阵自破。又有贤人来助,大事不妨。你去吧,少不得后会有期。"

丁山不敢再言,拜谢而去。仍回旧路,来到关前。进营上帐参见,将师父之言,说了一遍。梨花听了道:"我的宝贝虽有,难破阵门。但老祖指点,焉能不从,来朝既是青龙黄道吉日。"即点众将,命秦汉、一虎为前队,去打东方第一门。点金莲、月娥、金定、仙童,同本帅前去打南门。丁山为后队,两边接应。来了解粮官尉迟兄弟上帐参见。元帅大悦,就点他兄弟二人,领人马为游骑,各路接应。分拨已定,明日五更,众将饱餐战饭,披挂上阵。各将领兵分头而进,不知用何宝破阵,且看下回分解。

第五十三回

梨花大破金光阵　产麒麟冲散飞刀

前言不表，再讲秦、窦二将来到东门，摇旗呐喊，早惊动了宝同，便对两位军师说："樊梨花无谋之人，焉能为帅？前日差小将打阵，全军陷没。数日无人来探。今日呐喊而来，须要绝计把他一网打尽，方算我们手段。"两位军师说："我想他连日不敢出战，必定请得救兵来了。我们三件宝贝厉害，就是黎山老母亲来也无益，难破我阵。"宝同听了，连忙传令，点齐众将，必要杀尽唐兵，不得有违。众将得令，提枪上马，等唐兵来到。只有金桃、银杏与刘家弟兄成亲之后，心中各有投唐之意，对夫君说："明日全身披挂，等唐兵杀来，并胆同心，破他阵门。"刘仁、刘瑞大喜，准备交战不表。

再言秦、窦二将打入东方阵内，惊动大将宝树，提起双锤杀出迎住。又有仙师李若虚跨鹤而来，将双剑抵住。四人大战，杀得天昏地暗，金鼓齐鸣，喊杀连天。来了铁板道人，祭起铁板打来。秦、窦二将一钻天，一入地。宝树、若虚二人见了大惊，满口称赞说："唐将果然有法术，名不虚传。"道人收了铁板，地中矮将又钻将出来，喝道："你铁板只好打别人，我秦、窦二爷不怕的。"接住又战。铁板道人大怒，又祭起铁板，双双又钻去了。东方阵中大乱。

再讲南方仙师赵通明，同了王叔金萱守住阵图。只见杀到二员女将，乃月娥、金莲各舞双刀杀入阵来。道人、王叔接住大战。又来了苏宝同，祭起飞刀来斩二员女将。樊梨花即来将手接住飞刀。宝同见了大怒，抡动钢刀，迎住梨花。这场大战，好不惊人。金莲祭起锦索，月娥摇动摄魂铃，梨花祭起诛妖剑。宝同看见，喊声："不好了！"先已逃阵。赵通明仙师中了摄魂铃，翻身跌下。仙鹤借其土遁而走。只有金萱王叔没有法术，被红锦索提住，唐兵捆绑而去。三员女将破了南方阵。奋力杀入中阵。只见一道红光冲出，四员番将杀到。扶桑太子手执画戟抵住月娥，洛阳挥马舞刀迎住金莲。番将红韬冲到，又有山桃丑将，手执开山斧，二将迎住樊元帅。七骑大战。又有一仙师文光斗跨鹤来到，直奔助战。

梨花大怒，祭起打仙鞭，将红韬打死。左道人看来不好了，借土遁而逃。山桃吓得魂不附体，倒拖大斧而逃。飞钹和尚大怒，说道："休要逞能。"喝声漫漫，祭起飞钹打来。梨花说声"不好"，就将混元棋盘祭起，架住飞钹不能下来。复又交锋，一场大战。宝同、铁板道人、五鹤仙人一起杀到。山桃看见复又杀转。九人围住梨花。梨花杀得浑身香汗，冲动胎气，叫声："不好了！腹中疼痛不止，想是要生产了。"左撞右冲，杀不出来，腹又痛，力又软，量身必死。

再表仙童、金定同了丁山三人冲到，闻知元帅被围，杀开血路冲进。梨花见了，心中乃安。外面番兵围得铁桶一般，四人再杀不出。不觉黄昏。梨花腹中疼痛，两泪交流，说："窦、陈二姐，我今打阵，与番将大战一日，冲动胎气。若非你们杀到，性命难保。"说罢捧定肚皮，大叫："痛煞我也。"吓得丁山三人没法，说声："贤妻，天近黄昏，救兵未至，倘或元帅生产，如何是好？你二人两旁拥护元帅上马，待吾冲杀出去，回到营中生产，方可无害了。"仙童说："元帅生产在此刻了。怎得上马回营？趁此时番将未来交战，且守住阵中。待分娩之后，再计较出阵。"

正在此言，只听得四下炮声大振，金鼓连天，苏宝同南边杀来，铁板道人东方杀来，飞钹和尚西边杀来，五个仙师骑鹤北方杀来，还有各国番将四面八方杀到。吓得四人魂不附体，只得上马执器械招架，保护梨花。丁山敌住各国番将；仙童迎住铁板道人。金定迎住和尚。梨花一手捧腹，一手提刀，正逢苏宝同，熬其腹痛迎战。哪里敌得住？一个筋斗跌下马来，宝同祭起飞刀来斩梨花。只见一道红光冲上，将飞刀化作灰尘。宝同大怒，一连祭起二十四把飞刀，照前一样尽作灰飞，心中倒吃一惊。难道梨花跌下马来，暗使神通坏我飞刀？正要将飞镖打下，只见阵中一声喊，冲出四员将来，是金桃、银杏同刘仁、刘瑞带领人马杀到。因见梨花下马，四人拼命杀来，敌住宝同交战。

宝同大怒，对金桃、银杏说："你两个贱婢反助大唐，此是何说？"两公主说："我因招了大唐两个小将，做了夫妻，如今一起归唐，正要捉你去献功。"宝同一听此言，急得暴跳如雷，大喝道："贱婢，好不识羞，吃我一刀！"刘仁、刘瑞敌住。

梨花跌下马来，产下一子，故有血光冲出，将铁板、飞钹冲做为灰。三人大惊，有法难行。窦仙童祭起捆仙绳，将道人捉住，转身来助陈金定。又祭起捆仙绳，将和尚捉住。同来助公主。苏宝同看见人多都来围住，也被捆仙绳拿住。五鹤仙人看见捉去了三人，思量驾鹤飞腾，谁知五只仙鹤被血光冲坏，有翅难逃，跌倒尘埃。月娥、金莲、秦、窦四将都来拿住。五仙看来不好，各借土遁而逃。此番大破金光阵，杀得各国番将番兵实也伤心，逃的逃，走的走，百万番兵十去其八。姑嫂四人连忙救起元帅，只听得"呱呱"之声，有一小儿。金莲、金定扶起元帅，仙童抱起小儿，割战袍一幅，将来包好。

丁山看见大喜，方信师父之言，怀中至宝就是此子，所以冲破金光阵。梨花定了性，开言说："列位将军，方才吓煞我也。一个筋斗跌下马来，昏晕了，生下孩儿也不知。若没有刘仁、刘瑞同两个番女来救了，不然性命难保，要算四人之功。"对二刘说："你前番同小将军来劫阵，怎样逃脱？又会了二员女将？"刘家弟兄叫声："元帅，小将被应龙世子邀同打阵，小将军被铁板打死。小将被两位公主所擒。这位是天竺国公主。这位是真童国公主。有意归唐，招我们成亲。同在阵中，等元帅到来，里应外合，前来救元帅。望乞恕罪。"元帅大喜，见了两位公主花容月貌，正是两对夫妻。说道："你二人虽是不遵号令，私自出兵。今日救了本帅，将功折罪。"传令招降番军，带其兵马回营，捷书飞报唐王。又说："本帅十分狼狈，快将苏宝同、僧道一起推来。"左右将三人推过。元帅见了大怒，指定骂道："你这孽畜，唐主有甚亏你，必要起兵造反，伤害西番数百万生灵。今日把你碎尸万段，难泄此恨。"宝同亦怒道："你这贱婢，生长西番，不思报国，反弑父杀兄，投唐叛逆，种种罪恶，不可胜诛。不自反省，反来罪我，恨不能剥尔皮，抽尔筋，与杨藩父子出气，才雪我胸中之恨。不幸天绝于我，被汝所擒，要杀就杀，何必多言。"

樊梨花被宝同羞辱，不觉大怒，喝令："斩讫报来！"左右将三人推出，解下捆仙绳，换了粗麻绳捆好。正要开刀，只见他三人哈哈大笑说："我去也！"说罢，吹口仙气，化作三道长虹，腾空而去。梨花帐上看见，倒却心惊。众将一起说："奇了，西番有此异人。"元帅说："今被逃去，只怕又起风浪，前来阻我西进。"嗟叹一番。计点将士，单单死了应龙。因兵马连日劳苦，将息半月，再行西进。众将一声答应，关内扎营，卸甲安顿，此话不表。

再言应龙神魂在凤凰山与神女相逢,要归芦花河为神。来到河中,有一孽龙占住,与他大战,反将神女摄去。斗了数月,不分胜败,我也不表。

再言先锋罗章大兵行到芦花河边,只见水波泛滥,兴风作浪,昼夜不息,把行桥冲断,难以过河。军情事重,进营禀知元帅。元帅听了说:"奇了,河水阻我西行进,莫非冲犯了河神,故此作祟?"吩咐左右备下三牲礼物①拜谢。元帅到河边奠酒,三杯拜毕,焚化金钱,往河中一看,只见风波不息。收拾回营,独宿帐中,交三更之后,蒙眬睡去。只见薛应龙来到,戎妆打扮,上前叫声"母亲"。不知说甚事情,且听下回分解。

---

① 三牲礼物——古代的祭祀大礼。一般指牛、羊、豕(猪)。

第五十四回
丁山神箭射妖龙　应龙芦花为水神

再表梨花看见应龙到来大喜，叫声："孩儿，你一向在哪里？叫娘无日不想，无时不思。直到今日见我。"应龙听言流泪，叫声："母亲，孩儿凭血气之勇，私自打阵，身丧铁板，一灵不散，来到凤凰山，会着我妻。神女对我说：'你前世芦花河水神，合当归位。'发文书前去。谁知有一蟹龙先占踞水府，将文书扯碎。我妻大怒，同我点起神兵与他交战。神女被他捉去，未知生死。孩儿逃阵，风飘到一山，遇轩辕老祖①，说孩儿前世北海小金龙，蒙上帝敕旨，封芦花河内龙神。只因蟠桃会上调戏了神女，谪降下凡二十年。与神女七宿姻缘，今当配合。不想蟹龙勇猛。孩儿蒙老祖赐夜明珠一颗，降龙杖一根。拜别老祖，到河内与他大战，三日三夜，不分输赢。望母亲助儿一臂之力，使儿复归本位。"梨花："孩儿已死，今既为神，被妖龙作祟，不肯让位，为娘与你仙凡远隔，怎能下水助你？"应龙道："这不难。母亲明日领兵到河边，孩儿引他出水。母亲排神箭射他。"梨花道："你们都是龙形，认辨不清。"应龙道："孩儿是条小金龙，胸前挂一颗夜明珠，爪钩竹杖，这便是孩儿真身。那妖龙生的独角牛头，满身赤黑，两眼铜铃，爪捧蛇矛枪。母亲要细心，方辨妖龙。"说罢，变作龙形而去。

梨花惊醒，大叫一声说："应龙孩儿，怎么就去了？"开眼一看，原来是梦。不觉天明，元帅升帐，点齐众将，将梦中之言说明，诸将须记在心中。众将一声答应，立刻起马，来到河边。果然河中兴风作浪。众将看见，搭弓在手观望。只见水中一声响亮，现出一条小小金龙，胸有明珠，在水面翻舞。又听得一声响，现出一条乌鳞独角牛头，眼似铜铃，爪抓金枪，腾空来追小金龙。众将一声发喊，万弩齐发。却被丁山神箭，照定妖龙咽喉，"嗖"的一箭，射落波心，几个盘旋翻身，竟直死于水面。那小金龙复下水去了。顷刻风消浪静。元帅大喜，传令抓取妖龙上岸，颈下带着神箭，满

---

① 轩辕老祖——传说中的黄帝。

身腥臭,吩咐把妖龙头斩下,悬挂关前,身体化为灰尘。令先锋罗章速搭浮桥,成功之日,起兵西进。罗章得令,搭桥不表。

再言小龙来到水府,又巡海夜叉报知黑鱼丞相、鳜鱼右相、虾兵蟹将说:"孽龙被斩,快迎新主复位。"左右丞相撞钟击鼓,传齐众将,笙箫音乐,开了龙门,接入应龙。应龙仍变为人,登了龙位。众将朝参拜毕,新龙君说:"快请神女相见。"黑鱼丞相禀道:"那神女被妖龙擒来,监在牢里。"传法旨:立刻放出。吩咐掩门,然后与神女相见,说:"斩了妖龙,与妻相会。"摆团圆酒庆贺。此话不表。

再言元帅梨花,自斩妖龙之后,停留三日,传令起兵西进。原来那芦花河周回①有万里之遥,东渡到西有百里,所以有万丈竹桥可渡。大兵过了芦花河,到了西岸,一路前去,有一关头,高山霸位。传令扎下营盘,明日开兵打关。众将答应,扎下营盘,且亦不表。

再言这高山名曰"金牛山"。山上有一关,关中守将姓朱名崖号太保,国王封为总兵,镇守此关。生得头如笆斗,眼如铜铃,青脸獠牙,身长丈二。手下有番兵十万,十分骁勇,且有异术。正在总府与副将青狮、马虎说:"前日国舅同两位军师到来说,叫我紧守,休放唐兵过关。他往莲花洞求师父李道符仙长前来,要报此仇,杀尽唐兵。"二将说:"主将有这等本事,何惧唐将?"正在此讲究,有番儿报进说:"启上帅爷,唐兵已到关下了。"说:"有这等事,传令关上多加灰瓶、石子,若唐兵讨战,速来报我。"番儿得令,各加料理。此言不表。

再言大唐元帅升帐,令先锋罗章带领人马前去取关。"得令!"罗章顶盔贯甲,上马提枪,带了人马,出了营门,炮响一声,杀到关前。抬头一看,只见金牛山两山并立,高接青云,中关有一座门,在半山之中,大书"金牛关"三字。只见旗旌插满,号带分明,无数番兵守住。罗章赶到半山,令军士大骂。有番儿报进关去了。说:"启帅爷知,关外有将讨战,口中大骂。"朱崖听了大怒,吩咐备马抬斧,结束停当。带了番兵,放炮开关,冲出关外。罗章抬头见关内冲出一员番将,生得十分凶恶,忙挺枪直刺过去。朱崖把手中宣花斧迎住。两下交锋,战有百合,不分胜败,回马就走。罗章不知是计,把马一拍,随后追来。朱崖把身一摇,现出三头六

---

①　周回——四周。

臂。罗章一见大惊,说声:"不好了!杨藩出现了!"回马要走,被朱崖伸出一只神手,轻轻将罗章捉去,收了法相,带了兵士,杀下关来,直奔唐营。唐兵见先锋捉去。先逃回营,报知元帅。

元帅听了大怒道:"朱崖将何妖物敢捉我罗章?"令刘仁、刘瑞出兵迎敌,"快捉番将见我。"二将得令,带了双骑人马,出营杀至关下,正撞着朱崖。朱崖看见刘仁、刘瑞飞马走来,正要迎敌。背后冲出二员副将说:"不必主将动手,待末将活擒这厮。"青狮提起狼牙棒迎刘仁,马虎将降龙杵接住刘瑞,两边大战,四骑交锋,好似龙争虎斗,十六马蹄盘旋回转,并无高下。马虎叫声:"吾儿慢来。"摇身一变,是一只黑虎,扑面抓来,将刘瑞抓去。刘仁大惊,正欲回马,青狮大叫:"我儿哪里走!"变成狮子,直奔前来,又将刘仁拿去。二将复了原形,朱崖大喜,掌得胜鼓回关。探子报入营中:"二将又被他捉去了。"元帅大惊:"他用何术捉去三将?"掠阵官禀道:"第一阵罗先锋被朱崖太保现三头六臂,伸手拿去。第二阵二员小将出战,遇他副将青狮、马虎,现出狮子、黑虎拿去。"元帅听了,好不烦闷。秦汉听说徒弟被拿,愿出去讨战。又有金桃、银杏两公主哭上帐,也要报仇。元帅屈指一算说:"三将拿去,大事不妨,汝等三位不必多虑。今天色已晚,明日开兵。"三人不敢违令,只回本营,当夜不表。

再言次日元帅升帐,点齐众将,亲自出兵。点秦汉、一虎掠阵;仙童、金定为左;金莲、月娥为右;丁山在后监军。自冲中央,直奔关前,喝声:"快放唐将出来,万事全休。若有不肯,打破关头,鸡犬不留。"说犹未了,只听得关内炮响,朱崖带兵杀出。来到平阳之地,两边射住阵脚,摆开阵势。朱崖出马,梨花同四员女将也到阵前,说道:"谁将出去擒番儿?"后面秦汉、一虎、丁山三将冲出阵来。马虎敌住一虎,青狮迎着秦汉,朱崖接着丁山,分头而战。马虎、青狮被矮将杀得浑身汗流,遍体生津,不能取胜,各现原形,要来擒住矮将。那秦汉见了,飞入云霄,一虎将身入地。青狮、马虎倒吃一惊,摇身收法,来战丁山。元帅看见,令仙童、金定出去助战。二将领令出来,挈助①夫主。丁山一发逞威。朱崖又现出三头六臂,伸手来拿丁山。丁山吓得魂不在身,一跤跌下马来。元帅见了,同着金莲、月娥三骑并出赶来。朱崖正要拿人,却被金莲救去。梨花舞刀敌住,

---

① 挈(qiè)助——帮助。

不怕三头六臂,祭起诛妖剑,斩落朱崖神手。朱崖大喊一声,神手中又冲出一道红光,复又钻出手来,要捉梨花。梨花倒吃一惊,又祭起诛妖剑砍去,反被神手接去。梨花看来不好,同月娥回马而走,朱崖随后赶来。月娥慌张,取出摄魂铃一摇,朱崖马上翻身跌下,复了原形,借土遁而逃。

　　再言仙童、金定大战青狮、马虎,不分胜败。青狮、马虎变了原形,来拿仙童。仙童见了,祭起捆仙绳,将二人捆住,唐兵便来拿住。二人复变原人。元帅收兵回营,解进二人,青狮、马虎跪下求道:"我们万年修成,望元帅饶恕。"元帅怒道:"你两个何人? 敢来助恶,阻我天兵。"马虎道:"我是财神面前黑虎将军。"青狮道:"我是文殊菩萨佛①弟子青狮童子。私自下凡,去难唐三藏取经之路,乘兴归投朱崖,焉敢扰阻天兵? 望元帅放我,再不敢到来阻住。"元帅道:"若不看财神菩萨之面,定斩汝首。"吩咐解放仙绳,"去吧!"二人拜谢而去。此话休表。不知后事如何,且听下回分解。

---

　　①　文殊菩萨佛——简称文殊。中国佛教四大菩萨之一。

第五十五回

窦一虎盗仙剑被拿　樊梨花擒番将释赦

前言不表，再说元帅失去了诛妖剑，闷闷不乐。秦、窦二将说："我们去盗来，元帅不要心焦。"梨花说："你二人去，须要小心。"二将得令，不觉红日西沉，渐渐黄昏，吃饱夜饭，一个钻天，一个入地，进了关门，钻入帐中。不表。

再言朱崖败进关中，十分焦恼。刘氏夫人接着，问其因由。朱崖说："夫人不要说起，唐将都是神通广大，几乎被摄魂铃摄去魂魄。若非我有九转元功①，性命难保。如今西番全恃五山，已被夺去凤凰、麒麟二山，只有金牛、铜马、玉龙三山了。若再夺去三山，我主国王世界都无，性命难保。这便如何是好？"夫人道："将军，你休要长他人之志气，灭自己之威风。虽然副将失了，尚有千军万马，又何足惧哉？目下紧守关门，待国中救兵一到，开兵便了。"吩咐丫环摆宴，与将军解闷。"多谢夫人。"正在此宴饮，只听一阵狂风吹下瓦片，朱崖屈指一算，说："夫人，今晚唐营有刺客到，须要防备。"夫人听了，也觉心疑，说："唐将有此技能，今晚将虎笼悬挂营前，若有刺客到来，将他擒住，锁在里面，使他上不着天，下不着地，无法可逃了。"那番附耳低言说："如此，如此，管教两个钻天、入地矮将必擒。"朱崖听了大喜。传令三军，戎装披挂，前后守护，齐心捉贼，待等刺客。此话不表。

再言一虎潜入番营地下，抬头一看，见防备甚严，心想："灯烛煌煌，难以下手，叫我如何盗得宝剑？怎好回去缴令？"等到三更之后，越发严备，敲梆鸣锣，摇铃喝号。性急之际，等不耐烦了，在地下钻将出来。见诛妖剑挂在帐前，一虎认得的，满心大喜，只是不能下手。番将喊一声："快拿奸细！"一虎吃了一惊，复又钻入地下。只听众将慌乱，原来是秦汉飞落帐檐前，解诛妖剑，摇动铃儿，番将看见来拿，秦汉跌落尘埃，被众将拿

---

① 九转元功——道教名词，指经过九转修炼得到最高境界的大功。

住。一虎地下看见，心中慌张，将身钻出，提棍来救。夫人看见，一个金丸劈面打来，正中面门，一跤翻倒，正欲入地，被朱崖抢过，伸手拿住，说道："这个矮子，放不着地。"把一虎提在手中，开了铁笼，将一虎装在里面，高高挂起。复来拿秦汉着地拖来，秦汉脚下有入地鞋，用力一蹬，说："我去也。"被秦汉钻入地下去了。朱崖见了倒也一惊，防了他钻天，不想又会入地，闷闷昏昏，心中不乐。夫人叫声："将军，方才地下钻起来的矮子，被我金丸打坏面门，所以拿住。这个天上落的，也会地行，真是异人了。"朱崖说："今晚逃去，只怕明晚又来。营中焉得太平？必须再想一个妙计，拿住他们才得安宁。"一夜乱到天明。秦汉回营送上诛妖剑缴令。元帅见了剑大喜，说道："窦将军为何不回？"秦汉将盗剑被拿，锁了铁笼里面说明。元帅听了大惊说："窦将军性命难保。"金莲闻知上帐，叫声："元帅，我夫被番将捉住，奴家提兵打关，相救夫主。望嫂嫂发令。"元帅听了说道："朱崖厉害，姑娘未可出战。待本帅算计救窦将军。"金莲苦苦相求，秦汉上帐说："昨日因盗宝剑，不曾访得先锋、徒弟。今日我夫妻愿随窦夫人同行。"元帅应许。金莲得令，同了秦汉、月娥，带了兵丁出营，杀到关下讨战。元帅放心不下，带了仙童、金定随后掠阵。

　　再言番儿报入关，朱崖大怒，带兵亲出。金丸夫人叫声："将军且慢。待妾出去擒来。"朱崖依允。夫人手舞双刀，带了兵马，炮响一声，开了关门，杀到阵前。抬头一看，见了金莲、月娥二员女将，后面大旗书着金莲、月娥名姓。夫人正看之间，不防秦汉步行赶来，提起狼牙棒喝道："还我两个徒弟。"照马头打来。金丸夫人倒吃一惊，开眼一看，认得是行刺的矮将，说："昨宵被你逃去，今日拿住，断不轻饶。吃我一刀！"步马交战。金丸夫人原是将门之女，十分骁勇，杀得秦汉招架不住。金莲、月娥看见说："你看，这番女将倒生得千娇百媚，万种风流。秦将军是好色之徒，不要中了她计。"双骑并出，叫声："番女看刀！"金丸夫人看见又来了二员女将，全然不惧，将手中刀敌住三般军器，灯影儿厮杀。又战到数十合，不分胜败。夫人连发三个金丸打来，中了秦汉额角，翻身跌倒，唐兵救回。金莲打了护镜，伏鞍而逃。月娥打中肩膀上，十分疼痛，回马就走。夫人不舍，随后赶来。

　　元帅在旗门之下看见大怒，手舞双刀，杀到阵前，挡住喝道："休赶！"夫人抬头一看，见梨花挡住，后面又来了二位女将，背后绣旗书名元帅樊、仙童、金定。夫人也不惧,敌住三人。仙童想道:倘金丸来不能招架,先下手为强。忙祭起捆仙绳,将夫人捆住,唐兵拿捉。番军飞报朱崖。朱崖大惊,即刻杀出关来,杀到阵前,抢着宣花大斧,大喝道:"还我夫人,万事全休。若不送出,杀一个你死我活。"三员女将大怒,手执双刀,大战朱崖。朱崖摇身又现出三头六臂,伸手拿人。梨花使隐身法躲过;仙童、金定被朱崖活擒而去。

正走之间,只见前面一座高山挡路,不见了金牛关。走入山林,见一楼台,画栋雕梁,好像寺院。想道:"今朝走错了路,虽然马大,又拖两个女将,好不竭力。且下了马,把女将绑在树上,进去看一看,不知什么所在。"走到里面,殿宇高大,只听得一声响亮,走出十多个青面獠牙的鬼将,手提钢叉,捉拿朱崖。朱崖大怒,手舞大斧来战鬼将,被鬼将又伤朱崖左臂,大喊一声说:"好疼痛啊!"欲借土遁而逃。谁知梨花使个移山之术,焉能逃脱? 被鬼将拿住,捆进琼楼宝殿。梨花打扮如仙,坐蒲团上,喝声:"朱崖,抬起头来,认得本帅么?"朱崖方醒,才晓得移山之计。只见外面走进两员女将,一个执刀,一个拿锤,说道:"元帅不必问他,待我打死这个番儿。"朱崖仔细一看,就是被擒的两个女将。有口难言,想性命不保。梨花说:"二位姐姐,暂且饶他一死。"说:"番儿! 今日可肯放还唐将、献关投唐么?"朱崖心中想道:"我要脱身之计,且哄她一哄。"说着:"承蒙女将不杀之恩,如今回关愿送还唐将,献关投唐,求元帅连我夫人一并发还,感恩不尽。"梨花说:"放你夫妻回去,若有改变,赌下誓来。"朱崖道:"若背了元帅释放之恩,倘有负心,死在乱刀之下。"梨花说:"放他回去吧。"顷刻收了移山之法,原在战场。朱崖夫妻得放,带了兵将回关。元帅鸣金收军回营。丁山说道:"既擒朱崖夫妇,正好破关,救取唐将。何故放回?"元帅道:"世子,我岂不知。但是气数未尽,命不该绝。我学诸葛武侯七擒七纵,收服他心,归伏大唐。他立誓而去,焉肯失信? 不要虑他。"丁山听了,也不多言,只等献关。

等了二日,朱崖全然不理。元帅大怒,传令众将,齐起兵打关,擒拿失信番儿。秦汉说:"元帅且慢打关,待末将先进关中,探听二刘、先锋、师兄消息再处。"元帅点头说:"是。"秦汉候晚出营,飞进关中,来到番营打探。且说那朱崖释放回关,夫人十分感念,对朱崖说:"将军,我夫妻二人被樊元帅擒去,蒙她不杀之恩,快放这擒来之将,开关献唐。"朱崖听了大怒,说:"夫人,我恨樊梨花用移山之法捉我,营中羞辱,此恨未消。况我世代受国王隆重,杀身难报,岂肯降唐作叛逆之臣? 不要提起。"夫人听了点头说:"将军忠心报国,理所当然。且守住关门,待苏国舅兵到,出战便了。"不知后事如何,且听下回分解。

第五十六回
铁笼火烧窦一虎　野熊摄去二多娇

适才前言不表,再讲到朱崖夫妇正在此言,有番儿报进说:"营外有一红面孔三只眼道人,口称孔介山连环洞野熊仙要见。"朱崖听了说:"我师父到了。快开中门。"朱崖接进营中,拜见说道:"弟子亡命在外,久违师尊,到此何干?"仙师道:"徒弟,我山中炼就两把钢鞭,能打仙凡。前日逢着苏国舅同僧道各处仙山借宝,要杀唐朝人马,请我到来助你。"朱崖大喜说:"难得师父到此,明日开兵。"野熊仙抬头一看说:"营前挂着何人?"朱崖说:"就是唐营矮将。他有地行之术,行刺被拿,要饿死他。"熊仙笑道:"他颇有法术,焉能饿得死他?将他连笼烧为灰烬。"秦汉听了,二刘也不打听,吓得大惊失色,连忙飞到营中说:"番将失信,来了师父,要将师兄烧死。"金莲大哭,上帐请救;仙童也哭兄长,要救哥哥。元帅说:"事不宜迟,将倒海符贴在笼上,救师兄要紧。"

秦汉接了符,飞身进关。笼在平阳之地,四面堆起干柴,正要举火,听得一虎在笼内啼哭。秦汉轻轻说道:"师兄不要慌,有符在此,将来贴好。"飞身立在云端。只见远远有金光一道到来,彩云里面一位道人。秦汉一看,说:"原来是师父。"上前叩见,细说因由。王禅老祖叫声:"徒弟,我在山中打坐,心血潮来,屈指一算,晓得大徒弟有火难,故亲自赶来。倒海符只救得一时三刻,长久就不灵了。我借了北海水,又有珊瑚瓶,我和你立在云里面见机行事。"秦汉才放了心。只见下面野熊仙、朱崖令军士将笼烧得正猛,只听得人声说:"好大火啊!番儿只用此火,窦将军也不怕。"又拍手大笑。朱崖叫声:"师父,大火烧他,他里面大笑,如何怎了?"熊仙说:"这不难。他有倒海符,不过一时三刻,再加柴火烧,怕他不死?"果然烧了一日一夜,火光直透云霄。熊仙说:"是不见动静,必然烧死了。"朱崖说:"非但烧死,铁笼也作灰飞。"正说之间,又听得里面一虎喊道:"番儿,就烧我一月也无害于我,枉费这些柴草。"朱崖听了大惊说:"师父,烧了他一日一夜还不死,倒在里面骂人,真正妖怪了。"熊仙说:

“我不信，再取干柴去烧。”朱崖吩咐再取柴来，军士禀道：“积下数年柴草，都烧完了。”朱崖听说数年积草都烧完，倒吃一惊，即差能事小番，往铜马、玉龙两关借积柴。小番领令而去。烧到天明，烟火尽灭，铁笼不动，懊悔无及，枉将积柴烧完，便与师父商议说：“此事如何？”熊仙说：“既烧他不死，也罢。明日开兵。”

不表番营之事，再说王禅老祖用北海水救了一虎，对秦汉说：“大徒弟有百日灾难，自有高人破关。我去也！”驾云而去。秦汉拜别师父，回转营中。仙童、金莲看见关内火光直透，心中大惊，两眼下泪。想秦将军此去，灵符不灵。元帅说：“大事无妨。二位姐姐，不必伤心。”忽见秦汉来到，众将俱来请问。秦汉上帐，将遇师父救了师兄，说灾星未满，大命不妨，说了一遍。众将才得放心。金莲、仙童听了欢喜，望空拜谢老祖。元帅传令，朱崖背信，起兵取关。只见帐下走出两员女将，金桃、银杏上帐说：“丈夫刘仁、刘瑞被他捉去，未知生死。今日愿去见阵。”元帅叫声：“两位公主，那朱崖妖法多端，去不得的。”二将说：“丈夫被他捉去，今朝必要报仇，哪怕番儿妖法。”元帅见她二人执意要去，令秦汉夫妇：“你二人帮助二徒媳出阵。”四将奉令出营，来到关前叫骂。

小番报进，朱崖大怒披挂。熊仙说：“徒弟，我同你出阵，杀尽唐将，与苏国舅报仇。”一同出关，来到阵前，抬头一看，两位公主十分美貌，起了凡心。口中念动真言，飞沙走石，一阵狂风，众将开眼不得，将二公主摄去，藏入山中。秦汉夫妇回营说：“元帅，小将夫妻相助二位公主打关，不想关中冲出野熊仙，手舞双鞭，十分利害，与公主交战。小将正欲冲锋相助，他口中念咒，顷刻飞沙走石，把二位公主擒去。特来报知。”梨花听了大怒：“可恨妖道，擒我二公主。今日必要除他。”立刻传令，亲自出阵。同了仙童、金定、丁山、金莲掠阵，五位将军出营，杀到阵前。再表野熊仙把两位公主摄入山中，藏于野洞，复又驾云来到战场。抬头一看，又见四员女将，又起贪心，开口说道：“四位佳人，同我回山洞中轮流取乐。”四将听了大怒，一齐出阵。丁山也向前，将野熊仙围在中间。杀得野熊仙浑身是汗，忙祭起打仙鞭来打，正中丁山肩膀之上，叫声：“不好了。”伏鞍败阵。又祭起一鞭，打中陈金定背心，吐血而逃。野熊仙好不喜欢，雌雄鞭祭起，一上一下，来打唐将。又使神通，飞沙走石，杀出无数披头散发鬼将。仙童、金莲慌张。梨花大怒，把手一指，沙石鬼将无影。熊仙大惊，复舞动双鞭来战。仙童祭起捆仙绳,熊仙晓得仙家至宝,化道长虹而去,直往西山。

梨花心中不乐,传令收军。回入营中,秦汉说道:"世子丁山、金定夫人被鞭打伤,发昏营中,不得醒转。乞元帅处治。"梨花、仙童、金莲三将听了,魂不在身,连忙观看。三人两泪交流,梨花说:"这仙鞭如此利害,定是八卦炉中之物。"忙将敷药敷好,二人才得醒转,疼痛不止。梨花说:"必须黎山求得师父丹药,方可止痛。谁与我走一遭?"仙童说:"我师黄花圣母也有。待我前往。"梨花说:"事不宜迟,就此起行。"仙童打扮,扮做道姑,骑了腾云驹,日行千里,别了元帅、众将,起程而去。此话不表。

再言元帅说:"我看妖道一道黑气在头上出现,决是妖魔鬼怪,化作长虹而去,直往西方,必定有个巢穴,所以不进关门。想两位公主决然也在那里。谁将前去打听下落便好。"秦汉说:"二位徒媳已被拿去,小将愿往。"元帅说:"秦汉肯去,我放心了。"秦汉奉命出营,飞上云端,直往西方,约行数千里,只见一道黑气冲天。秦汉想道:是了。按下云头一看,是一座高山。走进山去,见一石洞,两扇门半开,走出数个小妖。秦汉见了避开。听得小妖两个说:"我家大王有兴,前日往金牛关去,捉得两个美貌佳人。叫我买办,今夜成亲。连我们也有酒吃。"秦汉听了,方知公主着落。让过了小妖,闪入洞中,果见酒席完备。秦汉见了大怒,提起狼牙棒乱打。众妖一起上前敌住,被秦汉打得落花流水,将台凳尽皆打碎。小妖报到里面说:"大仙,不好了!外面有一矮将十分凶勇,口口声声要还公主。洞府打得雪片,众妖打死一半,如今要打进来了。"

野熊听了大怒,手舞双鞭杀将出来,说:"你这矮子好生无礼。我正要做亲,坏我好事,将我酒席打碎。尔来得,去不得了。吃我一鞭!"秦汉举棒相迎,洞中大战。熊仙张口,吐出毒气,直奔秦汉。秦汉见了,倒拖棒且战且走,被熊仙追出石洞。秦汉飞身而去。熊仙进洞,看见众妖,都是头破脑裂,心中不快,无心到里面,也不成亲,守把洞门,恐防再来。秦汉在云中一看,不见野熊追赶,不如见师父求救两位公主。算计已定,不消片刻,早到仙山。只见洞门开着,有两个童儿出来,见了秦汉说:"师兄不去征西,到此何干?"秦汉将遇野熊仙之事说了,"特来叩见师父。"童儿说道:"师父请客,不便通报。"秦汉听了,心中烦恼:"我师父家法甚严,不好进洞,如何是好?"又问声:"师父今日请什么客?"童儿说:"师父请二郎神杨戬老爷。"秦汉听了大喜，"我师也曾说道，二郎神有七十二变化，孙行者大闹天宫，被他降过。若是求得他去，野熊就好除了。只是不能见他一面。"正在此想，只听得师父笑声，手挽杨戬双双出洞来了。不知后话如何，且听下回分解。

第五十七回

二郎神大战野熊　圣母收服二牛精

　　前言不表，再说秦汉连忙跪下，伏在路旁，口叫："师父救命！"王禅老祖一看，认出徒弟，说道："我前番在金牛关，借北海水救了一虎。今日又来求救于我。你且起来，说与我知。"秦汉听得，立起身来说："金牛关交兵，来了野熊仙，将金桃、银杏两位公主摄去。元帅命我前往追寻。寻到一山，有一石洞，乃野熊巢穴。强逼成亲，被弟子打破筵席，洞中大战。野熊妖法多端，被他杀败，特来求师父救公主要紧。"王禅老祖说道："徒弟，那野熊仙千年修道，变化多端，神通广大，在八卦炉中炼成双鞭，曾偷王母仙桃，我也降他不来。莫要惹他，快快回营去罢。"秦汉听了，叫声："师父不救，两位公主性命休矣。"流泪不止。二郎神听了老祖之言，当中神目睁起，大怒道："道友说哪里话来？我和你同是道门弟子，岂可长妖精之志气，灭自己的威风。那野熊虽偷仙气，终究畜类。令徒有难，我当代汝去救。"老祖听了大喜，叫声："道友发慈悲之心，同我顽徒去收熊精。"二郎神别了老祖，变一喜鹊，往西去了。秦汉飞身要去，老祖叫声："徒弟，那熊仙利害，知你必来求我。我备酒请杨戬①老爷到此，我将言语激他，他大怒而去，必然收服，梨花好进金牛关。去罢！"

　　秦汉拜别，飞身也往西来，到了孔介山野熊洞口，喜鹊先在树上，叫声："秦汉你来了么？"回说："弟子驾云来迟。望神君恕罪。但是妖精紧闭洞门，怎好进去？"杨戬说："不难。"飞下树来原变二郎神，手执金枪，立看洞门，关得密不通风。秦汉将狼牙棒来打，洞门里面惊动了野熊。那小妖报知说："唐朝矮将又来打门。"野熊说："不要理他，今晚要做亲。"秦汉打得手酸，洞门不动。杨戬看见，叫声："不要打了，待我看看。"一看，只见洞门旁边有条碎缝。杨戬变作一苍蝇钻将进去，说："妖精逃出，你就打死他。"秦汉应诺。

---

　　① 杨戬(jiǎn)——即二郎神。

杨戬钻进里面,洞内宽大,只见这些小妖安排筵席,野熊当中坐着,吩咐小妖说:"你去请两位美人出来成亲。她若倔强,剥了衣服,绑来见我,取她心肝下酒。"小妖听了,便往里去了。二郎神听了,仍变为人,提手中枪,照野熊劈面刺去,喝声:"妖怪,不得无礼。我杨老爷来了!"野熊吃了一惊,抬头一看,在天宫会过,认得是二郎神,吓得魂不在身,连忙走到里面,取出双鞭迎住,说:"二郎神君,我今夜成其好事,你来破亲。既到我洞,吃我一鞭。"二人大战,野熊吩咐小妖一齐上前围住,那杨神君吹口气,变有数百神君来打野熊。野熊看来难敌,拖了双鞭,逃出外面。神君里面赶出,小妖开了洞门,野熊逃出洞处。秦汉看见,将手中狼牙棒照头打下,他就化一道红光而去,秦汉吃了一惊。

杨戬走将出来说:"妖精呢?"秦汉说:"弟子见妖精败出洞来,被弟子一棒打去,他化红光逃了,竟往西南。"杨戬说:"他气数未尽,造化了他。你进洞救出两位公主,放火烧洞,尽行烧死小妖,破其巢穴,他无处栖身,再不敢来阻你西进。"秦汉奉命,回身打进洞中,将小妖尽皆打死,里面救出两位公主,回身一把火,烧得洞中乱烟直喷。那二位公主外面拜谢二郎神说:"回去有万里之遥,焉能得见元帅?"神君说:"这倒容易,借阵风送你回去。"那杨戬念动真言,忽起一阵神风,将两位公主送去。又叫:"秦汉,我去见你师父,说妖精驱逐。你速往军中,叫元帅快进兵取关。"秦汉叩谢。杨戬化一阵风而去。秦汉飞身回转,此言不表。

再言元帅梨花同众将营中昏闷。丁山、金定俱遭鞭打,不时发昏。仙童此去可求得仙丹?两位公主被风摄去,秦汉追寻未有回音。正在此言,听得帐外狂风从空吹落二人。元帅同众将来看,原来是金桃、银杏。令女兵扶入帐中,众将大喜。元帅问起因由,两公主将秦师父能干,求得二郎神逐去妖精之事说了一遍。秦汉也回营缴令。元帅称赞说:"多亏将军莫大之功。但窦姐姐上仙山求药一去不回,烦秦将军走一遭,催促他早回,好救丁山、金定,然后开兵。"秦汉奉令,飞身竟往黄花山而来,此话不表。

再说窦仙童为何不回,有个缘故。那一日行到一高山,忽听得山中喊杀连天,金鼓之声。仙童心中想道:"深山旷野,哪有人厮杀?"走下山头一看,只见山凹内有两支人马,东边一员将,红脸乌须,手执宣花斧;西边一员将,黑脸红须,手执大刀。各带人马,两下交战。仙童山上喝彩说:

"好武艺！可惜埋没山中。"二将听了，各住了手，抬头一看，见了仙童，红脸将叫声："贤弟不要比武了，你看山上有一位仙姑，单身独马看我们。和你赶去，夺得到手，做个压寨夫人。"黑脸听了大喜，二人拍马赶来，大叫道："哪里来女将？擅敢观我山寨，快随我去，做个压寨夫人。"仙童听了大怒，手舞双刀敌住。一女两男，杀得天昏地暗。红脸将看来难胜，摇身一变，变一火牛，衔了仙童飞走上山。进了独角殿，现了原形，放下仙童，令送房中，明日成亲。殿中摆酒，黑红二将饮酒。黑脸说："大哥，此女决非凡人，不要逼她。待慢慢的弟与为媒，劝她顺从。"红脸将说："多谢贤弟。"

　　不表二人饮酒，仙童被捉。再言秦汉奉了将令飞到九龙山，来到洞口，只见两个仙姑出来，见了秦汉，叫声："师兄何处来的？"秦汉道："我乃王禅老祖门下弟子秦汉，要求见圣母，望乞通报。"二姑听了，连忙进洞，禀知圣母说："外面有王禅老祖徒弟秦汉，有事求见。"圣母说："唤他进来。"仙姑奉命，唤进秦汉。秦汉见圣母倒身下拜。圣母说："闻你下山相助丁山征西，今有何事见我？"秦汉听了，倒吃一惊：难道仙童还未到此？只得上前禀道："弟子因薛世子、金定被鞭打伤，二人发昏，前日令窦仙童到来求丹药，不知何故尚未回去。元帅放心不下，令弟子再来相求，望师父速赐丹药相救，打发仙童速归。"圣母听了秦汉之言，说道："仙童徒弟不曾到此，决定路上阻隔。你去寻了仙童同来，付你丹药，相救世子二人。"秦汉想道："地阔天涯哪里去寻，这题目难了。"只得回身出洞，打从旧路飞腾。来到一高山，只听喊声。却是为何？谁知那黑脸将劝仙童与红脸成亲，仙童大骂，杀将起来。黑脸变一水牛，把仙童捉去，后山捆住。秦汉看见，认得是仙童，提起狼牙棒，喝声："不得无礼。"劈头打来。黑脸将抬头一看，见了秦汉，不解其意，喝声："哪里来的矮子，吃我一刀！"大战一场，杀得黑脸招架不住。

　　小妖报入寨中说："大王，不好了！二大王被一矮子杀得不能招架。大王快去相救。"红脸听了，备马出寨杀来，迎着秦汉，张开大口，放出火来，直奔面门。秦汉心慌而走，红脸变了火牛赶来，要捉秦汉。秦汉飞上云端。红脸大王见矮将飞去，倒觉心惊。正要进寨，秦汉又飞下，举棒又打，打伤左臂，跌倒在地。秦汉又要来打，黑脸大王大叫："休伤我大哥。"将大刀架住。一场交战，黑脸又杀不过，口喷大水。顷刻波浪滔天，摇身一变,变一水牛,来拿秦汉。秦汉还飞云端。水牛收了法,用药敷好火牛,紧守寨门。秦汉寻到后山,只见仙童捆着,几个小妖看守。秦汉说道:"窦夫人不必烦恼,我来救你。"小妖报知大王,那两个妖精大怒。赶到后面,一个吐火,一个喷水,来拿秦汉。

秦汉正要飞腾,云端来了黄花圣母,大喝道:"两个孽畜,休得无礼!"红黑二精抬头一看,见一道婆。弃了秦汉,来战圣母。圣母念动真言,云端落下一位天神,头戴金盔,凤翅分开,身穿金甲,手执降龙杵,口称:"圣母有何法旨?"圣母说:"今有火水二牛作怪,与我收去。""领法旨。"那神将大喝一声,将杵打下,变现火牛。骑在背上,将红绳贯穿在鼻孔说:"孽畜,快随我去。"只见那只火牛扁扁服服,驾火随了那位神将飞空而去。那黑脸将见了大怒,喝声:"妖道,如何拿我哥哥去了?"手舞大刀杀来,圣母将金如意迎住。黑脸张开口喷出大水来了。圣母笑道:"孽畜,留你在世,仍旧害人。收服你回山去罢。"口中念咒。又见云端来了一位天神,头戴金箍,红发披耳,身穿绣龙短袄,面如锅底,脚下乌靴,双手打拱,口称:"圣母有何法旨。"圣母说:"银河水将,速将水牛收归回去。""领法旨!"那水将跳入水中,将牛连打三下,骑在牛背上,穿了鼻孔,随水而去。

山中大小众妖见主将拿去,各自逃散。秦汉大喜,解放仙童。仙童叩见师父救命之恩。圣母说:"徒弟,你来意我尽知,该有二牛之难,亏秦汉寻得到此,救了你。我有金丹一粒,速回去救丁山、金定。后诸仙阵再会。"说罢腾云而去。仙童、秦汉望空拜谢。仙童骑上腾云驹,秦汉戴着钻天帽回营。元帅正在营中等候,秦汉先到,说起此事。元帅听了说:"亏了秦将军寻到圣母收牛,不然我姐性命难保。"望空拜谢圣母。

不多时仙童到了,元帅迎接。接进营中,诉说一番,取出金丹,毫光万道,"师父命我将金丹救世子、陈妹妹。"便将金丹调好,来到后营。一看见二人只有一息之气,把药敷在伤处,不消片刻,二人醒转,床上坐起。元帅说明,二人走下床来,拜谢秦汉。营中排筵,与秦汉贺功。金桃、银杏两位公主也来拜谢秦汉。秦汉吃得大醉说:"明日我还要进关,访两个徒弟、罗章、窦师兄他们的下落。"知后事如何,下回便见。此一回乃秦汉救金桃、银杏、仙童小团圆。

第五十八回
芙蓉设计杀朱崖　梨花兵打铜马关

话说秦汉等到三更,飞入关中,往番营一看,见铁笼悬挂着。想道:不要饿坏了。叫一声:"窦师兄。"笼内应道:"师弟,你来了么。事体①如何? 快来救我。"秦汉说:"师兄你安心守着,待我刺死了朱崖,便来救你。"

说罢,飞入后营。见番兵防备甚严,难以下手。又到后边伏在檐上。听得下面有人言语,乃刘仁、刘瑞对罗章说:"……我想元帅因而不打关。又听得二公主被野熊摄去,性命决然不保。"罗章说:"二位兄弟,我和你亏了监军款待,不至饿死,真感他恩。没有他夫妻照管,决然此命难保,想他无益。昨日闻得监军沃利说:'朱崖好色之徒,抢了民间有夫之女,名唤赵芙蓉,十分美貌,强要为妾。此女不从,夫人苦劝,只是不听。只要在她身上刺死了朱崖,此关好破了。"正在此言,忽听落下一人说:"你三人做事,要行刺朱崖,我要出头了。"三人大惊。

罗章抬头一看,原来是秦汉,放下了心,说道:"将军到此,二公主消息如何?"秦汉将二郎神救公主之事细说一遍。二刘大喜,望空拜谢二郎神,又拜秦汉。秦汉说:"我方才屋上听得此计甚妙,须要通知赵芙蓉。我外面打关,双路夹攻,金牛关立破。"三人听了大喜。秦汉飞出关外,报知元帅,说明此事。梨花听了大喜,今秦汉先进关中帮她行事。传令整备打关,此言不表。

再讲监军沃利,待三将甚好,不甚吃苦,每日倒有好酒肉。那夜沃利送了晚膳进来,见三将流泪。沃利开言说:"我看你往常虽然愁烦还好,今夜为何悲苦? 说与我知。"三将叫声:"恩人,我们被擒到此,难以脱身。若得恩人相救,事当图报。"沃利说:"我久有心放你归唐,但本官厉害。若能除了他,就好解救献关。"三人听了,双膝跪下说:"恩人,果然救我,

---

① 事体——方言,事情。

我已有计了。只要通知赵芙蓉,她若依允,除朱崖不难。"沃利说:"容易,待我对妻子讲明,来报你们。"三人吃完夜膳,沃利收拾进内,与连氏说知。那连氏妻子笑道:"我又不是貂蝉,如何做得美人计?"沃利说:"娘子又不要行计,要你引他进去,见了赵芙蓉,此计必成。"连氏说:"这容易。"沃利大喜,来到监中,通知三将,如此这般。

罗章与二刘打扮成番女模样,同了沃利来到家中,见了连氏。那连氏也是爱风流之女,见了二刘,十分得意,只少一杯清水,恨不得将二人吞在肚中。有丈夫碍眼,忙挽了二刘手,张灯引进后营。只听得连氏对芙蓉说:"你明日只说依允,将酒灌醉朱崖,刺死了他,才得夫妻团圆,免至失节。"芙蓉说:"我胆小,只怕做不来。"连氏说:"我三个小妹十分有力。你大胆行去,决不妨事。过来见了大娘。"那三个假番女上前拜见芙蓉,算计停当。次日沃利报与朱崖说道:"芙蓉被我劝她心转,今晚完其花烛,成就美事。"朱崖说:"难得你劝她心转,其功不小。"命左右快备筵席,今晚与芙蓉成亲。

金丸夫人晓得,走出外面,见了朱崖,夫妻坐下。朱崖说:"夫人,今日出堂何干?"夫人道:"将军,妾思唐兵扎驻关外,野熊一去杳无音信,须备退兵之计为妙。如何不思忠心报国,今日反做贪花好色?快快放还芙蓉,商议破敌方好。"朱崖说:"不劳夫人费心。若说敌兵临境,已杀他胆散魂消,料他不敢再来攻关。况且芙蓉生得美貌,下官见了她十分得意。夫人休要吃醋,进去罢。"夫人看来劝不转,流泪归房。

果然其夜朱崖中计,芙蓉假作欢笑,陪朱崖酒,击鼓催花。朱崖大喜,饮得大醉,说:"夫人扶我房中去睡罢。"扶入房中,朱崖和衣而睡,鼻息如雷。芙蓉想道:此时不下手,等待何时?将彩衣脱落,床头取出青风宝剑,正要动手,倒却心惊,满身发抖说:"不得不如此了!"放下胆,拉开锦帐,将宝剑砍去,中在左臂。朱崖大叫一声:"不好了!疼死我也。"走下床,将芙蓉推倒外面。罗、刘三人铜锤打开门,各拔出腰刀,将朱崖乱斩乱砍,杀死了朱崖,即忙扶起芙蓉。正要杀出,只听得关外喊声震天,元帅大兵攻关。

秦汉铁笼内放出一虎,二人在内杀出,斩关落锁,放进大兵。番兵遭此一劫,也有砍破脑的,也有杀死的,也有枪伤的,也有刀刺的。番兵见无主帅,杀死大半,不死的俱逃往铜马关去了。金丸夫人闻报,吓得魂飞天外,披挂赶进洞房,里面杀出三个小将,大喝道:"蛮婆哪里走!"夫人见了,喝道:"你三个什么人?擅敢无礼!外面唐兵破关,快请将军拒敌。"三人喝道:"你丈夫被我们砍为数段,你若不信,进去快看来,应了背信赌咒之罪。"夫人大惊,忙走进房,见了朱崖尸首,大哭一场。番女报进说:"大唐人马已杀进府中来了。"三将正要动手,夫人说:"你们不必如此,我夫已死,难道我独生?"望空遥拜,拜毕拔出宝剑自刎而亡。

三将迎接元帅入内升坐,请出芙蓉,说:"小妹子一计斩了朱崖,待奏闻圣上,赏赐大功。"送芙蓉回家,芙蓉拜谢而去。又称金丸夫人尽节,命棺椁埋葬。屯兵关中。那一虎、秦汉、刘仁、刘瑞进营拜谢元帅。元帅命薛金莲、金桃、银杏会了窦一虎、刘仁、刘瑞。三对夫妻悲喜交集,俱亏了秦将军救命之恩。元帅令三对夫妻拜谢秦汉。秦汉谦逊说:"是你自己福分,与我何干?"六人都上前拜谢。

元帅一面捷报唐王。其时正是寒冬天气,唐天子大悦,差钦差赐锦袍赏赐将士。不一日送到金牛关,元帅接旨谢恩。再停半月,商议西进,放炮起行。先锋罗章上帐说:"小将同刘家兄弟若无监军沃利照管,此命难保。望元帅谢他救命之恩。"元帅说:"罗将军之言有理,命他镇守金牛关。"沃利上前叩谢。

离了金牛关,往西而进,大雪纷纷,朔风凛凛。传令扎住平阳之地安营,待天晴起程。众将得令,一声炮响,扎下营盘。营中排宴赏雪,顷刻雪高三尺。同三个孩儿一同饮酒,薛勇、薛猛,年六岁。元帅所生薛刚,年方三岁,生得赤黑,像烟熏太岁①,水磨金刚②。丁山说:"我奉旨西征,只望早平西番。不想在路破关夺寨,耽搁年久。父亲骸骨不曾安葬,母亲又不能侍奉。心中好不烦恼。"梨花说:"今西番十去其八,只有铜马、玉龙两关,有何难处?待擒了番主,回朝有日,不必介怀,暂且饮酒。"仙童、金定皆劝丁山,此话不表。不觉住了一月,天气晴和,传令起兵。又行了半月,到了铜马关。传令安营,候明日打关。众将一声答应,放炮安营,此话不表。

---

① 太岁——凶神;又叫值岁神名。多比喻强暴者。
② 金刚——又称"金刚力士"。梵文的意译。"金刚"又是金中最刚之意,比喻牢固、锐利、无坚不摧。

再讲那铜马关守将,乃弟兄二人,把守东西两座关头,俱封王位。长名花伯赖,次名花叔赖,皆有万夫不挡之勇。花伯赖闻报金牛关已失,不日兵到铜马,忙请兄弟到衙,说:"兄弟,我闻樊梨花用兵如神,有许多法术,勇将甚多,与你商议怎生拒敌?"叔赖说:"哥哥不要着忙,关内有雄兵十万,何足惧哉?弟前年通好诸番,偶到五龙山经过,那山中有五位仙女,分青、黄、赤、白、黑,乃龙王之女,俱有神术,神通广大。正在演阵,见了兄弟收为徒弟,赠我神鞭,又有火眼金莺,十分利害,上阵交战,啄人眼睛。有了这两件宝贝,何惧唐兵百万?"花伯赖听了大喜,说:"兄弟,你既有神鞭、金莺,还要写书到五龙山,请他姊妹到来,破唐兵甚易。"叔赖说:"哥哥之言有理。"一面修书往五龙山,一面整顿交战。此话不表。不知后事如何,且听下回分解。

第五十九回

盗金莺秦窦逞能　摄魂铃擒花伯赖

适才话言不表,再说唐营。次日天明,元帅升帐,令先锋罗章领兵一万打关。罗章领令,结束停当,顶盔贯甲,上马提枪,领兵出营。来到关前,抬头一看,两山环绕,中间关城。令军士大骂。

小番报入关中。花家兄弟闻报,全身披挂,带领番兵,放炮开关,冲出两支人马,来到阵前。罗章抬头一看,见为首二将,俱是红扎巾,狐尾当头,雉尾高挑,身穿金甲,一人提枪,一人拿鞭,脸分白黄,都骑高马,一样打扮。罗章明知花氏兄弟,挺枪出马,直刺花伯赖。伯赖大怒,举枪相迎,战有二十回合。叔赖见兄不胜,提鞭出阵助战。罗章全不在心,一条枪敌住两般军器,一场大战,又战到五十余合。罗章全不惧怯,越战越有力。叔赖放出金莺,飞空扑面冲来。罗章大惊,回马就走,被叔赖一鞭打来,正中肩上,伏鞍大败而走。花氏弟兄在后赶来。

探子报入营中说:"罗先锋被番将鞭打肩上,大败而走,请元帅发兵接应。"梨花听了大怒,令丁山出阵接战。刘仁、刘端为左右救应。三将得令,领兵冲出。让过罗章,接住花家兄弟交战。刘仁、刘端也向前,杀得花家兄弟汗流浃背。伯赖拖枪回马就走。丁山在后赶杀。叔赖独战二将,又放出神莺扑面飞来。刘仁、刘端看见,回马就走。叔赖又举起鞭来,正中二将背上,几乎落马。众将救回。丁山正追伯赖,听得二将被打,正欲回身来救,叔赖神鞭已到面前,打中肩上,伏鞍大败而逃。花氏兄弟大喜,驱兵掩杀,杀死唐兵一大半。探子报入营中,元帅大惊,令秦汉、月娥、一虎、金莲四将速挡花家人马,快救回三将。"得令!"四将领兵出营。那花氏兄弟大杀唐兵,见红日沉西,又见大唐人马冲出,鸣金收军,进关排宴庆贺,此话不表。

再言元帅梨花。众将救回三将,四员大将俱皆打伤,忙将丹药敷好,一时痊愈。元帅说:"罗将军,番将用何法术将诸将打伤,连输二阵,损兵大半?"罗章说:"小将今日出去打关,见关上扎起绣旗,书着花伯赖、花叔赖。关旁两座高山，东西两将镇守。那叔赖身边有一只火眼金莺放出，要吃人眼目。小将招架不住，被神鞭打中。"元帅说："他有金莺利害，伤损我兵。明日出阵，众将须要小心防备。"众将依令不表。

再言秦汉对一虎说："元帅也防备金莺。待我与你今晚盗取金莺，明日出战，自然得胜。"一虎依言，当夜瞒了元帅，一个钻天，一个入地，私进关中。来到番营，想道："金莺乃叔赖之物，必在西营。"叔赖身边有两个爱妾，一个名爱娘，一个名欢娘。俱皆绝色。欢娘乃贪淫之女，因叔赖不进她房，在灯下长叹，怨言仇恨。

秦汉在屋上听得明白，想道："原来此女怨恨，待我看一看。"飞落阶前，往房中一看，果见此女手托香腮，眼中流泪。秦汉看见，进房抱住番女。那欢娘一看，大惊说道："你这矮子，是人是鬼，快快说来。"秦汉笑道："你不要看轻了我，我虽身矮，乃大唐名将秦汉，有钻天之术，来探军情，见美人弹琵琶声声怨言，惊得我在云端内跌入你房。今夜与你成其好事，胜自空房独宿，休错过了良辰美景。"那欢娘听了说："看你不出，倒是唐朝上将。既蒙见爱，今晚从了你，待破了关，要娶我的。"秦汉说："这个自然。"正要上床，那一虎在地下听得明白，钻将出来，喝道："你两个做的好事。"吓得二人大惊。欢娘一看，又是一个矮子。秦汉说："师兄为何也在此？"一虎说："师弟不要贪色，和你既进关来，盗金莺要紧。"秦汉对欢娘说："夫人，我和你后会有期。不知金莺放在何处？"欢娘说："那金莺乃夫主防身之宝，东房去寻。"秦汉说："承指引了。待破了关，娶你成亲。"秦汉飞入东房；一虎地行入内。欢娘想道：怪不得唐朝女元帅杀得西凉势如破竹，关门指日可破。二大王啊，我不负你，你偏待我。我今日打点归唐，只候破关。

不表水性杨花之女，再言两员矮将飞到东房，见房中灯烛辉煌，照得如同白日。房中也有一个女娘，坐在床前，也生得绝色，也口出怨言。对于锦帐，叫声："冤家，为何像死人一样睡了？不念奴家青春，正好云情雨意，鸾凤颠倒，醉得如此！快快醒来，脱了衣服好睡。"叫了几声，鼻息如雷，只是不应。那爱娘无奈，脱了衣赏，露出了嫩粉肌肤，斜露酥胸，钻入帐内，哎声叹气。秦汉在帐外见了她明媚，好不动火，想道："这番儿，好受用。"正当三更时分，好下手了，但不知金莺放在何处？立在栏杆边团团寻觅。只见一虎钻出对秦汉说："师弟，你不见床头前挂着的不是金莺么?"秦汉一看果然。忙走到床前,取下笼来。谁想金莺大叫起来,床上叔赖惊醒,翻身坐起一看,秦汉接了一虎的莺笼,飞在云端。叔赖下床,见一矮子大怒,取过神鞭打下。一虎身手一扭不见了。叔赖大惊说:"这人倒有地行之术。"抬头一看,不见了莺笼,吓得魂不附体,说:"矮子不曾拿去,为何不见了? 又是奇事。"只听得半空中金莺叫声,连忙出外,抬头见云端又有一个矮子,提了宠儿,说道:"花叔赖,你靠着这只金莺儿,昨日阵上伤我四员上将。我秦将军盗取了。"说罢飞去。叔赖说:"可惜金莺,蒙师父五龙公主赠我,上阵至宝。不料唐营有钻天入地之人,要来行刺也不难。"传令兵士营中守护,乱到天明。此话不表。

再言秦、窦二将回入营中。秦汉说:"师兄盗莺,未奉军令,倘元帅知道治罪不便。"一虎说:"师弟,将莺踹死,埋其形迹。"秦汉点头,果然将莺连踹数踹,登时而死。二人不睡,候到天明。

元帅升帐,众将分立两旁。元帅说:"昨日伤了四员将。今日谁去打关。"闪出天蓬黑脸陈金定,上帐说:"末将愿去打关。"元帅说:"姊姊虽然勇猛,不可独往。"令月娥同去,两员女将得令。金定提锤,月娥使双刀,全身披挂,上马出营。带了人马,杀到关下叫骂。那花叔赖不见了金莺,正与伯赖商议,听得番儿报说:有二员女将攻关。二人一听大怒,开关出阵。叔赖接住金定;伯赖迎住月娥。二女两男,一场大战。伯赖与月娥战到数十合,伯赖实难取胜,回马诈败而走。月娥喝声:"哪里走!"随后赶来,取出摄魂铃一摇,伯赖马上坐不住,迎面一交,跌下马来。番兵正要来取,被月娥轻舒猿臂,捉过马来,回马飞奔进营献功。那叔赖实战不过金定,见兄被捉,回马大败而逃。金定在后追赶,叔赖不进关中,落荒而走。一路追去,追到山凹内面,叔赖说:"好厉害的蛮婆,叫我前无去路,后有追兵,我命休矣!"

只见骑鹤一仙女落下说:"陈金定休得无礼! 俺公主在此。"手执雌雄宝剑,敌住金定。金定昔日在武当圣母处认得的,喝声:"赤龙公主,你是出家修仙学道之人,也来管闲事,待我擒番将献功。"公主大怒说:"陈金定,那花叔赖是我姊妹的徒弟,焉能不救。你若赢得我手中宝剑,我便还你。"金定性子急猛,听此言大怒说:"休得夸口!"举起铁锤打去。公主将双剑交迎,两下大战。叔赖见了大喜说:"救兵到了!"飞马逃入关中。二人正在厮杀,听得虚空鹤叫,又来了四位仙女。金定看来不对,回马而去。五龙公主也不追赶,驾鹤进关。叔赖接入营中,说道:"金莺被矮子盗去,哥哥又被捉拿,方才若无师父相救,弟子性命难保。"五位公主说:"徒弟不须烦恼。梨花依黎山门下,伤我同道之人甚多。今我姊妹承你书来相请,今下山来,我们摆下一阵,与她分个高下,比一比手段。若破得我五龙阵,方算梨花有本事。若不能破,管叫唐兵百万尽为飞灰,归复西番地方,中原可得。只少上将雄兵,有了这二件,就容易了。"叔赖说:"这不难。待弟子修本进朝求救,自然有雄兵猛将。"五龙公主说:"徒弟,事不宜迟,快些修本,奏知朝廷。"不知修本进朝如何,且看下回分解。

第 六 十 回

哈迷王坐朝议敌　梨花观看五龙阵

适才话言不表。再言那哈迷国王驾坐早朝，文武朝见已毕，分立两班。便开金口说："寡人因国舅苏宝同起兵伐唐，反被薛仁贵父子领兵西进，夺去我国许多地方，杀死无数兵将。可恨樊梨花贱婢，弑父诛兄，投降唐王。前年闻报白虎关杨藩父子身丧，薛仁贵身亡。彼时唐王反把樊梨花为帅，夺我地方。她法术厉害，金牛关朱崖夫妻尽节。目下兵犯铜马关，花家兄弟未知胜负，诸卿有何主见？"

班中闪出一位大臣，头戴乌纱，狐尾当头，身穿蟒袍，脚踏乌靴，俯伏奏道："臣雅里丞相有事启奏。""奏来。""臣因国舅苏宝同被樊梨花大破金光阵，血光冲散而逃，已有表章奏闻，他往名山各处洞府求神仙法术，要剿灭大唐，复夺中原，以报大仇。一去之后，并无信息，使唐兵打到铜马关。今有花叔赖表章进上，狼主龙目观看。"奏毕，将本章呈上。

接本官接了，放在龙案之上。国王一看，方知五龙公主摆五龙阵，缺少上将，故来请命。狼主问："两班文武，谁将去铜马关搭救？"王言未了，武班中闪出驸马苏定国，执笏当胸，奏道："臣愿领兵，保举四将同往。"国王说："卿保举何人？""臣保举殿前云必显指挥、方万春平章、忽突大黄毛洞主、郝麒麟，臣同四将前往，立破大唐兵将，自然奏凯回朝。望我主免忧。"国王听了龙心大悦，传旨宣召。四将一齐朝见，三呼谢恩，当殿插花赐酒，封五将为神武大将军，到铜马关听五龙公主调用。五将谢恩出朝，国王驾退回宫，文武朝散。次日驸马苏定国到教场，点齐人马大兵十万，带同四将，离了都城。到十里长亭，各官设酒饯行。定国等下马立饮三杯，辞了百官，竟往东而进。你看旌旗浩荡，号带分明，三军司命，一路而行，此话不表。

再言陈金定进营，参见元帅，将追花叔赖遇着五龙公主救去之事，说了一遍。元帅说："月娥活擒花伯赖，已入囚车，奏主发落。姊姊遇着五龙公主，如今倒有一番厮杀，传令把兵马退下十里，且慢打关。"众将一声得令。只有秦汉、一虎二将不服，上帐说："元帅休长他人志气，灭自己威风，且慢退兵。虽然五龙公主利害，小将明日再去打关，探其法术，再计议未迟。"元帅听了说："二位将军之言有理。"传令紧守营盘，放炮一声，营盘扎得坚固，不表。

再言次日元帅升帐，点秦、窦二将出营打关。二将得令，领兵杀到关下。番兵报入关中，叔赖听报，忙来参见师父，说："前日盗莺的上天入地二人又来打关，如何退得？"白龙公主说："徒弟，不必慌，待我们前去拿他进关，斩首号令，出你的气。"叔赖大喜，点兵开关。白龙公主骑鹤来到阵前。秦汉抬头一看，是一位仙姑，头戴鱼尾金冠，身穿鹤氅白衫，手舞双刀，骑下仙鹤。见了秦汉、一虎喝道："你两个无名小卒，快叫梨花出来见我。"二将大怒，喝道："妖妇，我元帅岂可见你的么？吃我弟兄棍棒！"照白龙公主打来。公主大怒，将双刀敌住两人，大战数十余合不见输赢。公主想道："果然二将勇猛，话不虚传。"即忙取下乾坤小伞说道："矮将看伞！"把宝伞撑开，放出五色祥云，把二人眼目罩住，一个筋斗，跳进伞中去了。白龙公主收兵进关，吓得唐兵胆消魂落。回营报知元帅说："秦、窦二将被番兵一员骑鹤道姑撑开伞，二将就不见了。那道姑收兵进去了，特来报知元帅。"元帅大惊说："我晓得五龙公主法术多端，昨日退兵十里，计议与她厮杀。那二将倚勇不服，打关，至被擒去。如何是好？"月娥、金莲二将上帐说："元帅，那妖妇拿我丈夫，我们明日打关要救回来。"元帅依言。当夜不表。

再言公主进关，叔赖接入帐中，叫声："师父，两个矮将怎么样了？"公主说："我已拿在伞中，此时化为血水。"叔赖大喜，吩咐摆酒贺功。五位公主朝南坐着，叔赖下面相陪。酒至三杯，听得伞内开声说："我王禅门下，有九转元功。你虽然吃酒，不免要斩你五条妖龙。"叔赖听了大惊。黄龙公主叫声："五妹，你的宝伞有灵，拿人就死，今日为何不灵？"白龙公主说："这也奇了。"忙取宝伞撑开，只见两个矮子一个筋斗跳将出来。公主大怒，吩咐拿捉。番兵正要动手，只见二人拍手大笑说："不劳你们拿捉，我去也。"秦汉飞上天去，一虎钻入地去。五位公主看得呆了，倒觉心惊。叔赖说："先前说过的，他有钻天入地之术，谁想又被他逃了。"黄龙公主说："方才不听他说么，他说王禅门下，九转元功，炼就真身，不得化为血水。待我明日出关，祭火珠烧死唐兵百万，才见五龙山手段。"叔赖甚喜不表。

再言秦、窦二将回营,参见元帅。元帅大喜,说:"二位将军被乾坤伞拿去,我心甚忧,我王洪福,恭喜回营。说与我知。"二将说道:"元帅,那宝伞果然利害,见她撑开,有万道毫光,把我二人眼目遮瞒,跌入伞中。若是凡人化为血水,幸我们师父传授金丹,防身之宝,遇有急难,吞在肚中,不能坏身。放开伞来,逃走回营,得见元帅。"元帅大喜,说:"今日金莲、月娥二员女将要去打关,你二将去助阵,须要小心。"秦窦二将说:"愿去帮助。"夫妻两对喜欢,整备打关。

有番营差官下战书说:"唐将停留数日,待摆五龙阵完了,见个雌雄。"元帅批允。差官回入关中,报与叔赖说:"唐元帅批允。"叔赖与五位公主摆阵,缺少兵将。正在此言,番儿报进说:"朝廷差驸马苏定国领兵十万、大将四员到了,请二大王出关迎接。"叔赖大喜,出西关接进营中见礼,设酒接风。

次日五位公主操演人马,演熟出关,摆下五阵,东西南北中央。第一阵名曰黑龙阵,黑龙公主守将台督阵,点大将郝麒麟守住阵门,内中黑气冲天,变化多端,凭你神仙入阵,性命难保。第二阵名曰白龙阵,白龙公主督阵,大将忽突大守住阵门,内中白雾漫天,变化无穷。第三阵名曰赤龙阵,赤龙公主坐中军,点大将云必显把守阵门,内中红光焰焰,好不怕人。第四阵名曰青龙阵,青龙公主督阵,点大将方万春守住阵门,内中青云惨惨。第五阵名曰黄龙阵,黄龙公主守将台督阵,驸马苏定国守住阵门。十万雄兵,按分五行,金、木、水、火、土,分五阵操演,操了五日,精熟。

五龙公主见阵图已完,到六日各驾仙鹤到唐营讨战。梨花闻报,摆队伍出营,旗分五色,一队一队而出。梨花头戴金冠,身穿锦袍,内穿金甲。男左女右一字摆开,众将戎装,兵士精神抖擞。五位公主见了说:"名不虚传,果然行军有法,纪律分明。"叫声:"樊梨花出来会我。"梨花听了出阵说:"五龙公主,我与你风马牛不相及①,为何摆下阵图阻我西进?若不回兵,不要怪我无情。"五位公主说:"樊梨花,你仗了黎山门下欺我教门,故此我姊妹们不服,摆下一阵。你若破得,我姊妹们让你。若不能破,休

---

① 风马牛不相及——典出《左传》"僖"四年。本意说齐楚相去甚远,无从相及。后借此比喻毫无相干。

怪我等。"梨花说："我一路征西,破了多少阵图,何在这小阵,你且闪开,待本帅看看,好破你阵。"公主说："你既看看,这也随你,不要害怕。我且回阵。"梨花同了月娥、金莲三骑马来到阵前,喝道："五龙公主,本帅既来看阵,休放冷箭。"公主说："放冷箭,非为好汉。"说罢进阵去了。梨花一看,果然阵图利害,前呼后应,变化无穷,左冲右击,阵中宝光腾腾焰焰,顶上五云结盖,看了倒也惊骇。正在踌躇,不好进阵。五龙公主在阵中冲出说："樊梨花,如今可晓得阵中利害么?"梨花说："这些小技,有何难破?"说罢三人回营,不知怎样破阵,且听下回分解。

第六十一回

樊梨花一打五龙阵　窦一虎求借芭蕉扇

前话不表。再言梨花在马上想道：方才一时许她破阵，若惧不去，被他们笑我无能。想五龙阵，无非按五行生克，但阵中毫光万道，宝贝不少。凡人不能进去，须有术之士、仙教弟子，方可去得。就传令月娥、金莲二将，付灵符一道，保护其身："去打青龙阵，须要小心。"二将领令而去。点秦汉、窦一虎："你有金丹保命，去打赤龙阵。"二将领令而去。又点仙童、金定二员女将："各带灵符护身，防她宝贝伤人，去打白龙阵。"二将领令而去。梨花想道："军中能知仙法只有八人，已差去六人。我与丁山去打黄龙阵。只一黑龙阵谁去打？"正在此想，只见尉迟青山解粮到来，参见元帅。元帅大喜说："你竹节钢鞭乃仙传之宝，可以去得。"他黑脸黑甲，正应黑龙。命他同先锋罗章付灵符一道，去打黑龙阵。二将高兴，领兵而去。令刘仁、刘瑞、金桃、银杏同众将守住营盘，不可轻动。众将领令。

梨花、丁山去打中央黄龙阵，见阵中杀气冲天。再表月娥、金莲打入青龙阵内，只见阵中冲出一员番将，好不利害。见他青盔青甲青脸，坐下青鬃马，手执开山大斧，大旗一面，书名大将方万春。出马拦住阵门，大喝道："二位佳人休来送命，倒不如阵前投服，收留成亲。"二将听了大怒，说："不必多言。"将双刀劈面砍去。方万春使斧相迎，战有数十合，月娥将摄魂铃摇动，方万春倒撞下马。金莲正欲去斩，只见青龙公主骑鹤而出，喝声："休伤我将！"执剑砍来。月娥、金莲双刀架住，三人大战。公主摇动百灵旗，忽听得阵中一声响亮，赶出无数怪兽，张开血盆大口，飞奔前来吃人。二人吓得魂不在身，回马出阵，败归大营。

那秦汉、一虎打入赤龙阵，见阵里红光中冲出一员番将，脸如红枣，红盔红甲，骑下胭脂马，手执大刀，旗上书名云必显，舞刀拦住说："你两个矮东西也来打阵，吃我一刀。"二将根棒相迎，杀得番将招架不住，回马就走。二将正要追赶，赤龙公主飞鹤而出敌住，祭起雌雄剑，当头砍来。秦汉、一虎看来不好，一个飞天，一个入地走了。

再说仙童、金定二将，杀入白龙阵，见白雾漫天，冲出番将忽突大，白盔白甲，坐下银鹤马，手执银枪，挡住厮杀。战未数合，番将大败而走。白龙公主冲出，撑开宝伞，二将见了，叫声："不好！"各人大败逃回。白龙公主收了宝伞回阵。那尉迟青山、罗章杀入黑龙阵，阵中黑气冲天、冲出番将郝麒麟，接住厮杀。郝麒麟岂是尉迟青山对手，战不数合，回马就走。里面冲出黑龙公主，把百叶幡摇动。二将幸得灵符在身，不能化为血水，跌下马来，陷在阵内。

再言梨花同丁山杀入黄龙阵，只见黄沙漠漠，冲出番将苏定国，金盔金甲金脸，坐下黄骠马，像秦琼转世，手执黄金锏，冲出拦住说："通下名来。"丁山说："我乃平辽王世子薛丁山，同妻元帅樊梨花到你阵，快快下马受死，免污手中戟。"苏定国听了，大怒说："国王正要拿你二人，要碎尸万段，方雪此恨。"丁山、梨花大怒，戟刀向前，要斩定国。定国把双锏相迎，一场大战。黄龙公主冲出助战，祭起火珠，满阵大火。梨花借火遁而逃。丁山陷在阵中，幸得灵符护身，不致损命。梨花回营，众将都说阵中宝贝利害，不能破阵，回来缴令。惟世子丁山、尉迟青山、先锋罗章三将陷在阵中，未知性命如何。元帅听了，闷闷不乐说："三人大命不妨。"传令紧守营盘，三日之后，计议救他。

忽报朝廷差军师徐梁赐锦袍到，元帅出营接旨。开读已毕，山呼谢恩，香案供着。然后与军师见礼。徐梁说："为何世子丁山、尉迟青山、罗章不见请来，好领锦袍。"元帅将破五龙阵陷在阵内说了一遍。徐梁军师说："既是如此，不必烦闷。你师广有神通，差人去请来，好破此阵，以救三将。"梨花听了，如梦初醒，说："承教。"军师辞别，元帅同众将送出营门，回身修下书信，差秦汉、一虎速往黎山老母处投上。

二将领书，钻天入地而去。不一日，早到黎山。秦汉落下云头，来寻洞府。一虎也在地中钻将出来，说道："师兄，那边苍松成径，翠柏成林，却不是洞府么！"二人来到洞口，叩门三下，洞门开了，走出二位女道童，见了二人说："莫非王禅老祖门下秦汉、窦一虎么？"二人大惊说："女师兄怎么晓得？"女仙童说："我师父说，命你进去。"秦、窦共同进洞，但见仙鹤成群，仙鹿成对，仙花仙草满洞。二人行至中殿，见老母坐在禅床。二人跪下叩拜，送上书信。老母说："你来意我尽知，薛丁山三将该有五十日灾难。你二人可往南海落珈山观音菩萨①座下，求善才②去，好破此阵。一往西方火焰山牛魔王夫人铁扇公主借芭蕉扇，好破火珠。去罢。"二人拜谢出洞。一虎说："师兄，你往南海可以飞过去。我地行往火焰山牛魔王夫人处借扇。"说完，二人分头而去。

那一虎在地中日行千里，夜行八百。地行了半月，钻出头来一看，只见一个村坊，鸡犬相闻，田地肥美。见一老翁在溪边抬头看云，说："不要下雨便好。"一虎叫声："老丈。"上前作揖。老翁听得，回转身来，连忙还礼，笑道："你这人短小，想是矮人国来的么？"一虎说："我是大唐国来的。"老翁说："小哥，你来骗我了。大唐国到这里九万余里，要过许多险路，除非是齐天大圣孙行者方到这里。你又非孙行者，焉能到得这里？"一虎叫声："老丈，齐天大圣是哪一个？"老翁说："小哥，你不晓得么？那齐天大圣也是大唐人，和尚唐三藏的大徒弟，法名孙悟空。唐僧奉旨往西天取经，在此经过。西北上有一座火焰山，一向这里热不过，亏他往铁扇公主借芭蕉扇，将火焰山扇灭了。如今这里也温和了。"一虎闻言，喜之不胜，说："孙行者是佛教，我是仙教，所以同生大唐，不认得的。"老翁说："小哥，想你大唐到这里，是有意思的人。到此何干？"一虎说："老丈，你不知道，那西凉国造反，大兵西进到铜马关。有五龙公主摆阵，阻住唐兵。奉元帅将令，要往火焰山借扇去，经过此地。请问这里往火焰山还有多少路？"老翁说："你原来也要借扇的 。如今这火焰山被孙行者扇灭了火，连山都不见了，若要借扇，须往翠云山仙洞铁扇公主处。他如今也皈依佛教，不管闲事。此去西方一百里就是翠云山了。"一虎问明，拜谢作别，起身往地中去了。老翁一见骇然，说："唐朝多是异人，这人身虽短小，倒会土遁法。"

不表老翁之言，再言一虎约行百里，钻出一看，原来一座土山，但见苍松成径，翠柏成林，好一个所在。只听得半山之上石磬声传，白云缭绕。一虎前行，寻见一个洞府，上写着"翠云洞"三字，好不欢喜。将洞门连敲三下，里面走出女子说道："这里修行之地，哪个叫门？"开门出来，一虎见

---

①　观音菩萨——又称观世音。是佛教中大慈大悲、救苦救难的形象。是中国佛教四大菩萨之一。

②　善才——神话传说中的善财童子，言其"生时种种珍宝自然涌出"而得名。

两个丫环,连忙叫声:"姐姐,见礼了。我是大唐国樊元帅差来,要见公主娘娘,借芭蕉扇去破阵的。烦通报一声。"丫环说:"你这矮子也是大唐来的? 前番我家公主受了大唐和尚之气,如今发愿修行,不管闲事,不敢去报。"一虎说:"二位姐姐,我是王禅老祖门下弟子,不辞千山万水跋涉,特地到此,请姐姐方便,对公主说一声。"丫环说:"王禅老祖,我娘娘常常说起。你就是她徒弟? 我与你说一声看。""多谢姐姐。"

丫环进内,来到殿上。公主正在那里打坐,丫环禀道:"娘娘,今日外面又来了一个大唐人,说是王禅门下弟子,来借宝扇,去破五龙阵。现在洞外,不敢放入。"娘娘听了说:"既是老祖徒弟,必有神通,前番受了猴子的气,今番此人不善,与我唤她进来。"丫环奉命出洞说:"娘娘唤你进去。"一虎连忙进洞,好个仙界,来到殿上,见公主坐在蒲团之上。一虎跪下叩拜,说起因由,借扇破五龙阵。不知肯借否,且听下回分解。

第六十二回

善才途中战秦汉　五公主阵上收宝

适才话言不表，再言公主娘娘说："你既是老祖门下，姓甚名谁，有何本事，敢来借扇。"说："弟子窦一虎，有地行之术，日行千里。"公主说："这宝扇，当时有火焰山，断断不借的。被孙行者将火扇灭，留在洞中也无用处，借便借，你破了阵就要还的。"一虎说："这个自然。"丫环付与一虎。一虎接在手中一看，是一柄蒲扇，能大能小，叩谢出洞，还从地行而回。

再说那秦汉上天，飞了数日，早到南海，按落下来，立在海边，见天连水，水连天。秦汉想道：这顶钻天帽在平地上腾云，跌下来不过在地上。这海如何过去？硬了头皮飞上云端，而眼紧闭，听得耳边风声，片时落在山上。秦汉开眼一看，原来已是南海。来到大士山门，上写着"慈航禅院"。少停，见两个和尚笑声走出说："你就是王禅徒弟秦汉么？"秦汉大惊，想道：菩萨早已晓得。忙施礼说："法弟就是。"两个和尚回礼说："我两个是菩萨座前弟子，法名都罗、吉缔便是。今菩萨朝天去了。曾有法旨，说今日有个大唐差来王禅弟子秦汉到此，求善才去破五龙阵。教他先去。菩萨朝回，就遣善才来。命我回复你回去罢。"

秦汉不敢久停，拜别二位，飞上云端，两耳风声，不消一时，来到东土。下落云头，心中大喜。仍旧飞上云端，一路而行，离了东土，来到西凉国。落下山头一看，见一村坊，有山有池，树木成林，中有茅房草舍，桑麻遍野，鸡犬成群，好一个村居之所。秦汉正在观看，见房中走出一个婆婆，说道："这位客人也是东土来的么？"秦汉大惊：这婆子倒有仙气！说："你因何晓得东土来的？"婆婆说："昨夜有一矮子，与你一样身材，在此借宿，肩上一柄芭蕉扇，是翠云山借来的。今日早上出门，来了一个孩童，头上梳着丫髻，两手带镯，脚踏火轮，手拿齐眉短枪，身穿绣龙锦袄，大红裤子，一双赤足。为甚的见了扇子大怒起来，与矮子交战。那矮子杀得大败而走，孩童赶去，不知死活。"

秦汉听了，"这分明是我师兄一虎。"说："婆婆，承教了。"飞上云头，向西望去,前面喊杀连天。秦汉下落云头,见一虎战孩童不过,且战且走,好不吃力。秦汉叫声:"小童,不得无礼! 我来也。"童子回头一看,又见一个矮子,并不回言,举起火尖枪就刺。秦汉把棒相迎,战未数合,哪里战得过孩子? 棒法乱了。一虎见师弟来了,回身双战孩子,二人也战不过。

秦汉架住枪说:"童子,通上名来。"孩童道:"我坐不改名,行不改姓。我乃牛魔王之子,铁扇公主所生,吃人无数,火云洞红孩儿便是。只为要吃唐僧肉,遇了齐天大圣孙行者,求灵山观世音菩萨收服。归正五十三年,参拜佛爷,方成正果。在南海紫竹林中菩萨座下,同去朝天。蒙法旨往西方助唐破阵,驾轮来到村坊,遇着这矮子偷我母亲芭蕉扇。快快还我,饶你两人性命。若恃强不还,将你二人活吃。"秦汉听了笑道:"我道是谁? 原来善才童子。你是菩萨弟子,我两人王禅老祖门下,释道一般,不必动怒。出家须发慈悲之心,不比当初在枯骨山吃人。我奉黎山老母法旨,教师兄往令堂娘娘前借芭蕉扇,要去破阵。我往落珈山相求令师菩萨,请座下善才相助破五龙阵收宝。遇着都罗、吉缔,说菩萨朝天,同善才、龙女去了。叫我先回,就打发善才来西方破阵。我驾云而来,见你们杀得高兴,下山看看。这柄扇是借来的,不是偷的。"善才听了,心下明白,说道:"既如此,何不早说? 若秦师兄不来,窦师兄将被我刺死。"一虎笑道:"你虽是吃人肉的人,若要打死我尚早。若再杀不过,就钻下地中,哪里来寻我? 你二人慢慢驾云而来,我往地中先回唐营。"说罢,身子一扭,往地中去了。

红孩儿说:"窦师兄有地行之术,秦师兄有何仙术?"秦汉说:"我有钻天之术,一日能行千里。请问善才师兄有什么仙术?"善才说:"我有风火轮二轮,日行万里,比你两个更好。"秦汉说:"事不宜迟,快快起程。"二人双双驾云而来。此话慢表。

再言五龙公主说:"打阵之后,一月有余,不来破阵,紧闭营门。请花弟子到来,明月出兵踹营,剿灭樊氏,好夺唐朝世界。"齐声说:"有理。"令军士传请。花叔赖忙到阵中见礼,"请问师父有何吩咐?"黄龙公主说:"徒弟,那唐营紧闭,计穷力竭。明日亲领人马,杀到唐营,踹为平地。"叔赖听了大喜,传令三军,来日破唐。众将齐声答应,整备交战,此话不表。

再言樊梨花对众将说:"秦、窦二将往黎山一去许久,有四十余日,还不回来。三将陷在阵中,性命难保。"众将齐言说:"那二人不来,我们明日去破阵。"正在此言,有番儿打进战书,约明日交锋。梨花批允,对仙童、金定说:"我夫与二将陷阵,秦、窦二人一去不回。花叔赖打战书,我批允明日出战。听天由命便了。"仙童、金定说:"既为上将,何惧番兵?明日各要努力,为国亡身,也无怨心。"众将齐忿忿不平,待等明日交战,此言慢表。

次日元帅升帐,点月娥为头阵,金莲为二阵,金定第三阵,仙童第四阵,元帅领大兵为五阵,刘仁、刘瑞为左右翼。正要出兵,有秦梦解粮到,交卸明白,参见元帅说:"今日出兵,不点男将,却点女将。不知为何?"元帅说明此事。秦梦大怒说:"可恶番兵猖獗,我今出阵,必要活擒番将献功。"元帅说:"将军解粮而来,一路辛苦,鞍马劳顿,不敢相烦,后营将息。"秦梦必欲请战。元帅依允说:"五龙阵厉害,上阵须要小心。""得令!"秦梦见久不上阵,昂昂得意,全身披挂,手持金装锏,骑下呼雷豹,带领本部人马出营。

那番将花叔赖领兵出阵。五龙公主守住阵脚。冲到唐营,见唐营炮响,冲出一员大将飞到阵前,喝道:"俺大将军秦叔宝孙秦梦在此,快出来,决一死战。"一声大叫,花叔赖大怒,飞马冲出,提鞭就打。秦梦双锏相迎,大战五十余合,杀得叔赖汗流脊背,回马大败而走。秦梦喝声:"番将哪里走!"拍马随后追来。五龙公主大怒,即驾鹤出阵。五员女将也齐冲出喝道:"休得逞能!"各执军器杀去。五龙公主各舞双剑相迎。仙童祭起捆仙绳,被白龙撑起伞来收去仙绳。月娥摇动摄魂铃,也被宝伞收去。梨花大怒,祭起乾坤圈、混元棋盘,来打五龙公主,都被宝伞收去,各样宝贝尽皆收去,五员女将大惊,各带转马头大败而走。五龙公主在后面追赶。

黑龙公主祭起雌雄剑来斩梨花,忽见云端落下一童子,大喝道:"黑龙公主休得无礼,我来也。"梨花抬头一看,见云端飞下孩童,脚踏双轮,十分勇猛,手执火尖枪来刺黑龙公主。那公主认得,叫声:"红孩儿,你也来管闲事?"收了双剑。五龙公主一齐围住,一场大战。五员女将也来助战。

秦汉正在云端赶路,听得下面杀声,按住云头一看,认得哥哥秦梦追赶花叔赖,看看追近,叔赖祭起神鞭,秦梦不曾防备,打落马下。叔赖正要取首级,秦汉飞下说:"休伤我兄,俺来也。"举棒就打。叔赖一看,认得是盗莺的，大怒，提鞭相迎。唐兵抢上救回秦梦。叔赖又祭鞭打来，秦汉飞纵云端。叔赖收鞭回转。五龙公主不能取胜，说："红孩儿、樊梨花，今日天色已晚，明日再战。"两边各自收兵。

　　元帅回营，见伤了秦梦，将药敷好。请红孩儿相见。正欲拜谢，秦汉前来缴令，细说老母之事，请得这位小英雄破阵。梨花听了大悦，上前拜见善才，说："方才若无师兄相救，几乎一命难逃，礼当拜谢。"善才说："俺也有一拜。"各人拜毕。一虎回营缴令，将借扇之事细说一遍。元帅大喜，设酒庆贺。善才童子乃佛教的，戒酒除荤，命备素筵。众将席中议论说："宝伞利害，收去许多宝贝。宝贝焉能回来！"善才童子笑道："她伞虽妙，不及我灵山太极圈。待我明日出阵，收回宝贝送还。"众将听说大喜。梨花说："全仗师兄大法力。"酒至半酣罢席，各归营寨安歇不表。未知后事如何，且听下回分解。

第六十三回
元帅营中产薛强　善才大破五龙阵

适才话言不表，再言次日天明，元帅升帐。善才请令破阵。元帅道："今日破阵，全仗师兄，须要小心。"点秦汉、一虎为左右翼，相助打阵。善才同了秦、窦点兵出营。元帅又点仙童、金定为救应，点月娥、金莲在后接应两支人马。元帅同刘仁、刘瑞、金桃、银杏四将五人中路而行，听得阵破，一齐向前杀出。

不表元帅分派已定，再言黄龙公主收兵回营，闷闷不乐，对四位公主说："我和你心厌龙宫，在山修道有数千余年，方得长生不老。今因小忿下山，扶助花叔赖阻住唐兵，指望得胜。谁知画虎不成，她请红孩儿到此。我一向闻他在枯骨山火云洞吃人，积骨如山，乃万恶魔君，今皈佛教，广大神通，焉能敌得过他？不如回山去罢。"白龙公主叫声："姊姊说哪里话来？我五龙公主声名也不小，岂惧红孩儿，就要回山！明日不要与他野战，叫他打阵，自然一网而擒。"三位公主都说道："五妹之言有理，只要引他进阵，红孩儿必定遭擒。也显五龙山公主手段。"黄龙公主依言。

次日五位驾鹤而出，只见唐营大开，冲出三员步将，四员女将，奔到阵前，喝道："五龙公主，快快投降，免汝一死。"五龙公主大喝道："红孩儿，今日不与你野战，敢来打阵么？"红孩儿说："这个何难？俺来也。"五龙公主听言，一齐飞入阵中等候。那善才乖巧，对秦、窦二位说："师兄，他五龙阵按金、木、水、火、土，相生相克，生门青龙，和你们打进青龙阵。"二将说："师兄之言有理。"杀进阵中，只见一道青烟冲出。一员番将喝道："三个孩子慢来，俺大将方万春在此。"三将并不搭话，举棒就打。青龙公主将灵旗摇动，见一群怪兽，张开血盆大口，奔来吃人。两员矮将心慌。善才笑道："些须小技，敢来逞能！"颈上除下项圈，这是灵山太极圈，祭在空中，将灵旗打折，百兽化为乌有。青龙公主大怒，"啊唷，这孩子敢伤我宝。"飞鹤冲出，将宝剑交迎，哪里杀得善才过？

大败回身。番将被秦汉一棒打死。四员女将见阵已破,也进阵中。青龙公主无处逃生,把口一张,冲出万道清泉,在水中一滚,变一条青龙随水而去。

红孩儿说:"她既逃去,不必追她,再打赤龙阵。"阵内冲出一道红光,声如雷鸣,来了一员番将,喝道:"大将云必显在此。"举大刀直劈三将,三将执器相迎。不一合被红孩儿挑于马下。赤龙公主大怒,仗雌雄剑跨鹤而来,祭起双剑。被红孩儿用太极圈打下。公主把口一张,放出万道红火,把身一摇,现了原形,乃一条赤蟒,一滚直去。

赤龙阵已破,来破黑龙阵。见阵中一道黑气冲出,番将郝麒麟手执金瓜锤敌住。被一虎打中。黑龙公主跨鹤而出,手持百叶幡祭起,好不怕人。两员矮将跌倒。红孩儿笑道:"这妖幡骗凡人,俺红孩儿九炼成钢,真身不坏,奈我不得。"将太极圈打去,分为两段。两员矮将登时苏醒。公主把口一张,冲出黑水,腥臭难闻,变一条黑龙,在黑水中一个筋斗就不见了。黑水消灭,破了黑龙阵。四女将杀入阵中,救起尉迟青山、罗章。可怜他二人陷在阵中四十余日,饿得七死八活。一虎令小校背负回营。一齐杀到白龙阵。

见白雾茫茫,冲出番将忽突大,手执银枪,直刺善才。善才一枪挑下马来,被四员女将活擒而去。白龙公主驾鹤而出,把伞撑开,冲出万道毫光,矮将、四员女将立脚不住,都跌倒在地。唯有红孩儿端然不动,大笑道:"白龙,白龙,你这柄伞今日也要出脱了。"说罢,祭起宝圈,将宝伞打碎。众将死而复醒,大怒向前。梨花取了乾坤圈、混元棋盘,仙童收了捆仙绳。白龙见打碎伞,破了阵,把口一张,喷出白雾,万道寒泉,水中一滚,化白龙遁去。

又来打黄龙阵。只见黄沙漠漠,阵中一声炮响,冲出驸马苏定国,用黄金铜来打善才。善才这火尖枪好不厉害,定国哪里敌得住?杀开血路逃生。众将正要追去,黄龙公主舞剑出来,喝道:"休追我将。"举剑来战,祭起火珠,听得霹雳一声,迸出万团烈火冲来。众将吓得魂不附体,撞着烧得焦头烂额而逃。红孩儿呵呵笑道:"黄龙、黄龙,你不晓我生在火焰山,住在火云洞,哪里怕你火?"飞身入火内,与黄龙公主大战。元帅说:"火珠利害,快取芭蕉扇入阵救火。"一虎听了。将芭蕉扇连扇几扇,顷刻火熄。将火珠跌下。黄龙公主大怒说:"啊唷,可恼,可恼! 你们借了铁扇公主芭蕉扇,坏我宝贝,与你杀个你死我活。"抖擞神威,现出三头六臂,像哪吒三太子一般。众将见了大惊,独有红孩儿不怕,说:"黄龙,你的法术不足为奇。"把手一放,吹口仙气,阵中杀出无数小红孩儿,手中多执火尖枪,围住黄龙。众将见了大家称异,果然神通广大。杀得黄龙招架不住。红孩儿祭起宝圈打来,那番害怕,现了原形,是一条黄龙,涌起万丈波涛,顶带火珠,水中遁去。顷刻大水不见。

红孩儿破了黄龙阵,众将救起丁山,见他面色蜡黄,不省人事。妻、妹看了伤心,安排暖车送回营中。今日大破五龙阵,多亏善才之功。看看日落西山,元帅收兵回营。灵丹救醒三将,摆宴犒赏,令明日打关。当夜元帅打阵辛苦,生下一子取名薛强,军中停留三日,此话不表。

再言苏定国阵中逃回,叔赖接进关中,问道:"唐兵打阵,胜负若何?"定国将红孩儿破阵,五龙公主逃去,捉了大将忽突大,伤了三人,我亏坐骑逃回,细说一遍。叔赖大惊,令兵将紧守关头,多加灰瓶、石子、强弓、弩箭,与驸马各守东西,告急表章进朝,专等救兵到关。

再言元帅静养三日升帐。一虎说:"小将借扇破阵已毕,理当送还。"元帅说:"是。"走上善才说:"俺奉菩萨法旨,破阵就回。久不见母亲,这柄扇待我拿去。"此扇能大能小,大放在肩上,小安在口中。《西游记》内载的,闲言不表。

元帅传令打关。有秦梦要报一鞭之恨,请令打关。元帅许之。带了人马,来到关前大骂,番兵只当不知。恼了秦梦,令军士扳城而上。只见上面箭如飞蝗射下,兵不能上,倒伤了无数兵士。元帅大兵已到,把人马扎在关下。秦梦禀说:"关门雄固,兵不能上。请令定夺。"秦汉上前说:"前番小将同一虎进关盗莺、会番女之时,说明今日原要我去通知欢娘,里应外合,才好破关。"元帅说:"你前番私进关中,该当有罪。今晚破得此关,将功折罪。"秦汉得令,当晚飞进关中,来到后房,下落云头。窗外一看,见欢娘手托香腮流泪,好似西施一样。秦汉大喜,想道:她终身许我。跨窗走进,欢娘一见说:"冤家,一向因何不来? 害我望得眼穿。"秦汉道:"美人,自从那夜别去,哪有功夫脱身。"将此事细说一遍,"今番房内无人,与你成其好事。"欢娘笑道:"啐,废物东西,青天白日,羞答答说这样话来。倘丫头进房看见,丑也丑煞了。"秦汉说:"有了,只要刺死了花叔赖,与你做长久夫妻,你不快活。"欢娘大喜说:"有了,待奴整备酒筵,差丫环去请他来到赏端阳。将他灌醉,刺死了他,那时同去降唐。"秦汉说:"倘苏定国提兵来时,如何处置?"欢娘一想说:"有了,只消如此如此。事有成了,全仗将军帮助。"不知刺得成刺不成,且听下回分解。

第六十四回

欢娘刺死花叔赖　梨花兵打玉龙关

再言秦汉听了此言说:"此计甚高,我回营禀知元帅,同师兄进关助你。"说罢,飞上云端,回营对梨花说,遇欢娘如此设计,好破关门。元帅听了想道:"矮子个个都贪色的,但愿成功。"开言令秦、窦二将进关帮助,我准备雄兵打关,里应外合。二将大喜,接令出营,上天入地,进关不表。

再言花叔赖闻欢娘相请,来到东房。欢娘接进,二人见礼坐定。欢娘说:"今日端阳佳节,妾备一杯水酒请大王。但是大王贪恋西房,太觉显然。"叔赖笑道:"美人,咱欢喜二人,无分厚薄。一向间阔①,今日补情,与美人畅饮一杯。"叔赖上坐,欢娘下陪,丫环斟酒。将叔赖热一杯,冷一杯,灌得大醉,立起身来,一手搭在欢娘肩上,一手举杯,一连几杯,醉得糊涂,立脚不住,丫环扶到床上,人事不知睡倒。欢娘说:"众丫环过来,筵席收去,你们吃个尽醉。"说:"多谢夫人。"收了酒席,都往外房吃酒。

正当二更,欢娘拿了剑,欲要砍下,自己身子战栗起来。秦汉飞下进房,接剑在手,将叔赖砍死,说:"事不宜迟,传令出去,请驸马来议事。说大王意欲降唐。令刀斧手三百,埋伏帐下,若他不允,将他斩首,开关降唐。"欢娘打扮军装,拿了令箭。只见地下钻出一虎说:"秦师弟,这女子传令,我和你开关迎接大兵。"秦汉答应,又对欢娘说:"你不要慌,我暗中助你行事。"说罢,上天入地行事去了。欢娘喜甚,提灯走出营门传令,旗牌分立两旁。欢娘说:"大王有令箭,请驸马前来商议军情,不得有违。"旗牌接了令箭,往西营不表。

再言爱娘正在房中,丫环报进说:"东房欢娘手执令箭传驸马,有刀斧手埋伏帐下,不知何事。"爱娘听了说:"这贱人传驸马必要杀我。不如赶进东房,求大王做主救我。"算计已定,提灯来到东房。见众丫环都醉倒,走进房内,冷冷清清,床中一看,见大王被杀死,叫声:"不好了!"大哭

---

① 间阔——分离的时间长。

一场。"待我与她报仇。"结束停当，手执双刀杀出。

再言驸马闻叔赖相请，心中疑惑，带了亲随兵三百，明火执仗来到东营。不见叔赖出迎，便上帐说："花将军夜深请下官何事？"忽听云板一声，走出一个女将说："俺家大王计穷力竭，大王爷被捉去，不知死活，意欲开关降唐。请驸马爷来相议。"定国听了此言大怒道："罢了！罢了！花叔赖逆贼，待我进去杀他。"欢娘正要传刀斧手，听得里面杀出，爱娘手执双刀。驸马说："奸贼使贱人杀我么？"拔出宝剑将二人杀死。惊动帐下刀斧手出来救护，被三百亲随兵尽行杀死，回身杀到衙中，不分老少，尽行杀完。见叔赖先被杀死床上，倒觉稀奇，猜疑不出，回身杀出营门。探子飞报进说："大唐二员矮将潜入关内，把门军杀死，大开关门。大唐兵马如潮涌进来了。"驸马听了，吓得魂不附体，带了亲随，逃出西门，往玉龙关去了。

元帅进了关，传令休伤百姓。进内衙中，见杀死军人无数，方知欢娘、爱娘俱被定国杀死，定国逃去。秦汉说声："可惜佳人。"吩咐将叔赖、欢娘、爱娘埋葬，番兵尽皆收殓，出榜安民。放出花伯赖、忽突大，二人上前叩见。元帅说："你二人无名下将，杀之无益。放你们回去，教玉龙关守将早早献关，捉哈迷番王，解上京都定罪。我主若有好生①之德，你君臣的造化。去罢。"二将拜谢，喏喏连声而去。元帅吩咐摆宴犒赏三军，奏本进朝。养息三日，传令起兵，取玉龙关。点罗章为前部先锋，丁山为护卫，军分三路而进。

那罗章早到关前，一马当先讨战。番儿报进。那守关将乃国王长子罕尔粘镇守。前日间苏定国回来说起，心中一惊；又见花伯赖、忽突大二将放回报说；今又闻番儿报说，大唐兵关外讨战。吓得魂不在身，忙集众将商议："谁人出关开兵？"连问数声，并无人答应。太子无法，正在烦恼，报苏国舅到。吩咐请进，宝同朝拜太子。太子道："国舅少礼。前闻金光阵内走去，今日回来必有神通退得唐兵。"宝同奏说："臣自从金光阵大败，欲起兵复仇，前往各处仙山，请仙借宝。蒙教主金壁风祖师借我一匹神兽，名曰'黑狮子'，驾云而来。闻说唐兵杀到关口，可来讨战么？"太子说："国舅，目下兵临关下，将士寒心，无人出战。难得国舅到来，计将安

---

①　好生——指爱惜生灵；不杀生。

出?"宝同说:"付臣一万人马,杀他片甲不回。"

太子听说大喜,点起雄兵一万,战将十员,放炮开关,冲杀阵前。罗章抬头一看是苏宝同,大怒,挺枪直刺宝同。宝同将刀接住,战有三十余合,宝同不能取胜,把马一拍,那黑狮驹双蹄起在空中,鼻内喷出烟火。罗章两眼难开,回马就走。三军熏得无处投奔,自相践踏。伸手不见五指。那火一发厉害,大者车轮,小者炭火,飞来粘在身上,烧得焦头烂额,一万人马,去其大半。宝同大喜,收兵回关,摆宴贺功。

不表君臣得意,再言罗章大败,收拾败残人马回营。元帅大兵已到山下扎营,罗章回营告罪。元帅说:"罗章既为先锋,见机而进,如何被他杀得大败。"罗章禀道:"元帅,小将正在打关,冲出番儿苏宝同,骑下神兽,鼻内生烟,口中喷火,四足生风。小将挡不住,三军烧死战场,亏得坐骑跑得快,不然也被烧死。望元帅恕罪。"元帅说:"苏贼又来,决有神通。你暂退外,计议出兵打关。"罗章退出。元帅封门,退到内营。金定、仙童接着说:"元帅为何不乐?"梨花说:"今日罗先锋打关,被苏宝同借得黑狮驹,将先锋烧得大败。想他逃去日久,又纠合左道旁门到来,阻我西进。不知几时可得太平班师,好不烦闷。"仙童说:"他败兵之将,有甚本领。明日出兵,除其恶兽,就好西进。"梨花点头,各自安睡,当夜不表。

次日与仙童计议已定,捉苏宝同取黑狮驹。忙升帐,点秦汉、窦一虎二将领本部人马前去打关,二将得令而去。冲出关前,只听得关内炮响,大开关门,冲出人马,乃苏宝同。二将见了喝道:"屡败之将,敢来送死!"棍棒交迎。宝同说:"你两个又会着了,吃我一刀!"三人大战,宝同把黑狮驹一拍,鼻口喷出烟火冲来。秦、窦二将,张眼不开。一个上天,一个入地,逃出有二里远近。唐兵大败。元帅远望我兵败来,心中大怒,同仙童、金定杀出敌住。宝同见了梨花,怒气冲天,把驹一拍,四足生风,鼻中出烟,烟降满天;口中喷火,大如车轮,直奔三人。仙童、金定见了回马就走。梨花念动真言,顷刻大水冲来,烟消火熄。宝同唬得魂不附体,驾兽而逃,往前竟走。见一座高山挡路,说:"好了,方才几乎淹死,亏坐骑腾云而逃,可怜番兵淹死。怎好进关?"日已沉西,下落青山,远远听得钟声,走进一看,是一座庵院,写着"比邱禅院"。想道:"天色已晚,就在此庵借宿,明日去求师兄帮助。"想罢,下了驹,拴在树上,走进山门。殿上琉璃隐隐,钟声沉沉,有几众女尼在那里做夜课,诵完了出来关门。

　　见了宝同,问道:"将军黉夜①到此,有何事干?"宝同说明阵上之事。女尼笑道:"原来败兵之将,来此投宿。但是我们女庵不便留你,别处去宿罢。"宝同说:"如今天色昏暗,叫我哪里去? 乞师父行个方便,就在廊下权宿一宵,明日早行。"再三求告,有一少年尼姑说:"师兄们,他苦苦哀求,里面有一个囚老虎的铁笼,锁在里面,大家安心。"众女尼齐声说:"有理。"对苏宝同说:"我们出家人,慈悲为本,方便为门,都是女众,不便留男客,将军必要借宿,有一囚笼在此,倒也宽大,尽可容身。你在笼内权宿一夜,明日放你出来便了。"宝同该倒运了,上了这当,连声答应说:"使得,使得。"不知如何,且听后回分解。

---

① 黉(yín)夜——深夜。

第六十五回

梨花仙法捉宝同　神光扇软窦仙童

　　前言不表，那女尼里面扛出铁笼，放在殿上，宝同身不由主钻入笼内，将来锁上。一众女尼都不见了，只听外面吆喝一声，进来一位官府绅士，随坐在殿上，喝道："苏贼，认得本帅么？"宝同抬头一看，说："不好了！被梨花仙法捉住，我性命休矣。"哀求道："女元帅，你是正大光明英雄，饶了我命，以后再不敢来犯了。"梨花大怒说："反贼，你无事生非，惹动干戈，以害生灵，几次逃脱，罪不容诛。你有八九元功炼成虹影，刀剑不能斩你。"令左右将灵符贴上，抛在海内。宝同再三哀求，梨花不听，军士扛了，连笼抛入海中，沉于海底。巡海夜叉飞报龙王。金钟三响，龙王升殿。鳜鱼丞相、鲤鱼大夫、虾兵蟹将朝见，齐集两班。赤鱼门官启奏说："巡海夜叉探得有铁笼囚一将军，沉于海中。特来奏知。"龙王传旨："令龟鳖二将去扛来，待寡人一看。"二将领旨，同了夜叉将笼扛进。龙王说："笼内是人是怪？被何仙擒住？说与寡人听。"宝同一看，方知龙宫，开言说："大王，我乃西番国舅苏宝同，被樊梨花用倒海移山之术擒住，将我沉于海底。望乞放我。"龙王说："久慕大名。怎样放你？"宝同说："只要将笼上灵符去落，我就去也。"龙王依奏，将符揭下。宝同大喜，化道长虹而去。龙王大怒说："此人无礼，谢也不谢一声，径直去了。点将拿他。"鲤鱼大夫上前奏道："既去罢了，拿他成仇。"龙王准奏不表。

　　再言宝同逃去见师父，路遇铁板道人、飞钹和尚驾云而来。见了宝同大喜，三人见礼。宝同说起此事，僧道恨极说："国舅，你失了黑狮驹，怎好去见教主？不如寻李道符师尊到来，擒樊梨花报仇。"宝同说："既如此，二位军师先到关中帮助太子，我不日①就来。"三人作别，分头而去。那樊梨花收了法术进营。次日令刘仁、刘瑞打关，驾起云梯，攻打甚急。太子吓杀说："国舅昨日出战，一去不回。今日打进关来，如何是好！"

---

　　①　不日——要不了几天，近日。

　　忽报二位军师到了,太子大喜,令进来。僧道进营参见,太子说:"少礼,赐坐。请问师尊,唐兵临关有何妙计?"僧道说:"千岁放心,我二人驾云而来,路逢国舅,命我二人先来守关。既唐兵打关,我二人出战,立擒唐将。"太子令点兵二千,开关迎战。刘仁、刘瑞正在打关,听得关中炮响,知有兵出战,退到平阳之地,摆开阵势,准备厮杀。僧道二人带兵出关,来到阵前,并不搭话,四人大战。二刘虽然勇猛,难敌僧道,回马而走。

　　元帅在将台看见认得僧道,叫声:"不好了!他逃去已久,今番又来,必有异宝。二将乃无术之士,枉送性命。"令秦汉、一虎快去救两个徒弟回营。二将得令,飞身出营。远往二将飞跑,大叫:"休慌,我二人来救你。"二将听得有救兵,复回马去,叫道:"妖僧休赶,与你决个雌雄。"提枪直刺。僧道说:"走的非为好汉。"举起剑棒相迎,战未数合,妖僧祭起蟠龙宝塔打将下来,刘仁躲闪不及,被打死马下。刘瑞心慌,正要逃走,又被宝塔打落马下。僧道回身,正要枭首,秦、窦冲出敌住。唐兵救两人尸骸而回。僧道认得秦汉、一虎,知他手段高强,忙将宝塔打下。一个上天,一个入地。僧道大怒,冲锋杀过阵来,丁山敌住。元帅令仙童、金定、月娥、金莲四员女将飞马而出,围住僧道。僧道焉能杀得过,又祭起塔来,打中丁山、金定。仙童大怒,举起捆仙绳,妖僧见了,化道长虹而去。妖道扇起神光宝扇,仙童手足动弹不得,遍身麻软,如醉如痴。月娥、金莲见了,双骑杀出,救了仙童。月娥取摄魂铃,妖道晓得宝贝利害,也化长虹而去。番兵败进关中,紧闭关门。

　　唐兵回营,计点将士,打死四将:金定及夫君、二刘。梨花大哭说:"妖僧、妖道两个仇人,打死亲夫、姊姊、刘仁、刘瑞,此恨怎消?"金桃、银杏也哭二位亲夫。营中六神无主。听得云端落下两位仙翁。一虎见了说:"师父、师伯到了。"进营通报。元帅住哭,同仙传弟子出营,接进王禅老祖、王敖老祖。二位仙翁下落仙鹤,步进帐中。众弟子参见已毕,问道:"丁山、金定、仙童为何不见?"梨花哭禀说:"被塔打死,被扇扇坏。"二祖一看,说:"不妨,他四人被蟠龙塔打死。"取出四粒金丹,放入口中,四人悠悠醒转,见了师尊,连忙叩拜。二祖说:"仙童如醉如痴,被神光扇扇坏。"把手中拂尘连拂三拂,口念真言,仙童手脚活动,叫声:"妖道,好妖法。"叩拜师父。二祖说:"樊梨花,我有灵幡一面,可破神光扇。明珠一粒,可破蟠龙塔。他二桩宝,乃从教主金壁风那里借来的。他教下都是一班妖魔,神通不小。我二祖虽有仙术,力不能破他。到时须要谨慎。待众仙聚会,共破诸仙阵。"梨花拜谢,接了两件宝贝。二祖驾云冉冉而去。众弟子望空拜谢。专等明日打关。

再言太子清晨升帐,僧道二人参见。赐坐两旁,说:"千岁,昨日大胜,打死唐将。今日出关,立斩梨花,必建奇功。"太子大喜。点兵出关,到唐营讨战。探子报入营中说:"妖僧、妖道讨战。"元帅大怒,说:"不斩二妖,如何破关? 谁将出去除此二贼。"仙童、金定深恨二妖,上帐请令。元帅说:"须要小心。"又令世子丁山说:"你师父付你两件宝贝,同去出阵,擒此妖僧、妖道。"丁山接了宝贝,要报昨日之仇,带领飞龙将出营。

那仙童、金定来到阵前,僧道大惊说:"那两个女将,丑的被塔打死,齐整的被扇扇呆。如今又出阵,唐营有起死回生之术。今日必要捉进关中献功。"算计已定,举剑轮鞭来战,不能取胜。祭起塔来,二女拍马回身。丁山赶到,祭起明珠,金光闪闪。塔上蟠龙见了珠来抢,丁山把手一招,塔随珠而落,收了宝贝。女将回马交战,吓得僧道大惊,宝塔被他收去,取出神光扇来扇两员女将。丁山摇动灵幡,仙童举起捆仙绳,僧道见了,双双化虹进关。唐兵追来,番兵紧闭关门,灰瓶、石子打下,只得回兵。元帅大悦,传令明日打关。

那僧道进关见太子。太子说:"两位师尊,小校报道两桩宝贝被她所破,孤家正在慌张。复来见孤,有何计迎敌?"僧道说:"殿下休惊,国舅借兵去了,决有神仙来降。目下紧守关门,我二人去会了国舅,请下诸仙,破那樊梨花。"说罢拜别,化虹而去。太子惊说:"果然法术高强。"传令关上多加灰瓶、石子,日夜严守。我且不表。

再言苏宝同到蓬莱岛紫金山莲花洞,拜见李道符师尊,两泪交流,双膝跪说:"蒙师父传我法术,要报父仇。被薛仁贵杀得大败,后被樊梨花大破阵图,化虹而逃。西凉国地方俱被夺去,只有玉龙关,此关若破,国家休矣。望师父发慈悲下山,收服樊梨花,复转地方,与弟子报仇。"仙师听了大怒说:"樊梨花,你仗了黎山门下欺毁我教。既神仙犯了杀戒,同去见教主,请齐群仙,好退梨花。"宝同说:"弟子前日往教主借黑狮驹,被她用计夺去,不好再去见教主。"仙师说:"就将此事激怒师尊,诸仙聚会,一网打尽梨花等众,出你的气。"宝同大喜。同了师父出洞,驾云来到金山逍遥宫。看不尽许多山景,异草奇花,青松翠柏,来到洞外。里面走出两个散仙,见了师徒说:"李师长同令徒到此何干?"道符说:"有事见师尊。"二仙进洞禀说:"李仙师要见教主。"金壁风说:"李道符仙翁与我不同教,请进来。"二仙领了法旨出洞,令二人进见。

师徒进洞,见琼楼玉殿,彤庭瑶阶,教主坐在蒲团,八名仙童手内捧宝立在西旁。道符上前参拜,命赐坐。宝同朝拜,愿师尊圣寿无疆。拜毕起立。金壁风教主说:"李仙翁今日同令徒到来,还黑狮驹么?"李道符说:"师尊不要说起,今日小徒到我山中说。"不知说出什么来,且听下回分解。

第六十六回

仙翁触动金教主　妖仙大战樊梨花

再言李仙师说:"蒙师借驹去破大唐,被樊梨花用倒海移山之术夺去宝驹,将徒弟擒捉笼中。说教主借来的,乞见还他。她非但不还,口中不逊①,说教主自来也要擒住。连笼沉于海底。亏她化长虹来见我。"金壁风教主问:"宝同,果有此事么?"宝同说:"真的说出教主之名,她辱骂不堪,说我教非人类,都是畜生。"阶下恼了许多弟子。野熊仙、金鲤仙、黑鱼仙、老牛仙、花马仙、神犬仙、野狐仙、鸡冠仙、花凤仙大怒,上殿朝拜说:"樊梨花欺我教太甚,我等一同去到玉龙关见个雌雄。"教主说:"众弟子不可造次,樊梨花助中原国君,黎山老母门下神通广大,不要管闲事。"野熊仙说:"弟子在金牛关,被她请二郎神烧我洞府,伤我教门弟子甚多。老师不管,金山再无修行学道之人了。"

那教主耳软的,听了此言说:"你们先到玉龙关摆诸仙群会阵。还了黑狮驹便罢;她若不还,我当亲临,显二教高下。"令道符师徒先到关下搭起芦蓬,迎接诸仙。道符大喜,同宝同化虹先到玉龙关。

众仙辞别师尊,各驾妖云而来。路上逢着僧道二位,说失了两件宝贝。花马仙大怒说:"二师,那教主命我十代弟子来助西番,管教大唐百万尽为飞灰。事不宜迟,径往玉龙关去。"僧道听了大喜回关。苏宝同先进关中,请太子焚香迎接诸仙。不消片时,下落云头,太子一一接进,见礼坐下,说:"孤家有何德,敢劳众仙下降,相助破唐。"神犬仙、花马仙笑说:"要破唐兵何难,待我二人出关,捉唐将如反掌。"众仙道:"我们一同出去看,怎样一个樊梨花? 说她如此厉害。"大家说得有理,一同上马,出了辕门,带领妖兵,探头点脑,要想吃人。吓得番民家家下闩,户户关门。道符仙师见了如此,扎营关外,免害生灵。宝同领兵,炮响开关。那丁山同秦汉、一虎正要打关,只见关中冲出一队,人人尽是奇形怪状,如畜兽一般好

_____

① 不逊——骄横无礼。

笑。"番邦用了这班人,国家该灭。"正在观看,旗门下杀出二人,挡住说:"来将回去,唤樊梨花出来纳命。"丁山大喝道:"咄!你两个狗头马面的妖道,不必多言,看枪罢!"挺枪刺去。妖道双双来迎,一场大战,二妖看来难胜,口中喷出妖雾腥气,罩住天光。丁山伸手不见五指,被他拖下马来。秦汉敌住,一虎救回。又冲出四个妖仙围住秦汉。顷刻天光明亮,一虎放了丁山,复冲出助战。那金鲤仙顶上放出毫光,黑鱼仙口中喷青烟,神龟仙眼中放出红火,鸡冠仙冠中放出五彩,飞在空中,结成一块磨盘大的东西,照定二人头上打来。那秦汉亏得入地鞋,见势不好说:"师兄,我们去罢。"两人上天入地去了。四妖大惊,收了妖术。

唐兵报与元帅。元帅见丁山毒气所伤,吃丹醒转。听得二将败回,说明此事。梨花听说,闷闷不乐。为何关关都有异人?如今来了许多妖仙,如何能破?仙童说:"前日两位师尊说:'玉龙关群仙开法,'想是这班妖仙。待明日出战,见机行事。"梨花依言,传令紧守营门,恐防妖仙劫营。众将得令,紧守不表。

再言李道符犹恐众妖扰民,就关外安营。次日唐营冲出三员女将。野熊仙性不能忍,听见女将出阵,舞剑冲出。见梨花骑黑狮驹,两旁金定、仙童各骑宝马。梨花一见野熊大怒说:"妖道,前日在金牛关逃去,今日饶你不过。"轮刀杀去,围住野熊。野熊难敌三将,众妖正要向前,梨花拍马吐出烟火。野熊吓得魂不在身。宝同见物伤心,不敢出战,紧闭营门,对众仙说:"黑狮驹利害,被她所得,若盗得它来,送还教主便好。"花凤仙说:"这个何难?今夜包管盗来。"宝同说:"全仗师兄大力。"当夜驾云往唐营。

正当元帅得胜,令秦汉巡营,见云中来了一位女仙,来盗黑狮驹。飞上云端与她厮杀,惊动众将,照定仙女乱射。花凤仙心慌,弃驹而逃。秦汉牵了黑狮驹回来禀元帅不表。那花凤仙逃回番营,将遇矮将驾云夺回,说了一遍。国舅好不烦闷,无计可施。

次日唐兵杀到,番营一班妖道各显神通,只见乌云猛雨,现出无数怪物,尽是豺狼虎豹。仙童见了大惊。梨花笑道:"这些小术,三岁孩儿也晓。"念动真言,把红绿豆撒在空中,霎时雨散云收。神龟仙大怒,冲出阵来,喝道:"樊梨花,你用撒豆成兵之术,我有法擒你。"梨花一看,见此妖尖头,绿眼,黑脸,嘴上微须,身穿八卦道袍,手执鹅翎扇,背上一柄红光剑冲来。将扇子一扇,扇出万丈波涛,水内钻出,拔出红光剑,来斩梨花。梨花念动真言,波涛尽退,将手接住宝剑,举起诛妖剑,神龟仙躲闪不及,砍在背上,现了原形,乃一个大乌龟。将绳索穿了琵琶骨,贴上灵符,吊在旗杆之上,出其大丑。众妖见了,不战而逃。梨花见天色晚,收兵进营,明日交兵。此话不表。再言众妖同了僧道、国舅来见师父,说起:"龟仙被捉,我教扫尽面皮,望师父救回。"李道符仙师说:"龟仙被符镇住,待教主亲临方可解救。但是神仙犯了杀戒,我当亲出斩那梨花。"宝同等拜谢,各归营安歇。

再言梨花对众将说:"今日出战,须要大破番兵,活擒众妖,好夺关门。"众将说:"是。"点秦汉、一虎冲头阵,刘家兄弟第二阵,月娥、金莲第三阵,第四阵点金桃、银杏,第五阵点仙童、金定。自领后阵。丁山、罗章为救应。分派已定,大开营门出阵。秦、窦二将冲到阵,喝道:"这班妖道,快快出来纳命。"众妖大怒,犬、马二仙敌住秦、窦二将。

又冲出刘仁、刘瑞,番营花凤仙、野狐仙出阵。见了二刘说:"大唐好人物,果然生得标致,待我捉他们回营成亲。"算计已定,各骑仙鹤出阵,娇滴滴声音说:"二位郎君,快通名来,我好拿你。"兄弟抬头一看,见二女仙道姑打扮,好似仙子下凡,都是绝色。开言说:"我刘仁、刘瑞便是,自出阵以来,无有不胜。你二人不如投降,我与你配一个风流佳婿,夜夜快活。若不然,我这枪杆厉害。"二仙姑笑道:"你枪无情,我双刀也不善。"举刀砍来,二刘把枪相迎。

第三队月娥、金莲杀到旗门。野熊仙、老牛仙接住,思量要活捉二员女将。老牛抵住月娥,杀得天昏地暗。金莲迎住野熊。老牛口吐青烟,霞光喷出。月娥摇动摄魂铃,老牛跌下马来,现了原形,是一只白牛。吩咐军校,穿了鼻孔,牵回本阵。又来助金莲。野熊见老牛捉去,一发心慌,摇身变了飞熊,眼如铜铃,口似血盆,来扑捉金莲。那月娥冲到说:"郡主不要慌,我来也。"取铃摇动,野熊跌倒,被手下捆捉回营。

二员女将正要回营,抬头见两公主敌住金鲤仙、黑鱼仙。二妖口中吐出海市蜃楼。金桃、银杏眼前花花绿绿,如醉如痴。二妖正待擒拿,金莲、月娥大喝道:"休伤我将!"手舞双刀架住。两个鱼妖大怒,思量一网而擒。哪知月娥铃子厉害,对了妖道一摇,二妖跌落马前,现出双鱼,涌出清泉,借水遁而逃。那四员女将杀过对阵,冲出飞钹和尚、铁板道人、苏宝同、鸡冠道人，敌住四员女将。元帅冲锋上前。李道符大怒敌住，喝声：
"呔！樊梨花妄自尊大，不看仙翁眼内，今日相逢，断不饶你。"梨花抬头
一看，见道符仙风道骨，相貌不凡，五绺长须，飘撒胸前，头戴纶巾，身披鹤
氅，手执仙剑，不像妖道之辈。说道："仙长，我与你素不相识，风马牛不
相及，说什么断不饶的话来。"道符说："樊梨花，你不认得我么？我与你
师同列仙班，弟兄相称。道友宝同，是我弟子，虽兴兵拘怨大唐，也各为其
主。你不看师叔之面，处他无情。今日我不与你甘休。"说罢，举剑向梨
花面上砍来。不知后事如何，且听下回分解。

第六十七回

教主摆列诸仙阵　二教斗法有高低

前言不表,再讲樊梨花双刀架住说:"原来是道符师叔,既是上古神仙,该识天命,也不该来助恶为虐。该命你弟子改邪归正,教番主降唐纳款,自然唐主收兵,各分疆界。何劳师叔到关前与我为难。"李仙师听了大怒说:"樊梨花,你说哪里话来! 天下者非一人之天下,唐王坐了中原,贪心不足,夺取西番世界。好好把番国地方退还,收兵回去,叫唐王年年进贡,岁岁来朝,我便饶你。"梨花听了,叫声:"师叔,这句话讲错了。中原大国倒反进贡小邦,你如何做得大罗神仙? 快快归山,可全体面。若再无知,休怪弟子无情。"道符听了怒容满面,说:"贱人,休得多言!"用剑劈面砍来。梨花又架住说:"师叔,我看黎山师父之面,让你两剑。若是再来,决不让你。"道符又举剑砍来。梨花将刀相迎,战有数十合,不分胜负。梨花想道,他法术高强,先下手为妙。举起打仙鞭来打仙翁。仙翁大笑,把袖一拂,鞭落在袖中。把身一摇。背后五道金光飞来罩住,梨花眼花缭乱。忽仙翁提剑赶到,吓得魂不附体,说:"性命休矣! 五遁不能逃脱。"只听得霹雳一声,五道金光不见。李仙翁正欲砍梨花,听霹雳打散神光,大怒。抬头一看,见黎山老母跨了一匹金鳌飞下,说:"李道友,休伤我徒弟。不该请教主炼宝摆阵,害我座下众弟子。如今也不与你计较,你看那边云彩冉冉,教主法驾来也,我且暂退。"仙翁见了老母,欲要相杀,听教主驾到,回头一看,远望西方祥云五色到来,忙传令收兵接驾。那花凤仙、野狐仙正与二刘交战,听得收兵,俱皆罢战,退回本阵,接教主。

那樊梨花在金光中,忽见师父降临,说退道符。收兵回营迎接师父进帐,领众参见,拜谢救命之恩。拜毕起立两旁。老母说:"如今金壁风教主炼四口宝剑,要摆诸仙群会阵,见二教高下,与我等斗法。你去营外搭起芦篷,迎接诸仙下降。"梨花奉命,传令罗章营前台上挂红结彩,请老母坐在当中,香烟不断。又设交椅公座,笙箫细乐。

不表唐营齐整,再言金壁风带了数代弟子,捧了宝剑,那剑红光闪闪,五色毫光。谁知弥勒佛座下黄眉童子,他在西天小雷音寺骗捉唐僧,有徒弟孙行者求得佛主收去。不料弥勒往西天如来佛那里去了,黄眉童子私下山来。见了五色毫光,决有宝物,忙驾云而来,撞着教主宝剑放光,说:"老道士,这剑送与我罢。"教主一看,原来是个童子,说:"这宝剑要到玉龙关摆阵斗法,你要来何用?"童子说:"我爱他五色毫光,心中所喜。"教主说:"快快回去,我要行路。"那童子将布袋抛起收了宝剑,起身要走。教主晓得此袋是佛藏天袋,乃法门至宝。故将好话与童子说:"童子过来,我有话对你讲。你在弥勒佛座下,不见干戈。今日同我往玉龙关摆阵,你把剑还我,斩了樊梨花,与你剑罢。"童子笑道:"既如此,同去看看。这剑原要送我的。"教主说:"这个自然。"驾云来到玉龙关。

那仙师命宝同搭起高台,香花灯烛迎接教主仙驾。只听得半空音乐,道符同了三弟子、九仙妖,一齐迎接教主。教主下云,坐在高台,众仙参见。李仙师旁坐,众弟子侍立两班。道符说:"起初捉去神龟仙,高吊旗杆,又捉去老牛仙、野熊仙。今日亲出,将金光罩住,欲捉梨花,被黎山老母救去。专等教主法旨,大显神通,除此樊梨花。"教主听了说:"黑狮驹盗不回,反失三仙。我全仗这匹神兽,好建奇功。"便命弟子飞云、飞翠二位女仙:"与你两道灵符,前去盗骑。"

二仙女领法旨,接了灵符,驾云来到唐营。往下一看,见黑狮驹拴在莲花帐前,三仙高吊旗杆,奈有人守不能偷盗。等到晚来,直至三更,将士带甲安睡,二仙大喜,飞云对飞翠说:"师兄,你去盗骑,我去旗杆上放三仙。"飞翠说:"师弟,须要小心。""晓得。"那飞翠来到帐前,取出灵符一照,那神兽认得灵符,挣断丝缰,四足腾空。飞翠大悦,骑了驾云而回。那飞云上高杆,将灵符一照,老牛、野熊大喜,脱其绳索而逃。独有神龟仙逃不脱,一汪眼泪。仙女说:"他两个见了灵符,脱身而逃。你这乌龟还不快走。"神龟说:"仙女,你不知道。他铁链容易脱身,我是捆仙绳,要窦仙童亲念咒语,方能解得。"飞云听说,无可如何,只得同了二仙回营,来见教主,说:"弟子奉法旨,老牛、野熊回来,神龟被捆仙绳捆住,不能脱身。回来交旨。"教主驾坐蒲团,也知神龟灾难未除。老牛、野熊也来叩谢。飞翠盗了黑狮驹,也来交旨。教主见了黑狮驹,心中大悦,吩咐牵往后营,待天明乘坐,阵前好会唐兵。此言不表。

再言唐营元帅升帐,守狮小校禀说:"昨夜三更,只见半天毫光一闪,那匹黑狮驹叫一声,驾云而去。"梨花大惊,决是金山法力摄去黑狮驹,又是一番周折,闷闷不乐。又小军报进:旗杆逃去二妖,单剩乌龟。梨花一发心惊,忙上芦篷,叩见师父,说此因由。老母说:"徒弟,昨夜音乐嘹亮,想教主已到。待他布了阵图,候诸仙一道破阵。"梨花听师父之言,抬头观看,见番营顶上,五花祥云如同华盖①。忙下芦篷传令出营,后面老母驾鳌而出。那番营教主,带了众弟子,骑上黑狮驹出阵,说:"唐朝将士,请黎山老母出来会贫道。"那老母乘鳌而出,见了教主,说:"道友请了,我和你上古神仙,万劫修身,上朝金阙,何故来降红尘?"金壁风叫声:"道友,你徒弟樊梨花背后恶言毁骂我教。今我下山,只叫樊梨花出来,待我拿上宫中,问明还你。"老母说:"你的门下多有搬嘴,道友不可听他。"教主说:"我既下红尘,摆一阵图,今且暂回,明日分二教高下。"老母说:"且摆完了再处。"说罢,两下一拱,各自收兵回营。梨花听得教主之言,闷闷不乐。

教主回营,吩咐国舅,进关祭祷山神海岳天地神祇。国舅领命,请出太子拜祷。然后教主摆起诸仙群会阵,按四方悬宝剑四口,凭你神仙杀到,削去三花,梨花性命难逃。宝同奉命依法整备。次日教主登台,点金鲤、黑鱼二仙:"你守南方丙丁火,暗藏三百甲士,若有神仙进阵,举起宝剑,绝他性命。"二妖领旨,镇南方。点白牛、野熊二妖:"带甲士三百,镇东方甲乙木。若有神仙进阵,举起宝剑斩他。"二妖领法旨而去。点犬、马二妖,镇守西方庚辛金,付剑一口,二妖领旨而去。点花凤、野狐,将剑一口,镇守北方壬癸水。分派已定,对黄眉童子说:"你随贫道到来,烦你一烦。"童子说:"我佛门慈悲为念,不晓武艺,叫我如何上阵?"教主说:"只要你将布袋抛起,一概收在袋中,其功不小。非但宝剑送你,国王还有许多宝贝赏你。"童子贪财,说:"就去。"同道符守中央戊己土,二人领旨而去。又令苏宝同、飞钹和尚、铁板道人、鸡冠仙四队,分为左右救应。自骑黑狮驹,手执令旗指麾。摆阵已完,众将严守。

那唐朝元帅见番营毫光直透云端,明知摆阵已完,忙见师父说:"看此阵十分利害,师父一人焉能成事? 若众弟子进阵,枉送性命。"老母叫声:"徒弟,你看那边彩云几朵,诸仙来也。快些迎接。"梨花听了下篷,众

---

① 华盖——古代帝王所乘车子上伞状的遮蔽物。

弟子跪迎。只见骑龙、骑凤、骑鹤、骑象、骑狮、骑牛、骑虎,都下云端,接入篷上与老母相见,列班而坐。蒲团第一位轩辕老祖,王敖老祖、王禅老祖、张果老、李靖、谢应登、孙膑、张仙共八位仙师,坐在东首。西首坐着五元仙母、金刀圣母、武当圣母、桃花圣母、黎山老母,随来仙女手捧宝瓶,奏动仙乐。梨花同众弟子叩见。薛丁山是王敖弟子,秦汉、窦一虎是王禅弟子。金莲,桃花圣母徒弟。金定,武当圣母徒弟。月娥,金刀圣母徒弟。今日师徒相逢,甚是欢喜,吩咐摆列素筵,款待仙众,说及破阵之事,不知后来,可能破得诸仙阵否,若知后事,且看下回分解。

第六十八回

老祖大破诸仙阵　教主群妖俱已逃

且表黎山圣母说："金壁风听一面之言,妄动干戈,摆了恶阵,与我教斗法。奉轩辕老祖执掌帅印,发兵破阵。"众仙俱说是。

梨花捧上兵符帅印,老祖接了。往下一看,众弟子不得进阵,有伤性命,便说:"今日承众位道友推贫道执掌帅印,也犯杀戒,以应劫数。黎山老母、五元仙母二位道友,带弟子梨花领兵杀入南阵,取宝剑砍倒朱雀旗,其阵立破,可到中央会兵。""是。领法旨。"又命:"王敖、王禅二位道友,带弟子丁山、一虎、秦汉去打东阵,收取宝剑,砍倒青龙旗,杀到中央会兵。""领法旨。"四仙带领弟子去了。命:"张果老、李靖、谢应登、孙膑、张仙五位道友,带刘仁、刘瑞领兵杀到西阵,取剑砍倒白虎旗,中央会兵。""领法旨。"五仙驾鹤乘虎而去。命:"武当圣母、金刀圣母、桃花圣母三位道友,带金定、月娥、仙童去打北阵,取剑砍倒元武旗,中央会兵。"三仙领法旨而去。自执黄旗,坐下青狮,到中央会合。

再言二位老母,杀入南阵。只见红光冲出,那宝剑盘旋滚滚下来。二仙恐防有失,顶上现出两朵金莲,托住宝剑。五元圣母,用手一指,摘取宝剑。黎山老母砍倒朱雀旗,红光尽灭。阵中鼓响,杀出金鲤、黑鱼二妖,敌住二仙。梨花举起金棋子,将二妖打死,现了原形,是两鱼精。老母提刀斩了两个鱼头,杀入中央。

那王敖、王禅老祖,杀入东阵。只见一道青烟,随着宝剑如龙舞而来。二位老祖一见,即时顶上现出彩云托住宝剑。王禅收了宝剑,王敖将青龙旗砍倒,同弟子杀入阵中。只听连珠炮响,冲出白牛、野熊提剑来迎。被秦汉一棒打死白牛。野熊正要逃脱,被二祖一指捉住。杀入中央。

再言五位仙翁杀入西阵,见白光万道,夹住宝剑杀将出来,好不厉害,如光芒飞舞,杀气腾空。五仙一见,即时顶上现出金光托住。孙膑收了宝剑,张仙砍倒白旗,冲出犬、马二妖迎敌,被刘家兄弟双戟刺死,现了原形,乃一犬一马。杀入中央不表。

　　再来三位老母来到北阵，见一道黑气漫天遍地，对面不见人，忽然宝剑如虹而来。三位圣母知得宝剑利害，每位的头上放出金莲托住宝剑。桃花圣母砍倒黑旗，收取宝剑。忽听锣鸣，冲出花凤仙、野狐仙。仙童举起捆仙绳，将二妖捉住回篷。便往中央大会诸仙。轩辕正与道符斗法。道符祭神光珠来罩轩辕。轩辕笑道："顽仙，你有明珠我有钵盂。"托在手中，一道金光现出一条金龙，擒住明珠。道符看到诸仙杀到，明珠阵破了，打点逃身。金壁风叫声："不好了！"吩咐童子祭宝。童子笑道："诸位善男信女，大家看看我的宝贝来了。"将布袋抛起，把诸仙弟子一齐收入袋内。单走了轩辕、李靖、孙膑、谢应登、黎山老母五位祖师，余者都被收去。

　　谁知来了救星，是唐僧奉旨取经，收了三个徒弟，孙行者、猪八戒、沙和尚。遭了八十一磨难，才到西天，取得三藏真经，脱了凡胎，竟回东土。师徒四个在云端经过，听得下面争斗之声。唐僧叫声："徒弟，自离西天，早归东土。这里什么地方，有毫光冲天，杀气腾空，是何意思？"行者道："师父，你忘记么？前日在西天，见佛取经的时节，那如来佛前殿弥勒佛笑对你说：'唐三藏你归东土，到西凉国地方，有群仙斗法，擒妖捉怪，千万不要管闲事，恐有祸到。'想此正是西凉国地方，由他们罢，问他做甚。"话犹未完，只见面前黑暗，伸手不见五指。师父与八戒、沙僧雾不见了。孙行者大惊，叫声："师父"。那边答应说："徒弟，我和你方才讲话，日色当中，一时天色黑暗，想是夜了。"八戒笑说："就是夜了，也有星光月色。想是西边沙漠之地，是落沙天了。为何眼睛都张不开？"急得行者无法，想是师父又有灾难了。想一想说："是了，这里定有妖魔，又将我师父缠住，弥勒佛早晓得，待我往西天问明，便知道了。"算计已定，东钻西钻，没有缝路。啊呀！好奇怪！为何还在暗中？且住，我孙行者天宫地府龙宫都走过的，到了东土，寸步难行。我一个筋斗行十万八千里，这些世界有限。团团看去，有一线亮光，好似菜籽大。行者喜说："如今有出路了。"变一蜜蜂钻出。看见天光，一个筋斗早到西天。

　　走进山门，有四天王、八菩萨拱手说："大圣，你同唐僧归东土，为何又来？"行者说："不要说起，在西凉国经过，被妖魔把我师徒四周罩住，昏天暗地！无处逃身。我变化钻出，特来求见世尊，问个明白，好除妖怪。"金刚菩萨不敢拦阻，引见世尊。行者上前唱喏说："如来佛，老孙唱喏。"世尊笑道："这猴精！同师父回归，为何又来？"行者说起此事，要如来查明是何妖魔。世尊说:"诸天菩萨查看,何处妖怪在西凉作难三藏?"有弥勒佛越班而出:"启世尊,我座下黄眉童子私自下界有三刻,失去如意乾坤袋,又在那里戏侮唐僧。"世尊说:"烦弥勒佛前去收回,放唐僧回东土,完了功业,早来佛地以成正果。""谨领佛旨。"

同了行者驾云来到西凉,立在云端之上,往下一看,只见黄眉童子举袋欲害诸仙。弥勒佛去下念珠,收了布袋,放出诸仙、唐僧师徒三人。黄眉童子见了主人,叩头礼拜。宝同僧道见收了袋大惊。那金壁风、李道符大怒,仗剑驾云,见了弥勒喝道:"你这胖和尚!出家人也管闲事,吃我一剑。"恼了孙行者,手举金箍棒,喝声:"齐天大圣在此,吃我一棒!"教主、道符听说齐天大圣,吓得魂不附体。晓得闹天宫,玉帝也降他不得。回身化二道金光而去。行者笑道:"我老孙棒不曾打下,这两个野道就不见了。"弥勒佛叫声:"悟空,你同师父速往东土,我回西去也。"带了童子驾云往西。

那师徒下落云头,诸仙接见说:"四位师父是甚菩萨,收了宝袋,前来救贫道等众?"三藏回礼说:"贫道乃唐玄奘,奉旨往西天取经回来,被如意袋收去。大徒弟孙行者逃往西天见佛,求得弥勒佛前来,收了袋,放出诸位仙长仙母。"众仙说:"原来师父就是西天取经圣僧。如今唐王扎住白虎关,速去复旨。"师徒大喜,作别回东不表。

那诸仙对谢应登仙翁说:"如今阵已破,金壁风、李道符逃去。只有苏宝同、铁板道人、飞钹和尚未曾剿除,恐有后患。道友在此剪除,我等辞别先行。"应登领命。诸仙各驾祥云去了。众弟子跪送师尊。元帅传令,杀到玉龙关。吓得太子两泪交流,说:"如今怎样处?"宝同、僧道逃回见太子。太子说:"国舅,今唐兵大破诸仙阵,教主与李仙翁杀得大败而走。如今计将安出?"宝同叫声:"殿下,吩咐严守关门,设计破之。"正在此言,番儿报进说:"大唐兵马架云梯攻打甚急。"太子大惊说:"如何是好?"宝同说:"太子不必着忙,我们二人同去守护。"太子说:"孤也同去。"四人来到关上,往下一看,见唐兵如潮涌,围得水泄不通。令军士多备灰瓶、石子、劲弓、弩箭坚守。不知后事如何,且听下回分解。

第六十九回

番王纳款朝金阙　圣主班师得胜回

闲话休提,再言唐营元帅请师叔发落诸妖。那白牛精被秦汉打死;犬、马精被刘仁、刘瑞刺死;金鲤、黑鱼被金棋子打死;鸡冠仙被乱刀砍杀。剩下野熊、神龟、花凤、野狐四个妖魔,被捆仙绳捆住,跪落尘埃,苦苦哀求说:"我虽是妖精,修炼千年方得人身,叨天地之灵气,受日月之精华,同归截教①。误被苏宝同诱来抗阻天兵,望大仙释放,从今改邪归正,再不敢妄为。"谢仙师笑道:"你们虽归仙数,人面兽心,欲待放你,后来又要害人。"秦汉禀道:"师叔,那野熊精兽在金牛关助朱崖,捉去金桃、银杏。亏二郎神逐此妖精,救回二女。断断放他不得。"仙翁点头,取出葫芦,放在桌上一拱道:"请宝贝转身。"只见一道毫光,变成剪刀,双翅扑来。野熊深恨宝同,追悔莫及,顷刻头落。又斩了野狐,恐后害人。神龟无能,放他去罢。解了捆仙绳,乌龟拜谢而去。花凤仙原是仙禽,度她成仙,放在仙山。花凤得放,一声响亮,飞向岐山,安逸以待圣人不表。

且说谢仙翁发落众妖已完,元帅即令:"秦汉、一虎今夜进关,擒太子破关。"二将得令,来到关中。等到三更,太子在城上,身子困倦。那些番军东倒西困。二人大喜,取出绳索,将太子绑了,将长绳坠下,唐营军士接住。太子梦中惊醒说:"不好了,身子已被捆住。"泪如雨下。解进营中,令:"囚禁后营,待本帅破了关发落。提兵打关。"二位矮将斩关落锁,放进唐兵。宝同、僧道闻知,提刀上马,杀下城来,迎战三员女将。铁板道人敌住金定;宝同迎着仙童;飞钹和尚撞着金莲。一场大战。

三人虽是骁勇,见城池已破,无心恋战,恐防祭起宝贝,各化长虹而逃。谢应登见三人逃去,打下定光珠。三虹跌落尘埃,被捆仙绳捆住。正当天明,元帅传令安民。秦、窦二将缴令;女将绑进三人。梨花请谢仙翁到营,说道:"苏宝同、铁板道人、飞钹和尚俱已拿到。他三人有化虹之

---

① 截教——指道教中的一个派别。

术,弟子不能除他。请师叔除此逆贼。"谢仙翁吩咐摆香案,请出葫芦供着。朝上一拱:"请宝贝诛凶。"只听一响,飞出剪刀,扑开二翅,三人恶贯满盈,飞宝立时斩首。仙翁说:"我已除三害,可将太子绑在军前,杀入西番。他君臣归伏,就可班师。我去也!"收了葫芦,驾鹤而去。一众弟子拜送。元帅见仙翁已去,传令将太子捆在军前,杀上西凉。

那哈迷王正坐早朝,一连三报进朝。番王召进探子,奏道:"启上狼主,不好了。大唐兵马打破玉龙关,杀了苏国舅、二位军师,捉去太子,大兵直杀到西凉了。"番王听了,吓得魂飞天外,惊倒龙床之上,有一个时辰方醒。大哭说:"都是国舅惹祸,大唐起兵杀到边城,太子被捉去。目下有谁出去退敌?为孤分忧。"连问数声,两班文武无人答应。雅里丞相道:"臣启主公,不必惊慌,备下降书降表,到唐营纳款,将造反之罪推在国舅身上。大唐仁德之君,必然允从,自然还回太子。再备金珠玉帛女子,唐师必退。"

番王依了丞相之言,修了降书,宫中取出宝贝,装载数车,同了文武,离了王城,迎接先差。通事番官往唐营说:"我邦狼主误听苏宝同之言,触犯天朝。今日天兵到来,追悔无及。今带领文武众臣,出郊迎接元帅,情愿纳款投降,年年进贡,岁岁来朝。望将军转达元帅,番邦幸甚。"先锋罗章听说,叫军士收下降书,"待我转报元帅。"番官送上降书。先锋扎住营,飞报元帅。

元帅大喜,此事苏宝同打战书到中原,引起一番征战。今见君臣拜伏马前,令丁山传言说:"番国君臣请起,我元帅奉旨征西,欲灭你国。既然君臣悔罪,苏宝同已斩,暂准投降。我主扎住白虎关,班师带汝君臣去复旨。"番王叩谢起身,请元帅人马进朝。同众将进了番城,那番民香花灯烛,挂红结彩,迎接元帅。进了朝门,到银銮殿,番王君臣拜见,摆宴殿廷,又送出许多奇珍异宝,元帅收下。传令起兵出城,带领番国君臣,将太子释放,立刻班师。不比来时,归心如箭,过了玉龙、铜马、金牛三关;芦花河祭过应龙,起兵到沙江关,过了寒江,回到白虎关。

先有捷书报与唐王,龙颜大喜:"难得平西太平。"差程千岁前往迎接元帅,自同文武出关十里候迎。程咬金飞马来到,元帅大喜,细说一遍。咬金称赞,并马前行。见唐主龙驾,樊梨花看见,同众将下马,拜伏道旁。天子将手一起道:"诸卿平身。"起驾进关朝贺。

天子说:"卿家夫妇征服西番,其功不小。"樊梨花奏说:"番国君臣纳款投降,带在军中,请旨定夺。"将降书送上。天子一看,喜动颜色,传旨:"宣哈迷王见驾。"那番王奉召,忙到驾前,口称:"大唐圣主,番邦小臣哈迷赤朝见。"山呼拜毕,奏说:"臣误听奸臣苏宝同,触犯天朝,罪该万死。愿献西番地方数万里,苟全性命。望王准奏。"天子说:"朕念你系小邦之君,误听邪言,兵犯上国。今既悔过,放汝归国。西番地界自沙江关之东,尽归唐朝,以西汝仍管辖。退班。"番王谢恩出朝。同了太子、文武割地求和,回转本国。

西天来了唐僧师徒,下落云端,送上真经。天子大悦,传旨回朝封赏。三藏奏道:"贫僧出家人,发愿西天取经,今喜回东见驾,已不愿留在红尘,望我主恩放归山。"天子不忍苦留,御赐袈裟宝杖,准奏谢恩。三藏山呼万岁,师徒四众辞圣驾云往西不表。

那丁山想父亲白虎山归天,夫妇往山祭奠哭拜,重修白虎庙。来日天子封一虎镇守白虎关镇西侯,带兵十万;金莲封一品夫人。夫妻谢恩就职。秦汉封青龙关定西侯,月娥封一品夫人。夫妻谢恩。丁山夫妇俱来作贺说:"此一别不知何日再会。"秦、窦二将说:"后会有期。"来日起驾,过了玄武关,不日又到青龙关。秦汉驻守。

行到寒江关,梨花来见母亲。丁山设祭岳父、二舅,请僧超度。丁山说:"贤妻不必悲伤,请岳母同去受享荣华。"老夫人说:"我本不忍离故国,单有女儿随去便了。"备车起程。又行到界牌关。天子召丁山说:"朕当先行。卿同妻搬父棺到京,往山西安葬。"丁山谢恩。

御驾还朝,太子同文武迎接。驾进长安,升了金銮,百官朝贺。有张士贵之孙,老豹之子,君左、君右俱为丞相。朝罢进宫,王后妃嫔朝见,细说征西十有八年,朝中又见一番景况。

次日天子入寺观行香见武氏,收纳宫内,荒淫无度。不久废了王皇后,立武氏为正宫,名唤则天。为尼之时,丑声闻外。今为皇后,一发无忌。天子十日不坐朝,文武撞钟击鼓,天子正与皇后欢乐。听得升殿,丞相魏旭上朝奏道:"万岁征西回宫,耽于酒色。倘外夷晓得,为祸不小。"天子听奏,封秦梦为护国公,袭父职。罗章为越国公。陈云、刁应祥已经阵亡,立庙祭祀。刘仁、刘瑞封都督,出守河南,二人谢恩赴任。随征将士俱加恩赏;阵亡将士子孙受职。文武谢恩。天子驾退还宫不表。

再言丁山夫妻见柳氏老夫人叩头。夫人问道："妹子为何不来?"丁山说:"妹夫封守白虎关,妹子受封同享。"夫人流泪。丁山说:"少不得差人问候。"丁山与老夫人、妻小到灵柩前哭拜,奉旨扶棺还乡。军士挂白如同霜雪。到玉门关地方,官府俱来迎接。早到长安,将棺停在寺中,入朝见驾。程咬金也复旨。不知天子有何言语,且听下回分解。

第七十回

丁山奉旨葬仁贵　应举投亲遇不良

话说大唐高宗皇帝征西回京,西番进贡者七十二国,俱来朝见。龙颜大喜,当日坐朝。程咬金启奏薛氏功劳,天子准奏加封,封薛丁山为两辽王,命工部在长安督造王府。工部领旨。封长子薛勇红罗总兵,次子薛猛云南总兵,三子薛刚登州总兵,四子薛强雁门总兵,大夫人仙童封定国夫人,二夫人金定保国夫人,三夫人梨花功劳最大,封威宁侯。仁贵身丧西凉,谥文定,立庙祭祀。柳氏、樊氏俱封一品太夫人。丁山父子谢恩,回府又拜谢程咬金。文武俱来贺喜,不表。

且表那工部督造王府三月完工,请薛爷进府享受。长子薛勇、次子薛猛辞父上任,各府小爵主俱来送行,不必细表。再言丁山在府对四子薛强说:"吾儿,你二兄上任去了,我有一事,因你年幼,不好差你。"薛强跪下说:"爹爹有甚事,说与孩儿知道。"丁山说:"我在西番曾许下太房州还愿,欲差三子薛刚前去,然他性暴好饮,恐生事故,留在京中。你往雁门是顺路,所以唤你前去。"薛强应诺,拜别父亲、三位母亲。大夫人再三嘱咐:前去小心。二夫人、三夫人也一番嘱咐。薛强领命,带了家将,望四川而去。

另回再言丁山想起父亲骸骨未葬,便与三位夫人商量。大夫人说:"这是大事,必须辞王别驾,速扶棺往山西安葬公公是好。"丁山说:"夫人有所不知。目前朝廷隆重,就上辞表,未免唐突。"夫人说:"这不难。烦徐先生保奏,自必无妨。"丁山忙写表章,次日上朝。一面向鲁国公程咬金说:"要往山西葬父,烦老柱国保奏。"咬金听言呵呵大笑,说:"这是你孝心,老夫自然保奏。"丁山拜谢回府,端整明日上朝,不表。

再言次日高宗驾坐早朝,文武朝毕,只见班中闪出一位大臣,象简紫袍,俯伏金阶奏道:"臣两辽王薛丁山启奏。""奏来。""臣父仁贵,没①于

---

① 没(mò)——同"殁",死。

王事,丧白虎山,蒙恩命臣扶棺归葬。今臣扶棺往山西安葬,愿王赐恩。"高宗将表一看说:"朕欲留卿在朝,以报卿之功劳。今既要葬王叔,依卿所奏。待朕差官御祭御葬,留威宁侯在朝辅政。钦此。"丁山谢恩。驾退回宫,各官朝散。

丁山回府,与三位夫人及二位太夫人说知。次日同柳氏太夫人、二位夫人送父骨往山西祭葬。三夫人梨花同三爵主薛刚在府。朝廷差行人司①同到山西御祭御葬。丁山又上朝谢恩。有左丞相徐敬业、右丞相魏旭,又秦梦、尉迟弟兄、文武百官等,俱送到十里长亭,都助丧费银两。朝廷又赐黄金千两,白银万两,金瓜月斧②,"倘山西有不称职官员,任卿先斩后奏,三年之后来京就职。"丁山望阙谢恩。各官送别。丁山对鲁国公说:"老柱国,晚生有一言相告。今三子薛刚在京,倘或生事闹祸,求老柱国处治。"咬金说:"不消嘱咐,老夫自当照管,你放心前去。"丁山又与梨花嘱托一番,唤过薛刚,一番吩咐,不必细表。丁山竟往山西,一路不消尽说。咬金、梨花各回府中,我也不表。

再讲薛刚在京无事,结交一班小英雄。秦梦之子秦红,混名阔面虎,尉迟景混名白面虎,罗昌混名笑面虎,王宗立混名金毛虎,太岁程月虎,长安城中人人害怕他,皆云五虎一太岁。

一日,众小英雄都来探望,与薛刚意气相投,结拜为兄弟。每日在酒店中饮酒,到教场中走马射箭,玩耍回来又生事,凭你文武都要让他几分。就是鲁国公程咬金也管他们不住,无可奈何。这日该当有事。有一人姓薛名应举,妻王氏也是山西人,夫妻二人到长安投亲。不想张君左之子张保,带领许多家将在街上走,张保在马上看见王氏生得美貌,满心欢喜,呼家丁唤她到府中,有话问她。家将领命来到薛应举面前说:"大爷唤你夫妇到府,有话问你。"应举摸不着头路,问道:"我与你家大爷又不相识,唤我怎么?"家丁说:"你见了我家大爷,自有好处。"扯了就走。王氏再三哀告,只是不听,竟扯了应举夫妻走。王氏大喊说:"清平世界,又不犯法,拿吾则甚③?"街上这些百姓晓得张府势耀,哪里敢来相劝,凭他拿去府

---

① 行人司——负责传旨、册封及天子远来宾客的接待事务的行政机构。
② 金瓜月斧——镀了金、银,形似瓜和斧的仪仗器物。这里指执仪仗的卫士。
③ 则甚——做什么。

中。家丁禀道:"唤到了。"张保一见,满面笑容说:"尊姓大名?　贵处哪里?　说与我知道。"

应举初然问家丁拿来,倒有几分害怕。今见张保如此相问,便放心说:"大爷,小人家住山西,姓薛名应举,偕妻王氏,到京投亲不着,流落在此。求大爷发放回去,感恩不浅。"张保说:"你既投亲不着,在京无益,留你妻子在此,多打发盘缠回去。"应举一闻此言,大怒说:"我堂堂男子,满腹经纶,要来求取功名,难道我卖老婆不成?　快放了我们回去。"张保说:"你来得去不得了,休想回去。"吩咐:"把王氏拿进后堂,交婢女们看守,把这奴才赶出府门。"王氏见了扯住丈夫,口中百般大骂:"清平世界,强逼人妻,若奏闻圣上,依律处死。"张保大怒,吩咐家丁:"将应举送往长安府,当做强盗,要他处斩,以除后患。"家丁应诺,将薛应举锁住,拿往长安府去了。应举喊破喉咙,哪个来管他。竟到衙门,哪知府听了张府家人之言,认其为盗,将应举苦打成招,问成死罪,明日立斩。

那王氏被张保拿进后堂,便抱住亲嘴。王氏把脸侧开,大喊,两泪如雨,大哭起来。叫道:"丈夫快来救吾。"张保笑嘻嘻说:"不要叫了,若肯从我,少不得做个小夫人;若不愿从,你也休想回去。你丈夫做了强盗,料不能活的。"王氏听了,两脚乱蹬,将头向张保乱撞。张保正欲势强,忽家人报说:"老爷回朝,唤公子。"张保无法,就交付老婢:"看守在后园,晚上来与她成亲。"竟往外面去了。老婢同王氏来到后园,王氏哭诉冤情,老婢哀怜,说:"大娘,你如今好了。你既有冤情,我也晓得。我晚上放你。那公子怕老爷,不敢乱为。"王氏跪下说:"妈妈救了我,我没世不忘①。"啼哭不住。老婢说:"也罢,我开园门放你去。"王氏叩谢救命之恩。老婢扶起而别。

不表王氏逃走,再言老婢做成圈套,公子问起,只说王氏投池身死,谅来不究。那张保留在书房,不许进内。这是老婢造化。

再言王氏逃走,一路啼哭,天色又晚,就投庵过夜。明日仍上街打听。听得人说,明日午时要斩大盗。王氏闻言,问道:"要斩何人?"旁人说:"昨日张府失盗,拿住正盗,叫薛应举。"王氏听了,这是我丈夫呀,叫一声:"张保,天杀的,我与你无冤无仇,为甚将我丈夫处斩?　好不疼杀我

――――――――

①　没(mò)世不忘――终身不能忘记。

也!"大叫一声,晕倒在地。

　　这日薛刚同一班小英雄在酒店饮酒回来,在状元街游到金字牌坊玩耍,见一妇人跌倒在地,啼啼哭哭。众小英雄问道:"你何故在此啼哭?"王氏细说名姓:"山西人氏,丈夫薛应举,小妇王氏,来到长安投亲不着,被张君左家人哄骗进府。张君左之子张保要强奸小妇,因我不从,将我夫当强盗送到知府,苦打成招,明日将我夫斩首。今求仁人君子化一口棺木,收殓丈夫,我也尽一点孝心。"薛刚大怒说:"难得此女贞节,明日我等救你丈夫,回去罢。若被张贼晓得,你性命就活不成了。"王氏拜谢回庵。小英雄回府,众人说:"造化了,遇着薛三爷,谅必得救了。"不知如何去救,且看下回分解。

第七十一回

劫法场御赐金锤　鞭张保深结冤仇

前言不表。单言次日薛刚同秦红等结束停当,暗藏器械,都到状桥,只见长安府监斩,薛应举绳索绑捆,身上斩条①插了,一声锣,一声鼓,迎将来了。薛刚一看,拔出身边短刀,大喊一声,将知府一刀,众人一齐动手,杀了刽子手,劫了法场,救了应举。众百姓纷纷逃命。薛刚叫声:"众兄弟,你们各自回去,不要被连累。自古好汉做事,一身承当。"小英雄听了,各自分散。

薛刚单身同应举夫妻一路,只说是哥嫂被张保陷害。圣上问起,要说明白的。商量已定,来到午门,请天子坐殿。上前奏说:"臣有堂兄嫂来投王府,不想被张保陷害,绑赴法场。今臣救了,奏闻圣上,除却奸臣。"天子龙颜大怒,问君左。君左回奏:"臣实不知。被人冒了姓名,也未可知。"天子也不究,罚俸一年,修金字牌坊。封薛刚为通城虎,赐金锤两柄,朝中打奸臣,民间打土豪。

薛刚谢恩出朝,同应举夫妻回家。樊夫人以礼相待。薛刚对母亲说:"孩儿不喜做官,登州总兵哥哥去做。孩儿在京服侍母亲。"夫人大喜。次日设酒送行,应举夫妻感恩不尽,拜别往登州上任而去。薛刚有御赐金锤,朝中大臣哪个不惧?日日同了小英雄五虎一太岁往教场比武玩耍。

薛刚用的铁棍乃异人传授,有三十六棍,天下英雄闻名,称为黑三爷,犹如水墨金刚,烟熏太岁,好力气。秦红便金铜。罗昌用梅花枪。尉迟景用水磨铁鞭。王宗立用长枪。程月虎用抱月金斧。又有某人某人等,在教场中走马射箭,不止一日。

那日正在玩耍,不想张保带了家丁也来观看,被巡捕官看见,报与薛刚。薛刚听了,叫拿上来。众人竟将张保拿进教场。薛刚明晓得是张保,只做不认得说:"你是歹人,擅敢偷看。"吩咐左右拿下去捆打四十。张保

---

① 斩条——斩牌,又叫亡命旗。

大叫："我是丞相之子张保。我父现在朝中为相，不要认错了。"众小英雄说："张君左哪有此子？分明是贼偷，打他二十。"不由分说，竟将张保打了二十大棍。打得皮开肉绽，鲜血直流，一跌一拐回去。众人大笑而回。

张保见父说明此事，薛刚如此长短。君左大怒，父子进后宰门，哭奏天子。天子说："该打。你父子生事教场，先帝封典二十四家国公。你是文官，不教尔子攻书，如何去射箭，此事朕也不究。"君左父子忿恨回家。父子商议，薛刚朝廷宠用，另寻别事算计他不表。

再言一日君左父子进朝，宫中武后看见张保生得美貌，奏知圣上，将张保承继为子。天子耽于酒色，听武后言，将张保为了殿下。自此丑声外闻，是不必说。

再讲丁山到山西葬父骨，安享三年，奉旨钦召进京。文武相送，离了山西，竟上长安，到自己府中。三夫人梨花、薛刚迎接安宴，是有一番言语，欢会一宵已过。次日上朝，有左相徐敬业、魏相等相见，各叙久阔寒温。金鞭三响，驾坐早朝。丁山上前朝见。天子大悦："久不见王兄，朕想念之甚。"丁山谢恩。天子赐宴。次日又去拜望各公爷。至鲁国公府，咬金请酒，说起薛刚之事，"闯祸劫法场，亏天子洪恩，也不深究。贤侄回府必须教训一番。"丁山领诺回府，埋怨夫人，唤薛刚要痛责。梨花是护短的，丁山又不好在夫人面上难为，吩咐将薛刚关进书房，不许外出生事。

再表高宗李治天子宠幸武后，朝中大臣进谏，天子不准。武后知帝昏懦，易于扇惑，且垂帘于政，言听计从。遂肆意荒淫。与僧怀义、张保、张昌宗等污浊后宫，丑声闻外。魏相、徐敬业觉见不雅，将张保等禁止于外，不许妄入宫禁。武后情思不得遂欲，阴使心腹奏帝，调徐敬业外任；魏相告老，朝廷大政尽归武氏，中外称为二圣。此话不表。

再言丁山见朝廷颠倒，思念母亲柳氏，次日上本回家养亲，天子准奏回府。各公爷都来辞别。吩咐家丁五百看守王府，同夫人梨花、薛刚出了长安，行至长亭，各官送行。鲁国公程咬金说："两辽王，你回山西安享。想吾等，唐朝天下亏我们打成，世界不久要归武氏，深为可惜。"丁山说："老柱国，身为臣子尽忠而已，不必虑他，须要在朝立谏，自然太平。谅圣上明白。"各公爷也有一番言语，我也不表。

丁山辞别，竟往山西。到王府一家完聚，拜见柳氏、樊氏二位母亲，设家宴。次日拜客，忙忙然非只一日。再言柳氏太太思想女儿下泪，丁山上前,双膝跪下说:"孩儿叨①祖父母亲福庇②,做了一介藩王,不能报答。母亲今日正当受享荣华,为何不悦?莫非孩儿不孝之罪?"太太说:"非为别事,你妹妹金莲同你大舅窦一虎镇守西凉白虎关,久无音信,意欲差人问候,但未有其人。"薛刚上前说:"孩儿前往问候姑夫、姑姑。"太太大喜说:"孩儿肯去,吾愿足矣。"

丁山说:"母亲,三孩儿不可去,他吃酒生事闯祸,其实不好的。"梨花说:"孩儿勇猛,路上虽有毛贼,谅他不在心上,万无一失。"夫人窦仙童也想兄弟一虎,也来撺掇。丁山说:"要去,须要戒酒。"薛刚说:"这个何难,今日就戒起。"丁山说:"要立个誓来。"薛刚说:"从今后开了酒,杀吾全家。"丁山大怒说:"畜生,胡言乱语。"薛刚说:"不要慌,杀尽了,还有吾报仇。"丁山气得目睁口呆。

梨花说:"相公不要听他,他是呆子,颠倒说的。"陈金定也来相劝。丁山见母亲要他去,三位夫人又来说,只得允从。端正礼物,带了家人数名。

次日薛刚拜别,离了山西,竟往西凉而去。一路上果然并不饮酒,又不生事。一日打从天雄山经过,只听得一棒锣声,跳出数百喽啰,拦住要讨买路钱。薛刚大怒,打死头目喽啰。喽啰报上山中说:"大王,不好了!方才小人们出去巡山,路逢数人,内中一人黑面的使棍,十分勇猛,将头目打死,特来报知大王。"

大王大怒,带马得枪冲下山来,见了薛刚,大叫一声,说:"不要逞强,俺来也。"薛刚见了大王,白面银牙,相貌堂堂,来者不善,不如先下手。照头就是一棍打来。大王说声:"来得好!"把手中银枪往棍上噶嘟一声响,架在旁边,冲锋过去,圈得马转来。薛刚又是一棍打来,大王又架在一旁。一连数棍,杀得大王浑身是汗,两臂苏麻,大叫一声:"好棍!"杀到后来,棍也轻了一半,被大王一连数枪,薛刚只是招架,没有还棍之力。拼命将棍招住枪说:"狗大王,认得你黑三爷么?"大王道:"哪个黑三爷?"薛刚说:"我乃两辽王薛丁山世子薛刚。"

大王听了,就下马说:"得罪,莫怪俺不晓得,三爷为何在此经过?乞

---

① 叨(tāo)——受到(好处),沾(光)。

② 福庇——福荫。

道其详。"薛刚也下了马说道:"壮士下问,吾家父亲差往西凉探亲,在此经过,不想遇着壮士,三生有幸。"大王邀薛刚同到山中。薛刚问起姓名说:"吾乃姓伍名雄,祖父伍云召,隋朝南阳侯,战死在沙场。父亲伍登已经去世。故弟在此落草。"薛刚说:"原来是南阳侯之子,久慕大名,恨相见之晚也。"吩咐家人:"先往西凉,我就来。"家人领命而去。伍雄拜薛刚为兄,留在山中。当日饮酒办席,薛刚辞谢说:"我在家中家父面前立誓戒酒。"伍雄说:"伯父恐兄道路之中生事,所以戒酒。今日在山中只有吾兄弟二人,饮酒何妨?"薛刚说:"兄弟只是要少吃些。"当夜饮酒。次日前后山玩耍,此话不表。

再言长安高宗天子,在长安宫中酒色太过,终日昏花,不理朝事。武后奏主:"圣上二目不明,明春上元佳节,大放花灯,主上看灯,二目就明亮了。"天子大喜,旨下:"明春大放花灯,与民同乐。"正月十三日上灯,十八日下灯,朝中大小衙门俱端正花灯,外省行台节度俱送名灯进京。不表。

再言薛刚在山中同伍雄情投意合,走马射箭,比较武艺。正南上离数十里有一山,名曰双雄山。山中有一大王,姓雄名霸,雄阔海之孙,在山落草,与伍雄相好往来的。有喽啰报说:"伍大王那边有什么黑三爷在山比武,客人不敢过往。"雄霸听了备马,带了喽啰来到天雄山。伍雄闻知下山迎住,接进独角殿,说起薛刚一事,雄霸大喜。三人结拜弟兄。薛刚见雄霸仪表非俗,豹头环眼,燕额虎须,声如铜钟,身长一丈,两臂有千斤之力。想道:"不枉西凉走一道,若在家中,怎能会二位兄弟。心中大喜,当夜兄弟饮酒,吃得大醉,各去安歇。次日又在山中玩耍。雄霸接薛刚、伍雄到双雄山饮酒。不觉年尽。有儿郎来报:"拿得灯匠十余名,求大王发落。"伍雄说:"拿进来。"喽啰将一班灯匠拿到独角殿。问:"你这班是什么人?"朱健上前说:"小人奉南唐萧大王之命,明春圣上大放花灯,解灯进京的,并无财物。乞大王发放。"薛刚看见朱健身材长大,也是一个好汉,说:"兄弟,他说解灯,拿灯上来看。"十余盏名灯拿上来。朱健说:"大熬山灯进于天子,小熬山灯送中山王武三思,凤凰灯送张太师。"伍雄、雄霸叫喽啰灯俱留下,打发他回去。薛刚说:"不可,不可"。不知说出什么话来,下回分解。

第七十二回

众英雄大闹花灯　通城虎打死内监

　　再表薛刚说:"二位兄弟,不可将灯一齐留下。大敖山灯送天子的,教他拿去。小敖山、凤凰灯他送与奸臣,我们留下。"朱健说:"大王留下二灯尤可,小人回去难见萧大王。望大人留下凤凰灯,还了小人敖山灯。"伍雄说:"若再啰唆,一齐留下。"朱健无奈,拜谢而去。当下便将二灯挂上,弟兄三人赏灯。薛刚对伍、雄说:"我要到长安走走,看看灯。"雄霸说:"既然哥哥要去看灯,吾弟兄二人相陪。"薛刚说:"不可。山寨乃是根本,离不得的。况且长安城中去,许多做公人看见兄弟相貌不凡,恐妨惹祸。待弟单身前往,枪马留在此山。"

　　过了年,正月十二日,薛刚别了伍雄、雄霸,单身而走。来至临潼山,见一伙人推一辆囚车,认得是朱健。薛刚身无尺铁,怎生相救? 见路旁有一枣树,将来拔起,打死众人,救了朱健。问其何事装入囚车,解往哪里去? 朱健说:"解灯进京,张太师道我大王不送与他,因此大怒,要将我斩首。我说明此事,将我解到南唐萧大王那里发落,不想壮士救了小人。如今又冤杀了众人,教小人有家难奔,望壮士救我。"薛刚说:"不难,你到天雄山落草。"朱健说:"他那里不肯收留怎处?"薛刚道:"我有鸾带,叫你拿去,伍雄自然收用。"朱健拜谢,接了鸾带,竟上天雄山。伍雄问明,叫他搬家小上山来,此话不表。

　　那薛刚来到长安,到秦红府。家人报知,秦红接进,叙起久阔。吩咐家人去请这班小英雄到来相见,大家欢喜,准备看灯。到十五日夜,众人都去看灯。只见那六街三市、勋戚衙门、黎民百姓奉天子之命,与民同乐。家家户户结彩悬灯,今晚要点通宵长烛,如有灯火昏暗不明者,俱已军法究治。就是宰府门首,也扎个过街楼灯。小英雄看到那些走马撮戏,舞枪弄棍,做鬼装神,闹嚷嚷填满街市。

　　不多时已到中山王门首。那楼与兵部衙门的一样,灯却不是一样的。挂的是一种凤凰灯,上面牌匾四个金字:"天朝仪凤",旁边一对金字对联:"凤翅展丹山,天下咸欣兆"。薛刚等看了回来,又在天汉桥酒店中吃了酒,多有些酒醉了,下楼又往皇城内来。五凤楼前闲人挨塞得紧,楼前有两个内监,带五百净军①,都穿着团花袄,每人拿一根朱红齐眉短棍,守着这座灯楼。薛刚看见好灯,大呼小叫。内监见了大怒,喝叫:"拿下!"净军听了,拿了齐眉棍上前来打。这班小英雄大怒,抢了短棍,反将净军打得东跑西蹿。薛刚赶上,将内监打死。

内宫有人认得是通城虎,报知天子。丞相张君左下五凤楼观看,认得果然是薛刚,奏知圣上说:"通城虎闹花灯,打死内监。"天子大惊,二目不明,下五凤楼,失足跌下楼。文武俱散,天子进宫。张君左叫拿薛刚,天子说:"非关他事,只怕不是薛刚。他回家已久,面貌相同,也未可知。明日细查。"张君左见圣上不准,只得回家。

这班小英雄都到秦红家中,程月虎言:"我回去走走。"众人说:"你去去就来饮酒。"月虎回家,咬金说:"你们这班出去闯祸,大闹花灯,打死内监。张君左要拿薛刚,亏圣上念有功之臣。明日还要细查,倘或查,你们这班畜生性命都不保,教薛刚快走。"月虎听了,忙来至秦红家说:"祖太爷叫三哥快走,明日祸至。"宗立说:"私进长安,打死内监,连累薛叔父也不好了。"薛刚听了大惊,拜别弟兄,出了长安。至天雄山相见伍雄,说起闹花灯一事。伍雄说:"不如在此住下,老伯父要晓得,自然打本进京,谅来也无事。"朱健过来拜谢救命之恩,此话不表。

再言天子闷在宫中,张君左奏说:"果是薛刚。圣上差官往山西拿丁山到来究问,就明白了。"天子不言。武后奏说:"丞相所奏不错,速召丁山来京。"天子言道:"今日各处查到,并无薛刚,反要劳动功臣,面上不好看了。"张君左又奏。天子无奈,命钦差王令到山西问两辽王,可是薛刚否?王令领旨来到山西开读。丁山接了天使,来到王府,开读已毕,吩咐摆香案供着。旨上不过说"薛王兄,尔子在家否?"这句话。丁山谢过恩说:"天使大人,小儿上年往西凉望姑夫窦一虎、姑母金莲,奉母命的。不晓得有这一事,望天使说明。"王令说:"今年正月十五元宵,大闹花灯,打死内监。丞相张君左奏主拿问,圣上原不信的。旨上问有无,两辽王表本上写明白回旨。下官告别了。"

---

① 净军——古时男子被阉割,叫净身。净身男人组成的军队叫净军。

丁山送去天使,连夜修成表章,差薛贵抱本星夜进京。天子将本一看大喜,宣张君左道:"薛丁山上年奉母命,差薛刚往西凉去探亲,不在家里。若是依你,反害好人,以后不必多奏。退班。"张君左无颜,谢恩退朝。天子赐黄金千两,彩缎千端,差官出京,钦赐丁山,此言不表。

另回言武昭皇后请旨盖造御花园,天子准奏,传旨晓谕各处,有好花都要送上。命张保监工,人夫数千,开池,造御书楼,堆假山。百姓劳苦,万民嗟怨。命张大郎号昌宗同太监把守后宰门,不许闲杂人等进去。那御花园与后宫相近,张保、昌宗不时进宫与武后淫乐,不必说。

再言薛刚在天雄山同伍雄、雄霸在山饮酒。报说:"拿得一班解花木的十余人,求大王发落。"伍雄问众人:"你们解这花木哪里去的?"众人跪下说:"小的奉南唐萧大王送花木上长安,圣上要修造御花园,进上的,望大王发放。"伍雄叫喽啰拿上花来观看,说:"余花发还,牡丹花叫留下。"薛刚说:"不可,前番留下二灯,教朱健吃苦,如今还他去罢。"众人闻言拜谢,下山而去。又过了几日,薛刚说:"我今别了二弟,要上长安走走。"伍雄说:"不可。前番去闹了花灯,连累父母。如今且不可去。"薛刚说:"不妨。我今去会弟兄,打听朝中之事。现今敕赐金锤,怕他则甚?"雄霸也劝。薛刚只是要去。伍雄阻挡不住,内中选数名喽啰扮作家丁,跟了三爷,扶持前去,叫他不要生事,早早就回。

薛刚依言下山,带了喽啰,竟往长安。吩咐:"喽啰城外住着,我进城去就来。"喽啰说:"三爷去就回,小人们在此等候。"薛刚进城,来到秦红家。小英雄都到,说起花灯一事,"打得爽快。三哥不在,吾等无兴,目下天子昏懦,多用了一班奸党张君左弟兄、父子。内有武后盖造御花园,劳民伤财。太老程千岁也不进朝。"薛刚听得大恼:"今日同兄弟御园走走。"众人说:"不可去。前后有人把守,进去不得的。"薛刚说:"有我在此不妨。"众小英雄都无主意的,内中有高兴的说去得。若有个老年人在内决然阻挡。一班俱是后生不知利害,所以一番大是非。当晚就在秦府饮酒。

次日五虎一太岁高高兴兴一路来至园首,见一班人扛抬一块假山石,好用力,口口声声说:"工钱克减,我们吃苦。"薛刚看见问道:"你们讲其话?"众工人说:"张爷要百姓做工,工钱又少,又受鞭打,累死人无数。这一块大石,叫我们哪里扛抬得动,又有限期,迟了些受责。"薛刚说:"不妨。待吾等与你扛了进去。"工人说:"你们进不得的,我们都有字号识认,所以能进去。"秦红说:"既有记号就好了,快拿记号来。"工人身边都有腰牌写姓名,张三、李四、某人、某人。众人巴不得替他,忙解下付与薛刚。薛刚付与五虎一太岁,带在腰边。六人忙将大石轻轻的扛起,不甚费力,竟抬进御园。守门的看见有腰牌挂着,不来查究。众人来到里面,将石放落,果然好一个大花园。但见许多人在那里挑泥种花,不计其数。只见上面坐着一人,又有许多绿衣人侍立两旁。又见送酒饭鱼肉拿上去给张保吃的,薛刚叫留下,"待吾来吃。"有人见了报与张保。薛刚不知利害,吃得大醉。众英雄劝他不要进去,他不肯信,倒走进去。秦红等只得出去,恐其连累,都到秦红家计议救他。且听下回分解。

第七十三回
御花园打死张保　劫法场惊死高宗

再言薛刚乘酒兴走到牡丹台,将牡丹花插在发边,张保大怒,叫手下人拿薛刚。薛刚大怒,两手一拉,跌倒数人,夺一条棍子,赶上前将张保一棍打死。众人大喊说:"不好了,千岁被薛刚打死。"忙报与张君左。薛刚到御书楼大醉,睡在龙床,不表。

再言张君左闻报儿子被薛刚打死,大哭,一面差人到御书楼将薛刚绑住,一面进宫奏闻天子。旨下:到御书楼捉拿薛刚。张君左奏主:"今夜即刻开刀。"天子说:"君王避醉汉。"传旨将薛刚监在天牢,明日处斩。四虎一太岁打听详细,忙来到咬金府中说明此事。咬金说:"你们这班小畜生做的好事!如今身家不保。我如今一百多岁的人了,教我也救不得薛刚。况朝中徐、魏二人又去位,张氏弟兄当朝。天子虽然明白,武后因他打死心上人,决不干休。吾不能挽回。老公爷死的死了,去的去了,孤掌难鸣。一身做事一身当。你们有计较去做来,吾是做不来的。"罗昌说:"要救得三哥便好。况吾等结同生死之交,若明日斩了三哥,侄孙们都有不便。"那程月虎上前说:"要祖太爷出个主意。"咬金说:"不得不如此。尔等把家小搬去长安,明日打点劫法场,都到西凉去,京中有吾在不妨。"众人别去,齐齐打点劫法场。

次日天子想道:江山亏了薛家父子平东西二路,今日要斩他,心中不忍。但是法律上去不得。朕今只斩薛刚,免其余犯之罪。传旨王独:午时处斩薛刚,五凤楼前开刀,余犯不究。监斩官领旨,将薛刚绑出午门外去了。咬金在南门下等候,这班小英雄结束停当,身藏暗器,带了家将,来到午门,假做活祭,杀死监斩官王独。尉迟景杀死刽子手。薛刚看见这班小弟兄,挣断绳索,夺过腰刀,杀散众人。军士看见杀了监斩官,报与张君左。

君左听报,一惊非小。传令五城兵马司,带领兵马活擒这班强盗,不许放走一人,违令者斩。小英雄哪里放在心上,杀散兵马,出了长安南门。

咬金说："你们快走,有吾在此不妨。"

内官来报天子,奏说："有一班劫了法场,杀死监斩官、刽子手,杀伤军士不计其数。"天子一闻此言一惊,大叫一声而死。在位二十四年。

张君左与武后商议,命武三思带兵三千追赶,一路而来。至南门见咬金坐着,三思问："老千岁为何在此?"咬金说："吾要南海去烧香。"三思下马说："老千岁可见薛刚否?"咬金说："不见,想是他不出南门,往西门去了。"三思不敢出南门,上马往西门而去。咬金大笑出南门,会见众人。薛刚说："祖太爷先去。我要到天雄山去取枪马。"两下分别。薛刚到天雄山住下。咬金同众人往西凉,此言不表。

再言三思追不着薛刚,回见昭仪武后。立太子李显为君,为中宗,葬先帝于皇陵,大赦天下。中宗在位五月,武后贬天子湖广房州,为庐陵王。张君左请武后登位,国号大周,则天皇帝。张君左、张君右封为左右丞相。武三思为中山王。怀义和尚封御禅师。张昌宗为驸马。文武各加升级。则天皇帝思念张保被薛刚杀了,深恨于骨。与张君左计议,必要杀尽薛家,方雪此恨。须差铁骑拿捉。君左奏道："臣想已久,此仇必报,但是薛丁山勇冠三军,三妻都有法术。万岁即差官往山西钦召进京,说新君初位,赏有功之臣。若拿捉,逼其反也。"武则天依奏,传旨一道,差官往山西召两辽王进京复命,到京就职。钦差领旨,竟往山西。

再言丁山,柳氏母亲、樊氏母亲身故,祭葬已毕,在府守孝。这一日有家将报说："三爷大闹御花园,打死了殿下,众小英雄劫了法场,惊死天子。程千岁已反了。武娘娘自立为帝,称为大周。差官钦召千岁进京就职。"丁山听了,大叫一声:"畜生做的好事!"仰面一跤,跌倒在地。左右救醒,扶进后堂。三位夫人问起:"为甚事相公这般着恼?"丁山如此长短说了一遍。梨花说:"钦召一事是假,将相公召进京中,性命难保。"陈金定说:"我们反了罢。"丁山说:"胡说。我薛氏父子忠良,这祸是畜生闯出来的,粉身碎骨也应得的。今朝廷不来拿捉,是为幸也。今来钦召。国恩难报。君要臣死,不死则不忠。"梨花把指来阴阳一算,应该金童星归位。三儿白虎关杨藩转世,死于丁山之手,冤冤相报。张保乃张士贵之孙。仁贵杀了士贵,薛刚又打死孙子,前数已定,今该如此。此话不表。

再说钦差来到王府,开读已毕。丁山谢过恩,同了三位夫人,离了山西来到长安。则天命三思将丁山夫妻拿下,发落天牢。又差铁骑五百,到山西王府,一门三百余口,尽行拿下,解上京都,监在天牢。张君左奏道:"薛丁山虽落天牢,还有长子薛勇,次子薛猛,四子薛强,都有万夫之勇。倘闻父被拿捉,兴兵杀上长安,无人抵敌,速差兵分头捉拿。命邻近州府,须要拼力擒拿。如纵放者,与本犯同罪。"武则天依奏。旨下:"命大刀王殿,带兵三千,走云南捉薛猛。又命阔斧陈先,带兵三千,走红罗关拿薛勇。命姜通带兵三千,走雁门关,捉拿薛强。若是买放走漏一人,本官处斩。"众将领兵分头而去。

再言阔斧陈先带兵到红罗关,将薛勇一家尽捉拿,起解进京。再言朝中徐贤,是大臣徐茂公之侄孙,原任户部尚书,见朝廷不正,告老在家。闻得拿薛勇进京,对夫人王氏说:"薛氏一门受害。薛勇有子名唤蛟儿,才年三岁。我也有子徐青,也是三岁,小夫人莫氏所出。吾欲将徐青抱去,调换蛟儿,存了薛氏一脉。"王氏夫人埋怨相公:"我虽有子徐青,也是相公一点骨血,于心何忍教他也受一刀?"徐贤说:"夫人有所不知。蛟儿受害,绝了薛氏宗嗣。"

夫人一想:吾与薛勇之妻,有姑舅姊妹至亲,应承了。只说烧香,上轿,一路下来至临潼上,见薛勇夫妻解来。徐夫人在大路上,报与薛勇之妻相见。薛夫人命从人退后,表姊妹相见。徐夫人说:"将来与你换子,留你一脉。"二人调换。徐夫人只说烧香而去。

陈先起程上长安。旨下:把薛勇夫妻下在天牢。丁山见子伤心。薛勇把徐夫人换子说一遍,一家大哭。狱官俞元看见薛氏一家受枉,来对妻子说:"薛丁山父子有大功于朝,不幸一门俱要遭害,我想薛氏后代绝矣。吾欲将俞荣也是三岁,此子算命养不大的,又且多病,换了薛蛟,后来有靠。"杜氏夫人听了,想道:"此子乃前妻所出,非关她事。况自己年轻,看薛蛟相貌端严,换了此子,后来必有好处。"说:"相公见识不差。"忙对众人说明。

丁山想:此子乃徐贤之子调换来的,既然狱官好意,只得允了。开言说:"既承美意,无门可报。"杜氏抱了假薛蛟到后园玩耍。有阴风山莲花洞欧兜祖师在云端经过,看见了薛蛟,一阵风带回山去。杜氏夫人说:"此子命该如此。"夫妻嗟叹一声,此言不表。

另回言云南总兵薛猛对夫人王氏说:"下官夜梦不祥,心惊眼跳,莫非吾家有甚祸事么?"夫人说:"相公,日有所思,夜有所梦。思念公婆,所以如此,不必多愁,放心为主。"有家将报进说:"老爷,不好了! 长安朝中三爷闯祸,害了千岁,如今差大刀王殿来拿老爷,相近云南。请老爷作速筹备。"薛猛不听犹可,一听此言,大叫一声:"我那爹娘啊!"跌倒在地。夫人闻知忙来扶起。只见老爷面如白纸,不知性命如何,且听下回分解。

第七十四回

武后下旨捉丁山　三百余口尽遭灾

再言薛猛惊倒，半晌方醒。夫人说："相公为何如此?"薛猛说："方才家将报说:'三爷闯祸，连累父兄。如今差铁骑拿我，我去也不去?"夫人说："公公一家俱下天牢，只有相公。若到京都，性命难保。依妻之言，尽起云南兵马，杀上长安，救了公婆叔叔，除了昏后，更立新君。此计如何?"薛猛说："夫人之言差矣。吾上不能报故主之恩，下不能答父母之恩。吾薛氏二世忠良，有功于国。况朝中首相张君左当朝，各国公俱已退位。倘一举动，反情有露，落其圈套，遗臭万年，断乎不可。"夫人哭道："我家只有孩儿，才交三岁，名唤薛蚪，也叫他受害?"薛猛说："吾看家将中只有薛兴忠义，我与他结为兄弟，将蚪儿过继与他为子，教他逃往他方，存薛氏一脉。"薛兴说："老爷在上，小人不敢当。"薛猛说："如今托孤与你，休要推辞。蚪儿过来，拜叔叔为父。"

薛兴拜别，抱了公子，离了云南，竟往别方而去。息报钦差到了。薛猛自刎而亡。夫人大哭一场，撞阶而死。大刀王殿听报进见，果然死了，心中想道："做什么冤家?"吩咐埋了。带兵回长安，奏知武后说："薛猛自刎，夫人撞阶而死。"旨下，既死不究。

再讲姜通到雁门关，人报说："两月前不见薛强。薛强原到太行山进香，在路闻知，不回雁门关，落荒而去。"姜通只得回朝复旨。

张君左奏知天子："前年故君斩薛刚，劫了法场逃去，并无下落。今晚四更，将薛丁山满门斩首，以除大害。倘露消息，为害不小。"旨下："命刑部何先，速斩薛氏一家，无违。"何先奉旨，打扫法场，传齐刽子手，到牢中将薛氏一家绑赴法场。法场上四面兵马围住，四更开刀。旨意又下："命武三思、张君左监斩。"其夜灯球火把，照耀如同白日。

那刽子手到牢中，见了禁子商议说："薛家父子万夫之勇，哪里绑得他住。不如用个苦肉计。"众人说："好计。"来到里面见了丁山，齐齐跪下，说道："小人们求千岁看顾，小人家中都有父母妻子。"有数百叩头不起。丁山听了哈哈大笑说:"是今夜朝廷要杀吾么?"众人道:"然也"。薛勇听得此言,叫声:"爹爹不好了!今晚要杀吾一家,孩儿有话告禀。"丁山说:"孩儿有话讲来。"薛勇说:"爹爹在此,三位母亲也在此,依孩儿之言,反出牢门,杀上皇宫,除了妖后,更立新君,不可守死而已。"

丁山一听此言大怒,说:"畜生,讲这些乱话!今日父死为忠,子死为孝,母死为节,家丁死为义。忠孝节义出我一门。"吩咐刽子手:"将我先绑将起来。"薛勇无奈,也叫绑了。共三百余人,一齐绑了。家人们大哭,出了监门来到法场。你看阴风惨惨,怨雾腾腾。今晚屈斩忠良,天愁人怨。

樊梨花抬头一看,"吾不救他,更待何时?"口中念起咒语,但见豁拉拉一阵狂风,飞沙走石,千年老树连根拔起,法场人都立脚不住。吓得武三思、张君左魂不在身,灯火都吹灭了。梨花将身一抖,绳索都落下,起在空中,驾在云端,往下一看:"待吾救出薛家。"

不表梨花救薛家,且言黎山老母驾坐蒲团,心血来潮,轮指一算说:"不好了,徒弟梨花要救薛家,违犯天条。"忙驾云到长安,按落云头,见樊梨花作法,叫一声:"徒弟,今日金童星合当归位,犹恐你救他抗违御旨,斩仙亭有凌迟之罪。"梨花见了师父,听得此言,不敢违天命,同了师父回山。此言不表。

今有八宝山连环洞彭头老祖①在云端经过,见一道杀气冲天。往下一看,原来周天子斩薛氏一家,数该如此。"内有孤儿不该绝命,待吾救他。"将手一指,带回山去。少停风息,张君左查点人犯,单单不见樊梨花、薛蛟,恐防又有变局,传令开刀,将薛丁山一家斩首。复旨天子,就罢了。张君左又奏说:"薛强不知去向,薛刚逃避,恐有后患,不如画影图形,到处张挂,捉拿那薛刚、薛强。将威宁侯王府拆去,开为铁丘坟。"旨意下了:"依卿所奏。"君左领旨,将王府拆得干干净净,把丁山一门尸首,颠倒埋在下面。将生铁铸成馒头一样,叫永世不得翻身。内有家人王六,充作工匠,暗暗把尸排好,其余家丁都是乱放的。

张君左传令:"各处天下文武官员,有人拿住薛强、薛刚者,封万户侯;匿藏不报者,与本犯一体治罪。"旨意下了,好不厉害。各处关津渡口

---

① 彭头老祖——即彭祖。传说活了八百岁,而后升仙。

盘诘,画影图形到处张挂。铁丘坟四面,武三思命大刀王殿带三千人马守左道;又命阔斧陈先带三千人马把守右首。又命儿郎日夜巡察。想:薛刚这厮必来上坟,若来必定要捉住,碎尸万段。武三思与张君左算计已定,自不必表。

再言薛强不回雁门关,欲往西凉。这一日来到八叉山,一声锣响,跳出无数喽啰拦住去路,要讨买路钱,被薛强杀败。报上山说:"山下一人经过,小人去讨买路钱,此人十分英雄,头目被他杀得大败。特来报知。"那大王姓朱名林,有女儿金镖公主,守住八叉山,官军不敢迎敌。一闻此言大怒,吩咐带马抬枪,带了儿郎冲下山来。一看薛强耀武扬威,大怒说:"小子不得逞强,俺来也。"薛强看见此人红面长须,手执大刀,身骑高马。薛强看此人来者不善。将手中银枪劈面一枪,朱林把枪一架,刀枪并举,二人连战三十回合。朱林招架不住,欲待回马,只听得后面金镖公主大叫说:"爹爹,孩儿来也。"薛强看见一员女将十分美貌,弃了朱林,来战女将。不上数合,公主将红锦索抛起,薛强措手不及,被她拿住,带往山中。吩咐绑了,问起姓名。薛强说:"吾乃两辽王四子,原任雁门关总兵官薛强便是。"朱林听得大惊,下阶亲解绳索,扶上聚义亭,纳头下拜:"不知爵主,误犯有罪。"薛强答礼,也有一番言语不表。再说金镖公主乃圣母娘娘徒弟,师父吩咐后来与薛强姻缘之分,当夜与薛强成亲,在山招兵买马,积草屯粮,报父母之仇。

不言薛强在山,再表薛刚在天雄山,报说:"雄霸到。"二人上前迎进。雄霸见了薛刚,大骂说:"一身做事一身当,你犯了弥天大罪,害了父母、兄嫂满门斩首。如今各处拿你,你还不知,天下之不孝就是你。"薛刚一听此言,晕倒在地,半日方醒,大哭不止。伍雄说:"破釜沉舟,哭也无用。商议一个计较报仇要紧。"薛刚说:"哪里等得。吾先要到长安祭扫父母。"伍、雄阻挡不住。薛刚拜二人,在路上果见关津村坊张挂榜文。薛刚日间不敢行走,夜间而行,来到潼关。潼关尚未开启,到相国寺下马,进方丈来见当家和尚。和尚法名梁乘,认得是薛刚,说:"三爷好大胆,你看处处张挂,要拿你。上长安,怎进去?且在寺中住下,有机会就进去。"薛刚心焦惹起病来。

这日小和尚来报,魏相到寺行香。当家和尚前来迎接。和尚摆斋,说起丁山受屈而死,魏相下泪。和尚又说:"三爷为此,只是不能进长安。"

薛刚说:"孙儿唯恐不能进长安,进了长安就不怕了。"魏相低头一想果然。进长安倒没有什么,说:"侄孙,你既要进长安,躲在我轿中可进。"薛刚拜谢太祖。魏相回到府中下轿。唤出薛刚,收拾三牲祭礼,一条铁棍当做扁担挑好,天晚出门。魏相吩咐说:"你祭过父母,不许到我府中。速出城去,恐妨有人知觉,性命就难逃了。"薛刚拜谢,挑了物件,来至坟前,十分苦楚。打死更夫,大步上前,将锁扭断,走进栅门,用石板顶好,到里边祭奠,名为"一祭铁丘坟"。外面惊动守坟的兵将,不知此处捉拿否,且听下回分解。

第七十五回

薛刚一扫铁丘坟　武则天借春天顺

再表那薛刚坟前大哭，正在悲伤，又有更夫上前来，看见前面更夫尸首，又见坟内有灯，前来报与王殿、陈先，飞马报知张君左、武三思。二人闻报，传令各处添兵围住坟前，城门都加关锁，吩咐不许放走，点起灯球火把，不计其数。

薛刚在内听见外边有人守住，收起祭礼，打开石板，一条铁棍无人抵挡，杀将出来。只是寡不敌众，越杀越多，三军四面围住，喊声大震，口口声声："快拿薛刚！"薛刚说："今晚我命休矣。"当有饭店夫妻二人，乃是秦汉、刁月娥奉香山李靖之命，在此相救。二人一路杀来，放出宝贝，无人阻挡。杀至城门池边，斩关落锁，救出城来。秦汉夫妻借土遁回西凉去了。

薛刚出城门，天大明了，撒开大步而行。只听得后面喊杀连天，尘土起处有无数人马赶来。为首一将，声如巨雷，金五大将军武安国，手执铁锤，大叫："薛刚哪里走！"薛刚回头一看，"不好了，我是战了一夜，困乏得很，哪里战得过他。也罢，只得拼命而战。"只见三军将箭往前乱射，薛刚身上中了三箭，正在危急。薛刚乃上界披头五鬼星转世，所以忽然头上透出原形，变了五头，身长数丈，倒杀转来。武安国被薛刚一棍打死。三军见了这般形象竟大败，三停去了两停，将城门紧闭。

薛刚按定元神，开目一看，只见尸横遍野，自己不知不觉，不晓什么意思，慢腾腾回至相国寺，别过了和尚，取了枪马，要走天雄山，走错了路，来到季龙山。一声锣响，走下一将，上前大战一场。问出名姓，原来是黑三爷，请上山饮酒，季龙有女名鸾英，与薛刚成亲，招兵买马，要报父母之仇。

不表薛刚在季龙山安身，再讲天子在朝，国家无事，天下太平。与怀义和尚、张昌宗在宫淫乱，百官谏阻不听。一日宣百官在万花楼说："朕贵为天子，万民之尊，今十月小冬万花凋零，朕今借春三月，百花尽放。未知天意顺否？"百官闻言奏说："万岁金口玉言，花神怎敢违旨？"天子甚喜。百官皆散。次日果然天气温和，御花园百花开放。檋树花不开，天子大怒,贬在岭外。武则天果然真命帝王,天下各处万花尽放,应十月小阳春。

天子召男妇赴鸳鸯大会,赐百官宴万花楼,赐各命妇①宴于后宫。众夫人谢恩就席,天子逐名问起:"爱卿你成亲怎样行房?"怎么长?怎么短?众夫人都是害羞害怕,亦只得实奏头一夜怎样,第二夜怎样,如此问到第三夜。十二席中有一夫人,面黄不堪、喘息不定。天子说道:"你丈夫本事如何?"夫人奏说:"臣妾夫乃卷帘大使薛敖曹,他本事甚好,妾亦不堪受。"如此长短说了一遍。天子大悦,宣入宫中,与薛敖曹交好,果然称心满意,通宵不倦,封为如意君,百般快活。后一年生一子,面如驴头,命宫娥丢在后园金水河中,有西番莲花洞魔张祖师带往山中修仙学道,此言不表。

再言薛刚在季龙山招兵,杀进长安,要报父母之仇。探子报上长安,张君左奏知则天:"薛刚造反,速请征讨,恐养成贼势,为害不小。"武则天依奏,命中山王武三思为元帅。姜通前部先锋,武状元郭青为后应,张君右总行粮草,起兵十万,择日兴师,兵走河南。正走之间,报说:"启上元帅,季龙山在山西近界,有三条大路,东河南,西山东,中山西。"传令兵过河南,走山西一路。三军司令浩浩荡荡。这一日报说:"启爷,兵至季龙山前了。"吩咐:"前军哨探,后军慢行,放炮停行安营。""得令!"按下不表。

再言季龙同薛刚夫妻在山言谈,忽喽啰报上山来说:"大王爷,不好了!朝廷差武三思带兵十万,大将千员,将山前山后团团围住,水泄不通,要杀上山来,擒拿大王。"季龙一听此言,大怒,带领喽啰走马下山相杀。果然好利害,季龙一条枪刺死三军无数。武三思催动大兵当先。有姜通使开枪,正撞着季龙,二人搭上手,两马相交,双枪并举,不上三四个回合,马打六七个照面,姜通枭开季龙的枪,"招爷爷的家伙罢!"一枪刺进来,季龙叫不好,招架不及,被姜通照咽喉一枪刺死。

喽啰见大王已死,大喊一声,四散逃命。薛刚夫妻闻知季龙身死,大哭,走马下山,大战数合,姜通败走。三思传令:"休教放走反贼!""嘎!"一声答应,那些三军团团围住,姜通、郭青同了众将,又杀上山来。好利

---

① 命妇——旧指受过封号的妇女。

害！夫妻在内大战，足有三日三夜。武三思命副将冲上山中，杀散喽啰，放火烧山，连山寨都烧了。薛刚抬头一看，见满山俱红，自思不能取胜，虚晃一枪，跳出圈子，落荒而走。

鸾英见丈夫走了，也杀出重围，见山上四处火光，大败而逃，心中苦楚，到茂林自尽。有香山李靖，叫声："鸾英，你不必寻短见，后来自有夫妻相会，母子团圆。我与你随身短袄，前途自有安身之处。"鸾英听了，拜谢救命之恩。抬头一看，一道红光不见了。鸾英望空拜谢，收拾打扮，往前而行。

走了数日，见一庄院借宿。老夫妻二人并无男女，家当充足。见了鸾英，问起姓名，"家住何方，说与我知。"鸾英说："公公，妾住河南归德府人氏，姓陈名鸾英，因武三思征讨季龙山，逃难到此。望公公收留奴家借宿一宵，明日早行。"员外说："原来是逃难的。老汉夫妇年近六十，并无儿女。我家也姓陈，过继与我，拜我二人为父母，在我家住下。日后会见亲戚，然后回去。"鸾英大喜，上前拜陈老夫妻为父母。只因大战吃苦，腹中疼痛，生下一子，雷公嘴，黄毛头发，后取名薛葵。按下不表。

再言武三思大获全胜，班师回京，上表奏知天子说："季龙山征平，复旨。"朝廷大悦，敕赐三思红袍玉带，以下将官俱各升赏，赐宴金銮殿。

话分两头。再说薛刚走到天雄山借兵复仇，不料伍雄有病，雄霸又不在。想妻子不知存亡，度日如年。在山想起当初救过薛应举，今在登州，离此不远，不如走走去。别过伍雄，来到登州，进了城门，来至总兵府前。有人报知应举，应举听知大惊，只得出来迎接。进了私衙，夫妻见礼，谢救命之恩，设酒款待。薛刚说："吾一家受害，今见兄嫂借兵，如我报仇，不忘大德。"薛应举开言说："恩兄，你不知我登州地方又小，兵马又少，待吾差官往莱州、青州两处借兵，共我处兵马有三处，与恩兄前去报仇。"薛刚拜谢。

夫妻进房商议说："我又在武三思门下投拜为师，武后目下势大，天下全盛。薛刚一人，干得甚事？现今奉旨拿得薛刚者，官封万户侯，妻封一品夫人。收留者全家处斩。我今将薛刚出首，朝廷自有加封。"夫人道："言虽如此，只是太负人心也。他前年在长安救你性命，今该恩将恩报才是。反要把恩兄出首，天理何在？"再三苦劝，应举不听，出外去了。夫人自思，忘恩之贼！身家难保，不如先自尽，竟自缢而死。家人报与应举,应举叹道:"她没福做一品夫人。"

次日买棺成殓。当晚将薛刚灌醉酒,命家将绑捆,下在监中。应举有一家人薛安,原是丁山旧时家人,只因奉主母之命,同到登州扶侍应举。见此不仁,夫人又死,心中大怒。送饭到监,见了薛刚,说此因由,"应举害主之心,小人无由得救。"薛刚说:"薛安,不要走漏消息。你快去往天雄山,请伍雄前来救吾。"薛安说:"这喽啰不肯放我上山。"薛刚说:"不妨,我有鸾带一条,拿出他认得的,见了鸾带,自然放你上山。"薛安应声而去。按下不表。

再说薛应举命差官赍①本进京,叫先见武三思。若要活的,点兵来护送;若要死的,本处斩首。差官对三思说明,三思听说大喜:"这贼也有今日,恶贯满盈。"明日五更上朝奏知武后说:"登州总兵捉拿薛刚,下在牢中。"将表呈上。武后一看,龙颜大悦,旨意下:命薛须领兵五千,将薛刚护送来京,朕亲自发落。三思谢恩退朝。不知薛刚性命如何,且听下回分解。

---

①　赍(jī)——带着。

第七十六回

骆宾王移檄①起义　薛刚二扫铁丘坟

前言不表,再说应举送礼到青州,知会拿住薛刚。薛安上前讨差,要往青州。应举吩咐路上小心,薛安领命,带了家丁,拿了礼物,离了登州,不往青州,竟往天雄山大道而行。

再说程咬金同这班小英雄在路旁,有香山李靖指点说:"薛刚有难,教他往天雄山驻扎。"咬金领命。在路行了多日,来到三岔路口,撞着薛安,被家将拿住来见。程咬金问明薛安,说起此事。咬金同薛安来到天雄山,伍雄下山迎接进寨,聚义厅拜见程千岁并众英雄,摆庆贺筵席。席上说:"薛刚监在牢中,差薛安前来讨救。"伍雄说:"三哥有难,合当相救。目下多少英雄在此,齐点兵马杀进登州,救出三哥,何等不美?"咬金说:"不可,登州城池坚固,又有青州、莱州为助。若一举动不打紧,倒害了薛刚性命。须要里应外合,劫牢为上。"众英雄说:"祖太爷言之有理。"

咬金传令伍雄扮作和尚,雄霸扮作道人,尉迟景扮作卖膏药,罗昌扮作书生测字算命。在城中府前左右打听。城外炮响一齐动手,打入牢中,救出薛刚要紧。薛安路熟在城中知会。点秦红带喽啰三百名,十一日晚上打东南二门。王宗立金毛太岁、程月虎带喽啰三百名,打西北二门。咬金自守山寨。众将得令,分头下山。

伍雄来到登州府门首左右,坐下念佛:雄霸念三官经。城外放炮,有探子报进说:"响马②攻城。"应举闻说,点兵出府,被伍雄、雄霸二人双棍齐起,将应举捆住带往天雄山发落不表。

尉迟景入监中乱打,放出薛刚。薛刚打入府中,将应举一家老少尽行打死,同伍雄、雄霸杀得三军大败,往北门而逃。尉迟景杀至城下,大开城门,请进英雄,打开府库,抢劫钱粮,装载车上,运往山上,将登州府劫掠一

---

① 檄(xí)——檄文,古代用于晓谕、征召、声讨的文书。

② 响马——拦路抢劫的强盗。

空。众英雄然后放炮出城。回天雄山而去。来到山中,薛刚拜谢众位弟兄救命之恩。然后咬金出来,薛刚跪下说:"孙儿非祖公相救,焉得在世。"咬金说:"你父兄之祸都是你闯出来的。你众兄弟一个公位都不做,特来帮护你,要报父兄之仇,连老夫一家国公都送掉了。"秦红说:"祖太爷不要说了,今日与三哥贺喜。将应举交与三哥自己发落。"即将应举绑出。薛刚一见大怒说:"你这负义的贼!当时那样,只有我薛刚有眼无珠,当你做个好人,认汝为兄弟,将一个总兵与你做。今日不想你恩将仇报,汝有何言?"命喽啰:"今他捆绑,待我取出心肝看看。"一刀刺入,五脏齐出,血流满地,哀哉畅哉!众英雄俱说:"造化了他。"当晚尽欢而散不表。

再讲登州城有佐贰官①查点,杀死百姓不计其数,总兵薛应举一门受害,升报进朝。差官背本上长安,至中途遇一队人马乃是薛须。上前说起,一同回到京中,参见武三思,说起响马劫牢,杀死总兵薛应举,薛刚越狱逃遁,杀死官军,伤残百姓不计其数。武三思听了大惊,抱本上殿,奏知天子。武则天大怒,旨下:"命青州、莱州先行起兵征讨天雄山,擒捉薛刚。"然后命武三思操演三军,征伐天雄山。三思领旨出朝,对张君左说:"薛刚一人尚不能擒捉,今有助恶多雄,必须起大兵征讨。"三思操演兵马不表。

再言程咬金在天雄山,喽啰报上来说:"青州、莱州兵马围住山前,声声要拿大王。"咬金一听此言说:"兵来将挡,水来土掩。今有兵有将,何足惧哉!"吩咐伍雄、雄霸带喽啰下山,杀莱州兵马;秦红、尉迟景带人马下山,杀退青州兵;自领薛刚、罗昌、程月虎、王宗立冲中路,帮杀二处人马。莱州总兵郭大忠同众将在山下讨战,见山上冲下一队人马,内有二将,勇不可挡。郭大忠哪里挡得住?杀得大败。青州总兵又战不过秦红、尉迟景,在那里抵死相杀,听得莱州兵马大败,无心恋战,虚晃一鞭,败下阵来。怎挡得山上冲下三将,杀得二处人马四分五落。莱州总兵郭大忠、青州总兵雷明败下去有三十里路,见后面不来追,收拾败残兵马,三停②去了二停。回到本州上表进朝,贼寇势力不能抵敌,请兵添将,保护城池。

---

① 佐贰官——作副职的官。

② 停——总数分成几份,其中一份叫一停。

差官星夜进京不表。

再言咬金对薛刚说:"今虽退去二处人马,朝廷必然大怒,起大兵前来,如何抵敌? 必须你去房州奏明小主,我等扶助庐陵王兴兵伐周,名正言顺。若在此久呆,终非善事。你去走一遭。"

薛刚领命,拜别下山,竟往房州,不止一日。在登云山经过,那山上大王一名吴琦,一名马瓒,都有万夫之勇,守住山寨,喽啰数百。有儿郎报上山来说:"小的们拿得牛子,求大王发落。"吴琦说:"拿去砍了。"薛刚被绊马索跌倒,拿往山中,听得喝声"砍了",叹道:"可惜吾薛刚死在这里,不能见到小主,负了众弟之情。"马瓒听得,喝声:"住着①!"亲自下阶问:"谁是薛刚?"薛刚说:"吾乃通城虎薛刚。"马瓒听得,亲解其缚,扶入厅上,纳头便拜。

薛刚扶起二人,问起姓名。吴琦说:"小人姓吴名琦,此位结盟兄弟名马瓒。今日误犯三爷,是有罪了。如今要往哪里去?"薛刚说明此事,要往房州见小主。吴、马二人说:"三爷要到房州,吾兄弟同去。"薛刚大喜。当晚三人结拜生死之交,在山饮酒。次日兄弟二人吩咐头目:"看守山寨,同三哥到房州,不数日就回。"头目领命。吴、马二人同了薛刚竟到房州。

这一日元帅王荆周在教场演武,看试射箭。有人射进红心者赏,不中者罚;有大刀一把,重一百二十斤,有人舞动者赏,舞不动者罚;有铁香炉一个,约重千斤,有人拿得起者赏,拿不起者罚。薛刚等看见这些将军有中一箭的,有一箭不中的。这大刀也有将官拿得起的,就气喘呼呼,香炉越发无人拿得起。马瓒高兴,走进教场,一连三箭俱中红心。众军喝彩。吴琦见了,也入场中,将大刀抢起如飞。薛刚左手撩衣,右手拿炉,走出圈外,又走进来,放在原处,面色如常,气也不喘。元帅一见大惊,开言说:"要壮士周全本帅体面。"薛刚等下拜。

元帅扶起,传令散操,一同至彩山殿见驾。元帅奏道:"臣往教场操演,遇着三位英雄,十分武艺,都有万人之敌。千岁有此三员将,江山可复也。"庐陵王闻言大喜,传旨:"宣上来。"薛刚等闻言,进彩山殿,三呼跪下。小主问起姓名,吴、马二人上前俯伏奏道:"臣吴琦、马瓒。"又问薛

---

①　住着——停下、住手的意思。

刚,薛刚不肯说名姓:"臣有大罪,望小主敕赐免死牌,方说姓名。"小主说:"赦卿无罪。"薛刚谢恩,奏道:"臣祖薛仁贵,父薛丁山,平定东西,有功于朝。臣薛刚罪该当死,打死张保,武后将臣父母一门杀害,颠倒埋入铁丘坟。有程咬金千岁在天雄山,请主登位,杀进长安,以接大位。"

小主闻奏下泪说:"卿无罪。尔父尔祖有大功于国,孤家尽知。方才所奏到长安接大位,焉有子伐母之理? 此言休说。今封卿为忠孝王,马、吴二卿为左右都督,在房州造王府住下。秦、程二卿不日钦召。母后天年之日定夺。"薛刚谢恩,住在王府,日日同元帅操军不表。

再言朝中武三思看见青、莱二州表章上本,起大兵征讨天雄山。有探子报到朝中说:"扬州都督英国公徐敬业,与南唐萧大王,同骆宾王谋以匡复庐陵王为辞,移檄州县,起大兵三十万,打破城池,甚是利害,声声要去武后,更立新君庐陵王,不得不报。"武三思大惊,奏明天子,武后看檄文:"一抔之土未干,六尺之孤何托?"后问:"谁人?"对曰:"骆宾王。"后曰:"此人不用,宰相之过也。天雄山小事且慢,江南徐敬业等乃心腹之患。"遂将大将李孝逸封为元帅,魏元忠为参谋,武顺为后应,起大兵五十万,良将数百员,择日兴师,兵发江南。此话不表。

再言天雄山合当造化,亏徐敬业起兵,天下响动。朝中只顾江南,哪管天雄山。不要说别的,就是断其水道,山上不战而自乱矣。

再言薛刚在房州,到秋后小主同文武在教场望空祭祖。薛刚想起父母,见了伤心,上前奏道:"臣父母在长安铁丘坟内,今奏过主公,要去上坟。"小主说:"卿家要去,须要小心。"薛刚谢恩,同了吴、马二人一路下来,逢州过府,无人盘问。薛家之事有三年之外,官府也不在心。三人来到长安城外,饭店中吃酒,收拾祭礼进城上坟。至坟前天色将晚,薛刚上前打掉锁,往里而行。将石块顶住栅门,到里面青草茂盛,没有道路。三人将草拔去,摆下三牲祭礼,薛刚哭拜。有巡捕官见了,说声:"不好,想必薛刚又来偷祭了。"忙报知武三思说:"薛刚偷祭上坟。"武三思传令:"架起襄阳大炮打死他。命大刀王殿、阔斧陈先领兵四面围住,开放大炮。城门紧闭,都加闩锁。点十万大兵,桥头巷口处处摆卡把守。"巡城官打锣,口叫:"小心捉拿薛刚。"百姓家家闭户。武三思在铁丘坟前把守,喊声大震。薛刚同吴、马二人在里面祭过父母,三人饮酒,名曰"二扫铁丘坟"。不知外面如何,且听下回分解。

第七十七回

薛刚三扫铁丘坟　西唐借兵招驸马

再说这铁丘坟，三思为何不杀进来？有道是虎怕人，人怕虎。吴琦说："哥哥，外面有兵马守住，我等慢慢地吃了饭，夜深出去。"薛刚说："不可，外面有大炮，恐防打进来。我等早早出去。"二人闻言，结束停当，手执军器，带马开了栅门。外面大刀王殿叫人开放大炮，有丁山灵魂保护，炮倒转来，把王殿打为灰土，死伤军人数千。薛刚、吴、马三人一冲上前大战，哪里杀得出？街道不比战场，百姓家家在楼上，将砖瓦、摇车、台机塞满街道。只听四下叫声："不要放走薛刚。"

三人正在危急，有饭店夫妻二人，乃窦一虎、薛金莲奉李靖之命，说："你侄儿有难，快去相救。"窦一虎同金莲扮做乡村夫妻，地行至长安，果见三人不得出城。金莲将纸团六个，口中念咒，喝声："起！"都变了六丁六甲神人，有一丈五尺长，将街上这些东西搬去，上前开路。三人乘势杀到城边。城门紧闭，窦一虎一口气吹开城门，三人一涌而出。薛刚拜谢姑父、姑母。说起丁山，金莲流泪，话不叙烦，恐人知觉，窦一虎夫妻地行回西凉去了。

薛刚、吴、马回登云山。儿郎报说："自大王去后，有九炼山两个贼人杀来，把山寨粮草尽行抢去，山寨罄空。"薛刚、吴、马三人大怒说："这两个毛贼，吃了豹子心，老虎胆，这般放肆。待俺去拿来，连九炼山踏为平地。"行至九炼山大骂，有二人下山，问名姓，下马即说："我姓南名见，弟柏青，奉香山李靖令，来请三哥。闻说不在，故我先把粮草金银收拾在此了。三哥必来寻找，故此我二人等候。请上山去。"薛刚大喜，一同上山饮酒。对薛刚说："此山宽大，方圆四十里，左接正定，右接幽州，好招兵买马，积草屯粮，好报父母之仇。"五人说得投机，结拜弟兄。次日薛对吴琦、马瓒说："烦二位贤弟到天雄山接程老千岁、众弟兄到九炼山驻扎。"

二人奉命来到天雄山，见了咬金，倒身下拜，说起"三哥到房州，遇着晚生,同到房州比武,封忠孝王。我二人左右都督。祭铁丘坟,至九炼山。"如此长短说了一遍。"命吾二人来请老千岁往九炼山驻扎,好招兵买马,兴兵杀上长安,除了伪周,立小主为君。"咬金闻言大喜,同众英雄下山。伍雄、雄霸守了山寨,送别下山。来至九炼山,薛刚接上,唤南见、柏青过来拜见。咬金欢喜。见九炼山果然雄伟,底下有三关,四面高山围定,上有忠义堂,聚义厅,耳房数百余间,有河有水,又有战场,比天雄山好数倍,立起招军旗,来投军的不计其数,聚兵数万。命吴、马二人到房州见小主说:"兵已招足,缺少粮米,请立为帝。"

吴、马二将领命竟往房州,先见元帅王荆周,次日上朝见驾。小主问道:"薛刚为何不来见孤?"吴、马二将奏说:"薛刚在九炼山招兵,奉程老千岁之令,来请殿下,到长安为君,复兴唐室。要借粮米五万石,救众军之食。"小主说:"兴唐且慢。先发粮米五万石,付与二卿前去。"吴、马二人谢恩。领粮米回至九炼山。咬金说:"兵少成不得事,如何是好?"想到西唐国先前与唐天子交好,他听无帅丁天钦之言攻打雁门关,被吾家元帅薛仁贵擒拿,以礼相待。国王投降。送还元帅归国,有恩于他。命薛刚到那里借得兵十万,就好动手。

薛刚领命,带了吴、马二将至雁门关。守关总兵朱魁,原是丁山手下副将,闻报有三爷来见,朱魁一见是薛刚,只做不认得。问起名姓,薛刚更姓换名说:"关外走走。"朱魁放过关,对薛刚说:"三爷,我是认得你的,因耳目众多,只做不认得。须要早早回来。明年我不在此做官,要升任去。"

薛刚拜谢,出了雁门关来到西唐国。府前冷冰冰,问守门人为何静悄悄?那人说:"国王同了公主在教场招驸马,所以兵将不在这里。"薛刚说:"原来公主招亲,有这一事,明日也去看看。"三人在饭店中住下。次日来到教场,有多少英雄在此。张天宝坐在彩山殿,有披麻公主比武,一连三日并无对手。吴琦上去也败,马瓒上去又败。薛刚上前与公主战了数十合,薛刚虚晃一枪。假败下来。公主不料是计,追上来,被薛刚活捉过马。彩山殿鸣锣,请驸马下骑。薛刚拜见张天宝,问起名姓,原来是通城虎,与公主成亲。请吴、马二将至王府。是夜二人成亲。次日薛刚说起借兵一事,张天宝说:"粮足发兵。"

过了三日,薛刚先打发吴、马二将先回九炼山,"见老千岁说我粮草一足,即刻起兵。"二将奉命上马,进了雁门关,来到九炼山,见程千岁说:"三哥一到,招了驸马,粮草一足,即时起兵。"咬金大喜,一面就差官打本到房州,见千岁报喜说:"薛刚到西唐国借兵,明天准到。一到就开兵。"小主甚喜,留二将住在房州,此话不表。

再讲长安魏相先打发家眷去房州,自己来别徐贤,二人谈论。魏相说:"我要到房州去见见小主,特地前来别你。"徐贤说:"小弟也要就来。"魏相见一少年立在旁边,问起说:"是何人?"徐贤说:"小弟之子徐青。"魏相见了竟像薛勇,流泪而去。徐贤画了画图,乃征东故事,叫蛟儿前来观看。蛟儿不知,说:"爹爹,孩儿不知,望乞讲明。"徐贤说:"这白袍是你曾祖父薛仁贵,穿红袍是祖父丁山,这一位是你父亲薛勇,红罗总兵。"将此事说明。蛟儿听了大哭,要去祭奠坟墓。徐贤把阴阳一算说:"不妨,你出去祭过,作速就回。"

蛟儿收拾祭礼,挂一口宝剑,晚上出门,到铁丘坟来。自古道:"官无三日紧。"此事有十二年了,无人把守。蛟儿打掉了锁,来到里面,摆下三牲礼物,大哭:"祖父、父母有灵,孙儿来祭奠,望阴灵保佑孙儿,报复此仇。"有巡城兵看见,报知张君左、张君右、武三思说:"薛刚又来偷祭,在铁丘坟。"武三思带十万人马,四门大炮,围住铁丘坟。吩咐:城门都加闩锁,到处排围,把守城池,喊声大震。不料又被窦一虎救去。蛟儿在里面看见,欲要自尽。有丁山灵魂,头戴三山帽,身穿白月袍,叫声:"孙儿,闭了眼,救你出去。"将蛟儿提出铁丘坟,三岔路口放下。

蛟儿入梦中,眼睁一看,认得是秦驸马府中后园。蛟儿跳入园中,在白花亭上住下。有侍女看见,报知公主,公主宣入问道:"你是谁人? 为何到我园中?"蛟儿跪说:"我乃两辽王薛丁山之孙。"将冤情说明,今日来上坟,虚空有人提出来到园中,望娘娘救命。公主说:"不妨。将蛟儿去了男衣,扮做女子。明日少不得奸臣来搜,处置他去。丫头小翠有病将死,改换她的衣服,睡在卧房。"算计已定。

再言武三思同张君左弟兄,看里面不见动静,一定是窦一虎土遁去了。忽见半空中有人出来,在三叉路口,往秦府花园内去了。有人报知武三思、张氏弟兄说:"这是先皇的公主,秦怀玉之妻,惊动不得。"张君左说:"千岁,他是朝廷钦犯,怕什么银瓶公主?"

次日上朝,奏明天子,旨下:"命张氏弟兄到秦府捉拿薛刚。"张君左弟兄带领五百家将，将秦府围住。有人报进说："娘娘，外面张氏弟兄围住府门，不知为何？"公主一听此言大怒，吩咐："开了府门，放他们进来。"家人领命，把府门开了。张氏弟兄看见开了府门，公然进来。不知后事如何，且听下回分解。

第七十八回

张君左秦府出丑　九炼山薛刚团圆

前言不表,再言君左弟兄来到银銮殿,公主接旨。开读已毕,公主谢恩。张君左弟兄朝见公主,立在两旁,禀道:"臣奉天子之命,今有薛刚逃在娘娘后园,娘娘必知,望乞放出。"公主说:"二位先生且听。自驸马去世之后,朝中大政哀家①不管。你谎奏朝廷,说什么薛刚在此,你去回复圣上。"张君左说:"难复旨意,容臣搜明。"公主道:"两位先生不信,但凭搜来。"

张君左吩咐去仔细检搜。那些军士一声喊,到处搜寻,前房耳房,高楼后围,地板天花板,俱已掘开看过,回复不见薛刚。张君左好不着急,吩咐再搜。军士说:"只有娘娘卧房,小人们不敢搜。"君左说:"管什么卧房,快去搜来。"军士闻言,赶到卧房。卧房门关了的,军士打将进去,只听叫声:"不好了!"郡主惊死床上,侍女出来,报知公主。

公主大怒,吩咐左右:"将这两奸臣锁着,待哀家见圣上发落。"张君左弟兄大惊,吓得魂不在身,只得哀求。公主哪里肯听,被这班侍女将二人剥下衣衿,纱帽红袍除去,将大链锁住。公主乘辇出来,将二人带在辇前,出其大丑。

到金銮见了武后,朝拜已毕。公主奏说:"哀家公公秦叔宝打成唐朝天下,驸马秦怀玉征东平西战死沙场,有大功于国。今日张君左谎奏圣上,来搜薛刚。哀家怎敢藏匿?驸马亡过之后,不理朝中之事。今明明来抢臣家,先王钦赐金银,被他唤狠奴抢得罄空,惊死郡主,前后楼房尽行打坏。望圣速拿二奸贼,以正国法。"天子听奏说:"皇姑息怒,朕当处置。"宣张氏弟兄上殿。武后一看,见二人好笑,不像官体,好似囚犯。旨下:"罚张君左弟兄修驸马府,赔还金银。御妹惊死,尔弟兄做孝子,奉旨开丧,百官祭奠,送上丘坟。命中山王武三思代朕往皇姑府请罪。""谢恩。"

---

① 哀家——皇后或皇太后死了丈夫以后的自称。

银瓶公主谢恩出朝。张氏吃了一场大亏。小翠倒有福气,受百官祭奠,开丧忙忙碌碌,自有一番打点。我也不表。

再言诈了张氏许多金银,将小翠送上丘坟已毕,满心大悦。想留蛟儿终久无益,恐有人知道,欺君之罪不小。假说烧香,好将蛟儿带出城外,换了男衣,叫他逃往房州。蛟儿拜谢,竟往大路而行。公主往秦安州烧香回府不表。

再言蛟儿不曾经过风霜,一路上凄凄惨惨,前面猿啼虎啸,好不怕煞,欲投涧而死。旁有香山李靖,叫声:"蛟儿不要慌张,闭了眼睛立在乌帕上,我救你去。"李大仙同了蛟儿驾起祥云飞在空中,不消一个时辰来到香山,下落云头。蛟儿拜谢。大仙说:"蛟儿你拜我为师,传你枪法。"吩咐童儿取枣子与他吃。蛟儿吃了枣子,长力千斤。蛟儿拜了大仙为师,教习枪法,此话不表。

再言徐贤叫蛟儿出去祭坟,先打发家小往房州。自己在府中,闻得张君左弟兄被银瓶公主算计得颠颠倒倒,心中大悦。唯恐泄漏,连夜往房州而去。

再言江南扬州徐敬业以匡复庐陵王为名,起兵讨武氏。朝廷差李孝逸,相杀数年,被孝逸因风送火,敬业大败,逃海而去。报捷到长安,天子大悦。百官上表奏驾。旨下,命李孝逸镇守江南,以防边患。自敬业在江南兴兵十余年,不把薛刚放在心上,故存此患,不必细表。

再说蛟儿在香山枪法已熟,气力充足,欲要下山寻叔父,来见师父。李大仙说:"徒弟既要下山寻叔父,我日后送枪马来与你。"

蛟儿拜别下山,一路行来,见一庄坊,腹中饥饿,上前去唱道请化斋。有一妇人出来,见蛟儿一貌堂堂,留吃饭,送他白米五升,钱三十文。庄客报说:"少爷回来。"薛葵回家一见,便大骂蛟儿,喝声:"野道童!"将拳就打。妇人喝住,问起名姓,说是薛蛟。妇人说:"原来是侄儿。"蛟儿问起,说是薛葵。鸾英上前相见,说起缘由。蛟儿说:"婶母放心,我同兄弟去房州访问叔父。"庄客说:"有人送兵器马匹在外。"原来是李靖差仙童送来的。二人一看,好马好枪。薛葵说:"这枪马哪个送你的?"薛蛟说:"是师父李大仙送的。"说起传授枪法,一一说明。问薛葵说:"兄弟,你兵器马匹也有么?"

薛葵说:"兄弟那年在山玩耍,遇见二虎相斗。兄弟去拿它。二虎见了跑入洞中，被弟拿住虎尾拖将出来，不见了虎，竟变了两柄铁锤，重有四百多斤，有巴斗大。山中有一老道教习我法，也精熟了。有一匹马也稀奇，牛马相交养出来的，牛头马身。待弟牵出来与哥哥看。"果然后槽牵了马，里面拿出锤。薛蛟大喜说："兄弟本事高强，好与祖父报仇。"二人拜别鸾英。鸾英说："你弟兄路上小心。"薛葵说："母亲放心。"

二人并马而行，来至房州，访问薛刚，并无下落。在城外饭店中楼上吃酒，兄弟说得投机，大笑起来。楼板是稀的，把那些灰尘落将下来，楼下面也有人喝酒，灰尘落在酒碗内。吃酒的柏青大怒，大喝道："楼上的直娘贼，蹬你娘的怎么？"薛葵上面听见，心头火发，纵起身来，飞奔下楼。柏青、南见弟兄早已立起身来等打。薛葵性急走得快，不料脚下一块青石一滑，仰面一跤，跌倒在地。二人上前拿住，将拳打下。吴琦喝住："不可，他失足跌倒，你要打他，不像好汉。放手！"薛蛟也下楼来帮打。听见说得有理，不再动手，薛葵立起身来要打。薛蛟说："不可，恐伤了人。"吴琦说："二位爷不像这里人的口气。"薛蛟说："我乃山西绛州龙门县人氏，姓薛名蛟。我兄弟薛葵。来房州寻叔父薛刚。"吴、马二人听了，原来是忠孝王之子侄："得罪了，我四人与你叔结拜兄弟，我乃吴琦，此是马瓒、柏青、南见。"薛蛟大喜说："原来是四位叔叔。"同薛葵上前拜见，重新吃酒，当夜不表。

次日同薛蛟弟兄至王府门首，问黄门官要见驾。黄门说："千岁在御花园搭彩楼招驸马。"薛氏兄弟行到御花园，彩球打中薛蛟。庐陵王传旨宣驸马进朝。问起姓名，薛蛟奏明。小主大悦："原来是忠孝王之子侄。"招薛蛟为驸马，与公主成亲。薛葵封为大都督。说起："尔父上年往西唐借兵，至今未见回来。闻他招为驸马，耽搁在那里。命你二人回家，接你母亲同到房州安享。薛蛟弟兄谢恩，二人回府。

次日薛蛟弟兄转至陈家庄，接了鸾英一同下来。这日天晚投庙中夜宿。道士接见。说是薛蛟驸马，道士大悦，留上房歇宿。有八叉山朱林差人到庙查问。道士说是薛驸马及薛刚之子薛葵，接太夫人一同在此庙内。儿郎报知朱林，薛强、薛孝叔侄二人听了大喜，一同到庙上前相会，当有一番话说不表。次日差官先送母亲到九炼山，同叔叔相见。薛葵兄弟二人要出雁门关寻父，此话不表。

再言薛刚与披麻公主点兵十万，将少不能动身。又到西凉请十弟兄，乃征东仁贵结拜的周青、姜兴霸、李庆红、薛贤徒等,有功于国,封守西凉为总兵,世袭镇守。闻薛三爷相请,各助兵一万。李大元、姜兴、姜霸、薛飞、周龙等共有十人,与薛刚拜为弟兄,一同来到雁门关。总兵吴忠不肯开关,分兵把守。薛葵大怒,催开坐骑抢进关上,一锤打死吴忠。众军见主将已死,四散奔逃。薛蛟斩关落锁,大开关门。

薛刚同公主进关,到九炼山。咬金大喜,当日相会鸾英,一番言语不表。次日吴琦、马瓒拜本上房州,见小主说明此事。小主大悦,敕封薛刚为兵马大元帅,咬金为军师,诏下九炼山,程咬金等谢恩。命薛蛟、薛葵弟兄二人解粮。邻近州府都来归附,声势浩大。山东、山西、湖广之文武官员都归顺房州,要立小主为帝,灭伪周武氏。探子报入长安,武三思闻报大惊,忙上本见驾。旨下:命武三思为大元帅,姜通为先锋,马立为后应,带兵五十万,出了长安,旌旗浩荡,杀奔九炼山。不知后来如何,且听下回分解。

第七十九回

武三思四打九炼山　程咬金夜劫周营寨

前言不表,再言周兵相近九炼山,有探子报上山来说:"朝廷点武三思为帅,良将千员,起大兵五十万。前部先锋姜通好不利害。报与元帅知道。"薛刚说:"知道了。"赏探子银牌一面,羊酒十樽。报子谢赏。

咬金差人往天雄山,请伍雄、雄霸都到九炼山。元帅在山,令四边把守栅门,摆下檑木,以备厮杀。

再言武三思来到山前,摆开阵势。先锋姜通在山下差军士大骂。薛刚带领众将下山迎敌,两边射住阵脚。姜通说:"薛刚且住着,听我一言。你三次偷祭铁丘坟,也算英雄。何不依我归顺大周,散去诸寇,保汝为将。"薛刚大怒说:"你这贼子,我乃大唐臣子,奉小主之命,收回旧业。汝食君禄,不报君恩,实为无耻之徒。且待我杀这无名之将。"一马冲出阵来。姜通大怒,奋勇将手中大刀砍进。薛刚将棍挡住。一往一来,战有三十余合,薛刚棍法散乱,众将看见助战。姜通手下大将许琦等,也各纷纷出战。两边混杀。秦红使双铜来助薛刚,杀退姜通,天色已晚,各自收军。薛刚回山。

次日武三思摆一个五虎把山阵。旗分五色,有五员虎将守住阵门,五门有兵五万。姜通讨战,薛刚同众将下山。伍雄出马,大战姜通,有数十余合。雄霸见伍雄战不过姜通,出马双战。被五虎将围将拢来,二人抵敌不住,大败而走。众英雄纷纷出马接战,哪里挡得住?薛刚迎住姜通,哪里战得过?竟大败落荒而逃。姜通在后追赶,正在危急,只见薛葵解粮来到,见姜通追赶薛刚,薛葵大喝道:"不得无礼!休伤我父。"只一声不打紧,就似春雷响震一般。

姜通大惊,抬头一看,不认得薛葵,抛了薛刚来战薛葵,把手中大刀一举,照顶门砍将来。那薛葵不慌不忙,把锤往上一举,当的一声响,把大刀打断了。姜通叫声:"不好了!"震开双手虎口,带转马没命地跑了。薛葵催开牛头马赶来,喝声:"哪里走!"锤打来,姜通要走来不及,打得脑浆迸出,连马打成肉酱而死。三军见主将已死,阵图已破。秦红双锏打死许琦。尉迟景鞭打士超下马而死。五虎将俱被罗昌、王宗立二人杀得大败。程月虎使动大斧,一斧一个好杀。外面薛刚同薛葵杀将进来,五万兵马去了四万,只一万逃奔大营。

武三思见前军已失,先锋诸将尽亡,传令安营。哪里扎得住?被薛葵双锤打进,哪里挡得住?人撞锤就死,马撞锤就亡,杀进一条血路,众军士遭其一劫。武三思见大势已去,抛了众军,逃往临阳关,计点军士,折其大半。折手伤足者不计其数。吩咐把关门紧紧闭好,城垛上多加炮石檑木,与总兵程飞虎修本进朝讨救。

朝廷见表大惊说:"中山王丧师辱国,败奔临阳。哪位爱卿出征与朕分忧?"班中闪出张君左道:"今有武状元郭青,金吾大将俞荣,此二人文武全才,去往临阳,同中山王一同征讨。"天子大喜,宣二人上殿,钦赐金花御酒,封为左右副元帅,带兵二十万,副将二百员。二将下教场祭旗,离了长安,来到临阳。参见元帅,然后发兵,共有四十万,来打九炼山,此乃二打九炼山。离山十里,放炮安营。一声炮响,三军扎下营盘。吾也不表。

儿郎报上山去说:"朝廷命武状元郭青、金吾大将俞荣同武三思起兵四十万,又来打九炼山,请大王定夺。"薛刚说:"知道了。"咬金说:"郭青、俞荣乃是名将,元帅不可轻敌,须当小心。"大将李大元、姜兴、周龙、薛飞等数人上前说:"元帅,小弟在此,未曾破敌。今我等兄弟出阵。"薛刚说:"既然兄弟们出去,须要小心。""得令!"

再言武三思来到九炼山,摆左右二营,中间立一个大营。摆一个四牛斗底阵。两边密密伏下弓弩手,以防薛葵冲营。武三思说:"他以力为强,追来即放炮为号,两下一齐射出。他如回马,我兵乘乱奋杀,他决奔逃上山。我这里分兵断截各处水道。山上无水,不战而自乱矣。"传令已毕,令郭青讨战。忽山上冲下一队人马,喊杀连天。郭青来到山前,大叫一声:"哪个纳命的,出来会吾?"姜兴、周龙冲出。大将郭青说:"无名小卒看枪!"照姜兴面上一枪刺进来。姜兴不慌不忙,把手中大刀抵住。刀枪并举,战有二十合。郭青虚晃一枪,往左营而走。姜兴不舍,把马一鞭追上前来。郭青见来将将近,即按住钢枪,取弓在手,搭箭当弦,照定来将尽力一箭。姜兴听得弓弦响,急待要躲,来不及,正中咽喉,倒撞马下而死。

姜霸见兄被射，使动双鞭杀出救兄。被俞荣挡住，大战三十回合，被俞荣一刀砍下马来。李大元见二姜阵亡，大哭。同周龙一齐杀出，两下混战。薛飞步战出阵，使五百斤大锤，身长二丈四尺，貌若金刚，杀入中营，听得号炮一声，万弩齐发。薛飞身中七箭，大败而回。李、周又抵敌不住，三军围将拢来。正在危急，忽山上冲出无数人马，伍雄、雄霸、秦红等杀入周阵，救出李、周二将，分头迎敌。一场好战！天色已晚，两下收兵。

薛刚见姜氏兄弟阵亡，伤悼不已，计点军士，折兵大半。咬金说："胜败兵家常事，今晚去劫寨，必然全胜。"薛刚说："此计甚妙。"吩咐秦红、尉迟景带领一支人马，往左边下山打入左营。罗昌、王宗立带领一支人马往右边下山，打入右营。薛飞、李大元、周龙、伍雄、雄霸带大队人下山，直冲中营，杀武三思要紧。果然周营不防备，被秦红、尉迟景扒开鹿角，杀入右营。郭青正在睡梦中，听得有人劫营大惊，披衣起来，满寨通红，忙上马，遇着尉迟景黑脸钢鞭打将进来；郭青却待迎敌，昏头奔脑，被尉迟景一鞭打死。秦红用双铜打得三军乱逃，儿郎一个个动手杀死。杀得尸横遍野，号哭之声不绝。

左边一样如此。薛飞打入中营，军士昏睡，要射箭也来不及，弓箭也不知放在哪里。半夜之中，一场大杀。武三思往后营而逃，薛飞等追赶有三十里。鸣金收军，大获全胜，所得军器粮草无数。天色大明，收兵上山庆贺不表。再言武三思见不来追，计点军士折了七、八万，损了郭青、俞荣上将数十员，走入临阳关住扎，意图报复，连夜差人赍本进朝求救。

使命到京，奏上表章，天子看了大惊，亲问使者曰："中山王大兵四十万，何故又至大败？"使者将初阵斩了贼将两员，不料中贼计，当夜冲营劫寨，丧了二位副元帅，折兵八万，走入临阳，细说了一遍。

武后问丞相张君左："薛刚反乱山东，十分猖獗，何以制之？"张君左奏道："中山王被贼偷营，非战之过。再差御营总兵赵仁为先锋，成国公上官仪为将，广信侯姚元为副将，成魁、钱通为左右使，武探花屈松彭为后应，齐国公冯贞护送粮草，起大兵十万，去到临阳关，与中山王一同征讨，薛刚可擒矣。"天子大悦："依卿所奏。"旨下。上官仪奉旨教场点兵，出长安来到临阳关，与中山王合兵，商议九炼山之事。教场操演人马，习练阵图，以备征进，此话不表。

　　再讲薛刚得报,朝廷又点上官仪、姚元、成魁、钱通、屈松彭、赵仁等兵扎临阳,操演三军,不日出兵。薛刚大惊,忙与程咬金商议说:"老千岁,如今伪周又点兵马到来,怎生迎敌?"咬金说:"上官仪文武全才,尚不足虑。唯有太阳枪赵仁,十分厉害,使开枪能在花光中他见你,你见不着他,取上将之首如探囊取物。屈松彭青面獠牙,用金顶铜,重百六十斤,甚是凶勇。余不足介怀。"薛刚闻言,准备迎敌。不知后事如何,且听下回分解。

第 八 十 回

尉迟景鞭打太阳枪　净道人圈打众英雄

适才话言不表,再讲武三思到了山前,三声大炮扎住阵脚。先锋赵仁同左右使成魁、钱通顶盔贯甲,挂剑悬鞭,令军士在山下大骂。

儿郎报上山说:"启元帅,今周营先锋讨战,实是了不得。"薛刚闻报问:"哪位哥哥出去会他?"旁边闪出四员大将,吴琦、马瓒、南见、柏青上前说:"待吾弟兄们出去会他。"薛刚说:"周将利害,兄弟们须要小心。"四将得令,冲下山来。咬金说:"周将骁勇,四将不能胜他,传令尉迟景、秦红带领三万人马下山掠阵。"二将得令,领兵下山。

吴琦四将来到山前,摆开阵势,射住阵脚。只见周阵拥出三员大将。南见抬头一看,赵仁面容恶相,黑脸铜铃豹眼,腮下短短桃红竹根须,身长九尺,使一把太阳枪。成魁、钱通又重得凶恶,喝声:"狗强盗,快下马受死。"柏青见了大怒说:"不得猖獗。"放马过去,劈面一刀砍住。南见看柏青战不过赵仁,一马冲出,双战赵仁。吴琦、马瓒纷纷出马。那边成魁、钱通两下敌住,一场大战。那赵仁果然厉害,使开枪左插花,右插花,枪花中只见日光闪闪,罩定柏青、南见开眼不得,被赵仁一枪挑死柏青,回手一枪又结果了南见。尉迟景大怒,一马冲出,照日光一鞭,赵仁叫声:"不好了!"肩上着了一鞭散了日光,大败而回。吴琦战住钱通,听见柏青、南见落马,回头一看,被钱通砍死。马瓒被成魁枪挑而亡。秦红见二将已死,大叫一声:"不要走,我来也。"用双铜敌住成魁。尉迟景战住钱通,两下大战。

薛刚闻报失了四将,恐防二将有失,鸣金收军。秦红、尉迟景听得鸣金,弃了成魁、钱通,走马上山。成、钱二将也不追赶,各自收兵。薛刚点军折了一万人马,死了四将,伤感不已。传令紧闭寨门,安排檑木炮石以防攻打。

再说赵仁虽然全胜,也伤了肩膀。钱通、成魁来问安。赵仁说:"不妨。"葫芦取出丹药敷好,片时痊愈。来到中营,参见武三思说:"杀了贼将四员,大败归山。"三思大喜,重赏三军,上表进京报捷。次日赵仁等又在山前讨战。山上众将说:"太阳枪利害,不敢出阵。"

再讲薛蛟弟兄解粮到中路,遇着师父李靖。薛蛟下拜。李大仙说:"徒弟,赵仁太阳枪厉害,众将不能抵敌。赠你定阳针插在头上,好捉赵仁。"薛蛟拜谢。一阵轻风不见了。薛蛟来到山前,见赵仁耀武扬威,薛葵把粮草推过。薛蛟上前,大叫一声:"赵仁,不得无礼!少爷来也。"赵仁看见薛蛟,也不放在心上,说:"哪里狗头?休来纳命。"劈面一枪。薛蛟还转一枪,战有二十回合。赵仁用这太阳枪法罩住自身,薛蛟头上插了定阳针,不见什么太阳。法被薛蛟破了,赵仁心慌。成魁、钱通看见上前,双马齐出夹攻。薛葵大怒,展开双锤,一马冲出敌住成魁、钱通。

山上薛刚得报,点诸将分头下山。薛飞用大锤打入周阵,众将纷纷落马。薛葵与成魁、钱通战不到三个回合,都被薛葵打死。赵仁与薛蛟大战,未及防备,被薛葵冲上来,大叫一声说:"哥哥,待兄弟打死这贼。"赵仁大惊,被薛蛟一枪挑于马下。诸将见薛氏兄弟成功,勇加百倍。各皆突入中营。连斩副将四员。上官仪横刀而出,正遇秦红,约战数合,尉迟景也来攻打,上官仪虽然勇猛,那里挡得二员大将。又被罗昌从后面杀进来,看见秦、尉迟二将战住,上官仪被罗昌从后面一枪刺死马下。薛葵用大锤追杀官军,薛蛟兄弟大踹周营。武三思往后营便走。于是三军尽皆奔逃。众英雄拼力奋进,杀得周兵尸横遍野,血流成河,哭声震天,弃下衣甲刀枪无数,被薛军收回。咬金传令收军。诸将把马勒转,大小三军都次第回山,所得粮草衣甲不可胜计。摆筵席庆贺薛氏弟兄。此话不表。

再言武三思败下去有一百里,看见兵将不来追赶,才得放心。传令收拾败残人马,点一点不见了大半。赵仁、上官仪、成魁、钱通阵亡,杀死副将数十员,后队屈松彭又到,心中稍安。屈松彭参见,武三思说:"我自起兵以来,遭薛刚三次大败,俱损兵折将,无颜再请救兵。"副将姚元说:"千岁在上,今日这场大败,都害在使双锤的小蛮子之手,不料他如此凶勇,先锋太阳枪尚被他破掉杀死。目下屈将军到此,再整兵马,调各路总兵与他大战,除剿了他,余者不足介意。"三思听了,安下营盘调兵。

有军士报进说:"辕门外有一道人要见。"三思说:"令进来。"道士来到营帐前说："千岁在上，贫道稽首。"武三思看见道人仙风道骨，行步不凡，说："仙长少礼。哪座名山？何处洞府？到此有何见教？"道人说："贫道乃清虚山无心洞净山道人。我已入仙界，不染红尘。奈我徒弟赵仁被薛葵所害，因此贫道愤愤不平。今又算千岁洪福，薛刚命该如此，所以动了杀戒，方入红尘。除了薛葵大事完矣。"三思大喜，大营设筵款待道人。次日武三思离了大营，整顿人马，不及半天，来到九炼山。日已过午，不及开兵。当夜在营备酒，席上言谈，饮至半酣，方才营中安歇。

次日清晨，摆开队伍出营。道人上马端剑，屈松彭上马举斧在营前掠阵。道人催开坐骑，相近山前，高声叫道："山上的快报与薛贼子知道，叫他速整下山与贫道答话。"那薛刚立起身来说："诸位兄弟，前日他被我等杀得大败，今日为何又有野道人讨战？待我亲自出去，杀这野道，除了武三思，杀进长安，灭了伪周，立小主为帝。"咬金说："元帅不可轻出，三军司命全在于你。令薛蛟兄弟下山擒此妖道。"薛刚应诺。

薛蛟、薛葵换了盔甲，结束停当。底下众英雄齐声要去杀武三思。薛刚说："须要小心。"俱已结束上马，带了军士，冲下山来。秦红说："看这道人身体软弱，有何能处？前日阵上长大英雄，被俺这里杀得大败。待吾出去取他性命。"大喝一声："妖道，俺来也。"一马冲出。道人呼呼大笑说："你可知贫道本事利害！薛葵伤我徒弟，故来取他的命。你不是薛葵，你去罢。"秦红听了，说："好自在的话儿，看得这样容易。"把铜一摆，喝声："招铜！"一铜当头打下。净山道人将铜敌住，不止数合，道人祭起连环圈打来。秦红叫声："不好！"正要走，被照头一圈，打落马下。急待向前来取首级，得尉迟景抵住，众军救回秦红。尉迟景又被打伤。一连打伤伍雄、雄霸、罗昌，俱带伤大败而回。

薛葵飞马舞锤迎住道人，当头就是一锤。道人把剑往上一迎，哪里迎得住，两臂酸麻，看来敌不住，回马就走，祭起圈来，将薛葵打落牛头马下。道人仗剑纵马要伤薛葵。薛蛟大叫："妖道休伤我弟！"飞马舞枪抵住。薛蛟上前救回薛葵，道人与薛蛟战不数合，薛蛟看来不搭对，恐防他又放这圈，搭转马就走。道人赶来，两边众将吩咐军士放箭，军士得令一齐放箭，道人回马，各自回营。

众将扶着带伤英雄，俱上山寨安息在床，秦红等昏迷不醒，尚有一线气在口中。薛蛟等着急,往忠义堂说明此事。薛刚大惊,同咬金前来看视。只见众人闭目合口,面无血色,伤处四周发紫。咬金说:"此必受妖道圈所伤,毒气追心,无药可救。不知阵上还有何人与他交战?一定也要受伤,多凶少吉,只可高挑免战牌,保守山寨,寻了医家,救了众人性命,然后开关。"若知后事,下回分解。

第八十一回

俞荣丹药救诸将　武三思月下遇妖

适才话言不表。众英雄俱被毒圈打伤。次日,道人又来讨战。见山前高挑免战牌,道人呼呼大笑,回进帅营。

武三思、屈松彭接到里面坐定,说:"师父今日开兵辛苦了。"吩咐摆酒上来。道人说:"千岁屡次失利,起兵三次,未闻一阵成功。今贫道下山与徒弟报仇,没有半日交战,伤他数十员将,杀得他高挑免战牌,紧闭寨门。贫道这连环圈乃毒药炼成,受日月之精华,打在身上,不消七日必死。"武三思大喜道:"望大仙早擒薛刚,班师回朝,朝廷自有升赏。"道人说:"不消费心,这都在贫道身上,待伤了薛葵,贫道仍回山修道,不染红尘。"当夜饮酒不表。

再言八宝山连环洞彭头老祖正坐蒲团,有徒弟俞荣,乃前年在长安救来的假薛蛟,老祖教习枪法,两臂有千多斤之力,年长十六岁,身长八尺,貌若灵官。这日立在师父身边,老祖叫声:"徒弟,现有薛刚被净山道人阻住九炼山,逆天行事,打伤数员大将。我今有丹药一葫芦在此,你拿去救众将性命。"俞荣跪在地下说:"弟子从师父到此年久,从不曾说起。今日师父说要去救薛刚,望师父指示明白。"老祖就将从前之事说了一遍。

俞荣带泪拜别师父,骑上草龙,不消片时,来到九炼山,按落云头。有程月虎在山前,见空中落下一道童来,吃了一惊,大喝:"妖道何来,快拿去见三哥。"俞荣说:"休要鲁莽,我乃八宝山连环洞彭祖之徒弟。今见你诸将有难,奉师父之命,特来相救。快报进去。"程月虎听了,叫声:"得罪,三哥在堂上正与我祖太爷商议,无计可救诸将。快请进去看视。"俞荣随了月虎来至堂上,见了咬金拜见。问起俞荣,俞荣将往昔掉换薛蛟,被师父救去,今奉师父之命来救诸将如此一说,薛刚大喜说:"原来是我家大恩人。"当殿拜为弟兄,就看视诸将。

俞荣看了伤痕,忙向葫芦中取出丹药,敷在伤处。又取丸药,将汤灌入口中。登时入肚腹中,响了三声。诸将悠悠醒转,说:"嗳唷,好昏闷人也。"两眼睁开,身上觉得爽快,倏然都坐在床上。薛刚、咬金二人大喜,薛刚道:"今有俞贤弟在此相救,快快拜谢。"众人见俞荣立在旁边,即下床叩拜谢恩。薛刚吩咐摆酒款待。席上说起妖道连环圈厉害,诸将难敌。俞荣说:"不妨,师父曾吩咐说:净山道人若祭连环圈打来,与你一件宝物,名曰'紫金尺',可破连环圈。"薛刚大喜,席上言谈,自不必表。

次日,道人闻报山前去了免战牌,武三思传令,屈松彭摆大队人马来至山前。道人上马提剑,摇旗擂鼓,冲将出来,令军士大骂说:"这些死不尽的下山纳命。"报知山上。薛刚同众将上马,放炮一声,带了三军,冲下山来,攒箭手射住阵脚。俞荣顶盔贯甲,上马提枪,冲入战场。薛强麾旗,薛蛟掠阵,还有王宗立、程月虎在两旁护阵,战鼓频催。

那边道人正撞着俞荣,便不搭话,两下交锋,战有数合,道人回马便走。俞荣不舍赶来,道人祭起连环圈打来。俞荣不慌不忙,袋中取紫金尺祭起,往上一迎,只见那连环圈套在紫金尺上,一阵红光,竟不见了。道人看见破了法宝,大怒,回转马来与俞荣交战。

众将见道人个个恨之切齿,只害怕这圈儿。今见俞荣破了他圈,众将胆更大了。尉迟景执鞭当头就打,秦红双铜照肩膀乱打,薛葵用双锤打下去,件件惊人。大将齐出,叫声:"要活擒妖道。"那净山道人虽附着邪法,十分本事,经不起众将,恐防有失,借土遁走了,薛葵一锤打去,金光散乱,不见了道人,众将惊骇。

屈松彭在后掠阵,见薛军战住道人,大喝一声,把马一冲,跑出阵来,举起金顶束,好不骁勇,照定俞荣,喝声:"小孩子看束!"豁喇一响,往顶门便砍来。那俞荣用枪架开。本事厉害!如今两下杀在一堆,战在一处,有数十合,俞荣不能取胜。诸将因不见了道人,又见俞荣与屈松彭大战,都围将上来。尉迟景把钢鞭来战,秦红也上前,三员将战住屈松彭。屈松彭哪里放在心上,用金顶束敌住三般军器。又战了数合,又不能胜。薛飞用五百斤大锤大步出阵,喝声:"三位兄弟少住,待吾来活擒这厮。"屈松彭正与三将大战,抬头见一大汉来到,心中防备。薛飞举起大锤,照屈松彭打击。屈松彭叫声:"不好!"把金顶束一抬。原来好厉害,三将也挡不起。哪里战得四将?屈松彭虽有本事,束法精通,怎挡得四般兵器?却也心慌意乱,实难招架。被俞荣一枪刺中咽喉,跌下马来,尉迟景下马取了首级,得胜回山。

　　武三思在后面帅营闻报说："道人不知去向,屈松彭阵亡。"听了大惊,传令拔寨退后而走,离山百里安营下寨,安摆鹿角、灰瓶、炮石,攒箭手把守敌楼,恐防薛兵追赶。三思闷坐帐中。

　　其夜月明如昼,三思出外步月,往后营上马,不带军士,悄悄地行了数里。见一所庄房,倒也幽雅,见一年少女子立在月下。三思一看:"嘠唷!好绝色女子。"面如傅粉红杏,泛出桃花春色,两道秀眉,一双凤眼,十指尖尖,果然倾城倾国,好像月里嫦娥,犹如出塞昭君。三思不看犹可,见了之时,神魂不定,心中按落不下。月下看去,果然又齐整,开言道:"小娘子,黄昏夜静独自出来何干?"

　　那女子听得回转头来,看三思戎装打扮,决非下贱之人,开言说:"将军不知,妾因独坐无聊,出来看月,不想遇着将军,三生有幸。不弃贱妾,同入草庄,奉待香茗。"三思大喜,同了那女子走进庄房。房屋虽小,倒也精致。走出几个丫环,也生得清秀。吃过香茗,三思问起姓名。女子说:"妾姓白名玉,父亲唐朝人白太玄阵亡,母亲陈氏死过三年。上无兄,下无弟,只生妾一人。年近二九,婚姻未配,颇有庄田,尽可度日。不知将军为何到此?"武三思就将失机之事说了一遍。女子说:"原来是中山王,贱妾不知,多有得罪。妾生长将门,晓得武艺,又遇异人传授兵法,与将军前去复仇。"三思欢喜,同女子出了草庄,来至帅营。大小三军因当夜不见三思,俱各处寻打,忽闻千岁回营,众将大喜。

　　问安已毕,其夜女子同三思苟合,次日封为白玉夫人。调河南北人马前来征剿。河南总兵方天定,带领勇将数十员,人马两万。前日旨下调兵,整兵正要启程,今闻中山王令箭来催,同了河北总兵桑十朋,一齐来到帅营。军士报知,方天定同了桑十朋进营,参见三思。三思命白玉夫人操演三军,然后征剿九炼山,此话不表。

　　再讲阴风山莲花洞殴兜祖师救了徐青,带回山中,教练枪法,传授兵法,力有千斤。这一日在山中无事,同了仙童玩耍。忽一阵大风吹来,徐青看见一个斑毛豹跳出,被徐青拿住,打了几下。那豹偏偏伏伏立着。徐青骑在豹上,竟走入洞中。老祖说:"徒弟,你如今有脚力了,你快往九炼山去见薛刚,好帮助小主杀进长安,灭却伪周,复立大唐。你功行完满,依原上山,修成正果。你到半路,遇着穿鼠色衣、尖嘴微须的黑面道人,枭了首级,前去请功。"说毕将斑毛豹一吹,念了咒语。

徐青拜别,骑上豹。只见那豹四足腾云而起,不一时来到中路,下落豹来,果见一道人喘息方定,在那里坐着。徐青便问:"仙长是哪座名山?何处洞府?从哪里来?"道人抬头一看,原来是个道童,身不满四尺,面貌不雅。开言说:"道童你不知。我乃清虚山无心洞净山道人,因薛葵伤吾徒弟,吾下落红尘,与薛家开兵。不想他收我法宝,我意欲回山再炼宝贝,会同各洞仙长,再来复仇。"徐青一听此言,说:"踏破铁鞋无觅处,得来全不费功夫。"把手中枪夹背心一下,透心而过。道人不防备的,大叫一声,跌倒在地。徐青取了首级,将尸埋了,上了豹,竟往九炼山而来。且听下回分解。

第八十二回

莲花洞徐青下山　三思五打九炼山

话分两途。再讲徐青来到山前,儿郎报知上山,来见薛刚。薛刚问起说:"仙童哪里来的?"徐青说:"小侄乃阴风山莲花洞殴兜祖师徒弟。向年斩两辽王之时,被师父救去,十有六年。今奉师命下山来见叔父。路上遇着净山道人,被我斩了,为进见之功。"

薛刚大喜拜谢,逊上坐,满腹疑心想道:吾侄儿现在营里,怎么又有薛蛟救出?待吾问程老千岁,便知端的。开言叫声:"老柱国,这些事情谅必晓得。"咬金呼呼笑道:"我久在长安,怎么不得知? 前日破圈的,是狱官之子。这个小将军是徐贤之子,临潼关调换的。不知以后怎么样。"徐青说:"果然师父有言,与这位老千岁说来一点不差。"薛刚欢悦不过,摆酒庆贺,同了这班小弟兄在堂饮酒,我也不表。

再言武三思看见白玉夫人操演兵马已熟,点起大队人马,放炮一声,兵至九炼山。离山半里,扎下营盘,摆队出营。身骑高马,手提白刃绣凤鸾刀。后面跟了二十四名女将,是狐狸精。两旁方天定、桑十朋带同众将,后随五百名钩镰枪,准备拿人,恐防前日一样,又被救去。安排停当,令军士叫骂。

山上得知,薛刚众将下山,摆开阵势。薛葵出阵一看,原来是一员绝色女将,不觉大喜,说:"公子爷会你了。"白玉夫人一见说:"这病鬼,也要与娘娘打阵么? 叫薛刚出来。"薛葵说:"俺家王爷哪里来会你这贱婢!你还不晓得公子爷双锤利害,也罢,我看你千娇百媚,这般绝色,走遍天涯,千金难买。我还没有妻子,待吾活擒你过来,与我结为夫妻罢。"白玉夫人闻言,满面通红,大怒道:"我把你这蠢汉乱道胡言,招刀罢!"这一刀往薛葵面上砍下来。薛葵叫声:"好!"把手中双锤往下一声响,架在一边,冲锋过去。薛葵把双锤望马头上一击,打将过去。白玉夫人看来不好,把双刀用力一架,一声响火星迸发,几乎跌下马来,花容上泛出红来了。想这蠢汉虽小,力气倒大,不如放出宝珠伤他罢。口中一喷,吐出圆果大一粒红珠,往薛葵劈面打来,光华射目。薛葵眼前昏乱,看不明白,把头低了一低,正打在额角包巾上,叫声"痛杀我也!"在马上一晃,扑通翻落尘埃。白玉夫人把口一张,那红珠还收在口内。这里雄霸、伍雄上前去救,被那边钩镰枪搭住拿了去。伍雄、雄霸、薛强、薛孝、王宗立等四虎一太岁都被拿去。方、桑二将大喜,得胜回营,吩咐乱箭射住。

薛蛟等大哭回山。薛刚闻知,含泪对咬金说:"老千岁,向年为吾父兄受害,今要兴兵报仇。不料又将吾薛氏弟兄连累,诸姓兄弟都被拿去。复仇之事休矣,要这性命何用?"拔剑欲自刎。咬金夺住剑说:"元帅不必如此,吉人天相。"徐青说:"师父有言,诸将合当有些小灾,不致伤命,自有人相救。叔父不必忧虑。"俞荣也来相劝。薛刚无奈,半信半疑,此话不表。

再讲武三思见白玉夫人本事高强,满心大悦:令拿下诸将,打入囚车,差副将孔大振带兵五百,护送到长安,朝廷发落。吩咐摆酒庆贺夫人,此话不表。

再言薛兴奉主命与薛猛拜为弟兄,将子薛蚪拜薛兴为父,逃奔定军山。闻薛猛已死,就在定军山落草,十有六年。薛蚪长十九岁,力大无穷,身长一丈,使一把开山大斧,重百六十斤。就近草寇,尽皆归伏,喽啰数千。这日闻知薛刚在九炼山复仇,来见薛兴说:"叔父在九炼山招兵,孩儿意欲前去。但不知爹爹心下如何?"薛兴听了说:"我儿,一向道你年小,不好对你说。如今已长成人,我就对你说明。"就将往事一一说明。薛蚪听了大哭,坚意要去报仇。

薛兴就分散了喽啰,放火烧山,带了数十名心腹小校,离了汉中府,一路下来。来到临阳关相近,只见一队人马,有十数轮囚车上来。薛兴上前打死孔大振,薛蚪杀散众军,救出薛葵诸将军,众将一一上前拜谢救命之恩。说起原来是弟兄,俱各大喜。薛强说:"侄儿如此英雄,不如先取临阳关,然后到九炼山,杀那武三思。接小主起兵取长安,除去张氏弟兄,父母之仇报矣。"诸将一齐欢喜。伍雄说:"四哥之言有理。"薛葵一马当先,诸将随后,打入临阳关,程飞虎措手不及,薛葵一锤将程飞虎打死,占有了临阳关,差人去报九炼山不表。

再讲武三思在营,有人报说:"中路有草寇杀死孔大振,救去诸将。"三思大惊,命白玉夫人出马,拿捉薛刚。山上薛刚闻知,薛蛟要出去。咬金说:"薛氏一门,只有你不可出阵,恐伤性命。"薛蛟说:"叔父、弟兄俱被贱人捉去,难道我薛蛟不与报仇,不要在阳间为人了。"二膝把马一夹,冲下山来。薛刚阻挡不住,吩咐众将下去掠阵。薛蛟来到阵前。白玉夫人抬头一看,但见营前来了一人,甚是齐整,面如满月,傅粉妆成,两道香眉,一双凤眼,鼻直口方,好似潘安转世,宋玉还魂。薛蛟见白玉夫人看他,开言说:"你这淫妇,把我叔父弟兄们捉去,快快放出来。若不放出,吾与你势不两立,不挑前心透后背,怎能出我胸中之气。招枪罢!"一枪劈面挑进去,白玉夫人把刀架开,冲锋过去,回转马来。白玉夫人把刀一起,往着薛蛟头上砍将下来。薛蛟把枪逼在一边。二人在战场上杀到十余合,白玉夫人心中暗想:这人相貌又美,枪法又精,不要当面错过。不若引他到荒僻所在,与他成其好事。算计已定,把刀虚晃一晃,叫声:"我的儿,娘娘不是你对手,我去也。休得来追。"带转马往野地走了。薛蛟说:"贱妇,不要走!"把枪一串,二膝一催马,追上来了。有十余里,白玉夫人躲在庙中。蛟儿下马,被白玉夫人戏弄。薛蛟色胆如天,阳精被白玉夫人收去而回。蛟儿四肢无力,不能起身,洋洋死去。

有李靖在云头经过,看见徒弟被狐狸精弄死,按落云头,来到庙中,用金丹救醒薛蛟,传他法术,教他明日如此如此。蛟儿吃了丹药,精神倍增,拜谢师父回山。再讲薛飞、徐青、俞荣、李大元见薛蛟与白玉夫人相杀,夫人败去,薛蛟赶去,不知去向。众将上前,杀进周营。方天定、桑十朋挡住大战。俞荣杀死方天定,徐青枪挑桑十朋,周军大乱。忽见白玉夫人飞马来到,众将大惊。薛刚鸣金收军。白玉夫人看见伤了二将,料不能胜,吩咐收军。武三思见伤了二将不悦。白玉夫人说:"今日虽然伤了二将,薛蛟被吾杀死于荒郊,除其大害。"当夜不表。

次日白玉夫人出阵。再讲薛蛟当夜回山,对薛刚说明此事,"师父说狐狸精明日必死。"薛刚听了大喜。次日白玉夫人讨战,薛蛟仍又下山,与白玉夫人交战。两下相与过的,旧情复发,又追到庙中,双双又重新做,弄得夫人神魂颠倒。薛蛟吃过丹药,精神倍增。夫人快活不过,口中吐出珠来,呐在薛蛟口中,被薛蛟一口咽下肚中去了。

白玉夫人大惊,满身是汗,大叫道:"罢了!罢了!可惜千年德行,一旦被你收去。若要此珠,再不能够了。"只得起身含泪而回。回到营中,武三思一见大惊说:"为何夫人神采俱失,想必沙场辛苦,后营歇息罢。"

夫人无心无意来到后营,身体困倦,伏几而卧。当夜三思看完兵书,来到后营,见几上卧着一个狐狸,心中大怒,拔出宝剑,一剑斩了。众女兵见斩了老狐,吱哩哩叫出后营,俱逃去了。这话不表。

再讲薛蛟吃了红珠,满心大悦,出庙门回山,说明此事。闻报薛强等在临阳关已夺了关寨,请哥哥攻前,兄弟攻后,杀却武三思,好进长安。薛刚闻说大喜,明日点兵下山。次日点了众将,一齐冲下山来。不知后事如何,且听下回分解。

第八十三回
武三思大败回京　薛蚪走马取红泥

前言不表,再言武三思见斩了白玉夫人,心头不快,又闻报道临潼已失,后面杀来。又报山上薛刚起大队人马杀下山来。武三思大惊说:"两头夹攻,吾命休矣!"同了诸将齐上马快些逃命,留大将断后。弃了大营,不管好歹,竟自走了。外边烟尘兜乱,喊杀连天,叫声不绝,营头大乱,夺路而走。后面薛刚等领了三军冲杀上来。这条铁棍好不厉害,撞在马前就是一棍,打人如打弹,呐喊如雷。又有薛飞、李大元、周龙、周虎、徐青、俞荣领三千人马冲踹周营。徐青使动银枪,见一个挑一个,见两个挑一双。俞荣使动宝剑,见人乱砍乱杀。薛飞举起大锤见人便打。李大元、周龙、周虎使动金背刀见人乱斩乱剁。人头滚滚,血水滔滔,伤人性命无数。周兵大乱只要逃命,哪里厮杀。四面营帐都杀散了,归到一条路上逃命。后面薛强、四虎一太岁听得那杀声震耳,炮响连天,提了兵器,领了人马从后面杀来。杀得周兵人马无处投奔,可怜尸弃荒郊,血流沟壑。这一杀不打紧,杀下去有百里路,逃命者无数,伤残者尽有。武三思有众将保护,只是吓得魂不附体,伏在马上半死的了。同着诸将不敢走临阳关,向大路,竟往青州。

有青州总兵来接,接进城中。诸将上前叫声:"千岁苏醒,已到青州了。"三思那时才醒,"嘎唷!吓死俺也。"吩咐传令诸将出去收军,三通鼓完,周兵四十万不见了十万,只剩得三十万,还是伤手折脚,倒有二十万。大将共伤了十六员。三思说:"俺自起兵五次,未尝如此大败。今杀得如此模样,何颜立于朝廷?也罢么!"吩咐紧守青州,"俺回朝再添兵复仇。"诸将得令,武三思连夜回长安不表。

再言薛刚发令,吩咐鸣金收军。一声锣响,各将扣定了马,大小三军兵将都归一处,退回九炼山。薛强说起薛兴相救,一一说明。薛刚大喜,见了薛兴拜谢,还称为弟兄。薛蚪过来拜见叔父。今日父子叔侄团圆,举家拜谢天地,作庆贺筵席,不表。

薛刚对薛强说:"张君左弟兄之仇未报,吾今有兵有将,杀入长安,报复此仇。"咬金说:"这个使不得,擅自兴兵,难逃背反之罪。不如弃下九炼山,扎兵在临阳。差官到房州请小主登位,然后杀入长安。名正言顺,复立大唐。吾等恪守臣节,张氏弟兄之仇何报矣。"薛强说:"老千岁之言不错。"薛刚依言,命伍雄、雄霸守山,五千人把守各路山口,以备退归。自带领众将大小三军来到临阳关住扎,查盘府库钱粮,各处该管地方命将镇守。然后差薛蛟往房州报捷,接驾登位。

薛蛟奉命来到房州,先见了大元帅王荆周,同上银銮殿,奏知小主。小主大悦,命忠孝王兴兵取长安。旨下,薛刚谢恩。立起忠孝王旗号,然后下教场操演有半个月,演好了就此发兵,点明队伍,共兵马二十万。点薛兴带一万人马为先锋,要逢关斩将,遇水搭桥,候元帅到了,然后开兵打阵。薛兴得令,好不威风。鲁国公程咬金护国军师,点解粮小将薛葵双锤利害,护送粮草。薛飞第二路催攒粮草。薛强第三路护粮。点齐已毕,然后薛刚同了诸将,离了临阳关。留大将李大元、周龙、周虎等诸将守关。因前丧了姜氏弟兄,故此留他守住关。

再说薛刚往西而进,不一日到了红泥关,传令放炮安营。一声炮响,安营已毕。因武三思战败,命各守将日夜当心。红泥关有一位镇守总兵,你道什么人?姓莫名天佑,其人身长八尺,面黑短腮,两臂有千斤之力,善用一条丈八蛇矛,其人骁勇不过。莫天佑正在私衙与偏将们论中山王战败,临阳关已失,少不得要来打红泥关。正说未了,探子报进说:"启上将军,不好了。小人打听得薛军二十万,薛刚立起忠孝王旗号,护国军师程咬金,带了数十员战将,底下的合营总兵官,前来攻打红泥关了。"莫天佑听报不觉骇然:"离关多少路?"探子说:"前部先锋到了关前。"莫天佑吩咐大小三军:"关上多加灰瓶、炮石、强弓、弩箭。若薛兵一到,速来报知本镇。"得令去了。

再言先锋薛兴领了一万人马,先候元帅。只听炮响,薛兴远相接说:"元帅,末将在此候接元帅。"薛刚吩咐围住关前,说:"哪位兄弟去讨战?"闪过薛蚪上前说:"叔父,侄儿同父亲愿去取关。"薛刚说:"侄儿须要小心。""得令!"来到关前。"呔!报知主将得知,大兵到了。早早出关受死。"探子报进:"启将军,薛将在外讨战。"莫天佑听了,吩咐备马抬枪,顶盔贯甲,上马提枪,来到关上。吩咐发炮开关。一声炮响,关门大开,放下吊桥，直奔上前。把枪一起，照薛蚪面上刺来，叫声："反贼看枪！"薛蚪叫声："来得好！"把枪一架。莫天佑在马上二三晃："嗄唷！好利害。"勉强战了七、八合，招架不住，却待要走，被薛蚪一枪，劈前心挑进来了，要招架也不及，一枪正中前心，跌下马来。薛兴上前取了首级，令军士抢关。那边军士闭关不及，杀进关中。那时候各府官员都闻报了，有偏正牙将们，顶盔贯甲，上马提刀，杀上前来。薛兴、薛蚪父子二人，两条枪好不厉害，来一个刺一个，来两个刺一双。识时务的口叫："走吓！走吓！"都往宁阳关去了。有一大半下马投降。

元帅同众将进了关，咬金说："果然贤侄孙骁勇，取了红泥关。薛氏该兴旺，枪法利害。"薛刚大喜说："承老柱国妙赞，还是枪法不能完美。"咬金说："说哪里话来？有其父必有其子，得了头功。"薛蚪拜谢元帅。查点钱粮，盘查府库，当夜设筵，与薛兴、薛蚪贺功。养马三日，放炮起兵，进兵宁阳关。离城十里，传令前军哨探，后军慢行。放炮三声，扎下营盘，明日开兵。有探子报入关中，此言不表。

再说镇守宁阳关总兵姓孙名国贞。这一日升堂，有探子报进："启爷，薛刚已夺临阳关、红泥关，莫将军阵亡，关寨已失。薛家兵将实为骁勇，大兵已到关外。"孙国贞听得失了红泥关，吓得胆战心惊，说："本镇知道，再去打听。"一面差官保本上长安取救兵。失了二关，宁阳旦夕不保。差官领令竟往长安。一面吩咐小心把守关头。此话不表。

再讲次日请元帅升帐，聚齐众将，两旁听令。薛兴父子披挂上前，薛蚪叫声："叔父，侄儿愿取此关。"薛刚说："侄儿，你想前日红泥关被你取了，其功不小。此关利害，点别将去罢。"薛蚪说："叔父，此关利害不利害，待侄儿走马成功，取此关头以立微功，乞帅老爷发令。"咬金说："好，贤侄孙之言有理，实乃少年英雄，但要小心在意。"

"得令！"顶盔贯甲，悬剑挂鞭，提枪上马，同了薛兴，带领军士，冲出营门。走到关前，大叫一声："呔！关上的快报与你孙国贞知道，今大唐元帅要杀尽你们这班妖党。红泥关已破，早早出关受死。"一声大叫，关上探子报进来："启爷，关外薛兵人马已到，有将讨战。"孙总兵听了大怒说："无名小将也来讨死。"吩咐："取盔甲过来。"备马抬刀，打扮结束停当。带过马，跨大雕鞍，提刀出府，来到关前，吩咐开关。一声炮响，大开关门，放落吊桥，带领兵将冲出。薛蚪抬头一看，见来将生得凶恶，面如兰靛,发如朱沙,一脸黄须,头戴铁盔,身披龙鳞铁甲,座下一骑青鬃马,手持大刀,喝声如霹雳,叫一声:"看刀!"往薛蚪头上劈将下来。薛蚪叫声:"来得好!"把枪往上只一枭,国贞叫声:"不好!"枪直往自己头上绷转来了。一马冲锋过去,薛蚪把手中枪紧一紧,喝:"去罢!"一枪当心挑进来,未知孙国贞性命如何,且听下回分解。

第八十四回
薛蚪兵打临阳关　薛孝争夺打潼关

再讲孙国贞叫得一声："啊呀！不好了。"躲闪不及,正中前心,咕咚一响,刺下马来,复一枪结束了性命。吩咐诸将："抢关！"一骑先冲上吊桥。营前先锋在那里掠阵,见继子枪挑了孙国贞,已上吊桥,把枪一串说："诸位将军快抢吊桥。"有秦红、尉迟景、罗昌、王宗立、程月虎等上马提枪、使剑、用鞭、执斧,抢过吊桥来了。

那些周兵往关中一走,闭关也不及,被薛兴一枪一个好挑哩。众将把剑砍的,鞭打的,斧砍的,枪挑的,好杀。这些兵马也有半死的,也有折臂的,也有破膛的,见来不搭对,皆下马投降。关外请元帅同军师咬金,大小三军陆续进关,来到府衙,盘查钱粮,开清在簿。薛蚪上前缴令。薛刚对薛兴说："亏哥哥教侄儿武艺有功,真是走马取关,哥哥其功不小。"薛兴大悦。咬金说："真乃将门之子,算得个年少英雄。"

那薛孝在旁听得称赞薛蚪,忍耐不住,走上前对薛刚说："哥哥已取了两关,前面潼关待侄儿去取,以立功劳。"薛刚说："潼关守将利害不过,姓盛名元杰,年有六十开外,骁勇无比。有三个孩子武艺精通。雄兵十万。周朝算为第一。"咬金说："盛元杰吾晓得他的本事,幼年在我标下为将,果然凶勇。还是你弟兄同去的好,不要伤了和气。"薛蚪说："兄弟,你年轻力小,还是做哥哥的去取。"薛孝说："哥哥不是小视我,就在叔父面前比势①,赢的便去。"薛蚪说："兄弟先来。"各皆上马。薛刚喝住说："今日起兵,与祖报仇。你兄弟争论,倘比起武艺来,若有一失,吾今休矣。照常起兵。"薛孝说："一样侄儿,功劳大家得上的,休要偏向。"咬金说："二位小将军本事高强,老夫晓得的。且下潼关非比前二关,须立左右先锋。薛兴为正先锋,薛蚪为副先锋,薛孝右先锋。"二人拜谢。薛刚大喜说："老柱国之言有理。"

---

① 比势——方言,比赛。

　　一面差官到房州报本,接驾镇守临阳,催赶粮草。差官领令,来到房州,见了驸马薛蛟,说起此事。薛蛟大喜。次日上朝见过小主,将表章呈上。庐陵王看完大喜,命众人同到临阳。御酒赏诸将士。为何薛蛟在房州不来? 有个缘故,徐贤在房州,魏相也在那里,小主封为左右丞相。薛蛟见了徐贤,拜谢救命之恩,又是继父,故此耽搁。这些言语不必细表。

　　再讲薛刚在临阳关扯起忠孝王旗号,养马三月,放炮起程。离了临阳关,三军如猛虎,众将如天神。一路上前往潼关进发,好不威风! 探子预先在那里打听,闻得失了临阳关,飞报进潼关去了。这里在路行兵三日,来到关外,把人马扎住。后队大元帅人马已到,吩咐离一里安营。放炮一声,安营已毕,传令明日开兵。

　　再说潼关守将盛元杰,同子盛龙、盛虎、盛彪,都有万夫不挡之勇。有一女儿年方二八,美貌超群,英雄得了不得,用两口双刀,乃金刀圣母徒弟。有两件宝贝,小小圈儿带在手上,名为四肢酥。这日盛老爷正坐私衙,有探子报进说:"薛刚已得三关,如今大兵已到关外了。"盛元杰听报大惊说:"再上打听。"盛总兵一面修本到长安,一面吩咐三军:"关上多加灰瓶、石子、小心保守。兵马一到,报与本镇知道。""得令!"此话不表。再讲差官到长安上求救,武后荒淫无极,耽于酒色,不理朝政。武三思丧师辱国,损兵折将,朝廷不行查究。告急表张都被张君左兄弟纳住不奏,圣上并不知道。此言不表。

　　再讲薛刚次日令薛兴、薛蚪、薛孝攻打潼关。三将得令,带了三军,来到关前讨战。有军士报进关中:"启爷,今有薛将在外讨战。"元杰闻报问:"哪个孩儿出去会他?"盛龙上前说:"孩儿愿去杀此反贼。""你出去,须要小心。"

　　"得令!"盛龙上马提枪来到关前,吩咐开关。炮声一响,开了关门,放下吊桥。盛龙冲出关前,后拥三百多攒箭手射住阵脚。薛兴抬头一看,见一个年少后生,往吊桥上冲来。见他头戴束发紫金冠,身穿索子黄金甲,坐下一匹黄花马;左悬弓、右插箭,手执一条蛇矛枪,直奔上前,把枪一起,薛兴把银枪架定说:"哒! 来将留下名来!"盛龙说:"你要问少爷之名么! 我乃镇守潼关盛元帅大公子盛龙便是。你可要晓得少爷枪法利害之处么? 你这老匹夫想是活得不耐烦,前来少爷马前受死? 这枪不挑无名之将,通下名来,少爷好挑你。"

　　薛兴说："你要问某家之名么,洗耳恭听。吾乃忠孝王大元帅麾下前部先锋薛兴便是。难道不闻久占定军山薛大王的本事利害么？快快献了潼关,还封你家一个总兵。若有半声不肯,打进潼关,杀得鸡犬不留。"盛龙呼呼笑道："原来就是定军山草寇。薛刚尚要活擒,何在你这狗强盗。"薛兴大怒说："休得胡言,招某家的枪罢。"把枪一起,插一个月内穿梭,直往盛龙面上挑将过去。盛龙不慌不忙,把枪架住。一来一往,二人正是对手。战到有四十个回合,盛龙越有精神,枪法如雨点,左插花,右插花,好枪法。薛兴是五旬之外的人了,本事哪里及得少年人。只有招架,没有还兵之力。薛蚪、薛孝在那里掠阵,见薛兴不能胜,大叫一声,拍马向前,冲出夹攻。盛龙只好战一人,那里又来了薛蚪,就当不起了,勉强战了几合,看看敌不住,面上失色。薛蚪扯出折将鞭在手中,才得交肩过,喝声："招打罢!"盛龙一闪,打中肩膀上。盛龙大喊一声,口吐鲜血,伏在马上,大败而走。

　　薛兴父子说："你要往哪里走,我来取你命也。"催开双骑,追上来了。盛龙败过吊桥,那边军士把吊桥扯起,乱箭就射。薛兴、薛蚪扣住马说:"关上的,快快报与老匹夫知道,叫他早早献关就罢了,如若闭关不出,打入关中,踏为平地。某家且自回营。"勒马回到帅营,说:"元帅,末将打败关中守将盛龙,前来交令。"薛刚说:"哥哥、侄儿果然英雄,明日再到关前讨战。"此话不表。

　　再讲盛龙败进关中,来见父亲说:"爹爹,薛将果然厉害,第一次遇着一员老将,本事却也平常,与孩儿战有四十余合。正要拿枪挑他,不料又来了一员年少将军,本事高强。孩儿肩膀上被他打一鞭,甚是厉害,吐血而回,来见爹爹。"盛元杰听了说:"孩儿受伤辛苦,且回私衙将息。"盛龙应喏,回衙不表。

　　再言盛虎、盛彪来见父亲说:"今日开兵,胜负若何？"盛元杰说:"我儿不要说起。今回薛刚大队人马已夺了三关。今日你哥哥出去交战,被他打了一鞭,好不疼痛。"盛虎、盛彪不听犹可,听了此言大怒说:"孩儿们出去与哥哥报一鞭之恨。"盛元杰说:"两个孩儿动不得。薛家父子厉害不过。哥哥本事尚且不胜,何况你们。"盛虎说:"爹爹,不妨。将门之子,未及十岁,就要与皇家出力,况且孩儿年纪算不得小,正在壮年,不去报仇,谁人肯与爹爹出力。"盛元杰说:"我儿虽英雄,还是年轻力小,骨肤还嫩,枪法不精,只怕你兄弟二人不是他的对手。"那盛老爷有意归唐,故此这般说,不道他两个儿子这般倔强! 只得说道:"我儿不可出去,待等到救兵到了,为父的与你一同开兵。"盛虎说:"爹爹,孩儿们在后花园中,日日操演枪法,什么皆精。今日定要出去报一鞭之恨。"盛老爷说:"今日晚了,明日开兵。"盛虎、盛彪兄弟二人,顶盔贯甲,上马出关,与薛兵交战。不到三个时辰,兄弟二人大败进关。盛老爷说:"如何? 你两个不听吾言,被他杀得大败。"盛虎、盛彪说:"爹爹,他们兵将甚多,孩儿杀他不过。待等救兵一到,管叫杀得他片甲不留。"不知后面如何,且听下回分解。

第八十五回

盛兰英仙圈打将　美薛孝帅府成亲

前话不表。再讲闺房小姐名唤兰英,闻知哥哥打伤,二兄又杀败,来到堂上,只见二兄与爹爹言谈,走上前说:"爹爹为何愁闷?"盛老爷说:"女儿不知,你哥哥被他打了一鞭,肩膀打伤。二兄又皆杀败。故此在这里与二兄商议。"小姐说:"爹爹不必忧闷,待女儿出去,必要杀却薛将,以洗二兄之恨。"盛老爷说:"不可。你三兄尚且如此,何况于你。不要去罢。"兰英说:"爹爹不知,女儿有师父传授,双刀精通,法术高强,哪怕三头六臂。定要出去!"盛虎、盛彪听言大喜,说:"贤妹既有法宝,待二兄与你掠阵。"盛爷无奈,想道:这女孩儿不听父言,命也难保,凭他罢。

再讲薛营诸将正要打关。报:"头运督粮官薛葵到了。"来到营中,见了父亲,拜见已毕。薛刚说:"兵多将广,正缺粮草,上了功劳簿。"有二运催粮官薛飞到,薛刚说:"解粮有功,升赏。"问:"哪位将军前去打关?"旁边薛飞说:"小弟到此,未见功劳,待我前去打关。"薛刚大喜说:"兄弟前去取关必破。同薛葵一同前去,须要今日攻破潼关,好进长安。""得令!"二将来到关前,会齐薛氏弟兄,吩咐军士叫关。关内得报,兰英听了说:"该死的到了。"

小姐跨上了马,手执两口绣花鸾刀,来到关前。后随二兄带领兵将,吩咐开关。一声炮响,关门大开,放下吊桥,冲出阵前。抬头一看,只见金刚大的一人步战,手提大锤,喝声:"婆娘看锤!"一锤往小姐面上打下来,犹如泰山一般,好利害! 小姐叫声:"不好!"把双刀用力一架,不觉火星直冒,两臂酥麻,花容上泛出红来。想这大汉力大,不如放起宝贝伤了他。把手中圈起在空中,念动真言,青光冲起,指头点定,直取薛飞。薛飞抬头一看,好玩耍,原来是圈儿在空中旋下来,倒有井栏圈大,薛飞叫声:"不好!"拳头打开,往项梁上打下来了。薛飞把头偏一偏,哪里来得及,打中脑盖,身子打为肉酱。此圈收去。

薛葵看见薛飞身死大怒,把牛头马一拍,双锤一起,大叫一声:"鸟婆休得无礼,我来也。"冲出阵前,把双锤一起,"招打罢!"那小姐当不起锤,又将圈起在空中,打将下来。薛葵见势头不好,下马往本阵而走,竟打死了牛头马。兰英马上呼呼大笑说:"来将许多夸口,竟不上两合,死的死,走的走,有本事的出阵会我。"

这里薛孝对薛蚪说:"此功劳让了兄弟罢,今日不与哥哥报仇,不要在阳间为人了。"把双膝一催,哗啦啦追上来了。那小姐抬头一看,嘎,原来是齐整的后生,貌若潘安,美如宋玉,我若嫁了此人,三生有幸,也不枉在世间。开言说:"小将军,你是何人?姓甚名谁?乞道其详。"薛孝说:"你要问少爷之名姓么,吾乃雁门关总兵薛强之子,忠孝王之侄,薛孝便是。"小姐说:"原来功臣之后嗣。俺家今年十六岁,我父潼关总兵。奴家还未适人,意欲与将军结成丝罗之好①。况你是总兵之子,我又是总兵之女,正是天赐良缘。未知允否?"薛孝听了大怒说:"好一个不知羞的贱婢!你把我薛飞叔父打死,少爷不稀罕与你这贱人成亲。休得胡思乱想。看枪罢!"着实一枪,直往咽喉刺进去。小姐把刀架住说:"小将军休要烦恼,你的性命现在奴家手中。你若允,奴家与父兄商议投降,献此潼关;若不允,我把指头取出宝圈,就要取你性命了。"于是放起圈来,小姐哪里舍得打他,把指头点定。薛孝大惊说:"既承小姐美意,待吾回去与叔父商量,就来议亲。圈儿不可打下来。"小姐说:"不妨,吾指头点定下不来的。"心中好不欢喜,说:"小将军一言为定,驷马难追。你且回去,明日来议亲。"

薛孝惧怕圈儿,只得回军。薛蚪说:"兄弟,你好造化,在阵上对了一个绝色佳人。"薛孝说:"哥哥休如此说,那圈儿利害,勉强应承的,与叔父算计,除了这圈,潼关好破了。"二人同诸将来到帅营,见了薛刚,说起此事。薛刚一闻此言大怒,说:"畜生,他打死薛飞,应该报仇,反与敌人对亲,要你这畜生何用?"吩咐:"斩乞报来。"左右将薛孝绑定,正要推出辕门。薛孝吓得魂不附体;众将在旁,见元帅怒气不息,不敢上前去劝。

只见程咬金说:"刀下留人!"对薛刚说:"元帅不必发怒,老夫有一言相告。"薛刚说:"老千岁有何话说?薛刚领教。"咬金说:"潼关盛元杰乃是忠厚君子,况且他女儿美貌,又有宝圈阻住潼关,长安何日得进?父兄

①　丝罗之好——指婚姻。丝和罗均为缠绕于草木的蔓生植物,比喻联姻。

之仇难报。况且名门旧族,正好匹配。待进了潼关,长安指日可破,父母之仇可报,尔弟只生一子,若斩了他,去其手足,依老夫之言,待吾唤孙儿程千忠为媒,成就秦晋,共讨伪周,此乃全美。"薛刚听了甚喜,开言说道:"果然我失于算计。"吩咐放了绑,令薛孝拜了咬金,此话不表。

再言盛兰英见薛孝回军,收了圈儿,回进关中,来见父亲。盛虎、盛彪弟兄二人在关外掠阵,见妹子打死薛飞,打走薛葵,心中大喜。又见妹子在阵上与薛孝当面议亲,心中大怒。一见妹子进关来到堂上,二人各拖出宝剑来斩兰英。兰英也拔出剑来挡住,元杰大喝住。盛虎说:"这贱人如此无耻,在阵上私自对亲。"一一说了。元杰说:"我儿你不知,为父的本是大唐臣子,今武后灭唐改周,武三思丧师辱国,又失三关。目下小主在房州,不久为帝,难道我助周不成?况且薛氏弟兄世代忠良,赤心为国,武后将他满门斩首,难道他子孙不要报仇么?你妹子的师父金刀圣母对我言过,后来与薛孝有姻缘之分。前生已定,孩儿不必如此。"盛虎听了,默默无言。盛龙说:"明媒正娶的好,阵上对亲,岂非苟合?还要三思。"正在此言谈,有军士报进说:"启总爷,关外有鲁国公之孙程千忠将军要见。"元杰问道:"他带多少人来?"军士说:"他一人一骑,四名家丁跟随。"说:"既如此,大孩儿出去请进来。"盛龙领命,接进千忠,来到堂上,宾主相见。

这程千忠也有七旬之外年纪,头发斑白,与元杰年纪差不多。元杰见了程千忠说:"将军到贱地,有何见教?"千忠说起求亲一事,"与薛孝为媒,与令爱求婚。"元杰满口应承。将庚帖送过。千忠接了回去。次日薛刚亲送薛孝同诸将进关。正是黄道吉日,作乐挂彩,当日就在盛府成亲。此话不表。

如今潼关上扯起大唐忠孝王旗号,停留半月起兵,竟往临潼关。三军司命,浩浩荡荡,大队人马,杀奔潼关,离城十里,放炮停行,一声炮响,安营已毕,明日开兵。

再讲临潼关离长安二百余里,若临潼关一破,长安就不能保,这镇守总兵官名陈元泰。这一日升堂,有探子报进说:"老爷,不好了!薛刚打破潼关,已到临潼关了。请爷定夺。"陈元泰不听犹可,听了此言,吓得魂飞魄散,手足无措。想临潼关乃小小关津,怎能挡住大兵?况且兵微将寡,不如上表进京求救。关上多加灰瓶、石子,紧闭关门,不与你交战,待朝廷救兵到了,然后开兵。

　　差官星夜到京,见了武三思说:"薛刚打破潼关,事在危急,乞千岁奏明圣上,请救兵保守临潼关,以退薛兵。"武三思听了大惊,如今耽搁不住,抱本上殿,奏知天子。武后见表大惊失色,忙问差官:"薛刚叛贼怎能得到临潼?"差官奏道:"薛刚先居临阳,兴兵三十万,其兵不可挡。打破三关,潼关总兵盛元杰献了潼关,与敌人对亲。今兵已到临潼前了。请旨定夺。"武后传旨,如有人退得薛兵者,官封万户侯。两班文武闭口不言。连问数次,并无人答应。武后大怒。班中闪出武三思奏道:"臣闻大厦将倾,一人难扶。且今库藏空虚,都城虽有兵十万,没有良将。愿陛下张挂榜文,有人退得薛刚,重爵加封,彼此出死力以解此危。"武后说:"此言甚是有理。"一面将圣谕张挂,一面整顿兵马,前去救援保护。不知后事如何,且听下回分解。

第八十六回

驴头揭榜认太子　梨花仙法斩驴头

适才话言不表,再讲西番莲花洞魔张祖师,这一日在洞中,驾坐蒲团,屈指一算,晓得武则天有覆国之祸,忙唤徒弟薛驴头到来,说:"你在我山一十八年,力长千斤,枪法精通。命你下山到长安见你母后,领兵前去活捉薛刚,不可伤他性命。牢牢记着。"薛驴头跪在地下说:"弟子不知,望师父说明,好去认父母,以退薛兵。"师父说:"你不知么?你父薛敖曹,与武后交好,生下你来,将你抛在金水河中。我救你回山,传授枪法。你母后被薛刚打破潼关,事在危急。作速前往。"

驴头醒悟,带了火尖枪,骑上狮子马,师父又与他一件宝贝,名曰飞铳,祭起拿人。驴头拜别师父,跨了狮子马,把马一拉,四足腾空而去。片时已到长安,按落云头,来到朝门,果见榜文。命军士通报武三思。武三思得报,正在用人之际,急忙请进,说起情由一同来到朝中。驴头朝见说:"母后在上,臣儿朝见。"武后一看,见其人诧异,驴马头,人身子,道童打扮,问道:"缘何称朕母后?"驴头奏说:"臣父薛敖曹,向年与母后交合,生下臣儿,抛在金水河中,被师父救去,今已年长。师父命臣儿下山,立擒薛刚,扫灭薛兵,天下太平。"

武后听了,心中大悦,封驴头太子兵马大元帅,张昌宗为军师,起兵十万,出了长安,来到临潼关。总兵官陈元泰出城迎接。接进千岁、军师,到了帅府,下拜已毕,摆酒接风。他们三个俱是一样格式。你道为何?原来都是酒色之徒。二人一到,就接几个粉头①前来陪酒。一个叫做就地滚,一个叫做软如绵。筵散就在帅府房中行乐。二女客极其奉承,弄得太子快活不过。

次日问陈元泰道:"薛兵到关几日了?"陈元泰道:"前日到的,打关二日,无人出去应战,紧闭关门。千岁到了,传令开关迎敌。"太子说:"且

---

① 粉头——妓女。

慢,明日开兵。行兵打阵之事,再不必提起,只是饮酒,夜间多唤几个粉头陪吾。"陈元泰应喏,奉承得驴头太子不亦乐乎。

军师张昌宗对高力士说:"朝廷用酒色之徒为将,国家休矣。武后春秋甚高,其情不忘。不如弃了周朝去投南唐,此事如何?"高力士说:"老爷言之有理。"当夜主仆二人逃出临潼,竟往南唐。后来高力士成了阉人,唐朝皇宫内为太监,此后话不表。

再言薛刚领了三军在关外,对诸将说:"本帅起兵以来,未尝亲自交锋。今已得四关,这临潼关待本帅亲自讨战。"诸将皆曰:"元帅对阵,弟等愿为掠阵。"薛刚大喜,带领徐青、俞荣来到关前,诸将在后跟随。吩咐军士叫骂:"那关上的,报与主将知道,大兵到了三日,尔等闭关不出。今若再不出战,要踹进关来,踏为平地。"

关上军士听得,报入帅府:"启上将军,不好了。薛军骂了三天,今若不出,要踹进关了。"驴头太子正在吃酒,听得此言大怒,吩咐备狮子马,抬枪。顶盔贯甲,打扮已毕,来到关前,吩咐放炮开关。一声炮响,大开关门,放下吊桥,一马冲出,来到阵前。陈元泰带同三军分立两旁。薛刚抬头一看,见来将生得怪异,莲蓬嘴,尖耳长鼻,铜铃眼;头带紫金盔,身穿索子乌金甲,坐下一匹千里狮子马,声如雷鸣。叫一声:"谁敢前来纳命?"

薛刚大怒,拍马向前,把手中棍一起说:"留下名来。"太子说:"孤家乃当今武后所生驴头太子是也。可知孤家枪法利害么?"劈面一枪,照前心刺进来了。薛刚说:"来得好!"将手中铁棍往上一迎,冲锋过去,带转马来,回手一棍。太子把枪一架,一来一往,战到二十回合,马有十个照面。驴头念动真言,祭起飞铧,一道红光,黄金力士平空将薛刚拿住,只剩得一匹马。

薛葵见父亲被拿,大惊,拍马出阵,不二合又被红光拿去了。徐青、俞荣叫声:"不好了!"双马齐出来战。与驴头战到十余合,又见红光飞出,大惊,借土遁而回。驴头太子打得胜鼓回关。这里诸将面面相视,出声不得。咬金见了流泪说:"此番拿去,性命不保。报仇之事休矣!"薛强护粮来到,听得兄被拿,大哭,欲同薛蚪、薛孝上去救护。

徐青晓得阴阳,屈指一算说:"四将军,元帅拿去不妨,自有仙人相救,明日必到。临潼不日可得。"薛强说:"果有此事么?"徐青说:"阴阳算定,一些也不错。"薛强无奈,半信半疑,收军回营不表。

　　再言驴头太子拿了薛刚父子，打入囚车，解往长安，朝廷发落。陈元泰设酒贺喜说："千岁拿了巨魁，功劳非小。"太子说："待孤家明日拿尽了薛氏，班师回京。"当晚在帅府行乐不表。

　　再言囚车解薛刚父子在路上，薛刚怨气冲天，惊动了樊梨花。她在云端走过，被五鬼星怨气冲开云头，往下一观，方知薛刚父子有难。"待我救了他。"一阵风将薛刚父子提出囚车，往临潼关外，按落云头。薛刚见是母亲，倒身下拜说："母亲久别多年，今日来救孩儿。"樊梨花说："孩儿，你不知驴头邪法多端，待为母的除了他，好进长安。"正在此说，军士报入营中说："元帅回了。"薛强大喜，同众将出营迎接。接进营中，薛强拜见母亲，薛蚪兄弟拜见祖母，众将又过来见礼，自有一番细说不表。

　　再讲解囚车军士见大风一阵，开眼不得，风息一看，不见了薛刚父子。大惊，忙回报与太子，太子一听此言大怒说："今番拿住，当地斩首。"传令开关，一声炮响，关门大开，冲出阵来，厉声大叫："快叫叛贼早早出来会我。"这里探子报进营中。薛刚大惊。樊梨花说："孩儿不必心焦，待为母的出去斩也。"薛刚甚喜，点起大队人马，来到阵前。驴头太子抬头一看，原来是员女将，说："可教薛刚出来，你是妇人，有甚本事，枉送性命。"梨花大怒，把手人剑劈面砍来。太子把枪一架，战有数合，太子祭起飞铙，红光一道冲起，被梨花把手一指，红光倒往后去了，梨花把袖一张，将铙收了。驴头见收他飞铙大怒，把手中枪照前心刺来，梨花把剑一指，那枪跌落地下，两手动弹不得，被梨花赶上前，一剑砍死。薛刚母亲砍死驴头，吩咐诸将抢关。陈元泰闭关不及，被众将杀入关中，将陈元泰杀死。取了临潼关，立起大唐忠孝王旗号。樊梨花对诸将说："吾不染红尘，今救了吾儿，我去也。"一阵轻风归山。若知后事，且听下回分解。

第八十七回

狄仁杰一语兴唐　唐中宗大坐天下

适才话言不表，樊梨花化一阵清风而去，薛刚等望空下拜。养马三日，盘查国库。次日起大兵六十万，三声炮响，往长安而来，离城十里，放炮停行，一声炮响，扎营已毕。传令明日开兵攻城。此话不表。

守城军士报入午门，当驾官奏道："驴头太子阵亡，临潼关已失。今薛军六十万，战将千员，其锋不可当。请陛下定夺。"武则天听奏，吓得魂飞魄散，跌下龙床，半时方醒。问道："哪位爱卿与朕分忧。"闪出一位大臣娄师德上前奏道："不若遣一能言舌辩之士，陈说君臣之义，令其罢兵，庶其①可解此危。"武后道："卿举何人前去？"娄师德奏道："臣保举谏议大夫②前往，可解国难。""依卿所奏。"宣狄仁杰上殿，狄仁杰上殿俯伏。武后开言说："今日兵部尚书娄师德保奏说，卿往薛营，将大义说他讲和退军，回朝朕当加封。"狄仁杰奏道："陛下春秋鼎盛，宾天③之后，并无后嗣。今庐陵王乃先帝之子，去周复唐，天下太平。武三思丧师辱国，张君左弟兄纳表不奏，一并拿下，送入刑部天牢，候新主发落。若不依臣，臣不敢往。"

武则天想："所言不差。我八十多岁的人了，朝不保暮，久后必归庐陵王。若不依奏，恐薛刚打入长安，自立为帝，唐家朝代绝矣"。开言道："依卿所奏，传旨将武三思、张君左兄弟二人发下天牢。钦此谢恩。"

狄仁杰退朝，出了长安，来到薛营。只见行营方正，遍处刀枪，千军万马。命军士通报，说朝廷遣谏议大夫狄仁杰求见。军士报进："启元帅，营外有一员朝臣狄仁杰要见。"薛刚说："令进来。"狄仁杰随了军士而入，好齐整，两旁刀斧手直摆到辕门，两边列坐着大小众将，中间坐着薛刚，咬

---

① 庶其——大概，差不多。
② 谏议大夫——奏谏侍从官。
③ 宾天——称帝王之死。后亦称尊者之死。

金旁坐。狄仁杰上帐说:"薛将军,下官皇命在身,不能全礼。"薛刚忙起身迎说:"狄大人此来有何见谕?"狄老爷说:"今特来参谒,有一言相告。但不知将军肯容纳否?"薛刚说:"大人有话见教,但有可听者,无不从命,如不可行者,不必多言,大人谅之。"咬金见狄仁杰气概不凡,连忙出位逊坐。

狄仁杰公然坐着,开言说:"将军起兵,为何旗上扯起忠孝王,倒要请教?"薛刚说:"大人不知。我父母遭奸臣所害,今起兵与父母报仇,尽忠于国,小主封为忠孝王。今到都城,长安已破在目下,拿住佞臣①碎尸万段,方泄此恨。不必在此饶舌,去罢。"狄仁杰说:"将军不必发怒,待下官说明。将军祖父受朝廷大恩,封为王位,封将军登州总兵,圣恩极矣。尔不去为官,劫法场打死长安府。张君左所奏,先帝不准,赐尔金锤一柄,上打奸臣,下打恶人。君待臣不过如此矣。后归山西,尔私进长安,大闹花灯,打死张保,惊死天子,尔之罪不小。周主将尔父拿捉,尔该挺身而出,却公然远避他方。尔父母兄嫂尽忠而死,你不忠不孝,勾连草寇,劫夺关梁。后世叛逆之名难免,请将军三思。"薛刚一听此言立起身,逊狄大人上坐说:"末将不明,愿大人教之。"

狄老爷说:"将军,你不知目下小主在房州,应迎接到长安为帝。张君左弟兄与武三思,圣上今已拿下天牢,候新主一到,奉旨施行。奸臣可除,冤仇可泄,岂不是忠孝两全。上匡②君以报先帝,下救民以安社稷。不知将军心内如何?"薛刚听了大喜,传令去了忠孝王旗号,扯起大唐元帅旗来,差官到房州接驾。狄老爷说:"将军前去接小王,待下官回朝同文武大臣打扫金銮,候接小主。"薛刚领命,送出辕门。狄仁杰回都城不表。再说薛刚传令:"军士不可乱离队伍,候小主一到,一同进城。取民间一物者,军法枭首。""得令。"

再讲庐陵王闻报薛刚得胜,大悦。今差官来接,同了徐贤、魏相、驸马薛蛟一路下来,来到长安。薛刚闻知,同程咬金、四虎一太岁诸将出寨,跪迎俯伏,接进小主,安慰一番,一同进长安。百姓香花灯烛,挂红结彩,满朝文武俱出远迎。

---

① 佞(nìng)臣——用花言巧语谄媚的奸臣。
② 匡——辅助。

　　咬金传令昭告天地社稷，然后请小主上金銮殿登位，受百官三呼万岁，复国号为唐，是为中宗。圣天子传旨："赐宴百官，君臣共乐。"众官酒过数巡，皆谢恩而散。朝廷退朝，忽报武后宾天。朝廷大哭。次日哀诏颁行天下文武各官，二十七日国丧。非一日之功，足足忙了一月。立韦氏娘娘为正宫，在朝文武各皆升赏。狄仁杰加少保，娄师德为吏部尚书，徐贤封英国公，魏相封太保，封薛刚忠孝王大元帅。薛强袭父职封两辽王。薛孝封红罗都督。薛蛟驸马都尉。薛蚪封为青州总兵。薛葵封无敌大将军。秦红、尉迟景、王宗立、罗昌、程月虎世袭国公。程咬金年高爵重，无可加封，命家居安享，赐黄金万两，彩缎千端，荣归山东。子铁牛，孙千忠俱封侯爵。伍雄封南阳侯、雄霸为西平侯。大将阵亡者，子孙世袭，在生者各加爵禄，还乡。余外各路总兵，俱皆加级。旨意一下，众皆谢恩，此话不表。

　　再讲次日又出赦书颁行天下，犯十恶大罪不赦，其余流徙斩绞，不论已结未结，已发觉未发觉，俱一概赦免。中宗以前，周朝钱粮尽行赦除。颁行天下，百姓欢呼载道，万民乐业。薛刚上殿哭奏说："臣祖仁贵平定东辽，臣父丁山扫清西番。被奸臣张君左、张君右屈陷，将臣父三百余口尽行杀害，颠倒葬铁丘坟。臣兄子薛蛟，亏徐贤、俞元将亲儿掉换。他子被仙人救去，俱皆下山帮扶。徐青、俞荣大恩未报。武三思助恶不忠。伏望圣上恩仇报明。特此奏闻。武三思、张氏弟兄应该何罪？"天子听言大怒说："朕晓得三人罪恶。吓，王兄你把三人拿来，任凭怎样处置，与父报仇。待朕请罪薛王兄便了。"薛刚谢恩，出朝归府不表。

　　再讲又有旨意下来，命徐青、俞荣认父，封节义侯。命开掘铁丘坟，将两辽王夫妇及薛勇夫妇骸骨归葬山西金项御葬，地方官春秋二祭。命先禄寺备筵，程王伯代朕御祭。将三将斩首，坟前活祭。两辽王府重新起造。不知后回还有何言，且听下回分解。

第八十八回

笑煞程咬金哭煞铁牛　打开铁丘坟报仇雪耻

前话不表。再讲程咬金领旨,同薛刚往监中提出三人,来到铁丘坟。摆下祭礼,鸿胪寺①读过祭文。程咬金代圣行礼。薛氏弟兄还拜毕,然后望北谢恩。薛刚、薛强大哭,行了八跪八拜;然后薛蛟、薛孝、薛蚪、薛葵俱皆叩首。薛刚立起身来,同了薛强各扯出一口宝剑,叫声:"父母兄嫂有灵,今日陛下命程老千岁亲在此赐祭。大仇人在此,孩儿与父母报仇了。"就把宝剑往张君左弟兄心内"豁绰"一刺,鲜血直冒,把手一捞,两指扭出心肝。张氏弟兄跌倒尘埃,两个奸臣往阴司里去了。下面那武三思吓得魂飞天外,束落落乱抖。薛刚、薛强把这两颗心肝放在坟前桌上说:"仇人心肝在此活祭,父兄慢慢饮三杯安乐酒,前去超生仙界。"程咬金说:"薛两辽,你儿子在此祭奠,放心去罢。"

薛刚命将武三思斩首。咬金说:"张氏弟兄是尔之仇人,三思他无大恶,乞宽免之。"薛刚依言,将武三思当坟前打了四十大棍,岭南充军。传令将张君左弟兄子孙满门家丁三百余口斩首东市。

吩咐军士匠人掘开铁丘坟。哪里掘得开?是生铁铸成馒头一样,年深月久,不能动弹。薛刚无计可施,只得命薛强打开,越打越亮,薛刚等拜谢天地。只见樊梨花按落云头,叫道:"若要开铁丘坟,且待今宵半夜间。待做娘的今夜前来摄去铁盖,好等你安葬。"薛刚听得此言,望空拜谢。当夜弟兄子孙在坟守到半夜,只听得一阵大风,梨花命黄巾力士揭去。一声响,众人一看,不见了铁盖,众皆大喜。大家上前,看见一堆白骨,不分皂白,哪里认得出父母兄嫂骨殖?忙忙然乱到天明。薛刚吩咐军士将榜文张挂,若有人晓得薛千岁骸骨者,官封总兵。不行出首者,将造坟匠人不分男女,一齐斩首。

榜文一挂,来了一位老军,名唤王六,来见薛刚说:"千岁骨殖我晓

---

① 鸿胪(lú)寺——掌管朝贺庆吊之赞导相礼的官衙。

得。"薛刚大喜，一同来看。王六说："这一堆老千岁，这一堆大夫人，这一堆二夫人，这两堆大老爷，大夫人。余下这些乱骨，都是家人妇女。"薛刚听了说："你怎么晓得？"王六说："小人向在千岁府中服侍。晓是千岁遇害，小人冲了匠人安排好的。"薛刚称谢，提他官职以报大恩。王六说："小人不敢受封。"薛刚看他不愿做官，赏银千两。王六叩谢而去。薛刚将父母兄嫂骨殖安放杉坊，停在坟中。余骨安放城外埋葬。在坟旁开丧七日，文武大臣俱来吊丧不表。

再讲徐青认明了父亲徐贤，抱头大哭，说起衷肠。王氏夫人已生二子，徐青见有了兄弟，拜别父母上山修道。徐贤夫妻不忍儿子离去，再三苦留。徐青说："爹爹、母亲，不必愁烦。师父有言，不可久在红尘，早早回头。"徐贤苦留不住，次日上表辞官，飘然而去。俞荣访问父亲死过多年，窦氏母亲生了一子，也回家去。也上本辞官，往山中去了。

再讲程咬金祭过丁山，回家想起我贾柳店结拜三十六人，都已人亡物去。吾今百二十岁多的了，看薛仁贵投军征东平辽，今他孙子开铁丘坟，如今五代见面，好不快活杀人也。呼呼大笑，一口气接不下来，竟笑杀也。

程铁牛也有九十八岁的人了，看见父亲死了，大哭一场，竟哭死了。

其子千忠打本进朝说："臣祖臣父身死。"天子闻言，亲自祭奠。有百官俱来上祭，忙忙然过了七日。旨下：命千忠送丧归山东安葬。文武百官、薛氏弟兄送出城外，回山东不表。笑杀程咬金，哭杀程铁牛。此回书已说过了。

再讲薛刚在京半月，次日弟兄辞皇别驾，往山西安葬。满朝大臣送出都城百里。天子差官到山西御葬。一路下来，逢州过府，俱皆祭奠，扶灵到两辽王府开表。一省文武俱来吊奠。薛刚等守制三年，回朝复命。自不必说。直到唐明皇，薛家子孙还在朝中。唐中宗即位以来，风调雨顺，国泰民安，四方朝贺，安享太平。在位五年而崩。传位玄宗，明皇登基。唐朝共有二十二主，相传三百余年而终。有歌为证：

　　唐太高武中睿玄，肃代德宗宪穆传。

　　敬宗文武宣宗续，懿僖昭帝与昭宣。

　　高宗以后多女乱，肃宗以后多强藩。

　　相传二十有二主，几及唐朝三百年。

第八十九回

山后薛强遇旧友　汉阳李旦暗兴师

今日不表武三思弄权之事，且说先朝有一个开国功臣，姓李名靖号药师，晚年学道，云游四方。一日屈指一算，笑说："今皇上气数将终，是有一个新君即位。该是薛强夫妻子女等三人辅佐，我当往山后指点他。"遂驾起云头，来到山后，把云头落下，在演武场前。时薛强在演武场中，教子习学武艺。

李靖上前一揖道："驸马别来无恙？"薛强抬头一看，认得是李靖，即忙下堂还礼道："前日在小神庙蒙老师指点，得成佳偶，生男育女，时时记念老师，不敢忘情。未知老师今日要往何处？"李靖道："我今日特来指点汝，但此处不是说话之所，请到府中告明。"

薛强遂引李靖来到府中，重新施礼。薛强又唤八子二女亦上前施礼，礼毕坐下。薛强问道："老师此来有何教训？"李靖道："方今大唐皇帝，八月中秋有杀身之害。大位该是高宗王娘娘所生太子讳旦，如今住在汉阳。汝当去辅佐他，方能重整李氏江山，复兴唐朝社稷。"薛强道："气数如此，愚弟子即日兴师前去。"李靖道："依我愚见，你今八子俱皆英雄，二女亦精韬略。况又有九环公主之才，如此威风，何患不克。汝今率公主并八子二女，军士不可太多，只带五百，暗过雁门关，悄悄至汉阳，告知李旦。吩咐李旦发兵之时，亦只要好用五百人，合一千军，分作一百队，只许一将统领，皆要扮作商贾模样，或先或后，接踵而进。到长安时，只要分五十队，进城伏在皇宫左右，俟中秋半夜之时，宫内喧哗，喊杀起来，即时放号炮，会集军士，一齐杀入宫中，锁拿奸人。其余五十队，分伏在四门，缉获叛党，自然成功。汝当毋忽我言。"李靖遂起身告别。薛强又再三留之不住，无奈送出府门。一道紫云，只见李靖跳在云中，作揖而去。

薛强即时进入府中，把李靖之言一一对九环公主说了。孟九环道："李老师往往有先见之明，不可不从。"明早薛强同九环公主一齐到大宛城，将情由奏知国王。国王准奏。薛强遂同九环公主领八子二女，点起五百军陆续起程,暗往雁门关而进。

再言李旦自兴唐宗,请和之后,遂偏安汉阳,每以天下为念,终日训练兵卒,积聚粮草,以待无时。一日升殿,与徐孝德共议大事。徐孝德道:"臣昨日观天象,帝心不明,后来必有大患。主公一星朗耀,天下不久必属主公。又兼列宿扶向主公一星,将来必有勇将来助。"忽见黄门官来报说:"山后虎头寨武三王薛强举家来此,现今在府门候旨。"唐王命宣进来。黄门官传出钧旨。薛强遂同了九环公主及八子二女相率上殿,行了君臣之礼。唐王离座回礼道:"王兄今日到寒国有何见教?"薛强道:"臣因前朝李靖颇识天运,下界指点下臣。臣欲举家来助主公,共兴大唐江山。"遂将李靖所教一一说明。旁边徐孝德道:"真神人也,主公不可不依。"

李旦大喜,大设筵席款待薛强父子,令后宫胡后亦排筵席,款待九环公主母女。次日乃是八月初一日,李旦选五百多军士,令李贵、袁成守城,自同徐孝德、马周众将人等,偕薛强夫妇、八子二女,共一千军,皆扮作商贾模样,分作一百队,陆续进长安而来。

又言黎山老母在黎山岛屈指一算,知中宗气数已终,派薛强辅佐李旦即位。其中奸党未能尽获,又该薛刚在长安城外缉获,方无漏网,但薛刚乃是凡胎,安能先知其事?必须天魔女下山去指点,方能有济。遂唤樊梨花出来问道:"汝知大唐天子之事乎?"梨花道:"弟子已知皇上气数已终,应该薛强辅佐李旦为君,但虑薛刚不知共成其事耳。"老母道:"然也,你今当下山去指点薛刚成事,待事成之日,速速回山,不可久恋红尘,以加罪恶。"

梨花道:"弟子知道。"遂驾起云头来到会稽,在薛刚门首按落云头。当时薛刚已削去兵权,安顿在会稽,门庭下寥落,只有一个老家人看守大门,忽见樊太君来到,忙入内报知薛刚。薛刚忙出外迎接樊太君到府内,就唤妻子与侄儿并媳妇出来叩见。大家参拜毕,梨花道:"吾儿,我算皇上气数,该有害身之祸。应尔弟薛强辅佐李旦为君。你当引十八家丁,悄悄到长安城外,共拿奸贼,帮助成功。速速前去,不可迟误。我当指引你成事。"

薛刚领命,即便领了家丁,扮作卖药算命模样,同樊梨花向长安而来。到八月十五日,离长安城只有十里,樊梨花吩咐扎住等候。不知后事如何,且看下回分解。

第九十回

仇怨报新君御极　功名就薛府团圆

再说李旦同薛强并将士人等，分作一百队，行到八月十五日已到长安。各队将士陆续进城，四处埋伏停当，准备夜间号炮一响，即出来行事。那武三思这日安排杀君之法，既已停当，走入宫来，适遇中宗在御花园游玩未回，遂悄悄告知韦后："今夜行杀之事，可保无虞，我已决矣。"韦后忙问："如何行弑？"三思道："夜宿卫壮士皆我心腹，无敢违逆我，今已安排妥当。况今夕又是中秋佳节，正好与陛下畅饮赏月，候陛下微醉，暗将药酒毒死。只说是醉后中风而崩，众臣自然无话。明日便可登位，必得行所欲。纵有不测，现有宿卫壮士抵御，不足畏也。"韦后道："此计甚善，宜速行也。"

及至日暮，中宗回宫。韦后道："今夕是中秋佳节，当与陛下登楼玩月消遣。"中宗道："正合朕意。"遂唤宫娥及武三思随驾上青桥楼。果见天色无尘，明月皎洁，遂排宴楼中，饮酒作乐。饮至半酣，中宗微醉。暗地里武三思将毒药放在酒里，进上劝饮。中宗吃了一杯，不多时药性发作，跳起身来，大叫一声，呜呼哀哉！妃嫔宫女见君惨死，不觉大惊，喧嚷起来。

平时太子重后知武三思有不良之意，是日闻父王与三思在楼上饮酒，心甚不安，暗点几个御林军在楼前楼后听其动静。忽闻楼上喧嚷，又见天星落下如雨，知其有变，遂唤军士杀入。谁知三思亦暗伏军士在楼下，忽见太子杀入，两军交战，喊声大震。外面李旦、薛强等闻得喊声震地，遂放起号炮，四面伏军齐出午门，一齐杀入。

武三思一闻外面杀人，大惊失色，欲从御苑后门逃出。手执宝剑才欲下楼，适太子方到楼门，不提防三思出来，竟被三思一剑砍死。武三思忙忙逃出御苑后门，走到城门，天色微明，城门已开，只见军士相争。三思杂在军中，亦大呼拿人，暗暗逃出南门，走了十里，竟被樊梨花、薛刚一班人拿住，解入城来。城内薛强、马周众将人等杀入午门，逢人便捉。当时武后年七十余,睡觉起来,忽听得呐喊之声动天震地,吃了一惊,不觉跌倒,呜呼哀哉!

韦后正欲逃脱,被薛强拿住。不多时,天已日出,军马稍定,各拿奸人献功。李旦逐一查问,不见了武三思,心甚抑郁。忽见南门走进薛刚,手拿奸犯武三思。李旦并不深究,即令众将千刀砍碎,只要留一个首级,悬在午门外示众。

徐孝德同众将,皆请唐王早即大位,以安人心。李旦再三谦逊,众将固请,然后登金銮殿,即皇帝位,是为睿宗。受君臣山呼万岁毕,令御林军将韦后绑到法场,碎剐其身,又将武后尸首扛出斩首,以报母后王娘娘之仇。韦后一家不论老少,尽行剿灭。凡为武三思同党者,亦皆斩首。其余百官,概不查问,各居原职。追赠王后为皇太后,立胡后为正宫皇后,申妃为偏宫贵妃,立子隆基为皇太子。封徐孝德为太尉、护国军师兼武宁王。封薛强为上将军兼中书令。王钦、贾彪、殷国泰、贾清、柳德、李奇,俱为兴国公。薛霸、薛琼、薛瑶、薛璜、薛璟、薛璞、薛璐、薛魁、张籍、常建高、郭马赐皆为中兴侯。袁成、李贵皆为中兴伯。李相君为镇国夫人。孟九环为秦国夫人。薛金花、薛银花为中兴贤女。大赦天下,免一年赋税。凡前日阵亡功臣,及前朝被杀功臣,俱各加封赐谥,子孙复职。又前朝所表功臣,及削去兵权在家闲住功臣俱各加封职,入京调用。群臣受封,皆叩首谢恩。睿宗就令以王礼收殓中宗,择日安葬。朝罢,诸臣退出。薛刚、薛强及九环公主、八子二女,俱回至薛府。樊梨花先在府中,众人来见毕,樊梨花起身要回山去,薛刚再三苦留。樊梨花道:"我灾难将满,岂可又恋红尘,更加罪过。今日来此,是要指点你们立了此功,使你们一门团圆。今你功成名遂,我有何求?"遂驾云而去。

再过几日,薛刚子侄及家眷俱到。大家相见行礼毕,薛刚、薛强就命大排筵席,一家欢喜畅叙,又杀牛宰马,重赏随征军士。文武百官皆来庆贺,足足闹了一月,方安排安定。正是:骨肉团圆,一门欢悦,富贵之盛,一言难尽。有诗为证:

大闹花灯不可当,全家连累走他乡。

多少英雄怀国恨,诸人义气为君王。

阳州保驾扶王室,灭韦除奸姓氏香。

报仇可雪先人恨,复正河山兴李唐。